夜来香宾馆

晓 苏 / 著

作家出版社

图书在版编目（CIP）数据

夜来香宾馆 / 晓苏 著. -- 北京：作家出版社，2019.2
ISBN 978-7-5212-0357-8

Ⅰ. ①夜… Ⅱ. ①晓… Ⅲ. ①短篇小说 – 小说集 – 中国 – 当代 Ⅳ. ①I247.7

中国版本图书馆CIP数据核字（2019）第012309号

夜来香宾馆

作　　者：晓　苏
责任编辑：赵　超
装帧设计：林　希
出版发行：作家出版社有限公司
社　　址：北京农展馆南里10号　　邮　　编：100125
电话传真：86-10-65067186（发行中心及邮购部）
　　　　　86-10-65004079（总编室）
E-mail:zuojia@zuojia.net.cn
http://www.zuojiachubanshe.com
印　　刷：三河市兴博印务有限公司
成品尺寸：152×230
字　　数：243千
印　　张：17.5
版　　次：2019年2月第1版
印　　次：2019年2月第1次印刷
ISBN 978-7-5212-0357-8
定　　价：39.00元

|作者像|

目　录

序

黄春黎

晓苏是我的老师，我是晓苏听话的学生和忠实的读者。老师让我写序，我很震惊。向来，老师给学生写序的多，学生为老师写序的少。在我的印象中，我也只见过晓苏为他的老师王先霈先生写序。

晓苏作为一名作家，在国内已是很有名气，有一些作品还被翻译到国外，深受多国读者喜爱。晓苏拿了很多文学奖，如蒲松龄短篇小说奖、林斤澜短篇小说奖、百花文学奖、汪曾祺文学奖、湖北文学奖、屈原文艺奖等。这些都是小说领域令人瞩目的荣誉。

晓苏的小说适合各类读者阅读。我的母亲已六十多岁，大半辈子都生活在农村，做着繁重的农活，也较少有与人交谈的闲暇。母亲五十五岁开始学习认字，并逐步读了一些唐诗宋词、古典小说、戏剧文学、民间歌谣等。然而最能引起母亲共鸣的，还是晓苏的小说。母亲说，晓苏的小说写得太真实了，他们那一代人，真正就是那样在生活，农村里的人，也真正就是那样子。母亲的阅读感受，我非常尊重，也认为这是非常有价值的，因为晓苏小说的农村人物形象，很多都是来自母亲这个年代的人群，对于小说中叙述的情节、建构的人物是否符合生活的真实面貌，他们是最有发言权的。这种真实的阅历可以直接用来诚实地印证或判断，这究竟是不是他们的生活、他们的样子，是不是他们在大小事情中可能发生的或已经发生过的语言、感受、情绪、念头、行为乃至结果。所以，这种珍贵的阅读经验，直观而且有效，我们也未尝不可视为对小说艺术真实性的一种检验。

刘富道先生曾问道，他已经七十多岁了，已经几乎不读小说了，但为什么还在读晓苏的小说呢？① 随后，刘富道先生对此也进行了深入的、理性的探讨。——这一方面说明，小说阅读的直观体验，是读者进入小说艺术层面思考的必经过程；另一方面也说明，无论是直观体验还是理性思考，终归都要指向小说艺术的真实性。

小说艺术的真实性，是小说的生命线。叶朗评价脂砚斋时曾说："艺术真实性的含义中应该包含社会生活的必然性、规律性的概念。"② 小说艺术真实性是小说实现审美功能和社会功能的前提，它必须首先符合人的基本发展规律，而后才能接受历史的检验。随着信息传播媒介与技术日新月异，小说面临着巨大的挑战，它一方面可以通过传媒更迅捷地与读者建立联系，另一方面由于海量的信息形成竞争或干扰，也会使小说更快速地被视为经典或被淘汰。所以，小说艺术的品质，包括写作者的人文情怀、文学思想、艺术技巧，都正在接受全面的筛选。科技的发展加快了读者遴选和传播的速度，也扩大了这种遴选和传播的范围，经典的文学虽然仍有待时间进一步的淘洗和检验，但被淘汰的文学也已不计其数。三十年时间，对于一个人的写作生命而言，是很漫长的，但是从读者接受的角度来看，以三十年来淘汰或确立经典，却是非常匆忙的。所以，像晓苏这样，持续三十年时间，仍然据有写作的富矿，读者始终抱有追踪阅读的兴趣，研究者也越来越认为有探索的空间，这就至少说明，这样的写作者是值得期待的，这样的

① 刘富道《我为什么还在读晓苏的小说》，《长江文艺评论》，2016 年第 4 期。
② 叶朗《明清小说美学关于真实性的理论》，《美的研究与欣赏》编委会编《美的研究与欣赏》丛刊总第四辑，重庆出版社，1987 年 4 月，第 63 页。

小说也一定蕴含着某种不衰的艺术生命力。

众所周知，文学即人学，文学创作要追求艺术真实的至境，必须是以人为中心，围绕着人来展开。文学的重要功能之一，就是帮助人去发现自我、面对自我、思索自我，进而实现完善自我的意义。因此，对于小说家而言，首要的事情是要去了解真实的人生形态，并立足其中进行全面细致的探索和思考。王国维曾以"隔"与"不隔"来探讨诗词艺术，认为"语语都在眼前"是"不隔"，"雾里看花，终隔一层"则是"隔"，并划分出"不隔""稍隔"和"隔"三个艺术境界。① 由此，"隔"与"不隔"成为学术界一个历久不衰的审美话题。究其本质，其目的主要在于追求真实、自然的艺术境界，而其评判准则主要是创作者能否真实、自然地表达，且读者能否真实、自然地感知。因此，这是从创作与接受两个角度共同探讨文学艺术的真实性问题，而艺术真实的最高境界则是自然亲切。事实上，这种文学审美思想在中国传统文论中由来已久，且未曾断绝；时至今日，总体来看，文学领域各文体的创作也未曾脱离对艺术真实性和自然境界的追求。

《老子》说，"道大，天大，地大，人亦大。域中有四大，而人居其一焉。人法地，地法天，天法道，道法自然"②，认为人与道、天、地同大，人的本然状态和最高境界是"道法自然"，要像顺应自然一样去尊重人，才能"无为而无不为"。《庄子》则讲得更明确，"侯王若能守之（道），万物将自化"，也就是说即使是再好的社会规则，也不能凌驾于自然法则之上，而最好的秩序，则莫过于自然。何谓"自然"？唐人默希子注《通玄真经·自然》，认为"自然，盖道之绝称，不知其然，亦非不然，万物皆然，不得不然，然而自然，非有能然，无所因寄，故曰自然也"，换言之，所谓自然，就是万物本来的样子，人们理解与否只是人的认知局限问题，而并不能掩盖万物真实的形态

---

① 参考（清）王国维撰，彭玉平评注《中华经典诗话·人间词话》第 40 则"隔与不隔之分"，中华书局，2014 年 4 月版。

② 陈鼓应注译《老子今注今译（参照简帛本最新修订版）》，商务印书馆，2016 年 5 月版，第 169 页。

和运行的规律。"道法自然"是中国传统文化精神起源所在，是中国传统文学精神源头所在，也是评判文学艺术真实性的重要依据所在。

在此，本序也将进一步从创作和接受两个角度来探讨小说选材和写作尺度的问题，希望能在写作者与读者之间建立起一座桥梁，让读者更好地理解晓苏这部小说集的文学思想和艺术技巧，以及当代小说正在历经的发展进程，同时，也希望能向写作者表达一些读者的阅读预期与审美追求。

——

题材的选择是小说创作的基本问题，它最直接地反映了小说题材本身的拓展性和传播力，以及小说家对人类发展规律和传统文学精神的认识程度。好的小说题材，无论是从人类发展规律，还是从文学精神来看，都必须是合乎自然的。

以《诗经》为例。《诗》是中国传统文学的源头，其文学精神的主要特征之一，便是本乎自然。《诗》的题材涉及之广，可谓人类生活的方方面面，天文、地理、动物、植物、服饰、饮食、风俗、祭祀、宴会、劳作、徭役、战争、爱情、婚姻、家庭等等，无所不包。其中，性的主题就占据着非常重要的地位。

其一，从身体的自然规律来看，对性的尊重、赞美和歌颂直接体现了合乎自然的文学精神。《关雎》基本讯息即在性："关关雎鸠"是飞禽的性讯息，"寤寐求之"是人类的性讯息，这种求偶的性讯息充满了整个自然界，使整个春天生机勃勃。"关关雎鸠"是自然美好的，"参差荇菜"是欣欣向荣的，"左右流之"是欢欣愉悦的，"琴瑟友之"是健康友善的，"钟鼓乐之"是幸福美满的，整个诗篇呈现的均是从性的讯息出发而产生的自然和谐的景象，人与万物合乎自然，顺应时令，生生不息。《关雎》居于三百篇之首，其文体范式和文学思想的典范意义都是不言而喻的，这种合乎自然的题材也贯穿于《诗经》始终。《摽有梅》讲的也是求偶，讲人如草木，也有春华秋实的季节，因此首先尊重时令，顺乎身体的自然规律，按时婚嫁繁衍，这就反映了"男女以正，婚姻以时"的道理，否则，不尊重自然规律，违背了自然时令，人就容易产生"怨"，就会影响个人、家庭以至社会的秩序。《桃夭》《鹊巢》讲的是嫁娶，《螽斯》讲的是繁衍，这都是将人回归于自然之中，以自然万物的规律来通观人的生存，不论是从文化习俗还是政治统治的角度来理解其婚嫁规制、伦理道德和社会秩序，都不可否认是以身体的生息繁衍为基础。再如《商颂·玄鸟》，是在严肃的祭祀场合颂唱的诗篇，首句"天命玄鸟，降而生商"讲的也是性和繁衍，是商的始祖契的出生问题。无论我们是将其理解为氏族时期"只知其母，不知其父"的性行为结果，或者认为是春分时节祈神仪式上男女交配的结果，它都说明性的重要意义和神圣地位，而这也是"武丁孙子"及"方命厥后""四海来假，来假祁祁"的前提，是实现领土思想和统治理想的基础。

其二，两性关系作为性的表现形态之一，也反映了人类情感和秩序的层次关系。体现在两性之间的关系，促生了丰富的情感体验，如《有女同车》之喜悦，《殷其雷》之思念，《绿衣》之悲伤，《击鼓》之痛苦，《氓》之悔恨，《有狐》之担忧，《中谷有蓷》之哀怨；同时，两性关系还被进一步隐喻君臣关系、上下关系，乃至国家情怀，如《子衿》《简兮》《柏舟》《候人》《小弁》《何人斯》等篇章，皆是如此。之所以两性关系能对君臣关系构成隐喻意义，关键在于互信又莫过于两性之恩爱，失信又莫过于两性之弃绝，稳定平和的秩序必是以互信为基础，这也直接对社会秩序建设构成重要意义。因此，两性关系是建构家庭和社会的重要基础，以及家庭和社会秩序最直接的表现形式。以两性关系来隐喻君臣关系，是社会秩序发展中自然产生的结果，也是整个中国传统文学的主题书写和艺术手法的瑰宝。可见，从文学题材、文化思想和艺术精神来看，《诗经》并没有回避性，而是尊重、赞美、歌颂健康的性、自然的性、美好的性。

自然的性，是小说题材选择过程中无法回避的主题，也是小说追求自然真实的境界必须要面对的问题。《诗经》所承载的这类文学母题，随着文化思想的不断变迁，直至今天，仍然在书写和接受的正当性、合理性上面临着一定的争议。

明代学者胡应麟《少室山房笔丛·九流绪论》曾批评士大夫们阅读小说的态度："古今书籍，小说家独传，何以故哉？怪力乱神，俗流喜道，而亦博物所珍也。玄虚广莫，好事偏攻，而亦洽闻所昵也。……至于大雅君子，心知其妄，而口竞传之，旦斥其非，而暮引用之。犹之淫声丽色，恶之而弗能弗好也。"① 换言之，士大夫们对书籍尽管有其等级分别观念，并不能给予小说足够高的文学地位，但这并不能掩盖他们对小说的喜爱和传播。这种现象，古代如此，今天依然如此。即使是小说领域，也仍有等级分别观念，也会出现"恶之而弗能弗好也"的现象。究其原因，主要在于士大夫不能放下其社会职能的预期，其文学评判的依据也服从于正统地位的文学范式及其教化意义，所谓"恶"是出于社会职能，所谓"好"则是出于私人体验，时代的人文风貌对个人的心理产生深刻影响，使个人的阅读心理便呈现出这种既好又恶的矛盾，并使这种矛盾成为一种普遍现象。

当代学者王先霈先生就曾引用胡应麟的这段文字来说明，"性"的书写不仅使古代士大夫产生一面"恶之"又一面"好之"的矛盾心理，即使是今天的读者，也依然对此矛盾重重，依然是一种普遍的矛盾。② 晓苏的《当代小说与民间叙事》，同样也注意到了这种现象，并对当代众多作家作品的性写作予以了很高的评价。奥地利心理学家弗洛伊德以性作为原动力来阐释西方经典文学，尽管有"泛性论"的极端化倾向，但是四大情结的提出，尤其是"恋母情结"（俄狄浦斯情结）仍然对今天的文学阐释具有重要意义。可见，古今中外文学接受与研究，都不能脱离对人的自然规律的尊重，对性的书写之认同与接纳，这既是文学题材的选择问题，也是文学接受的问题。

晓苏评价同时代的迟子建、铁凝、王安忆等作家的性书写，对其

---

① （明）胡应麟《少室山房笔丛》卷 29。参考罗书华著《中国小说学主流》，上海书店出版社，2007 年 12 月第 1 版，第 133 页。

② 王先霈《评晓苏〈当代小说与民间叙事〉》，中国现代文学研究丛刊，2016 年第 4 期。

积极意义与艺术造诣莫不赞赏。① 之所以这种正面评价难能可贵，则主要在于这种自然的书写需要有过人的胸怀、识见和笔力，其接受也需要有超越世俗的坦荡和本乎自然的文学精神。晓苏不仅从理论上论证这种书写的价值，而且，近三十年来，晓苏也始终围绕着性，不断丰富油菜坡系列故事，总体上构成了对自然的、健康的、和谐的性的赞美和歌颂。如果说，九十年代《山里人山外人》呈现出的性的题材，表现出来的是写作者的选材勇气，那么，《夜来香宾馆》则更多体现出高度合乎自然的人文精神与文学思想。换言之，性的书写已不再是一件多么令人心惊肉跳的事情，而是"食色性也"，性已被认同为是社会生活的重要内容，也是私人生活必然会面临的话题，而小说对农村男女的书写，也大略可以观察到农村的变迁进程及其现实问题。

综观晓苏三十年以来的小说题材，性书写也从隐秘的私人事件逐渐发展为普世意义的社会关怀，包括当前农村男女人口不均衡、人口流动等社会现象，普通大众更多接触到的是新闻视野和研究视野的数据信息，而至于这些群体真实的生活形貌，小说则有着不可替代的感知意义。其一，从小说创作的角度来看，晓苏的小说题材，看起来都是书写性，但是题材内容已越来越丰富，并整体呈现出性观念以及婚恋关系的嬗变，也越来越深地触及到社会各个层面的现实问题，以及人的情感、伦理、经济及社会秩序的集体变迁。其二，从读者接受的角度来看，越来越多的评论者、研究者关注到这些性书写之外的问题现象，并将其解读为农村问题小说、弱势群体现象写作、农村城镇化进程写作、乡土文学写作等等，这些解读看起来各异，且即使是同一个文本也能解读出不同层次的社会价值，这并非评论者的局限或附会，而是性作为人类生存的自然母题，从来就没有脱离过人们的生活，无论是宗法制度时期，还是现代社会，它都是人们建立秩序或改革秩序的基础，也是秩序的合理性和局限性的直接表现。

因此，晓苏三十年以来的小说创作与接受的历程，之所以说从整

---

① 参考晓苏《当代小说与民间叙事》，湖南人民出版社，2015 年 5 月版。

体上体现了见证社会生活与人文思想变迁的文学意义，与选材的思想
是分不开的。一方面，性的题材可以最敏感、最充分地反映社会问题；
另一方面，则是性的题材的确很容易引发广泛的人文关怀和社会思考。
这也说明文学要真正实现人学的意义，首先必须要从题材的选择上本
乎人性自然，使文学面对人的身体规律和生存的真实形态，而非凭空
地书写社会生活和各种情感，这也是人首先必须是合乎自然的人，而
后才可能成为合乎社会理想的人。所谓"侯王若能守之（道），万物将
自化"①，不只是认识和建构社会秩序要道法自然，文学创作、文学接
受也须循此规律。

二

如何认识题材，也是小说接受的基本问题。合乎自然的文学题材，
需要有合乎自然的文学解读，这是读者进一步使文学实现其社会功能
与审美价值的重要环节。读者对题材的认识水平，也反映了整个社会
人文精神的基本形态，以及传统文学精神的发展面貌。

孔子说"诗三百，一言以蔽之，曰'思无邪'"。所谓"思无邪"，
宋人张戒《岁寒堂诗话》认为"世儒解释终不了"②，这一方面是因为
《诗》本身从文体到内容思想都极为丰富，另一方面则是不同时期的学
者受不同的文化观念的影响，其见解自然也不尽相同。然而，无论是
（汉）包咸注解为"归于正"，还是（唐）孔颖达认为"虽无为而自
发，乃有益于生灵""发诸性情，谐于律吕"，故而"感天地，动鬼神，
莫近于诗"③，或者朱熹所引"程子曰：思无邪者，诚也"④，不难发

---

① 陈鼓应注译《老子今注今译（参照简帛本最新修订版）》，商务印书馆，
2016 年 5 月版，第 212 页。

② （宋）张戒《岁寒堂诗话笺注》，四川大学出版社，1990 年 2 月版，第
109 页。

③ 申屠炉明著，《孔颖达 颜师古评传》，南京大学出版社，2011 年 4 月版，
第 71 页。

④ （宋）朱熹《论语集注》卷二。参考晁福林著《上博简〈诗论〉研究》，
商务印书馆，2013 年 10 月版，第 306 页。

现，超越具体的解读来看，"思无邪"本身是指向文学的传播与接受问题：听觉、发声体现着最直接的感官感受；情感、思想的共鸣和同化，则更深一层；精神气质、人文风气，则又深一层。

可见，传统文学精神所崇尚的"道法自然"，乃在自然万物的视野中去认识人、发展人，尊重人的自然发展规律，以此为社会秩序建设的基本前提。朱熹注诗，学理、秩序、道德的色彩非常浓郁，其宗旨在于建构秩序和道德的典范，以稳固封建政治统治。时至今日，《诗集传》欲以文学来建构秩序的艰难和狭隘暴露无遗，但今人（包括写作者和读者）欲以文学来建构社会秩序的心理仍然普遍存在。这也就常常直接促使小说变成了一场道德的审判，而偏离了生活的本真形貌，限制了小说实现审美和社会功能的可能。

回到当代小说题材的接受面貌来看，对道德的追求和对身体的诉求，并没有从文学接受心理上突破经久的矛盾，因此，个人阅读往往一方面希望建构社会秩序，以掩盖身体的需求和苦闷；另一方面又希望逃避秩序，更大程度地面对这种诉求和困境。这也是晓苏的小说接受面临的一个基本问题。

以《道德模范刘春水》为例。《道德模范刘春水》是非常正面地将人的自然天性与伦理道德放在一起进行较量的。刘春水是一个单身汉，刘春水的两个兄弟也是单身汉，从习久芬的叙述来看，刘春水是个几乎完美的女婿。这就是对读者一贯的秩序观念提出的第一个问题：如果道德与秩序是高度一致的，那么，为什么道德近乎完美的刘春水却没有享受人伦的基本权利？从刘春水的叙述来看，追求伦理道德并不是他的思维逻辑，实现基本的身体诉求才是。这就向读者提出了第二个问题：如果身体的基本诉求逾越了伦理秩序，但是在其他方面都堪称社会秩序的典范，那么是否还能被称为道德模范？如果读者考量到了这两个问题，就会发现，这场较量以身体诉求的书写取胜，道德秩序也被分成两个层面：一是旁观者预设、建构的观念网络，二是当事人亲自建构或解构的行为意义。刘春水逃避村长罗日欢和宣传委员胡车的到访，从小说的布局来看，这个行为的结构意义就是成功地使旁观者和当事人的世界错开，形成两个无法相互理解、沟通的场域；进一步讲，这也对应地使小说的主题意义更加明确，即旁观者的观念意义上的道德欲望，实际上是以他人的牺牲为代价的，这种欲望出于无知，而且残忍；而当事人的行为意义上的身体欲求，对前者而言则形成了强烈的蔑视与讽刺。可见，这篇小说以分离、错过、回避的结构布局，反映了旁观者和当事者的视角差异，人的自然天性与伦理道德的无声较量，看似毫无锋芒，小说结尾只一句"阴沟"，便指出了不尊重人的自然天性与基本权利的伦理道德秩序，本身构造出来的就是非常荒唐也肮脏可耻的生存环境。所以，这并不只是双关意义的性语，更深层的是在指陈看起来光明宏伟的道德秩序下逼仄阴暗的生存空间。

再以《推牛》为例。《推牛》同样也是在反映人的自然本能与伦理道德的较量，最终同样是伦理道德以失败而告终；与《道德模范刘春水》不同的是，道德秩序与人的本能始终在纠缠斗争，并且从一开始道德秩序就在强势地掩盖人的本能，但是当以锦旗所象征的道德秩序将个人的生命一步一步扼杀了以后，这时，小说开始出现反转：被道德秩序遮蔽已久的事实真相瞬间澄清出来，整个道德秩序变成欺骗和剥削的谎言，它如同匕首，刀刀逼命。那么，作为高云天的儿子和孙子被赋予的"道德秩序"的编织者，周成功由农村户口转为了城镇户口，司机杨永寿由普通驾驶员被提拔成了客运站副站长，写稿人丁一根从一介教师变成了政府宣传委员，李佐也从村党委副书记升为了县委宣传部常务副部长，最主要的策划人刘川则从县委宣传部部长高升为县委副书记。所以，从结构布局来讲，高云天的故事，从被建构到被解构，始终以高云天子孙的生存为线索在推进，高云天的英模形象被建构得越热烈、越成功，则高云天的子孙被剥夺得越凶猛、越残酷；高云天的英模形象被解构得越彻底、越清洁，则高云天的子孙越自然、越充满希望。可见，旁观者构成的道德秩序，相较《道德模范刘春水》来说，是更加可怕，它甚至是有意为之的陷阱。直到血腥的悲剧发生，读者已无可忍耐，以至深深地恐惧起来。

宋明理学探讨"人心""道心"，反映出人的自然需求与社会秩序之间的冲突；西方哲学家福柯则将现代人的自然的身体、灵魂与社会秩序进一步呈现出来，只是形式上不再是直接的压抑、禁止、剥夺、排斥的"否定性形式"，而是以"个体化、主体化、满足生命福利、技法欲望话语"等"肯定性方式"生产各种社会关系、真理体制①。从这个层面来讲，两篇小说都是从题材上让人物不断产生着道德欲望，又不断建构着自然需求与道德欲望的矛盾，当人的自然需求与道德欲望、社会秩序之间抗争得越是胶着，读者也越能感受到小说人物生存权利和话语权利的轻微。最终，当生存诉求战胜了道德欲望，读者会感到小说人物面对真实的自我和生存境遇是一种顺应自然并终于不再被继续扭曲、剥夺的智慧，小说人物回到真实、自然，看似无解又无尽的苦难至此才有了斡旋的余地。如果说《道德模范刘春水》是以虚与委蛇、委婉回避的方式获得了余地，《推牛》则以此消彼长、锋芒毕露的方式取胜，至此，也不难得知，回归自然不仅是小说人物扭转悲剧局面的智慧，也是小说家穿越社会秩序的重重障碍而终于抵达自然天性的写作智慧和人文关怀。

　　文学创作需要合乎自然，文学接受也需要合乎自然，不仅是伦理道德与自然生存之间的较量，就是性与伦理道德秩序之间，也始终从未停止较量；甚至，性的话语内部，也开始呈现出不同角度的较量。这都是人类社会发展历程中必经的主题，也是个人的生命中大概会以不同的形式、不同的角度去面对的话题。

　　以《吃苦桃子的人》为例。《吃苦桃子的人》整个故事围绕着憨宝和车花来写，写他们的见面、相处、谈话和分别。一个单身汉，一个自由女，这是一个孤男寡女的关系背景，很明显，它非常容易产生正面的性书写。性是始终悬在憨宝和车花之间的一个话题、一个念头，所以，他们从彼此的性和婚姻谈到两人之间的性，逐渐使性具有了从话题到行为的可能，这就使性成为了故事的中心，也几乎要成为故事的结局。但是，小说势头十足地推进的性，却让读者完全落空了这种

---

　　① 参考汪民安主编《福柯在中国》，河南大学出版社，2016年7月版，第155页。

情节预测，并且让读者心服口服地把注意力放在苦桃子上，反复地咀嚼苦桃子的文学意义。这篇小说的高明之处，就在于它非常透彻地洞悉了读者的接受心理，而又非常成熟地控制了读者的心理临界点，因此，在最准确的时间，情节十分自然地出现了逆转，而读者浑然不知。为什么会浑然不知呢？因为性的书写一直在延续，丝毫没有停止。既没有出现道德、伦理与性的冲突，也没有出现身体对性的制约，所以，它是很难令读者警觉的。那么，实现苦桃子的文本意义的关键在哪里呢？在于憨宝的心理。读者如何去理解憨宝的心理？憨宝在内心或许早已将车花和寡妇比了一百次，但是憨宝非常自然、平稳地与车花保持了一定距离，这就是憨宝的打算，是符合他的真实处境的。所以，憨宝和车花之间的悬念无论如何千钧一发，都必须回归到憨宝的自然常态，憨宝必须要维持属于自己的常态的、持久的"美好"。从人的自然生存角度来看，这是一次性的话语内部发生的一次较量，所以，它可以说是更具体细致，也更富有瓦解功能的一次探讨。

尽管这使小说关于性的书写看起来更具备内部反省的功能，但深究起来，它还是指向了对伦理秩序的更深层次的瓦解和批评。憨宝对寡妇的忠贞在家庭伦理秩序之外，它并不具备伦理秩序的天然合理性；相反，车花与司机的清白本是在家庭伦理秩序之内的，但它却产生了读者接受心理上的狐疑。这里面就暗藏了一个身体与伦理秩序的悖论，即身体（甚至加上情感）的忠诚是否就能保障伦理秩序的纯粹和稳固？显然，他们都没有指向对家庭伦理秩序的维护，无论是车花希望僭越界限，还是憨宝守护的界限，都并非读者所建构的社会秩序观念。那么，它有什么突破性意义呢？——它更直接地指向了社会伦理秩序的语义范畴，使读者打破秩序的外延，进而考虑将这些貌似混乱的关系也纳入秩序，这就又出现了一个悖论：这种纳入，是否说明读者本身也是秩序的破坏者，或者同时也是新的秩序的建设者？如果被认为是破坏者，是否又说明读者本身就是以伦理秩序在碾压弱者的生存权利？如果被认为是建设者，是否又说明正在丧失社会道德和家庭伦理感？这一连串的悖论，都步步逼近伦理秩序的评判意义，也即，伦理秩序是否具备其评判的有效性和公平性？这些都会引导读者进入更深层次的思考，并回归于社会现实问题，使文学进一步实现其社会功能。

综观之，《道德模范刘春水》与《推牛》是不同的两种艺术结构和审美情感，共同地呈现了人的自然诉求与道德欲求之间的关系形态，并逐步剥离出各个层面的社会问题和心理状貌。至于《吃苦桃子的人》，则由对伦理秩序的外部观察转向了内部反思，更进一步提出了人的自然诉求的层级差异与范畴变迁，不断剖析出社会普遍存在的秩序悖论。三篇小说之间较典型地构成了一个逐渐向内审视的层级关系，呈现出整个时代的精神风貌被逐层破坏又被不断建构的社会进程，以及秩序观念逐渐由瓦解到重构的意识形态。

因此，以合乎自然的接受心理来面对文学题材，是发掘小说题材与艺术成就的重要途径，它可以进一步使作品世界与现实生活融合起来，使小说题材不断生发出现实意义和审美价值。

三

合乎自然的写作尺度是创作者与读者之间的重要桥梁。文学题材必须依赖合乎自然的写作尺度，才能抵达读者的感官和心灵，形成有效的文本解读和意义阐释。

合乎自然的写作尺度，直接影响着文学题材的艺术真实性和接受心理，合乎自然的写作尺度应该是真实的、美好的、性善的写作，所追求的境界也应该是健康的、和谐的、愉悦的境界。如果过度地追求阅读的感官刺激，则作品便会起到淫诱的负面作用，读者的这种接受心理，也会反过来作用于写作者的创作活动，使这种书写受到一定的影响。比较典型的是，九十年代至今，围绕性的书写展开的文学创作逐渐增多，身体写作、欲望写作也形成过强劲的潮流，人沦为身体的努力，被欲望控制，社会秩序和人的理性基本失位，甚至也不乏几近病态的、疯狂的书写，之所以这些作品并不能被认为是合乎自然的，甚至不被认为合乎真实，就是因为这种写作丧失了合乎自然的写作尺度，进而使其文学题材、文学精神受到损伤，而文学价值也大打折扣。

文学应有的基本职能是审美功能和教化功能，文学之所以要追求道法自然，就是要使人发展为更完善的人。所以，合乎自然的写作并不是没有底线的写作，也不是脱离了社会秩序和理性意识的写作，尊重人的自然规律也并非脱离人的社会规律，相反，尊重人的自然诉求可以更益于发展社会秩序，而尊重社会秩序也能更深刻地认识人的自然规律。人的健康、和谐、愉悦，是遵循自然与社会规律共同的归宿，也是文学创作与文学接受共同追求的境界。因此，在文学创作与文学接受之间，合乎自然的写作尺度就直接联结起这种共同的境界，而使文学更畅通地实现其文学价值。

其一，合乎自然的写作尺度，体现在语言上则是自然、亲切、和谐，富有艺术的真实性，且直接与写作题材构成紧密的呼应关系，对写作材料起到补充、丰富、完善等作用。

汪曾祺曾将语言视为文学内容的一部分，认为"语言是小说的本体，不是外部的，不只是形式、是技巧"①。写小说首先就是写语言。晓苏的小说语言独具一格，真实地反映了农村的语言形貌，王先霈先生曾对小说《花被窝》极为赞赏，认为其色彩和光感的描写富有"年画""剪纸""平金夹绣"的民间意味，这种特殊的画面风格与其"朴素""直观""就地取材"的语言风格是分不开的，这些比喻并没有"奇思异想"或"出人意表"，但形成的却是"熨熨帖帖""自然天成"的艺术境界。② 此番评论十分中肯地指出了小说艺术与语言之间的紧密关系，语言本身就是内容的一部分，以浓郁的民间色彩的语言来表现浓郁的民间风情，才能使民间人物更加真实生动地呈现在读者面前。可见，合乎自然的语言写作，驾驭的依据和施展的尺度都是来自真实的人物本身，而非写作者的主观臆测或想象，它也必须符合人物自然而然的语言形态，能使读者借助这种合乎自然的语言还原或建构出合乎自然的人物形象。《夜来香宾馆》同样不负所望，民间语言的幽默智

① 汪曾祺《中国文学的语言文体》，见汪曾祺著、刘涛评《汪曾祺论沈从文》，广陵书社，2016 年 6 月版，第 76 页。
② 王先霈《晓苏〈花被窝〉的文体观感》，《长江丛刊》，2018 年第 3 期。

慧、人物的语言逻辑思维、特殊的语言风俗习惯，都会给读者带来一幅幅意味浓烈的风俗画卷。

　　以《同仁》为例，小说开头第一句："同仁本来只是周管方的绰号，全称周同仁。"整个开头一定藏着某个令人兴奋的包袱。果然没读两行，这个关于"同仁"的缘由便快速地出现了，原来"周管方的这个绰号，与他姑父有关。姑父在省城一家建筑公司当老总。那年，他去姑父的公司学习，其他没学会，就学会了姑父的一个口头禅：各位同仁。他觉得各位同仁听起来比各位同志好多了，显得有文化，有身份，有派头。一年之后，他回村成立了一个建筑队，说话时也学姑父，一口一个各位同仁。就这么，乡亲们就给他取了个绰号，叫他周同仁"。这段文字，足以令人捧腹大笑，因为一方面听起来的确很滑稽、很反常，也很可爱；另一方面则是这种语言现象在农村中的确时有发生，它真实到能在瞬间让人贴合文本、进入到小说的世界中去。再如"管方"，油菜坡方言指种猪，还能作为人名，一点开玩笑的样子也没有，这看起来好像不可思议，实际上，这就是那一代农村人取名字的真实现象。这种看似不可思议又十分可笑的语言，负载的是农村人的一部苦难历史以及他们十分朴素的文化心理和生活愿望。这个开头非常合乎读者的阅读心理，体现在写作节奏上，就是能够吻合读者对包袱能保持预期的时间。可见，从题材、语言到写作节奏，无不体现着对读者心理感受的准确预期，这是理解晓苏小说艺术的真实性的一个条件。换言之，讲究艺术真实，语言也是题材的一部分，而不只是方式本身，其取材必须是合乎人们的真实自然的形态，它的接受也需要有合乎自然的阅历或体验作为基础。

　　谢有顺先生说，"小说写作，特别需要注意语言针脚的绵密。这个针脚，就密布在小说的细节、人物的性格逻辑，甚至某些词语的使用中。读者对一部小说的信任，正是来源于它在细节和经验中一点一点累积起来的真实感。"① 从晓苏的小说语言来看，无不体现着这种经验

---

　　① 谢有顺《重视材料的选择是一种写作美德》。

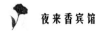

的累积和读者的信任。

可见，合乎自然的写作尺度，对小说语言的讲究会对小说题材的艺术真实构成非常具体的、细微的影响，语言累积起来的真实性直接影响了读者对小说题材的感知，以及对小说价值的判断。

其二，合乎自然的写作尺度，在情节和人物塑造上，体现的是小说的叙事能力和人物感染力。自从莫言的小说获诺贝尔文学奖以后，中国的小说叙事思维再一次被置于西方的文艺理论语境中加以讨论。西方文学理论一面在无奈地哀叹西方小说家"故事已经死去"，另一方面又在怅惘西方"小说家已不再相信自己虚构的人物，甚至连读者也不相信了""人物已经摇摇欲坠，土崩瓦解了"（萨洛特）①，所以，小说的叙述方式和情节内容似乎已经逐渐式微。但是，这并不能说明中国的小说也失去了以故事和人物重建作家与读者之间的信任的可能。而且，莫言坦诚地以自己"讲故事"的态度来回应。而对小说家而言，小说艺术真实感是能获得读者信任的生命线，而小说情节和人物的真实感与合乎自然的写作尺度又是分不开的。

本雅明说，"小说不是因为为我们展现了别人的命运——而且可能是说教式地展现——而有意义，而是因为这陌生人的命运燃烧的火焰为我们提供了我们自身的命运所从来汲取不到的热量，小说吸引读者的是借他所读到的一次死亡来温暖他冷得发抖的生活的希望。"② 换言之，情节和人物是小说艺术创造的关键所在，这使小说具有与其他文体完全不同的感化能力，它以情节和人物为"燃烧的火焰""生活的希望"，所以，写作者必须要先克制先入为主的干涉，避免过多的捏造和写作的傲慢、焦虑情绪。余华说，"作家必须保持始终如一的诚实，必须在写作过程里集中他所有的美德，必须和他现实生活中的所有恶习

---

① 南帆《冲突的文学》，江苏大学出版社，2010 年 5 月版，第 225 页。
② ［德］瓦尔特·本雅明《本雅明文选》，陈永国译，中国社会科学出版社 1999 年版，第 308 页。

分开。"① 这也是要减轻作家对读者的刻意干涉，并且希望写作能回到合乎自然的本真形态上去。从具体的写作技术上来讲，都指向了写作者如何以合乎自然的写作尺度去追求艺术真实的问题。

以《除癖记》为例。除癖是情节的中心话题，谢去病与谷珍的故事始终未曾脱离除癖，医生和病人两种身份，是人物的基本关系，谢去病究竟是不是流氓是小说的悬念，但它必须依托基本情节和人物关系来展开判断。整个故事未曾僭越这个基本的尺度，人物始终被控制在普通医疗关系以内，因而，情节和人物才能越过一个个写作的陷阱。谢去病与谷珍一独处就逾越医患关系，这是意外而不是突破；突破是有尺度的发展和自然而然的结果，尺度合乎情理，才能获得真实感。

以《夜来香宾馆》为例。"夜来香宾馆"可以被视为一个线索，见证的是胡葱的爱情；胡葱与丰收、明礼的故事，则是围绕"夜来香宾馆"展开的两个故事。小说将胡葱与丰收的故事写得大起大落，与明礼的故事则写得不动声色；丰收最终从胡葱的情感世界里退出得无声无息又无影无踪，明礼最终占据胡葱的情感世界则显得来势凶猛又意犹未尽。单从某一条情感线索来看，情节的推进和结局的处理是反差强烈的，综合比较两条情感线索来看，则又呈现出此消则彼长、敌强则我弱的关系。因此，从情节、性格和人物关系来看，这都是合乎自然的，写作尺度的把握直接构成了读者所见的小说结构和推进节奏。

可见，合乎自然的写作尺度，还深刻地影响到了小说的情节和人物，从叙事的主体内容来看，写作的尺度包含了情节、人物的真实贴切，也囊括了小说的结构布局、推进节奏等，所以，它兼容了内容与形式双重意义。

其三，合乎自然的写作尺度，体现在叙事的视角上。小说的叙事视角无论是全知视角、内视角、外视角或者零视角，都会对小说接受有特殊的构成意义。叙事视角作为文本的一种构成方式，本身并不具备优劣之分，即使是同一个小说文本，可能也潜伏着几种叙事的视角。

---

① 余华《没有一条道路是重复的》，作家出版社，2014 年 1 月版，第 115 页。

如《水浒传》对山神庙的风雪和林教头舞枪的情节描写，就是以小说中多个人物的视角叠加起来进行叙述的，而它总体上来看又是全知视角；再比如鲁迅《药》的视角，除了全知视角，还可以解读出夏瑜的视角意义来。所以，叙事视角本身可能是变换的，也可能看似单一而实则丰富，它本身并不具备评判作品优劣的决定意义。真正引起读者注意到叙事视角并引发对视角意义进行探讨的，更多的是视角与内容之间的契合程度。这就是叙事视角的运用效果是否合乎自然的问题。

晓苏小说的叙事视角是值得注意的现象，如何从叙事视角出发，去选择合乎自然的叙事题材、人物情节的叙事尺度以及叙事的语言风格等，这些都有探讨的空间。像《父亲的相好》就非常典型地体现了叙述的尺度与叙述视角之间的紧密关系。①

以《说的都是一个人》为例。柴禾和万元是两个陌生人，在共同讨论龚喜的路上，柴禾和万元不断变化着叙述立场和叙述内容，这是因为柴禾和万元的关系在这条路上不断发生着变化，它揭示了叙述的动机决定了叙述风格、内容都是有尺度地选择和加工的结果。小说鲜明地体现了合乎自然的叙事视角的重要性，它直接决定了写作者要赋予或发掘出人物合乎自然的语言思维逻辑、语言词汇习俗、语言内容与情感态度、语言表达方式等。所以，柴禾和万元最后"还在继续说龚喜，好像他是一个永远也说不完的人"。这就是柴禾和万元对龚喜的叙述视角不断调整的结果，即叙事立场、逻辑、内容和情感最终达成高度一致。就叙事视角而言，这是非常能体现写作者学术智慧的一篇小说，它使小说视角的变换不是随着人物镜头的切换而变换，那是外部的、机械的转换；而是随着人物的立场、话题、情感、逻辑等内在变化而转换，这是内部的、渐进的转换。这说明，人物的视角意义，本身是具有合流或分流的变化功能的，任何人物的视角都并非完全独立的视角形态。可以说，它反映了写作者对小说叙事角度的深刻认识以及高超的驾驭能力。

---

① 参考黄春黎《〈父亲的相好〉的叙事心理》，《文艺报》，2017 年 8 月 7 日。

以《推杯换盏》为例。陶贵和王羊因为毛英而成为仇敌，最后又因为储洞长变得同仇敌忾。杯盏的交换，伴随的是叙述立场的不断交换，取得的效果就是叙述心理的不断互渗，最后，杯盏不分，对应的是二人立场一致：要一起去对付储洞长，找回毛英。所以，这也是叙事视角相互渗透的典型，陶贵和王羊的关系每发生一个微浅的变化，写作者都必须要控制好微妙的尺度变化，使叙事的视角也不断随着关系变化而转向不同的叙事内容。所以，叙事立场，是叙事尺度的出发点，它直接影响了叙事内容、技巧、情感等多个层面。

以《两次来客》为例。金鼎家里来了两次客人，一位是赵宽，一位是李帽：金鼎极度热情地迎接赵宽，却最终落个郁郁寡欢；金鼎极度冷淡地回避李帽，却不想会心满意足。小说依然延续了此消彼长、相反相成的结构技巧。不同的是，在两次来客面前，金鼎的心情完全取决于赵宽和李帽的态度，金鼎的情绪处于很被动的位置，金鼎的视角功能也处于被削弱的地位。所以，小说大量的情节信息都是由赵宽和李帽主导出来的，人物的情感体验与人物关系也是由赵宽和李帽主导出来的，所以，金鼎的语言是被限制的，金鼎的心理是被调控的，金鼎的幸福观念也是被挤压出来的。可见，叙事尺度，必须与身份匹配，才能在叙事过程中形成合乎自然的真实人格和生活面貌。

因此，合乎自然叙事尺度，是叙事视角与语言、情节、人物等多方面内容共同协调的结果。它们共同地指向了小说的艺术真实性，并成为判断小说是否符合自然的文学精神、能否驾驭合乎自然的文学题材的重要依据。

谢有顺先生说，"当代中国文学缺乏这样一种思考力，即在好看的图像、好看的故事背后，依然承载着非常深刻的精神追问，缺乏思想的这种深度和力度。没有一种雄心要分享更大的精神性的主题、解读更深的内在的冲突，这个匮乏是很明显的。"[①] 应该说，这是对当代小说的一个宏观判断，反映了一种普遍的文学瓶颈现象，这番话基本上

---

① 参考谢有顺《成为小说家》，北岳文艺出版社，2017年12月版。

也说明了中国当代小说正面临着承载深刻的人文追问和文学精神的特殊时期。而这种深刻的人文精神与文学思想，也并非简单地自西舶来即可，这种迫切和焦虑所伴随的更合宜的考虑，恐怕还是要指向中国传统文学精神，以及具体的小说艺术本身。向中国传统文学借力，回溯到传统文学精神的源头，使小说回到合乎自然的艺术真实上来，去除矫饰、傲慢和欺骗，回归到合乎自然的人和环境中去，倡导更适合人健康地、愉快地、自然地发展的人文精神，这是人们的生活难题，也是小说家需要身先士卒去思考和实践的写作主题。因此，重新认识并合理继承传统文学精神的自然精神，从题材内容和艺术技巧上，以合乎自然的尺度，为读者先蹈进步的人文精神和自然的文学精神。这是我们对未来小说的一种期待。

由此来看，晓苏的《夜来香宾馆》也是一部令人充满希望和惊喜的小说集。

看 病

1

冬至那天早晨，林近山突然给我打来一个电话。他说他病了，想来襄阳看病。我问，什么病？他说，腿疼。我让他说具体一点，他说主要是左腿的膝盖疼，疼起来像有一条狗在啃他的骨头。我问，疼多久了？他说有一个多月了。我问他看过没有，他说，咋没看？从村里的私人诊所，看到镇上的卫生院，连兽医站都去看了。银针打过，艾蒿薰过，火罐子拔过，狗皮膏药贴过，吃的药丸子快有一麻袋了，可就是止不住疼。我问，疼得厉害吗？他说厉害，简直疼得要命，有几次连上吊的念头都起了。他怀疑他得的是骨癌，所以就想来一趟襄阳，希望我这个当局长的把他带到大医院检查一下。他跟我说，就是死，我也想死个明白！我沉吟了一会儿说，那你来吧。

林近山是我当年去油菜坡插队时的房东。更准确地说，他是房东的儿子，比我大两三岁。我在他们家里住了整整两年。林近山对我很好，经常爬到树上从鸟窝里掏鸟蛋，然后烧给我吃。有一回，他把手伸进头顶上的鸟窝，没摸到鸟蛋，却摸到了一条蛇，当即吓破了胆，哗啦一声从树上摔下来，差点摔死了。恢复高考那年，我考上了襄阳的一所专科学校。离别时，林近山专门给我做了一口杉木箱，还亲自帮我扛到公路边，送我上车。大学毕业后，我分到政府当了秘书。刚参加工作那几年，我每到年底都要去看他一次。结婚有了孩子之后，我去得少了，但我和他从没断过联系。前年秋天，我当上了行管局副局长。上任没几天，我就专程到油菜坡去了一趟，把我升官的消息告诉了林近山。听说我当了局长，林近山高兴坏了，又是杀鸡，又是宰鸭，还拼命给我敬酒，两个人都喝高了。临走的时候，我拍着胸脯对他说，有事去襄阳找我！林近山打着酒嗝说，好，总有一天要去麻烦你的。

给我打完电话，林近山当天上午就把家里唯一的一头肉猪卖了，卖了两千多块钱。那头猪有三百来斤，是林近山老婆辛辛苦苦喂的年猪。猪贩子把猪拖走时，他老婆有点舍不得，泪花在眼眶里直打转。林近山有些不安地说，都怪我这条腿，害得年猪也杀不成了。他老婆倒是通情达理，苦笑一下说，不杀年猪怕啥？唯愿你去襄阳能够把病看好！

卖猪那天下午，林近山拄着拐棍去了一趟张自榜家。他想让张自榜陪他到襄阳看病。林近山觉得，路途这么远，又拖着一条病腿，应该找个人做伴才行。儿子在外地打工，一时半会儿回不来。老婆也走不开，家里虽说猪卖了，但还有牛和羊，必须有人放。想来想去，林近山最后决定找张自榜。张自榜是一个光棍，平时也没什么正事，田里没种一棵苗，家里连一只鸡也没喂，成天只想着找村里的几个寡妇打情骂俏，偶尔帮她们出些苦力，混点吃的喝的。林近山想，除了张自榜，村里再没有第二个更适合做伴的人了。

　　林近山一走一歪，边走边哼，走了一个多钟头才走到张自榜家门口。好在，张自榜这天没出门，一个人待在家里烤火。他坐在火坑边，两条腿像八字一样张开，一只手伸在裤裆里，正使劲地挠着，看上去像在挠痒。他挠得非常专心，眼睛半睁半闭着，显出很陶醉的样子。林近山站在窗外看了半天，张自榜丝毫没察觉到来了人，直到林近山喊了一声，他才慌忙把手从裤裆里挪开，脸红得跟泼了猪血似的。

　　你裤裆里怎么啦？林近山进门后问。

　　张自榜迟疑了一下说，没怎么。

　　没怎么为啥要用手挠？林近山又问。

　　张自榜支吾说，我自家的东西，想挠就挠一下。

　　林近山还想往下问，张自榜赶紧扭转了话头。他盯着林近山的左腿问，你跛起一条胯子，来我这儿做啥？林近山说，我想请你陪我去襄阳看病。一听说要到襄阳，张自榜顿时兴奋起来。他吹嘘说，襄阳，我熟得很，每家医院我都会走，旅社和餐馆更是闭着眼睛找。林近山顺势说，我晓得你熟，不然我咋会找你做伴？听林近山这么说，张自榜十分得意，一只手又不知不觉伸到裤裆里挠了几下。手停下来后，张自榜问，什么时候动身？林近山说，明天一早就走。

　　送林近山出门时，张自榜红着鼻头问，你不会让我白陪你跑一趟吧？林近山说，哪会呢？我包吃包住，另外还每天给你一百块钱。张自榜考虑了一会儿说，加二十吧，在村里做小工都一百二呢。林近山面有难色地说，我又不是印票子的，每天一百都是割我的肉啊！张自榜说，那你多少再加点儿。林近山说，我最多给你一百一。张自榜沉默片刻，又伸手挠了一下裤裆说，一百一就一百一，反正在家闲着也是闲着。

　　第二天早晨，林近山六点钟就出门了。张自榜陪着他，帮他提着一小袋行李。他们要在八点钟之前赶到坡下的公路边，去搭那趟开往襄阳的过路车。油菜坡的过路车虽然一天有好几趟，但只有一趟到襄阳。刚上路那阵子，林近山走得还比较麻利，但没走多久就走不快了，慢得像蜗牛，嘴里还不住地喊疼。走到半路，林近山实在支持不住，就靠在路边一棵树上歇了一会儿。不过，林近山没敢多歇，只歇了半支烟的工夫就又开始走了。张自榜问，你为啥不多歇一下？林近山说，我怕搭不上车！离公路还有两里的样子，张自榜突然对林近山说，你再歇一下，我想去屙泡屎。他一边说，一边飞快地朝一个大石头后面跑去。过了五分钟，张自榜才回来。林近山用责怪的口气问，你怎么去了那么长时间？张自榜冷笑一声说，一泡屎总得屙完吧！

八点差两分，林近山和张自榜来到了公路上。路边有一个加水站，村里人要出去都在这里搭车。加水站坐落在一棵弯核桃树下面，是李兆祥修的，除了给车加水，还能附带洗车。不过，加水和洗车都由李兆祥的老婆负责，他自己开一辆出租车，在这四乡八村跑生意。李兆祥原先是开拖拉机的，后来换了一辆农用车。去年，他把农用车卖了，又通过他妹夫买了一辆二手的桑塔纳。李兆祥的妹夫是老垭镇交警队的队长，原来的车主看在他妹夫的面子上，一辆半新的轿车只要了他两万块钱。

等了一刻钟，到襄阳的那趟车还没来。林近山正在着急，一辆黑色桑塔纳突然开到了加水站跟前。林近山定睛一看，是李兆祥的车。这时，李兆祥已从车里下来了。他戴着一顶鸭舌帽，显出很有派头的样子。李兆祥一下车就看到了林近山和张自榜，连忙问，你们要去哪里？林近山说，襄阳。李兆祥马上打个哈哈说，襄阳那趟车早就过去了。林近山胀大眼圈问，你骗我吧？李兆祥说，骗你不是人！听李兆祥这赌咒，林近山一下子就晕了，身子陡然一歪。幸亏张自榜扶得快，不然，林近山肯定要摔个鼻青脸肿。刚站稳，林近山就埋怨张自榜说，都怪你，一泡屎屙那么久！张自榜马上还嘴说，你还靠在树上歇了半天呢！

林近山正和张自榜打嘴仗，李兆祥快步走了过来。他一边上烟一边说，你们别吵了，干脆包我的轿车去襄阳。张自榜接过烟说，这个主意好，我还没坐过轿车呢。林近山没接李兆祥的烟，也没接他的话头。张自榜吐了个烟圈，扭头问林近山，你怎么不吭声？林近山低声说，包车太贵。李兆祥急忙说，一个村的人，我可以少收点，来回只要六百块。林近山说，六百也贵，我们搭车去，一个人才一百块。张自榜眼皮一翻说，我看六百不贵，搭车一个人一百，两个人两百，来回就是四百。包辆轿车多好，又快又舒服，才多两百块钱呢！李兆祥说，就是！他说着又给林近山上烟。林近山还是没接烟，犹豫了许久问，能不能少一百，五百怎么样？李兆祥划算了一会儿说，好吧，刨去油费，算我白跑一趟。直到这时，林近山才把那支烟接过去。

李兆祥回到加水站，很快把他的车开了过来。车一停稳，张自榜就迫不及待地上了车。林近山却迟迟不动，看样子好像要变卦。李兆祥有些紧张，一个劲儿地催林近山快点上车。

林近山皱着眉头问，你一直在乡下跑，从没进过城，襄阳你敢跑吗？

李兆祥哈哈一笑说，哪里我不敢跑？别说襄阳，北京老子都敢跑。

城里的交规可比我们乡下严，我怕你不懂。林近山说。

我妹夫是交警队队长，没有老子不懂的交规！李兆祥说。

张自榜也担心林近山变卦，急忙从车里伸出一只手，连声招呼他说，快上来，快上来，城里的交规有啥不懂的？不就是绿灯行红灯停吗？既然张自榜也这么说，林近山就不好再多说什么，只好硬着头皮上了车。

2

午后两点钟，我接到了林近山的电话，得知他们已经到了襄阳。我问他吃过午饭没有，他说已在进城之前吃过牛肉面。事情有些不巧，省里的巡视组那天突然来了，行管局一下子就忙乱起来。我这个当副局长的，更是忙得晕头转向，根本抽不开身亲自去管林近山。不过，我事先已给医院的胡院长打过招呼，嘱托他一定把林近山看病的事情安排好，并要他把所有的费用都记在我的头上。在电话中，我把胡院长的办公地址告诉了林近山，让他直接到医院去找胡院长。我跟林近山说，你一分钱都不用掏，只管去看病就行了。林近山听了欣喜不已，颤着喉咙说，天爷，世上还有这样的好事！

那家医院名气很大，路上的行人都知道。李兆祥一边开车，一边问路，没费什么周折就找到了医院。医院有专用停车场，李兆祥找个空位把车停下了。林近山要李兆祥在车上休息，让张自榜扶着他进医院看病。

院长办公室在门诊大楼后面一栋小楼里，林近山找到时，胡院长已在门口等他了。林近山刚报出自己的名字，胡院长就热情地说，我直接带你去骨科吧，骨科主任今天正好当班，我让他亲自给你看。林近山拿出一包事先准备好的烟，掏出一根递向胡院长说，给你添麻烦了，吸根烟吧。胡院长摆摆手说，别客气，我不会吸烟。张自榜趁机插嘴说，当医生的，一般都不吸烟。直到这会儿，胡院长才发觉张自榜和林近山是一道的。林近山连忙介绍说，他是我请的伴儿。胡院长认真地看了张自榜一眼，微笑着说，有个伴儿好！

骨科在门诊大楼的三楼。经过一楼的挂号窗口时，林近山问，我要不要先挂个号？胡院长说，不用。张自榜赶紧拍个马屁说，有院长带着看病真牛，连号都不用挂！胡院长没搭话，又看了张自榜一眼。大楼里安有电梯，胡院长带他们坐电梯上三楼。在电梯里，林近山有点激动地说，这还是我头一回坐电梯呢！张自榜信口说，我这是坐第九回了！林近山怪笑了一下，想骂张自榜吹牛，但有胡院长在场，就忍住没骂出口。

三楼分布着不少科室，每个科室门口都有醒目的标志牌。张自榜一边走一边看那些牌子，依次看到了眼科、耳科、口腔科、烧伤科。走到性病科门口时，张自榜猛然停了一下。他疑惑地问，性病科是看啥病的？胡院长想了想说，专看性方面的疾病。张自榜还是没听懂，又眨巴着眼睛问，性方面是哪方面？胡院长索性说，就是人的下身出了毛病。张自榜这一回总算听懂了，便不再说话，脸一下子红到了耳根。

骨科在三楼最西头，门口靠墙坐了一长排等待看病的人，有的歪着头在哼，有的仰着脸在叫，还有个人在一边捶腿一边喊妈。林近山没排队，胡院长径直把他带进了门诊室。骨科主任正在给一个病人看腰椎，胡院长要他看完后就给林近山看。骨科主任满口答应着，还对林近山笑了一下。给林近山看病时，骨科主任十分耐心，先是详细地询问病情，接着又认真地检查膝盖，一会儿捏，一会儿敲，然后开了一个单子，让他去拍片。林近山接过单子问，拍片在几楼？胡院长忙说，我带你去吧。

拍片的地方在二楼。胡院长在前面引路，张自榜扶着林近山跟在后面。经过性病科门口时，张自榜又睁大眼圈看了一眼，同时还伸手挠了一下裤裆。

下到二楼，等着拍片的病人也排着长队。林近山仍然不用排队，胡院长领着他直接推门进去了。张自榜没进去，站在门外等。这时有人不满地说，刚才的人为什么不排队？张自榜得意地说，有院长带着，还用排队吗？不到一刻钟，胡院长便领着林近山出来了，手上拿着一张拍好的片子。张自榜迎上去说，好快啊！林近山说，一进去就拍了。

胡院长边走边看片子，又把林近山带回了骨科门诊室。骨科主任刚看完一个病人，正好可以立即给林近山看片。他从胡院长手里接过片子，对着灯光看了好久，然后对林近山说，你的膝关节有严重的骨质增生，也就是长了骨刺，同时还有点儿骨头变形。林近山问，不是骨癌吧？骨科主任一笑说，怎么会是骨癌？你这种病相当普遍。林近山出了一口长气说，不是骨癌我就放心了。骨科主任说，你这种病有两种治疗方法，一是动手术，二是一边吃药一边理疗。胡院长说，动手术也没有绝对把握，我看还是先吃药和理疗为好。骨科主任说，我也是这个意见。林近山这时用手摸着膝盖说，我主要是疼得厉害，特别是到了夜里，疼得我简直想上吊。骨科主任看了看胡院长说，要不，我给他打一支进口的针药？胡院长点头说，打吧。骨科主任低头开药时，林近山小声问，进口药打一针要多少钱？骨科主任说，五百多一点。林近山正在嫌贵，胡院长说，你放心打吧，所有费用都不要你出。张自榜听了惊叹说，啊，打针也免费呀！

骨科主任开好药单后，胡院长又亲自带林近山去一楼取药打针。张自榜一直跟着，不时地扶一下林近山。因为有胡院长带着，取药和打针都一路绿灯，前后没用到半个钟头。

打完针出来，胡院长对林近山说，你针也打了，药也开了，就回家好好疗养吧。他还嘱咐林近山回去后要按时吃药，最好经常去当地卫生院做做理疗。林近山感激不已，不住地说谢谢。胡院长说不必客气，边说边伸出一只手，要跟林近山握手告别。然而，林近山的手还没伸出来，张自榜突然伸出两只手把胡院长的那只手死死抓住了。

院长，我也想看个病。张自榜神色慌张地说。

胡院长一怔问，你也有病？

是的，病了半个月了。张自榜说。他还抓着胡院长的手。

胡院长问，什么病？

下身恶痒，还有脓。张自榜用另一只手指着自己的裤裆说。

胡院长有点儿哭笑不得，犹豫了一下说，走吧，我带你去性病科。

在重上三楼的电梯里，林近山不停地瞅张自榜，像是有话要说，但碍于胡院长在场，一直不好开口。走出电梯后，胡院长快步走到了前面，林近山便趁机说，你真是会凑热闹！张自榜压着嗓门说，公家的便宜，不占白不占。走了几步，林近山说，难怪我看见你经常在裤裆里挠呢，原来是下身烂了。张自榜说，你说得真难听，只是恶痒，哪里会烂？林近山说，都流脓了，你还说没烂！张自榜还想饶舌，胡院长已把他们带到了性病科门口。

进入门诊之前，胡院长回过头来，问张自榜在当地看过没有？张自榜说没看过。胡院长问为什么不看？张自榜说不好意思，还说怕治这种病都要自己掏钱。胡院长暗自笑笑说，跟我进来吧。

林近山没有进去，胡院长让他在门口等候。这里排队的人不多，只有三五个，有的勾着头，有的面朝墙壁，有的戴着口罩，都像是怕被人看见似的。

过了十分钟的样子，张自榜出来了。林近山一脸坏笑地问，是不是梅毒？张自榜嗤了一声说，我怎么会得梅毒？医生说是淋病。林近山又问，谁传染给你的？张自榜脸红脖子粗地说，我也说不清，反正就是那几个寡妇。林近山还想往下问，胡院长拿着一张药单出来了。他先用古怪的眼神看了张自榜一会儿，然后说，跟我到一楼去取药吧。

医生给张自榜开的都是针药，一共开了五针。药是胡院长亲自取的，没让张自榜付钱。林近山问，针药花了多少钱？胡院长说，三百多吧，不过不要你们出。张自榜赶紧说，多谢院长啊！

胡院长把药交给张自榜，郑重交代说，你把针药带回当地去打，每天一针，半个月之内不要行房事。张自榜接过药问，房事是啥事？胡院长愣了片刻说，就是不要和女人睡觉。张自榜说，这我能做到，我连老婆都没有，想行房事也行不成。林近山这时冷笑一声说，没老婆就不能行房事吗？要真是这样的话，那你下身怎么会烂得流脓？胡院长见他们这么斗嘴，觉得十分好笑。但他忍住没笑，还用严肃的口气对张自榜说，你以后要注意，在性生活方面千万不要乱来，实在要行房事，也要戴安全套，如果染上了艾滋病，还有可能丢掉性命。张自榜连忙说，好，我一定记住院长的话。

交代完毕，胡院长转身对林近山说，好了，我还有个会，就不再陪你们了。分别的时候，胡院长还跟他们亲切地挥了挥手。

3

下午五点左右的样子，我刚从会议室去到洗手间，林近山又给我打来了电话。他说他病已看了，针也打了，药也开了，打算明天就回油菜坡。我抱歉地跟他解释，说局里有重要会议，我实在无法脱身，所以专门派了办公室主任小曲去接待他们，吃住都由小曲安排。事实上，在林近山的电话打来之前，我已让小曲开车去医院了，并把林近山的手机号码写给了小曲。我对林近山说，你们在医院等着，小曲会去接你们的。我还告诉他，有什么事就直接找小曲，我还要去接着开会，一进会场手机就要关闭。林近山连声说，好的，你安心忙你的！

从医院出来，林近山和张自榜直接去了停车场。但是，他们没见到李兆祥，也没见到他的那辆黑色桑塔纳。林近山觉得很奇怪，急忙掏出手机打李兆祥的电话。打了好半天，李兆祥才接。你跑哪儿去了？林近山生气地问。李兆祥气息不匀地说，出事了！林近山一惊问，咋啦？交警把我的车扣了！李兆祥有气无力地说。林近山手机的音量开得很大，李兆祥的话都被张自榜听到了。张自榜说，要是我没猜错的话，李兆祥肯定是把他的车从这停车场里开出去了，不然是不会被交警扣下的。

张自榜没有猜错，李兆祥的确把车开出了停车场。林近山被张自榜扶进医院不到十分钟，一对中年夫妻从医院里走了出来。女的弓着背，一只手按在腰上，脸色苍白。男的右手抱着被褥，左手拎着开水瓶和保温桶。他们一看就是刚出院的。夫妻俩缓慢地走到医院前面的马路边，然后站在那里等出租车。李兆祥坐在车里，眼睛一直盯着他们。傍晚时分，出租车很难搭，夫妻俩等了好久也没等来一辆空车。李兆祥的心这时猛然一动，决定去做一笔生意。他立即发动了车，迅速开到了那对夫妻身边。李兆祥把头伸出车窗问，你们去哪里？丈夫说，二桥附近，离这儿四站路。李兆祥说，上车吧。妻子警惕地问，多少钱？李兆祥说，我也是来送病人的，病人这会儿进医院看病了，我闲着无聊，就想抽空挣一包烟钱。你们给二十，怎么样？夫妻俩听李兆祥说得很诚恳，就上了他的车。当时，李兆祥丝毫也没料到，他载上夫妻俩刚跑了一站路，交警就把他的车拦住了。

林近山一听说车被扣了，顿时傻了眼。他问张自榜，这可咋办？张自榜说，让他打电话找他妹夫帮忙说情呀，他妹夫不是交警队的队长吗？林近山觉得这个主意不错，马上打开手机对李兆祥说，你快给你妹夫打电话，让他找个关系放你一马。李兆祥说，我妹夫的电话早打了，他说一出老垭镇他就管不着了！李兆祥的声音很低沉，像一种哭腔。听了李兆祥的话，林近山也恨不得哭。不过，林近山还没哭出来，小曲突然走到了他跟前。

小曲试探着问，你是从油菜坡来的吧？林近山一下子没反应过来，眨巴着眼睛问，请问你是？小曲忙说，我姓曲，你就叫我小曲吧。一听说来人是小曲，林近山仿佛看到了救星。他一把拉住小曲，急吼吼地说，你来得正好，我们遇上麻烦了！小曲问，什么事？林近山过于慌张，许久说不出话来，张自榜便抢着回答说，他请的车被交警扣了！小曲问，扣在哪里？林近山说，这还要问师傅。他说着就打通了李兆祥的手机。李兆祥却吞吞吐吐，半天说不清楚。小曲连忙接过手机，问他这会儿人在哪里？李兆祥说，他在真武山派出所。接完电话，小曲指着停在不远处的一辆小车说，快上车吧，我们抓紧去真武山派出所。

真武山派出所离医院不远，小曲只开了十分钟就到了。林近山老远便看到了李兆祥，他一个人站在派出所门口的马路边，愁眉苦脸，失魂落魄，四肢软塌塌的，人也矮了一大截，看上去像一个被霜打过的茄子。林近山指着李兆祥对小曲说，他就是师傅。

小曲停好车，跟着林近山快步走到了李兆祥身边。交警为啥扣你的车？林近山上来就问。李兆祥气短地说，他说我占了公交车道。小曲不解地问，你怎么能占用公交车道呢？李兆祥嘟哝说，我只晓得红灯行绿灯停，从没听说过还有什么公交车道。林近山气冲冲地问，你不是说你北京都敢跑吗？怎么只跑到襄阳就被捉到了？李兆祥正无言以对，张自榜跟过来了。你的车呢？张自榜问。被交警开走了。李兆祥说。小曲问，他们没说要罚你的款？李兆祥这时亮出一张纸说，咋会不罚款？这是罚款单。小曲接过罚款单看了一眼，大吃一惊问，天哪，没搞错吧？占道最多只罚一百，怎么罚了你一千？李兆祥张开嘴巴动了动，但没出声。小曲自言自语地说，我去问一下情况，事情肯定不会只是占道这么简单。说完，小曲便拿着那张罚款单进了派出所。

只剩下三个人时，林近山问李兆祥，你为啥要把车开出停车场？李兆祥还没想好如何回答，张自榜抢先说，他肯定是想出去拉客。李兆祥赶紧否认说，胡扯，我打算去找个地方给车加点油。停了一会儿，林近山问，罚款交了没有？李兆祥说，没交，我身上哪有这么多钱？再说，交罚款的地方也不在这里，好像离这儿还有很远。林近山听了

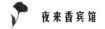

不知道再说什么好，一边叹气一边瞪了他一眼。

　　大约过了十分钟，小曲从派出所出来了。林近山马上迎上去问，究竟是怎么一回事？小曲没有立刻回答，只是瞪着大大的眼睛看着李兆祥，像看一个怪物。看了许久，小曲才说，你胆子好大啊，开这么远的长途，居然不带驾照！林近山和张自榜一下子没听懂小曲的话，一起仰着脸问，你说啥？小曲说，他无照驾驶，不仅要罚一千块钱，还要拘留七天呢。林近山听了吓一跳，左腿的膝盖猛地又疼了起来。张自榜连忙扶住林近山，安慰说，你别怕，我们是包他的车，罚款和拘留都是他的事，与我俩无关。林近山苦笑了一下说，可我们明天怎么回去呢？张自榜说，万一不行，我们就坐班车吧。

　　听张自榜和林近山这么说，李兆祥差点气炸了肺，同时也害怕得要命，连肩膀都开始发抖了。好在，小曲没说不管他。李兆祥正感到两眼发黑，小曲拍着他的肩头说，你也别太紧张，刚才在派出所，我正好找到了一个熟人，他看在我们局长的面子上，决定不拘留你了。李兆祥一听，喜出望外，连忙双手合十，一边给小曲作揖一边说，啊呀，我幸亏遇上了贵人，谢谢你啊！小曲摆摆手说，要谢，谢我们局长吧。他派我来接待你们，出了事，我不能不管。过了一会儿，李兆祥红着脸问，那罚款的事呢？小曲说，一千块钱的罚款，一分也不能少，因为罚单一开就上网了，谁也改不过来。李兆祥蹙着眉头说，天哪，我去哪里弄这么大一笔钱？小曲想了想说，既然你没有钱，那罚款还是我去帮你交吧。话音未落，李兆祥又开始给小曲作揖了，嘴里不停地说，贵人啊，贵人啊，你真是我的贵人啊！

　　罚款要到汉江边上的一个交警中队去交。小曲把车开过来，让李兆祥跟他一道去。李兆祥上车时，林近山和张自榜也跟着上了车。小曲对那地方很熟，没用到一刻钟就到了。

　　交警中队收费室下午五点半钟关门，但他们到达时已经五点二十五分了，当班的警察正在关电脑，准备下班回家。碰巧的是，小曲认识其中一位女警察，说了几句好话，她便重新启动了电脑。交完罚款，女警察马上开了一份扣压车辆放行通知书，笑笑地递给小曲说，这辆车按说是不能这么快就放行的，但看在你们局长的面子上，我今晚就放行算了。小曲说，谢谢你，局长一定会记得你这份人情！临出门时，小曲回过头问女警察，车主没带驾照，还能去开车吗？女警察迟疑了一下，把嘴贴在小曲耳边说，车主没有驾照，你不是有吗？你先去停车场把车开出来，然后再交给他自己开嘛。小曲挤眼一笑说，明白了，感谢指点！

　　李兆祥的车扣在万山停车场。在去往万山的路上，小曲一直都在给李兆祥讲城市的交规。李兆祥像个听话的小学生，一边听一边不停地点头。快到停车场时，小曲拍着李兆祥的肩说，以后出车，千万要记得带上驾照。李兆祥这回没有点头，也没吱声。你听见了吗？小曲扭头问。李兆祥犹豫了片刻，然后古怪地一笑说，我其实没有驾照。小曲听了一怔，立刻刹住了车，目瞪口呆地看着李兆祥。

　　你没有驾照，怎么敢开车？小曲奇怪地问。

　　李兆祥说，我们那里的交警，从来没有查过我的驾照。

　　为什么？小曲问。

　　李兆祥说，我妹夫是当地交警队的队长。

　　小曲的目光顿时变得怪怪的，满脸都是惊异。林近山以为小曲不相信李兆祥的话，赶快证明说，是的，他妹夫的确是交警队的队长。张自榜补充说，没人敢查他的证件，他在公路上轧死了人家的猪，也没人敢找他赔。小曲感叹说，难怪呢！

　　夜幕已经降临了，路灯开始亮起来。小曲默默地发动了车，迅速往停车场开去。到了停车场门口，小曲把车停下来，一个人拿着放行通知书进去了。按照规定，停车场放行之前，每个提车的人必须交二十元的停车管理费。不过，他们没让小曲交钱。进门时，小曲跟一个负责的提到了一个人，那个负责的一听，二话没说便让他把车开出来了。

　　小曲把车开出很远才交给李兆祥，然后让李兆祥跟着他的车，一道开往事先预订好的宾馆。小曲做事很细致，先把他们三个人安排住下，接着又亲自陪他们到餐厅吃饭。一直到晚上九点钟，小曲才离开

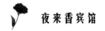

宾馆。

分手的时候，小曲对林近山说，吃住的费用都不用你管，我已经
都签了单。林近山说，太谢谢你了！出门后，小曲又扭过身来，看着
李兆祥说，你明天最好天一亮就出城，免得又被交警抓住查驾照。李
兆祥赶忙点头哈腰地说，好的，我明天天不亮就起床。

4

次日，李兆祥果然天不亮就起了床。当时，林近山和张自榜都还
在打鼾。李兆祥把他们从被子里扯出来，脸也没顾上洗就上车出发了。
在车上，林近山不住地打哈欠，张自榜不停地挖眼屎。街道上空荡荡
的，只有几个扫马路的人，一个交警也没有。李兆祥把车开得飞快，
开出城外好远，天边才露出一片鱼肚白。

八点多一点，他们到了一个小镇上。经过一家简易餐馆时，李兆
祥突然给车减了速。餐馆门口坐着不少吃早餐的人，有的在吃包子，
有的在吃面条，有的在吃稀饭。李兆祥吞了一口涎水，扭头看了一眼
坐在后排的张自榜。张自榜没吱声，只默默地把坐在他身边的林近山
看了一眼，同时也吞了一口涎水。林近山却一声不吭，眼皮半开半合
着，装作什么也没看见似的。车开得很慢，餐馆的老板对着车一边招
手一边喊，吃早餐，吃早餐，包子面条稀饭都有。林近山说，不吃，
不吃，昨晚上在襄阳，大鱼大肉吃多了，到现在一点儿都不饿。林近
山这么一说，李兆祥便猛地踩了一脚油门，把车从餐馆门口开过去了。

临近中午的时候，他们到了一个名叫炸溪的地方。过了炸溪，就
是老垭镇的地盘了。炸溪有一个农家乐餐馆，紧挨着公路，厨师正在
炒菜，油盐的气味一直飘到公路上。李兆祥早已饿得不行，一闻到油
盐的气味，两只手连扭方向盘的劲都没有了。他一脚踩下刹车，发牢
骚说，妈的，快饿死了！张自榜立即跟着说，我肚子里的蛔虫叫了好
半天了。然后，两个人一起看着林近山。林近山也早饿了，把头伸出

车窗吐了好几次清水。他看了看手机上的时间，终于松口说，下去吃点东西吧。

天气很冷，餐馆门口的一盆水都结成冰了。林近山开始只点了两个炒菜，一个土豆丝，一个鸡蛋。张自榜说，这么冷的天，点个火锅吧。他一连央求了几遍，林近山才加了一个豆腐火锅。饭菜上来后，李兆祥提议说，来瓶酒咋样？林近山反对说，现在到处抓酒驾，你开车怎么能喝酒？李兆祥轻篾地一笑说，马上就到我妹夫的地盘上了，谁还敢抓我不成？林近山想了想说，要喝酒你自己买，万一被抓住了，我可不负责任。他说完便埋下头，一个人吃起饭来。李兆祥十分生气，当即掏出十块钱，找服务员买了一斤自家煮的苞谷酒。斟酒时，李兆祥斜了一眼林近山，故意问，你是不是也喝一杯？林近山头也不抬地说，不喝！李兆祥又问张自榜，你呢？张自榜笑笑说，我陪你喝一杯吧，以免你一个人喝不起劲。再说，这天也实在是太冷了。

油菜坡那地方的男人，十个中间有九个都能喝酒。他们不仅酒量大，而且还贪杯。没用到半个钟头，那斤苞谷酒便被李兆祥和张自榜喝光了。喝光之后，他们还觉得不过瘾，张自榜又出钱买了半斤。起席的时候，两个人都满脸通红，说话酒气冲天，走路也歪歪倒倒了。

李兆祥从餐馆出来，直接就上了车。林近山盯着他的红脸说，等脸不红了再走吧。李兆祥摆摆手说，没事，这条路上绝对没人敢管我。张自榜说，歇会儿走也好，万一被交警拦住了不好办。李兆祥打着酒嗝说，不要紧，万一有人拦我，我就给我妹夫打电话。他还说，这里又不是襄阳！

从炸溪到油菜坡，只剩下二十公里的路程。张自榜说，再过半个小时，我们就到家了。李兆祥说，哪里还要半个小时？我只要二十五分钟就能开到。他一边说一边给车加速，把在路边觅食的几只鸡吓得狂飞乱叫。

快到油菜坡的边界时，张自榜猛然想起了什么，扭过身子，两眼直直地看着林近山。林近山一下子愣住了，疑惑地问，你为啥这么看着我？张自榜喷着酒气说，马上就要到家了，你把这两天的工钱付给我吧。林近山一听就明白了，但他假装迷糊地问，啥工钱？张自榜眼皮一翻说，你这人，怎么前天说的话今天就忘了？你说好每天付我一百一的工钱的，这次来回两天，你要付我二百二。张自榜话刚说完，一只手就伸到了林近山面前。然而，林近山却毫无反应，两只手一动不动地抱在怀里，没有一点付钱的意思。

沉默了许久，林近山认真地说，这回的工钱，我是不会给你的。

说啥？张自榜立刻叫了起来，难道你想赖账？

林近山不慌不忙地说，你看性病，光针药就花了三百多，胡院长一分钱也没让你出，你还好意思找我要工钱，真是脸厚啊！

你！张自榜一下子脸都气歪了，用手指着林近山的鼻子，火冒三丈地骂道，你他妈的，真是个混蛋！

这时，李兆祥突然转过头来，使劲地看了林近山一眼。他的眼睛也被酒精烧红了，像燃着两团火。前头不远是一条石沟，沟上架着一座石拱桥，过了石拱桥就是油菜坡了。车快开上石拱桥的时候，李兆祥又转过头来看了一眼林近山。他的眼睛显得更红了，仿佛还冒着熊熊火焰。

姓林的，这趟包车的钱，你不会也想赖账吧？李兆祥满嘴酒气地问。

林近山狡黠地笑笑说，我这个人，从来都不会赖账。不过，包车的钱已经有人代我提前付了。

你啥意思？李兆祥顿时慌了手脚，车也跟着摇晃起来。

林近山说，你无照驾驶，一千块钱的罚款都是小曲帮你交的。按说，除去五百的包车钱，你还应该倒给我五百呢。

李兆祥一听，红脸陡然气成了白脸，眉毛和胡子都竖起来了。他一只手扶着方向盘，另一只手捏成拳头，飞快地朝着林近山的脸甩了过去。不过，李兆祥没能打着林近山。拳头刚要落到林近山的鼻梁时，李兆祥的车一头撞在了石拱桥的栏杆上。轰隆一声，栏杆瞬间被撞断了四五根。接着，又是轰隆一声，车从石拱桥上直冲下去，翻在了石沟里……

那条石沟很深，少说也有十几丈。车已经摔变了形，完全成了一堆废铁。万幸的是，三个人还算命大，从那么高的地方摔下去，居然都还活着。当然，他们的伤势都很惨重，李兆祥断了一只胳膊，张自榜断了一截腰椎，林近山断了一条腿。巧得很，林近山断的正好是左边的那条病腿。

车祸发生的当天傍晚，林近山在救护车上给我打过一个电话。因为三个人都要做手术，手术的难度还相当大，而当地医院又没有足够的把握，所以就建议他们直接来襄阳。林近山打电话给我，是希望我能再次为他提供方便。但遗憾得很，林近山打了好半天，也没能把我的电话打通。当时，巡视组的人正在对我进行诫勉谈话，要求我把手机关了。在此之前，有人给巡视组写了一封举报信，举报我有一些违纪问题，还说我当年升局长也属于带病提拔。

除 癣 记

1

阴历六月份，天气刚热起来的时候，谷珍回到了娘家。她是一个人坐班车回来的，手上拎了一大包换洗的衣裳。

谷婶当时正在堂屋里给孙子洗球鞋，看见谷珍一个人进门，顿时感到有些不大对劲。谷珍以往回来，都是和丈夫一起。丈夫开摩托车，谷珍贴在丈夫背后，双手箍着他的腰。在谷婶的印象中，谷珍还从没一个人回来过。女婿呢？谷婶表情严肃地问。谷珍露出一丝苦笑说，他忙。谷婶没信谷珍的话，直直地看了她一眼，觉得她好像心里有事。不过，谷婶没再往下问。她连忙丢下手里的鞋和刷子，起身给谷珍倒了杯水。

谷珍一边喝水，一边观察谷婶的表情。

她发现谷婶的脸上充满了疑惑。谷珍嫁在邻县远安那边，丈夫是个修摩托车的。那地方离油菜坡有一百多里路，谷珍出嫁后回娘家的机会不多，一年只回两次。一次在春节后，来给母亲和哥嫂拜年，另一次是中秋节之前来为母亲祝寿。

谷婶洗完鞋晒好后，搬一把椅子坐在了谷珍身边。她先用奇怪的眼神看了看谷珍，然后锁着眉头问，你怎么现在有空回来？

谷珍没马上回答。她把喝完水的空杯子从一个手上换到另一个手上，犹豫了好久才说，我病了，想回你这儿住一段时间。

什么病？谷婶一惊问，眼睛猛然胀大了一圈。

浑身长癣。谷珍说，边说边伸手隔着裤子在腿上抓了两下。

谷婶赶紧侧过身子，仔细打量谷珍。谷珍上身穿着长袖衬衣，下身穿着齐脚的长裤，浑身裹得严严的，只有脸和手露在外面。谷婶在谷珍的脸和手上看了半天，一个癣也没见到。怎么没看到癣？谷婶问。谷珍说，都在身上呢。

谷珍想把裤脚掀起来，让谷婶看一眼她腿上的癣。可是，她刚把手伸到脚那里，八岁的侄儿秋子突然从对面杂货铺里回来了。他手上拿着一根火腿肠，正一边走一边吃。一见到秋子，谷珍急忙把手缩了回来。谷婶接下来也没再说要看她的癣，谷珍也就算了。

秋子很懂礼貌，见到谷珍就喊，姑姑，你回来了！谷珍问，你怎么没上学？秋子说，今天星期天呢。这时，谷珍忽然想到了哥嫂，便问谷婶，哥嫂最近回来过吗？谷婶说，没有，他们过完年一走就没影子了。谷珍又问，他们还在广东打工？谷婶还没开口，秋子抢着说，不是广东，是东莞。谷珍浅笑了一下说，秋子真聪明！她说完抬起一只手，想摸一下秋子的头。但谷珍没有摸，她的手刚抬起来就放下去了。

时间已快到中午，气温越升越高了。外头的阳光像火，把堂屋烤得热烘烘的。秋子虽说穿着背心和短裤，额头却还在流汗。他靠在门上，一边吃火腿肠，一边眨巴着眼睛观察谷珍。

姑姑，你穿那么长的衣裳不怕热吗？秋子歪着脑袋问。

谷珍愣了一会儿，有些无奈地说，我不怕热。

谷珍显然说的是假话，说完就掏出一块纸巾擦了一下刘海下面的汗珠。事实上，谷珍的衣裳里早已捂满了汗。汗水像蚂蚁一样在她的癣上蠕动，她感到奇痒无比，简直难受死了。

秋子很精明，当然不会相信谷珍的话。他停止了吃火腿肠，用大人的口气对谷珍说，你要是怕热，就把长衣裳脱了吧，也像我这样，穿背心和短裤。

谷珍听了很感动，眼眶里顿时闪出了泪花。但是，谷珍不能按秋子说的那样去做。全身都是癣，颜色暗红，像铜钱那么圆，仿佛遍体都盖着印章。谷珍不好意思让别人看见，还担心吓坏了别人。再就是，谷珍也不敢穿背心和短裤。她是一个很守旧的女人，从来不敢穿得稍微露一点。沉默了一会儿，谷珍对秋子说，我真的不热。

谷珍和秋子刚才说的话，谷婶都听见了。但她却装作没听见，始终没插一句嘴。后来，谷婶转身进了她睡觉的那间西厢房，找出了一把蒲扇。她二话没说就把蒲扇递给了谷珍，同时还给谷珍递了一个眼神。

谷婶的这个眼神有点儿复杂，但谷珍一眼就能看懂。谷珍这么守旧，与谷婶从小对她的严厉管教是分不开的。

打懂事那天起，谷婶就对谷珍说，女娃儿要自重，衣裳要系得紧紧的，千万不能让那些臭男人看了便宜。读小学三年级那年夏天，城里来的表姐给谷珍买了一条裙子，可谷婶死活都不让她穿，说把两截小腿露在外面丢人现眼。上初中的时候，谷珍在课间和两个女生跳绳，旁边有几个男生围观。正跳得起劲，谷珍的裤带突然断了，裤子滑落到了地上。谷婶听说后火冒三丈，不仅打了谷珍一巴掌，还强迫她中途退了学。

谷珍一边摇着蒲扇，一边回忆往事，有点儿哭笑不得。谷婶找出蒲扇后，就进厨房去料理午饭了。厨房里很快飘出了油盐的香味。

要说起来，谷珍心里并不怨恨谷婶，相反还能理解她。满五岁那年，谷珍的父亲就被谷婶撵走了。父亲属于上门女婿，也称为倒插门，老家在一个叫毛湖的地方。他是个篾匠，长年走村串户帮别人编筐织席。有一次，父亲去邻村望娘山为一户人家打背篓，女主人总是穿一条花裤衩在他眼前晃来晃去，两条大腿白花花的。父亲经不起那两条大腿的诱惑，扔下篾刀就和女主人好上了。事情败露后，谷婶毫不留情地把父亲撵了，让他当天就滚回了毛湖。从那以后，谷婶一见到穿得少的女人就气不打一处来。看到谁穿着露一点，她就骂别人不要脸。

吃过午饭，秋子丢下碗又去了对面的杂货铺。那里人来人往，秋子总爱跑去凑热闹。不过，杂货铺的两口子为人挺好。他们年近五十还没生孩子，总喜欢别人的孩子去玩。

屋里只剩下两个人时，谷婶起身把大门关了，回头对谷珍说，你把衣裳掀起来，我看看你的癣。谷珍犹豫了片刻，把两只袖子扯上来，让她看了看两只胳膊。胳膊上的癣密密匝匝的，谷婶看了不禁浑身发麻。天哪，好厉害啊！谷婶感叹道。谷珍说，别的地方还厉害一些。但谷婶没说看别的地方，好像是不敢再看了。

过了一会儿，谷婶埋怨道，你的癣长成这样，不好好待在家里治癣，跑到我这儿来做什么？谷珍解释说，我在那边治了大半年，把远安所有的医院都跑遍了，钱也花了一两万，可身上的癣一点儿也没见好。实在没办法，我才决定回娘家来治一治。谷婶瞪大双眼问，远安都治不好你的癣，难道我们这个小地方能治好？谷珍顿了一下，有点儿神秘地说，听说油菜坡来了个除癣专家，没有他除不了的癣。据说，他还发明了一种除癣膏，擦半个月就能把癣除尽。

谷婶一听，突然冷笑了一声说，你说的该不会是谢去病吧？

谷珍兴奋地说，就是他！远安那边的电线杆子上，贴满了他的广告。

谷婶扩大嗓门说，傻丫头，电线杆子上的话你也相信？我告诉你，谢去病是个跑江湖的骗子，除了骗吃骗喝，他哪能除什么癣？

真的吗？谷珍将信将疑地问。

谷婶说，当然是真的。听村里人说，谢去病不光骗吃骗喝，还骗色呢！他是个流氓，在我们这一带，没有哪个女人敢去找他看病。

听谷婶这么一说，谷珍顿时感到很沮丧。这次，她完全是冲着谢

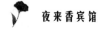

去病回来的，对除癣抱有蛮大的希望。没想到，她刚一来，谷婶就当头给她泼了一瓢冷水，泼了她一个透心凉。

2

谢去病租住在苏家老院。那是油菜坡仅存的一栋带天井的旧宅。院子里有一棵百年老槐树，树已冒出天井，枝繁叶茂，像从院子里撑出去的一把巨伞。院子的主人进城定居了，谢去病托人将它租了下来，然后在门口的柱子上挂了一块招牌，上面写着：谢去病诊所。

诊所离村小学不远，有一条窄窄的石板路与学校连着。谢去病在院子里晒药时，能听见学校的铃声。隔三差五，谢去病会去学校走一走。他带些甘草片给学生娃娃们吃，同时让他们放学后帮他散发小广告。谢去病戴一顶礼帽，下巴上留一撮山羊胡，学生娃娃们都喊他爷爷。事实上，谢去病的年纪并不大，还不到五十岁。他把自己打扮成这副老相，是想让别人更迷信他的医术。谢去病这个名字，也是他来到油菜坡以后才改的。以前在老家铁厂垭的时候，他叫谢上君。

这天上午，十点钟的光景，学校课间操的音乐刚停不久，秋子突然跑到了谢去病诊所门口。

谢去病正在院子里晒党参。见到秋子，他不禁一愣，奇怪地问，你来做什么？秋子气喘吁吁地说，我姑姑让我来帮她买两袋除癣膏。他说着从口袋里摸出一百块钱，递向谢去病。谢去病没接钱，盯住秋子的脸问，你姑姑是谁？秋子说，她叫谷珍。谢去病摸着山羊胡说，我来这里半年了，怎么从没见过她？秋子如实回答说，她家住远安那边，昨天才来我们家。谢去病说，难怪呢。

秋子这时把钱伸到谢去病的手边，催促说，你快点儿把除癣膏卖给我吧，我还要赶回学校上课呢。谢去病却仍然不接钱，不慌不忙地问，你姑姑买除癣膏做什么？秋子说，她身上长癣。谢去病蹙着眉头问，她长癣，怎么不亲自来？秋子犹豫了片刻说，我奶奶不让她来你这里。

为什么？谢去病大吃一惊问。我奶奶说，她说……秋子支支吾吾。谢去病赶紧问，你奶奶说什么？秋子迟疑了一下，索性大声说，我奶奶说你是个流氓！谢去病一听，顿时变得脸红脖子粗，额头上汗都出来了。他连忙取下礼帽，当扇子对着自己的脸扇风。

扇了一会儿，谢去病认真地说，秋子，你赶快回学校上课吧，我不会卖给你除癣膏的。秋子轮圆眼睛问，为什么？谢去病说，你回去告诉你姑姑，要想买我的除癣膏，她必须亲自到我的诊所来。

秋子一下子急了，高声说，你怎么这样？是我奶奶说你是流氓，我姑姑又没说！谢去病一笑说，我不是这个意思，即使你奶奶没说我是流氓，我也不会把除癣膏卖给你。秋子问，那是为什么？谢去病说，只有见到病人，我才能对症下药。

秋子没有立刻回学校。他一直把那一百块钱伸在谢去病面前。过了一会儿，他又央求说，你就卖两袋除癣膏给我吧，我姑姑痒得太可怜了。昨天夜里，她不停地往身上擦酒精，可痒还是止不住。谢去病说，别再白费口舌了，你就是把天说塌下来，我也不会卖给你除癣膏。有些话，我跟你说不清楚，你还是回去让你姑姑自己来吧。

这时，学校的上课铃响了起来。秋子一听见铃声，扭头就离开诊所，沿着那条石板路飞快地跑了。

下午三点钟的样子，谢去病刚送走一个胃病患者，正要进药房去碾三七粉，诊所门口出现了一个三十五六岁的女人。她身材匀称，穿得整整齐齐，白净的脸上带着一丝忧郁。一见到这个女人，谢去病马上呆住了。那只正要跨进药房的脚，也一下子僵在了门槛上，进退两难。

你是谷珍吧？谢去病试探着问。

谷珍惊奇地说，你怎么晓得？以前我们从没见过面呀！

谢去病急忙挪着双脚迎到门口，有点得意地说，我猜的。谷珍随口问，你怎么这样会猜？谢去病说，自从秋子上午走了以后，我就在猜你长什么样子。还别说，你的样子和我猜的八九不离十。谷珍不冷不热地说，是吗？谢去病说，不过，我没猜到你这么快就会亲自到我诊所里来。谷珍脸一红说，我本来不打算来的，可身上的癣痒得我实在难受。

谷珍一直站在院子外面。谢去病热情地说，赶快进来吧，让我看看你的癣属于哪一类。谷珍干笑了一下说，我就不进去了，请你把除癣膏卖我两袋吧。我在远安看过你的广告，听说你熬的除癣膏效果很好，我想买两袋回去擦擦看。谢去病一怔，怪笑一下说，对不起，我的除癣膏不随便卖。谷珍问，为什么不卖？谢去病解释说，我熬的除癣膏有好几种，首先我必须看清是哪一类癣，然后才能确定擦哪种膏。

谢去病说得很诚恳。谷珍想了想，觉得他说得有些道理，犹豫了半天，终于鼓足勇气走进了院子。

院子里的老槐树正值花季，谷珍一进门就闻到了一股清香。这是什么香？谷珍耸耸鼻头问。谢去病说，槐花。谷珍马上仰头去看那棵老槐树，果然看见了满树的花朵。她还看见了数不清的蜜蜂和蝴蝶，它们正绕着槐花唱着舞着。

门诊室在药房旁边，摆着一张古老的书桌，桌子的一边放着一把旧式圈椅，另一边竖着一只高高的木凳，也是旧式的。谢去病把谷珍带进门诊室，指着木凳说，坐吧，把衣裳解了，我看看你的癣。谷珍小心翼翼地环顾了一下四周，默默地在木凳上坐了下来。但是，她迟迟没解衣裳。

快把衣裳解了。谢去病催道。

谷珍磨蹭了一会儿，慢慢掀起衬衣的袖子说，你看吧。

谢去病走近谷珍，低下头仔细看了她的两只胳膊，然后一边摸山羊胡一边说，你这是金钱癣，属于最顽固的一种。谷珍急切地问，这种癣你能除吗？谢去病说，没有我除不了的癣。谷珍说，但愿如此。她说着就麻利地扯下袖子，把癣又盖上了。谢去病问，其他地方没有吗？谷珍说，全身都是。谢去病说，也让我看看，我看是否都是金钱癣。谷珍愣了一下，弯下腰把两只裤管往上提了提，露出了两条小腿。谢去病弯下腰去看了看说，也是金钱癣。谷珍赶紧放下裤管说，别处就不必看了，都是一样的。

　　谢去病直起腰来，将谷珍浑身上下打量了一遍，十分诧异地问，你身上的衣裳怎么裹得这么严？谷珍红着脸说，习惯了。谢去病说，像你这种全身长癣的人，压根儿不能把自己这么严地裹起来。裹严了捂汗，潮湿，不透风，癣会越来越厉害。你应该穿少一点，最好穿吊带衫和短裙。谷珍的脸红得更加厉害，嘟哝着说，可我习惯了。

　　脸上恢复平静后，谷珍从包里掏出一张钱对谢去病说，现在，你该可以卖给我除癣膏了吧？谢去病绕到书桌后面，先坐到圈椅上，然后不紧不慢地说，卖是可以卖，但我实话告诉你，我的除癣膏只能由我亲手给病人擦，从来不让带出诊所。为什么？谷珍感到莫名其妙。谢去病说，除癣膏是我根据祖传秘方熬成的，一共用了二十四味中药。这配方，我必须保密。别人如果有了除癣膏，他就会想方设法把我的配方化验出来。要是这样的话，那我的饭碗就被人抢了。

　　谷珍冷笑道，照你这么说，我和秋子一样，又是白跑了一趟。谢去病连忙说，怎么会白跑？你买了除癣膏，我可以帮你擦呀！

　　谷珍用异样的目光看了看谢去病，满脸狐疑地说，难怪我妈在背后说你呢，看来她没说错啊！谢去病敏感地问，她说我是流氓，是不是？谷珍反问道，难道不是吗？谢去病有点赌气地说，流氓就流氓吧，随她怎么说。再说了，我又不强迫你买我的除癣膏，这完全是姜太公钓鱼，愿者上钩。

　　谢去病话音未落，谷珍已站了起来，转身就走出了门诊室，连招呼也没跟谢去病打。谢去病稳稳地坐在圈椅上，对着谷珍的背影说，不送！

　　然而，谷珍走到院子中间时，猛地停在了大槐树跟前。谢去病想，她可能是被槐花的香气拖住了。大约停了两三分钟，谷珍蓦然回过头来问，我买两袋除癣膏，你能不能只给我擦擦胳膊和腿？谢去病没料到谷珍会产生这种想法，好一会儿才反应过来，不无惊喜地说，当然可以！

　　谷珍又回到了门诊室，重新坐在了那只木凳上。谢去病匆匆去了一趟药房，拿来了两个鼓鼓的塑料袋，像两包洗发精。谷珍这时已把胳膊和腿露了出来，等着谢去病为她擦药膏。谢去病先把药膏挤到手指头上，然后一点一点地往谷珍的癣上擦。药膏刚从冰箱里取出来，涂到癣上有一种凉飕飕的感觉。谷珍感到舒服极了，情不自禁地闭上了眼睛。

蹲下去擦腿时，谢去病问，你妈不许你来我这里，那你怎么还是来了？

谷珍说，我是硬着头皮来的，身上痒得要命啊！

来的时候，你妈没拦你？谢去病问。他擦得很仔细，一处擦好几遍。

我是趁她出门打猪草时偷着来的。谷珍说。她仍然闭着眼睛。

擦完后，谢去病走到水池边去洗手，边洗边对谷珍说，一袋除癣膏只用了一半，另一半我给你放进冰箱存着，你隔天再来擦。坚持擦个四五次，我保证把你胳膊和腿上的癣除尽。谷珍一边答应着一边掏出钱，朝谢去病递过去。谢去病却没接钱，诚恳地说，钱你别慌给，等除完癣一起付。谷珍说，你还是先收下吧，欠着不好。谢去病说，有什么不好？我还怕你跑了不成？听谢去病这么说，谷珍只好把钱收了起来。

谷珍很快要走。谢去病说，再坐一会儿吧。谷珍说，不啦，我要抢在我妈打猪草回来之前赶回去，以免挨骂。

谢去病一直把谷珍送出了院子。分手时，谢去病嘱咐说，你一定要把袖子和裤脚卷起来，这样癣才好得快。谷珍说，好，我听你的。谢去病又说，这两天不要洗胳膊和腿，一洗药效就没了。谷珍说，行，这我能做到。谢去病最后说，后天，你记得再来擦药膏，最好上午就来！谷珍想了想说，我争取吧。

3

这天，谷珍一吃过早饭就打算去苏家老院找谢去病擦药膏。除癣膏效果不错，两天来，谷珍的胳膊和腿一次也没痒过，癣的颜色也淡了一些。她决定接着去擦。

可是，谷婶一直待在屋里，谷珍始终找不到机会出门。

谷婶已经晓得了谷珍去找谢去病这件事。那天，谷珍回来晚了一步，刚到门口，谷婶也扛着猪草筐回来了。谷珍当时正卷着袖子和裤脚，两只胳膊和一双小腿都露在外面，还散发出一股硫磺的气味。谷婶眼尖，一眼就看出谷珍去了谢去病的诊所。她当场就发了火，骂谷珍不听话。谷婶还要谷珍赶紧放下袖子和裤脚，斥责道，一个女人，露那么多肉在外头，也不害臊！谷珍没还嘴，却没把袖子和裤脚放下来。谷婶很不高兴，瞅着谷珍的胳膊和腿说，你要不把袖子和裤脚放下来，就每天给我老老实实在家待着，对面杂货铺也不许去。

谷珍一连两天都待在屋里，四门没出。但到了第三天，她再也待不住了。谷珍记着谢去病的话，今天该去擦药膏了。

早饭刚吃罢，谷珍就盼着谷婶出门打猪草。她说，妈，你快去打猪草吧，碗筷我来收拾。谷婶看出了什么，厉声问，你是不是想趁我出门打猪草又溜到谢去病那儿去？谷珍索性说，是的，我还有半袋除癣膏存在他那儿。谷婶正色道，你不要再去找那个流氓了。你不害臊，我还怕村里人戳我的背心沟子呢！

谷珍扬起脸来问，你凭什么说人家是流氓？谷婶说，我当然有根据。听杂货铺的两口子说，有个女人去找谢去病治感冒，谢去病让她把舌头伸出来看看舌苔。那个女人刚把舌头伸出来，谢去病就用自己的舌头把人家的舌头舔了一下。你看看，世上哪有这样看舌苔的？真是个流氓！

谷珍不以为然地说，你这是听人家说的，又没亲眼看见，谁晓得是真是假？反正我那天去诊所，谢去病对我规矩得很。谷婶剜她一眼说，我看你是病急乱投医，什么都不顾了。但我跟你说，你别想再去找谢去病，今天猪草我也不打了，专门在家看着你！谷珍噘起嘴说，你看着吧，看着我痒死算了！

临近晌午，气温骤然升到了三十八度，谷珍浑身都出了汗。汗一

27

出来，谷珍身上的癣便开始发痒，好像全身都爬满了毛毛虫，恶痒难熬。实在没办法，谷珍只好把手伸进衣裳里到处乱抓。她像发了疯一样，抓得咬牙切齿。

谷婶见状说，你痒成这样，不会再去擦些酒精？谷珍一脸痛苦地说，那瓶酒精早被我擦完了。谷婶不相信，马上进到谷珍睡的东厢房去找。出来的时候，她手上拿着一个空瓶子。真的没有了。谷婶红了一下脸说。谷珍没搭理谷婶。猛抓了一阵子，她身上终于好受了一点。

谷珍把手从衣裳里抽出来时，发现每个指甲上都沾着血，像刚刚涂了一层红指甲油。谷婶见到血，不禁有点儿头晕。沉吟了一会儿，谷婶自言自语地说，等吃了午饭，我再去老垭镇卫生院买一瓶酒精回来。

午饭刚吃完，开往老垭镇的班车就来了，停靠在杂货铺门口。谷婶丢下碗筷，匆匆忙忙往对面跑。可是，她刚跑出几步就停下了，回头对谷珍说，好好在屋里待着，哪里也不准去！谷珍小声嘀咕说，你干脆找个链子把我的脚捆住！

班车开走一刻钟的样子，谷珍刚把碗筷捡好，一个戴黑色礼帽的人突然出现在门口。谷珍举头一看，竟然是谢去病。

天啊，你怎么来了？谷珍吃惊地问。

谢去病取下礼帽一边扇风一边说，等了一上午不见你去，我只好来找你了。

你不怕我妈骂你吗？谷珍睁大眼睛问。

谢去病摸了一下山羊胡说，看见她上车走了，我才进来。

谷珍把谢去病让进堂屋，麻利地给他倒了一杯凉茶。递茶时，谷珍若有所思地问，听你刚才的话，好像你来很久了？谢去病喝了一口茶说，我来了半个多钟头了，一直潜伏在屋旁边的黄瓜地里。谷珍微微一笑说，难怪你肩上有黄瓜花呢。谢去病伸手拍了一下肩说，你妈种的黄瓜真是诱人，水灵灵的，我当时恨不得偷吃一条。谷珍说，黄瓜有什么好吃的？

放下茶杯后，谢去病把目光集中到了谷珍的胳膊和腿上，看了一眼说，已有好转。谷珍由衷地说，你的除癣膏对我有效。谢去病问，那你上午为什么不再去我那儿擦？谷珍说，我想去，可我妈看着不让我出门。谢去病说，我猜到就是，所以亲自出诊上门了。

谷珍欣喜地问，难道你是来给我擦药膏的？谢去病说，当然，我把除癣膏都带来了。他边说边打开随身携带的一个小包，从中掏出了几个塑料袋。谷珍顿时很感动，柔声说，真是难为你了！

谢去病走到谷珍跟前，正挤出药膏要擦，谷珍让他等一下。她快步走到门槛边，伸手把大门掩上了。

擦药膏的时候，谷珍又把眼睛闭上了。谢去病的手指头又轻又柔，像一丝微风在她的皮肤上缓缓游走。她感到太舒服了，有一种说不出来的快感。自从身上长癣以后，谷珍就没再享受过这种快感。

感觉怎么样？谢去病边擦边问。

谷珍情不自禁地说，太爽了！

谢去病趁机说，要是全身都擦，你会感到更爽。

我想也是。谷珍脱口说。

擦完胳膊和腿，谢去病认真地说，怎么样？把全身都擦了吧？谷珍睁开眼睛，仿佛突然从梦境回到现实，有些不适应。沉默了一会儿，谷珍说，我也想全身都擦，但我不敢。谢去病问，你怕什么？谷珍说，我一个女人，在一个男人面前解完衣裳，那多不好！我妈要是晓得了，非打死我不可！谢去病说，半个小时就能擦完，你妈不会晓得的。谷珍勾下头说，即使我妈不晓得，我也会感到不好意思。谢去病想了想说，这就是你的不对了，你是病人，我是治病的，你不能把我当个男人看，只能把我看作医生。你说，病人在医生面前，有什么不好意思的？

谢去病这么一说，谷珍就无言答对了。她感到谢去病说得在理。怎么样？我今天带来了好几袋除癣膏，你干脆把全身都擦了吧。谢去病鼓励说。谷珍的脸一下子涨得通红，勾下头说，这，我再好好想想。

谷珍埋头想了半天，却迟迟不吱声。谢去病性急地问，想好了吗？谷珍慢慢地抬起头，气息不匀地说，除了两处，其他地方都可以擦。

谢去病摸着下巴上的山羊胡问，哪两处？谷珍瞪他一眼说，你晓得的。谢去病猛地拍一下脑门说，噢，我明白了！停了一下，谢去病有点儿遗憾地问，为什么不一起都擦了？谷珍说，我很封建，一下子实在放不了那么开。谢去病说，好，我不强迫你，那两处，你说不擦就不擦吧。

谢去病很快又打开了一袋除癣膏，扭头看着谷珍问，还是在堂屋擦吗？谷珍神情慌张地说，就在堂屋吧。她说完再一次走到门槛边，索性把大门闩上了。闩上大门回头时，谷珍突然改变了主意。她有些不安地说，干脆进东厢房去擦吧，那里隐蔽些。谢去病说，我听你的。谷珍说，我先进去准备一下，你过两分钟再进来。她说完就进了东厢房。

谷珍一进东厢房就脱掉了长衣长裤，身上只剩下了胸罩和裤头。外面的衣裳一脱，谷珍顿时感到凉快多了，像一下子从夏天回到了春天。她多么想就这样只穿两件内衣啊。但谷珍不敢，也不习惯。她赶紧跑到床头，匆忙从枕头下面找出了一个胸兜和一条短裤。她想赶在谢去病进来之前把它们穿上。

然而，谷珍正要往身上穿，谢去病已推门进来了。她吓了一跳，赶紧弯下腰，生怕谢去病看见了她的胸罩和裤头。谢去病不屑地笑笑说，别躲了，我什么没见过？赶快擦药膏吧，再不抓紧你妈就回来了。呆了一会儿，谷珍渐渐直起腰来，还想把胸兜和短裤穿到身上。谢去病快步走上来说，别穿了，穿上这些还怎么擦药膏？他边说边从谷珍手里夺过胸兜和短裤，随手放在了床上。

刚开始擦药膏时，谷珍感到十分紧张，浑身像打摆子似的抖个不停。谢去病说，你别害怕，我不会吃了你！擦了一会儿，她就平静了。可是，擦到乳房附近时，谷珍又抖了起来。谢去病说，你真的不要害怕，我不会把你怎么样的。他这么一说，谷珍才又平静下来。后来，快擦到肚脐一带时，谢去病有意把谷珍的注意力支开了。谢去病说，我这除癣膏，只要坚持擦五次，就能把癣除尽。要是除不尽，我一分钱不收。等谷珍注意到时，谢去病已擦到她的大腿下面了。

擦完药膏，谢去病没作停留。谷珍说，我妈快回来了，我也不留你了。谢去病说，你留也留不住，我要急着回诊所，说不准已经有病人在那儿等我了。

谷珍套上胸兜和短裤把谢去病送到了堂屋。临出门时，谢去病交代说，你记住两点，第一，再不要穿长衣长裤，就穿你现在这身儿。这样通风，透气，癣才除得快。第二，每隔一天就去我那儿擦一次药膏，无论如何也要去。要是不坚持，前头都白费了。都记住了吗？谷珍点头道，都记住了。

谢去病出门后，刚走出两三步，谷珍突然要他等一下。谢去病问，还有事？谷珍说，我给你摘几条黄瓜。她说着就去了黄瓜地，回来时手里拿了好几条黄瓜。谢去病接黄瓜时说，今晚我可以吃刀拍黄瓜了。

4

十天后的一个早晨，谢去病一起床就听见有喜鹊在大槐树上喳喳叫。看来有客！谢去病一边开院子的门一边喃喃自语。开了门往回走时，谢去病突然想起来，谷珍今天又该来擦药膏了。一想到谷珍要来，谢去病就有点儿兴奋。

洗罢脸刷过牙之后，谢去病没和以往那样去厨房弄早餐。他先进到药房忙了一阵子。头天晚上，谢去病又熬了一批除癣膏。他想把它们先放进冰箱冰着，待会儿谷珍来了好擦。这批除癣膏是他专门为谷珍熬的，里面多加了一些陈皮。谷珍内火过旺，急需降火。在这之前，谷珍已来擦了四次药膏，除了身上的几个特殊部位，其他地方的癣已除得差不多了。

在药房忙了半个钟头，谢去病才去弄早餐。他煮了一碗面条。坐在院子里吃面条时，谢去病一边吃一边把目光投向了那条石板路。他想，再过一个小时，谷珍就会沿着石板路朝他的诊所走来。谢去病还想，今天来的时候，谷珍可能会穿上一件火红的吊带衫和一条雪白的短裙。这是谢去病昨天上午专门去老垭镇为谷珍买的，昨天傍晚就让秋子带给了她。

谢去病正这么想着，石板路的那头突然出现了一个人影。他以为是谷珍提前来了，可等那人走近一看，却是秋子。

秋子，你这么早来我这儿做什么？谢去病问。秋子伸出一个纸包说，我姑姑让我给你送一千块钱来。谢去病忙问，为什么送钱？秋子说，我姑姑一共擦了你二十袋除癣膏，这是她付给你的药费。谢去病惊奇地问，你姑姑呢？她今天不来擦药膏了？秋子说，来不成了，她刚才已搭上班车回远安了。谢去病圆睁双眼问，为什么？她为什么突然回去了？秋子低下头说，我奶奶把她撵走了。她上车的时候还在哭呢。

沉吟了良久，谢去病向秋子打听谷婶撵走谷珍的原因。秋子说，谢去病买给谷珍的衣裳被谷婶发现了。谢去病责怪秋子，问他为什么不把衣裳偷偷交给谷珍。秋子辩解说，他是偷偷交给谷珍的，没想到谷珍一收到就躲进东厢房去试穿，刚穿上身就被谷婶从窗外面看见了。

秋子说完，猛地把钱塞在谢去病手里，然后扭头走了。谢去病捏着一沓钱，呆呆地看着秋子越走越远，心里像打翻了五味瓶。喜鹊这时又在大槐树上叫了两声，谢去病仰头骂道，叫你妈个鬼！

这天上午，诊所一连来了好几个病人，把谢去病忙晕了头。刚把病人打发走，又来了一个送锦旗的。这个人家住南漳，也是浑身长癣。谢去病帮治好了。送锦旗的人走后，谢去病把锦旗挂在了门诊室的墙上。刚挂好，院子门口来了一个打遮阳伞的人。谢去病定睛一看，竟是谷珍。

谢去病惊喜万分，赶紧从门诊室跑到了院子外面。你不是回远安了吗？谢去病问。谷珍说，我只坐到老垭镇就下车了。谢去病急忙把谷珍迎进院子，还将她的伞收起来放到了门后面。谢去病说，你转来是对的，癣已除了九成，再坚持几天就会除净。你在这个节骨眼儿上说走就走，太不应该了！谷珍说，我也是这么想的，越想越不甘心，就折身转来了。谢去病问，你转来后去了你妈那里吗？谷珍说，没去，我不想让她晓得。

谷珍又穿上了长衣长裤，全身都汗湿了。谢去病批评道，你怎么又穿上了这身儿？谷珍说，今天上车前，我妈硬逼着我穿长的，差点儿把我闷死了！谢去病说，你快去卫生间洗个澡，赶紧把身上的湿衣裳换下来。谷珍点点头，快速进卫生间去了。

从卫生间出来，谷珍换上了谢去病送的吊带衫和短裙，看上去完全变了一个人。谢去病一下子傻掉了，不住地用手捋山羊胡。

你怎么这样看着我？谷珍问。谢去病说，你穿这身儿太好看了！谷珍说，可我不晓得怎样感谢你！谢去病说，你能半途转来，就是对我最好的感谢！谷珍的脸陡然红了，像打了胭脂。停了一下，谷珍走近谢去病说，你再给我擦药膏吧。谢去病忙说，对，除癣才是正事。

谢去病让谷珍先进门诊室，自己去药房拿除癣膏。谢去病拿着除癣膏来到门诊室的时候，谷珍已把吊带衫和短裙脱下，身上只剩下了胸罩和裤头。我还主动吧？谷珍笑笑说。谢去病说，一般吧。谷珍调皮地问，那我还要怎么样？谢去病说，你要脱光，那才算真正主动。

谷珍没再接话，脸一下子红到了耳根。谢去病也沉静下来，埋着头专心地给谷珍擦药膏。擦到胸前时，谷珍以为谢去病的手指头会一不小心碰一下她的乳房。但谢去病没碰，手很快就跳过去了。谷珍不禁有一丝失望。

过了一会儿，谷珍猛然对谢去病说，有一件事，我一直想问你，但总不好意思开口。谢去病问，什么事？谷珍说，听说有一次你给一个女病人看舌苔，结果用自己的舌头把人家的舌头给舔了，有这回事吗？谢去病毫不隐瞒地说，有。谷珍一惊问，你为什么要这样？谢去病说，是她愿意让我舔的。谷珍问，此话怎讲？谢去病说，我给她看舌苔时，她说她的舌头好苦。我说苦不苦我哪晓得？她说你舔一下不就晓得了。她这样说，我才舔的。谷珍感叹说，原来是这样！

擦到腰间时，谢去病说，说句正经话，你真应该把全身脱光让我给你擦一擦。谷珍问，为什么？谢去病说，要是这两个特殊部位上的癣不除掉的话，其他地方即使除尽了也会复发。而且，这两个部位的

癣特别顽固，传染性又大。

谷珍一时不晓得怎么回答，既想答应，又不好意思答应，心里很矛盾。谷珍正犹豫不决，一抬头看见了墙上的锦旗。这锦旗是谁送的？谷珍问。谢去病骄傲地说，南漳的一个病人，也是长金钱癣的，一个月前在我这儿擦了十五天除癣膏，身上的癣除得一个不剩，回家后也没复发，就给我送来了一面锦旗。谷珍说，看来你真能把癣除尽啊！

谢去病接着说，那个南漳人在我这里除癣时，经常一丝不挂坐在院子里吹风晒太阳。谷珍问，他为什么要这样？谢去病说，长癣的人大都是把身体裹得太严了，遮着，掩着，披着，藏着，吹不到风，晒不到太阳，时间一长，身上就发潮，就生霉，就长癣。要想从根本上除癣，就必须把全身打开，让风吹，让太阳晒。谷珍听愣了，眼睛一眨不眨。停了一下，谢去病问谷珍，你浑身都长癣，为什么脸上和手上却没有？谷珍说，我不晓得。谢去病说，原因很简单，脸和手没被裹住，一天到晚露在外面。谷珍点头说，有道理。谢去病说，我再问你一个问题，你身上的癣哪几处长得最厉害？谷珍红着脸说，胸，还有屁股。谢去病紧追着问，这是为什么？谷珍说，可能是这几处裹得更严吧。谢去病说，你说对了。

谢去病给谷珍擦好药膏，时间已到中午。谢去病留谷珍吃午饭，谷珍没有推辞。他们一起进入厨房，做了四个菜一个汤。谢去病每餐都要喝一瓶啤酒。开饭时，谢去病对谷珍说，你也来一瓶吧？谷珍说，我长癣，不晓得能不能喝？谢去病想了想说，喝啤酒问题不大。谷珍说，那我就陪你喝一瓶吧。

谷珍以前没喝过酒，一瓶啤酒没喝完就有点醉了。放碗时，谷珍对谢去病说，完了，我头好晕。谢去病说，院子对面有间客房，你去那里躺一下。谷珍朝对面看了一眼，踉踉跄跄地去了。

谢去病在厨房收拾碗筷，刚收拾好，谷珍在客房里喊了他一声。谢去病匆匆来到客房，看见谷珍侧身躺在床上，正用两只明晃晃的眼睛迎接着他。谢去病走到床边问，你喊我做什么？谷珍用异样的声音说，我的舌头好苦。谢去病说，你舌头苦不苦，我哪晓得？谷珍说，你舔一下不就晓得了！

谷珍说完就把舌头伸出来了，等着谢去病去舔。但谢去病却愣着没动。谷珍问，你嫌弃我吗？谢去病说，不是，我怕你妈说我是流氓。谷珍说，是我自愿的。谢去病听了大吃一惊，半天不说话。谷珍这时降低声音说，自从长了癣，我丈夫就嫌弃我了，大半年都没碰过我。谷珍话没说完，两颗泪突然从眼角滚了出来。谢去病顿时心一软，马上把自己的舌头伸出来，在谷珍的舌头上舔了一下。

谢去病一舔谷珍的舌头，谷珍就猛然激动起来。她张开两只胳膊，发疯似的抱住了谢去病。然而，谢去病却使劲地推开了谷珍，同时后退了一步。

你还是嫌弃我！谷珍伤心地说。

谢去病摇着头说，不，我不想别人说我是流氓！

我没说你是流氓，都是我自愿的！谷珍说。

谢去病说，你自愿的也不行，至少现在不行。

为啥？谷珍睁着泪眼问。

谢去病严肃地说，现在你是我的病人！

停了一会儿，谷珍又问，那啥时候才行？谢去病想了想说，等你的癣除尽了再说吧。谷珍眼睛一亮说，好！说完，她嘴角还露出了一丝笑意。谢去病趁机说，要想把癣除尽，你必须脱光衣裳，让我用除癣膏把你全身擦遍。你最好还能跟那个南漳人一样，每天一丝不挂地坐在院子里吹风，晒太阳，闻槐花香。谷珍一边点头一边说，好的，只要能把我身上的癣除尽，我什么都听你的！

过了十天，谷珍身上的癣果然除得一干二净了。不过，谷珍把癣除尽之后没有立即回远安，她又在谢去病诊所待了整整一周。

夜来香宾馆

1

光阴似箭，胡葱一晃就四十八岁了。以前听到这个成语，胡葱总当成比喻，现在才发现，日子过得本来就这样快。

生日的这天早晨，胡葱醒来后没像往常那样按时起床。公公和婆婆前两年都过世了，儿子长年在广东打工，明礼昨天也临时去了鹞子河。家里只剩她一个人，她想睡多久就可以睡多久，在床上赖到天黑也没人管。要是明礼在家，她得起来给他张罗早饭，或许还要为他清洗头天晚上换下来的衣服。她虽然说不上勤快，但作为一个农村妇女，应尽的责任和义务还是要尽的。

明礼知道胡葱今年满四十八岁，也记得今天这个日子。他虽然是个粗人，但粗中有细,该记得的都记得。在油菜坡这个地方,人们都把四十八岁生日看得很重,认为这是人生的一个关口,必须大过一场。早在几个月前,明礼就提出来要给她过这个生日,并计划杀一头猪,宰一只羊,买一百斤酒,把亲朋好友都请来聚一下。他还准备请一支乡村乐队,让他们身穿戏服,载歌载舞,风风光光地热闹一天。但胡葱没同意,一口就拒绝了。她读过一年半高中,还到县城待过一年,兴趣和爱好跟村里很多人不一样,对大张旗鼓请客一向反感,尤其讨厌过事时请乐队,你出钱,他们却声嘶力竭地唱别人的喜怒哀乐,与你半分钱的关系都没有。胡葱既然坚决反对,明礼便放弃了,后来再没提给她过生日的事。

昨天下午,鹞子河一个搞建筑的包工头给明礼打电话,说那里有栋楼房正要封顶,急于找几个力气大的人去帮忙抬三天水泥板,每天工资两百。他接完电话问胡葱,我去不去?胡葱说,随你。明礼有些为难地说,去吧,明天是你生日;不去吧,三天有六百块钱。胡葱苦笑一下说,那你还是去吧。明礼犹豫了好半天,最后还是骑着摩托车去了。鹞子河离油菜坡有四十几里路。胡葱心想,明礼这一去,至少三天后才能回来。摩托车的声音在胡葱耳畔消失的那一瞬,她心里陡然冷了一下,好像有人朝她肚子里扔了一块冰。

事实上,胡葱内心并非真的不想过这个生日。四十八岁是她的本命年,她也想好好地过一下,至少在心里留个纪念。她只是不愿意像明礼说的那样过,好像是过给别人看的。胡葱希望换一种过法,比如让明礼陪她到县城玩一天,晚上找个宾馆住一夜。如果嫌县城远,到老垭镇玩一天也行,镇上也有宾馆,也可以在镇上过夜。说穿了,胡葱其实是想出去住一夜宾馆。说起来可怜,她已经四十八岁了,却至今连宾馆都没住过一回。胡葱曾经把她的想法委婉地告诉过明礼,可明礼觉得她这个想法很无聊,很荒唐,很可笑,甚至还骂她是神经病。从那以后,胡葱再也没提到过生日这件事。

胡葱平躺在床上,轻轻地闭着眼睛,像放电影一样把她的前半生回顾了一下。她不是油菜坡的人,娘家在千难沟对面的羊村。她打小内向，话少，从不像别的女孩子那样成天疯疯癫癫，一有空就躲在一边低头读书。她学习不错，初中毕业后还考上了县二中。不过二中不在县城，在一个比老垭镇稍大一点的镇上。读高中时，她的成绩也挺好，老师说她到时考个二类大学毫无问题。遗憾的是，父亲重男轻女。她高二刚读了半年，父亲就逼她退学回家给哥哥带孩子了，一带就是三年。直到侄儿上了学前班，父亲才想到给她找个事做。她有个姑妈，在县城幼儿园当老师，父亲便让她去找姑妈。当时幼儿园正缺保育员，姑妈就介绍她当了临时工。可是好景不长，在幼儿园只待了一年，姑妈就把她送回了羊村。回到羊村的第二年，便有媒人给她说婆家，介绍的就是明礼。明礼长得很一般，只读了个初中，压根儿配不上她。但媒人说明礼的叔叔是村支书，如果嫁给他，她就可以到村幼儿园当老师。就这样，她答应了，嫁到了油菜坡。谁料，她当上老师还不到一年，村幼儿园就关了门，从此她便成了一个地地道道的农村妇女。

回首往事，胡葱发现自己的人生真是平淡，仿佛四十八年都白过了。不过，也不能说完全就是一张白纸，激动人心的事情也曾发生过一件，甚至还有那么一点儿铭心刻骨。

胡葱那时在县城幼儿园当保育员，已经满了二十一岁。有一天晚上，她去电影院看电影，是一部爱情片，片名已经忘记，事实上当晚就没有记住。因为，她那天晚上压根儿就没心思看电影，注意力全部集中到了一个小伙子的身上。小伙子比她先到，坐在她右边的座位上。在电影放映前，她扫过他一眼。小伙子长得白白净净的，看上去比她大几岁，嘴上已经钻出了几根毛茸茸的胡须。两个座位中间有一个扶手，她坐下不久便把手扶在了上面。电影中的情节进展很快，在男女主人公开始拥抱亲吻的时候，她放在扶手上的那只手突然被小伙子的一只手抓住了。当时，她像触了电一样，惊慌之中本想把她的手抽出来，但她浑身酸软，连抽手的劲都没有了。她不知道她的手被小伙子抓了多久，只记得那只手出了好多的汗，水淋淋的，像一条鱼被小伙子紧紧地抓在手里……

那个小伙子名叫丰收。胡葱第二天便知道了这个别致而好记的名字，同时还知道了他是一位毕业不到两年的大学生，分配在襄阳一所中学教书，当时正下派到县一中支教。

胡葱认识丰收的时候，他支教的时间已经只剩下一个月了。两个人都感到相见恨晚。认识之后，他们只一起散过两次步，本想再一道去看一场电影的，却一直没找到机会。保育员的工作又杂又多，胡葱很难有空出来。更主要的是，姑妈过于传统，又特别敏感，总是把她看得紧紧的。

那年六月的最后一天，也就是丰收结束支教要回襄阳的头天下午，胡葱突然收到了丰收的一个纸条。纸条上写着：晚上七点，夜来香宾馆，215房。胡葱知道这个宾馆，它位于桥头，正面是街，背面是河。有一次散步经过那里，丰收猛然停下来，仰起头把宾馆看了好久。头放下来时，丰收双眼直视着胡葱说，哪天我请你住宾馆吧？她没有回答，脸一下子红到了耳根。当时，胡葱还以为丰收是开玩笑，没想到他是当真的。看到纸条，胡葱一下子晕了，不知道是惊恐还是惊喜，只感到心跳加速，连呼吸都不匀称了。

当晚七点差五分，胡葱便到了宾馆门口。招牌上的霓虹灯这时也亮了，夜来香宾馆五个字光影闪烁，五彩缤纷，一会儿像篝火的烈焰，一会儿像秋水的柔波，给人巨大的诱惑和丰富的想象。胡葱仰着脸，默默地凝视着那个霓虹灯招牌，脸也被灯光染红了，显得异常妩媚，分外妖娆。她没有急着走进宾馆，心跳得厉害，好像马上要从嗓子口蹦出来。在这之前，她从没住过宾馆，甚至连宾馆的门都没进过。面对即将到来的第一次，她既向往又恐惧，心里乱极了。她想等心情平静一点再进去。

胡葱再看表时，已经七点过了五分。她想丰收也许等急了，便抬起脚准备进门。可是，她刚抬起脚，却突然被路过的姑妈发现了。胡葱，你怎么在这里？姑妈厉声问。她顿时吓了一跳，身上的冷汗都出来了。姑妈目光犀利，没等胡葱回答已看出是咋回事，便一步上前拉住她的手，直接把她拉回了幼儿园。

第二天，姑妈便把胡葱送回了羊村，并亲自将她交到了父亲手里。

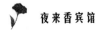

姑妈还对父亲说，你女儿大了，我怕管不住，就给你送回来了。

胡葱回忆到这里，忽然感到眼睛有些模糊，伸手摸了一下，才发现自己不知不觉流泪了。她顿时觉得有点儿难为情，没想到一个四十八岁的女人，竟然还会像少女一样伤感。她想，幸亏明礼不在身边，否则要让他看笑话了，甚至又会骂她神经病。

2

胡葱在床上躺到八点半才起来，日头这时已升到两竹竿高了。在她的印象中，她好像还从来没这么晚起过床。

穿好衣服洗罢脸，胡葱忽然感到肚子有点饿。她进到厨房，发现可当早餐吃的东西很多。昨晚有剩饭剩菜，还有两个剩包子，烧火热一下就行了。如果不想吃剩的，还可以用鸡蛋煮面条吃，鸡蛋和面条都是现成的，煮起来也毫不费力。可是，胡葱今天有点儿怪，既不想热剩的吃，也不想煮新鲜的吃，主要是不愿意自己动手。她想，我今天过四十八岁生日呢，为啥还要自己动手？这么一想，胡葱便马上从厨房里调头出来了。她决定去上一次餐馆。

坡下公路边有一个农家乐，实际上就是一个土菜馆，离胡葱住的地方不到三里路，半个小时就能走到。它是一个叫冯丸的女人开的，已经开了两三年。冯丸比胡葱小几岁，年轻时去城市闯荡过，见过世面。她嘴巴特别甜，每次见到胡葱都亲切地喊她葱姐。胡葱每次从农家乐门口经过时，冯丸总要说，葱姐，有空来照顾生意呀！胡葱也总是答应说，好啊！可是几年过去了，胡葱一次也没进去吃过。她想，今天终于可以兑现了。

胡葱出门前，精心把自己收拾了一番。她换上了一件米黄色的春装，又在脖子上加了一条红丝巾，对着镜子一看，发现这身打扮果然不错，让她显得比平时年轻了一些，也漂亮了许多，并且还有了一丝风采。末了，胡葱还特意在脸上搽了一点百雀羚。在所有的护肤品里，她最喜欢百雀羚，既便宜又实用，既防裂又增白，香味尤其好闻。不过，百雀羚如今很难买到了，很多商店都没得卖。胡葱现在用的，还是几年前从一个货郎的花车上买来的，只剩下半盒了。

这天胡葱只花了二十五分钟，就来到了农家乐门口。冯丸当时正在水池边洗茶杯，看到胡葱，不禁双眼一亮问，葱姐今天打扮得这么时髦，要上哪儿去呀？胡葱朗声回答说，我来你这儿上餐馆！冯丸将信将疑地说，开玩笑吧？胡葱说，不开玩笑，还有早餐吃吗？冯丸放下茶杯说，有，正宗的襄阳牛肉面。胡葱连忙说，好，来一碗吧，我好久好久都没吃过牛肉了！冯丸马上扭过头，面朝厨房说，快下一碗襄阳牛肉面，多放一些牛肉！

冯丸说到襄阳牛肉面时，都把襄阳两个字咬得很重。一听到襄阳两个字，胡葱的心便忍不住陡然一颤，好像被什么弹了一下，酸酸的，甜甜的，苦苦的，麻麻的，似乎还有点疼。胡葱知道，这都是那个叫丰收的人引起的，因为丰收在襄阳当老师。虽然几十年过去了，但胡葱始终没有忘掉他，一直将他埋在心底，一旦遇上一点火星，他就会被立刻点燃。

厨师很麻利，很快把襄阳牛肉面端上来了。胡葱吃的时候，冯丸特地走过来陪着，还帮她往碗里加醋。冯丸加完醋问，葱姐今天怎么想到来上餐馆？胡葱想了一下说，明礼出门了，只有我一个人在家。她没说她今天满四十八岁，觉得说了没面子。

襄阳牛肉面的味道的确不错，十分合胡葱的口味。埋头吃了一会儿，胡葱停下筷子问，难道牛肉是从襄阳买来的？冯丸说，不是，牛肉就是本地的。胡葱疑惑地问，那为啥叫襄阳牛肉面？冯丸说，我们用的是襄阳的配方和工艺。胡葱说，哦，原来是这么回事。冯丸补充说，同样的牛肉，用不同的配方和工艺，烹调出来的味道是不一样的，完全不一样。胡葱觉得冯丸后面这句话说得特别有意思，再接着吃时，越发感到襄阳牛肉面的味道好了。

胡葱一边吃着襄阳牛肉面，一边又想起了丰收。当年在县城，她和丰收虽说只有少得可怜的三次接触，却给她留下了无限浪漫的回忆。

丰收不愧是大学生，不愧是城里人，风流，热烈，大胆，第一次见面摸手，第二次见面拥抱，第三次见面就亲了她的嘴。如果不是姑妈半路上插一杠子，他们的第四次见面肯定会更加浪漫。晚上七点，夜来香宾馆，215 房。纸条上的那几个字，她至今还记得清清楚楚。每次想起来，她都会脸红，耳热，心跳。那晚回到幼儿园后，姑妈不无得意地对她说，幸亏我及时把你从宾馆门口拉回来了，要是真的进了宾馆，不知道会出什么事呢！当时，胡葱丝毫都不感谢姑妈，心想不管出什么事，自己都不会感到后悔。现在，胡葱反而感到遗憾，遗憾那晚没能进入夜来香宾馆。

那天晚上失约之后，胡葱内心一直不安，感到对不住丰收。尽管姑妈一口咬定丰收是玩弄她的，嘱咐她不要上当受骗，而她依然觉得自己不该辜负丰收的邀请。第二天一大早，胡葱不顾一切地去了县一中，想跟丰收解释一下失约的原因，并向他道歉。可是，她去晚了一步。在她到达一中的前五分钟，丰收已坐上一辆开往襄阳的便车走了。

胡葱那天没有直接从一中回幼儿园，而是绕道去了一趟夜来香宾馆。她先悄悄地进到一楼大厅，再顺着楼梯爬上二楼，然后在走廊的尽头找到了 215 房。房门紧紧地关着，她没办法进去。好在，有一扇窗户没有关严，她看见了一块儿粉红色的窗帘。那一刻，她的整个心都融化了。

吃完襄阳牛肉面出来，胡葱一抬头，猛地发现冯丸的这栋楼房比以前高出了一层，原来的两层楼，现在变成了三层楼。啥时候又加了一层？胡葱问。冯丸说，两个月前加起来的。胡葱问，你这房子够宽敞的，又加一层做啥？冯丸说，在三楼布置了几间客房。胡葱一愣问，客房，会有人住吗？冯丸说，平时没有，到了周末会有几个。胡葱有点好奇地问，都是些什么人？怎么会在这里住？冯丸说，一般都是从城里或镇上来吃农家乐的，有时候觉得好，有时候没尽兴，就在这里住一夜。当然，大都是一男一女，开一辆越野车，到乡下来找那种感觉。

胡葱明白了冯丸的意思，便不再往下问。她朝场外走了几步，停住，转过身，然后仰起脸来，又朝三楼看去。她看见了一个不大不小的木头招牌，像一块匾横挂在三楼走廊中间的墙上。招牌上用红漆写着四个字：农家客栈。为啥不叫宾馆？胡葱盯着招牌问。冯丸说，条件太差，不好意思叫宾馆。胡葱随口说，要是换一个店名，我肯定来住。冯丸忙问，换成哪个店名？胡葱含情脉脉地说，夜来香宾馆！冯丸马上说，夜来香宾馆，这店名好！冯丸说完，还独自鼓了一下掌，显出很兴奋的样子。胡葱却说，我给你开个玩笑，千万别当真呀。

上午十点钟的样子，胡葱正准备回家，一溜长长的车队突然从冯丸门口的公路上经过。胡葱数了一下，至少有十几辆，都是清一色的越野车。它们是从县城那边开过来的，然后开往了老垭镇方向。每辆车里都坐满了人，男男女女都有，一个个都穿得光鲜亮丽，有的说，有的笑，有的还在唱歌。

车队过去后，胡葱有点迷糊地问，他们这些人要去哪里？要去干啥？冯丸说，他们十有八九是去老垭镇参加桃花节。她接下来告诉胡葱，老垭镇为了发展乡村旅游，今天要在镇郊的桃花寨举办桃花节，除了赏花之外，还安排了文艺演出和男女相亲。冯丸接着说，这次活动的宣传也做得很好，连襄阳电视台都打了广告。胡葱歪着头问，襄阳电视台也打了广告？冯丸说，是的，我亲眼看到电视上的广告了。胡葱眨着眼睛问，那襄阳会不会来人？冯丸说，肯定会来，刚才过去的那些车，看牌照好像都是从襄阳来的。

听说襄阳有人来参加桃花节，胡葱的心一下子又跳了起来。同时，她还做出了一个浪漫的决定，决定也去参加老垭镇桃花节，把自己的四十八岁生日和桃花节一起过。她打算先去桃花寨看桃花，然后回到镇上，再找个宾馆住上一夜。当然，她最希望找到一个叫夜来香的宾馆。

3

桃花寨位于老垭镇西郊一个山沟里。一座仰卧着的山，到这里忽然分了个岔，仿佛一个睡美人张开了两条腿。两腿之间夹着一道峡谷，长满了桃树。每年早春二月，春风一吹，桃花便开得姹紫嫣红，如火如荼。

胡葱先坐班车到镇上，再转坐三轮，赶到桃花寨已是上午十一点钟。文艺演出早已经开始，胡葱到的时候，台上六对俊男靓女正在跳一个桃花舞。男的戴着桃花帽，女的打着桃花伞，男的摇着桃花扇，女的舞着桃花巾，都是两人一对，时而搂抱，时而分开，时而男的把女的捧着，时而女的把男的勾着。胡葱好久没在现场看过演出了，更没看过这种男欢女爱的节目，看着看着，不禁兴奋异常，激动不已，脸和腮都红了，红得像身边的一树桃花。

山沟里到处是人，每棵桃树下都人头攒动。胡葱一边看演出，一边四处张望，仿佛在寻找一个失联的人。

可是，胡葱看来看去，看到的都是一些陌生的面孔。他们有的三人一群，有的五人一伙，更多的是两人一对儿，只有胡葱是孤孤单单的一个人。大概是因为过桃花节吧，那些人都显得很开放，拍照的时候，有拉手的，有勾肩的，有揽腰的，有绕脖子的，甚至还有亲嘴的，一个个都那么大方，那么自然，一点都不害羞。开始看他们时，胡葱心里十分羡慕，接着看就有些嫉妒了，再看便有了一丝恨，后来就干脆不看了。

十二点左右，文艺演出结束了，人们便开始找地方吃午饭。原来的十几个农家乐餐馆，很快都坐满了人。路边临时摆出的一些小吃摊，眨眼间也人山人海。那些动作迟缓的人，只好在桃树下铺开随身所带的塑料布，然后盘腿坐在上面，吃自带的干粮。

胡葱早饭吃得晚，肚子不饿，便一个人到处走动，边走边看那些吃着午餐的游客。她希望能看见一张似曾相识的脸，具体地说，就是丰收的。她看得非常仔细，眼睛睁得圆圆的，像两个探照灯，生怕漏掉了一人，连坐在塑料布上的都没放过。但是，她看了一个多小时，脖子都扭断了，眼珠都看疼了，也没看到她想看到的那张脸。后来，她失望了，也走累了，便来到一个小商店门口，在一个石头桌旁坐了下来。

这里相对安静一点，偶尔才会来一两个买烟和矿泉水的人。坐了一会儿，胡葱也感到有点饿，心想，今天过四十八岁生日呢，也不能太亏了自己。这么想着，她便起身去买了两个芝麻饼。

胡葱回到石桌旁，刚吃完一个芝麻饼，商店门口突然来了一个买啤酒的人。他看上去五十岁左右，穿一件花格子棉布衬衫，头发长长的，皮肤很白。一看到这个人，胡葱马上就忘了吃芝麻饼，嘴巴和牙齿都不动了，只有心还在动，狂蹦乱跳，发出扑通扑通的响声。买啤酒的人没有注意到胡葱，一付完钱便拎着一箱啤酒要走，好像有人正等着喝。不过，他没有走远，刚走出两步，胡葱急忙叫住了他。喂，请问你是不是姓丰？胡葱问。买啤酒的人一愣，立刻就停下了，回过头来说，是的。胡葱又问，你是丰收吗？是的。买啤酒的人说。

确认买啤酒的人是丰收后，胡葱陡然站起来了，显得欣喜若狂。丰收瞪着胡葱问，你怎么知道我的名字？胡葱沉默了一下问，你不认识我了？丰收摆着头说，对不起，我一时想不起来了。胡葱心里顿时觉得一冷，慢慢地坐了下去。不过，她没怪丰收，毕竟过去二十几年了。犹豫了片刻，胡葱又问，你还记得夜来香宾馆吗？丰收先皱着眉头想了一会儿，然后双眼一亮问，难道你是胡葱？胡葱马上转悲为喜说，你终于想起来了！

丰收快步走到石桌旁，在胡葱对面坐下来。没想到啊，我这辈子还能与你重逢！丰收边坐边说。他显得很激动，鼻头上还沁出了几粒细汗。胡葱气息不匀地说，我也没料到还会见到你，这会儿还觉得自己是在做梦呢！接下来，丰收先问了一些胡葱的情况，然后也把自己的情况告诉了胡葱。他说，他支教回到襄阳后换了好几所中学，两年前又到现在这所学校当了副校长。这两天学校放月假，便带着一群老师来老垭镇看桃花。

胡葱跟丰收说话时，一直把那个没来得及吃的芝麻饼拿在手里。丰收这时盯着饼子说，你还没吃午饭吧？走，去跟我们一起吃。他边说边扭过头，朝身后一个挂满红灯笼的农家乐餐馆指了指。胡葱奇怪地问，我刚才去过那个餐馆，怎么没看见你？丰收说，我们在二楼一个包房里。胡葱说，难怪呢，我只到了一楼，没想到二楼还有包房。丰收已站起来了，再次邀请胡葱一起去，显得很诚恳的样子。胡葱却不愿意去见他的同事，便没答应。胡葱说，你快去吃吧，我就在这儿吃芝麻饼。丰收有点儿遗憾地说，那我先走了，同事们还等着啤酒呢。这帮人，平时在家不喝，一出门就喜欢瞎闹！

　　丰收说完就提着一箱啤酒走了，头也没回。胡葱一直目送着他，直到他进了那个餐馆，才把眼睛收回来。石桌边上又只剩下了胡葱一个人，她觉得心里陡然变得空荡荡的，仿佛刚才与丰收的奇遇就是一场幻觉。她再没心思吃芝麻饼，好像肚子也不饿了。

　　胡葱没想到丰收还会再来。她正感到失落，丰收带着半只烤鸭和一盒酸奶再次出现在她的面前。他把烤鸭和酸奶放在石桌上，还朝胡葱跟前推了一下。快吃吧，一边喝一边吃！丰收催促说。胡葱却呆着不动，好像一下子傻掉了。丰收问，你为什么不吃？胡葱鼻头一酸说，我没想到你会再来，还给我带了吃的喝的，真像在做梦啊！丰收没再说话，直接掰下一只鸭腿递到了胡葱手里。胡葱接鸭腿时，手颤个不停。她一接过鸭腿就大口大口地吃了起来，一边吃一边流泪。丰收纳闷地问，你为什么哭？胡葱说，我快要幸福死了！说完，她哭得更欢，还哭出了唱歌一样的声音。

　　丰收坐在胡葱对面，静静地看着她吃，还不停地给她递纸巾。等胡葱稍微平静下来，丰收开始提起了往事。丰收问，那天晚上，你为什么没去夜来香宾馆？胡葱如实地说，我正要进门，被我姑妈发现了，当场被她拉走了。丰收说，我一个人在宾馆里等到半夜，十二点后才离开。胡葱说，真是对不住，让你等了那么久。丰收说，那天我还给你买了一枚漂亮的蝴蝶发卡，后来扔到宾馆窗外河里去了。胡葱沉寂了一会儿说，第二天一早，我跑去一中给你道歉，结果你已经坐车走了。丰收说，你没去宾馆，我以为你不愿意和我好，所以我天一亮就搭便车回了襄阳。胡葱接下来不知道再说什么，只好叹了一口长气。

　　吃完鸭腿，又喝了一些酸奶，胡葱便感觉很饱了。她这时掏出手机看了一下时间，已快到下午三点。胡葱看过时间正要把手机放回口袋，丰收突然说，我们留个电话吧。胡葱说，好的。她说着就把自己的号码报给了丰收。丰收马上拨了过来，胡葱随即把他的号码储存了，还写上了他的名字。留好电话，胡葱问，你们今天还回襄阳吗？丰收说，不回了，我们已在老垭镇预订了宾馆，同事们都想在这乡下住一夜。胡葱听了心头一颤，低声说，我今晚也不回家，也打算在镇上住宾馆。丰收脱口说，好啊，如果方便，我晚上给你打电话。

胡葱还没想好如何回答丰收，三个花枝招展的女人叽叽喳喳地来到了小商店门口。她们都很年轻，胸脯高高的，屁股翘翘的，一个比一个性感。胡葱开始以为她们是来买东西的，结果她们一来就把丰收团团包围了。三个女人看上去都喝了酒，不仅脸红，说话还带酒气。她们异口同声地指责丰收，说他不该在酒席上半途溜掉，把美女们晾着不管，还害得她们找了半天。她们像开批斗会一样，一边声讨还一边动手动脚，一会儿刮他的鼻子，一会儿点他的额头，一会儿又揪他的耳朵。丰收却不发火，反而笑容满面，还一个劲儿地给她们赔不是。后来，三个女人像绑匪似的把丰收拖走了，说要拖回餐馆去罚他的酒。

丰收被三个女人拖走以后，胡葱没有急着离开那个石桌。她一个人在那儿坐了一个多小时，以为丰收还会再来。一直坐到下午四点半，还不见丰收的影子，她才起身离开。

五点过一刻，胡葱又坐三轮回到了老垭镇。一到镇上，她便开始去找夜来香宾馆。可是，她把每条街都找遍了也没找到。胡葱后来只好自己让步，决定随便找一个宾馆住下来。然而不巧的是，镇上所有的宾馆这天都被来看桃花的外地人预订了，连那些小旅社都客满为患。

胡葱摇着头从最后一家宾馆出来时，天色已近黄昏了。她闷闷不乐地来到车站，开往油菜坡的班车只剩下最后一趟，正在大声揽客。胡葱却十分犹豫，不知道是上还是不上。后来，胡葱决定拨一下丰收的手机，听听他的意见。事实上，她回到镇上以后就一直在等丰收的电话。胡葱鼓了好半天的勇气，才把电话拨过去。可是，丰收的电话却没拨通，说对方已经关机了。放下电话后，胡葱只好无可奈何地上

了车。

4

胡葱回到油菜坡已是点灯时分，远远近近的灯都亮了。经过这地方的班车，一般都在冯丸家对面的公路边停靠。路边有一棵弯脖子柳树，大家都把这里叫作弯柳树车站。

在弯柳树车站下车之后，胡葱本来打算直接回家的，一点也没想到再去冯丸家。可是，胡葱一下车就看见了冯丸家三楼上的一个招牌。招牌是用铝合金和玻璃焊接成的，实际上是一个灯箱。灯箱里闪烁着五个粉红色的大字：夜来香宾馆。一看见这个招牌，胡葱立刻就取消了回家的打算，决定今晚就在这个夜来香宾馆住上一夜。

胡葱快步走到了冯丸家门口，老远就说，嗬，没想到我随口一说，你竟然真把店名改了！冯丸当时正弯着腰在门厅里收拾桌椅，连忙直起身来说，谢谢葱姐给我取了这么诱人的一个店名，比农家客栈好一千倍都不止！胡葱有点儿不好意思地说，我以为只有我喜欢这个名字呢，没想到你也喜欢！冯丸喜不自禁地说，谁会不喜欢呢？我敢保证，不管是男人还是女人，都会喜欢这个名字的。胡葱红了脸说，喜欢就好！停了一会儿，冯丸告诉胡葱，她有个表哥，在老垭镇专做广告灯箱。上午胡葱走后，她马上打电话把夜来香宾馆这个店名告诉了表哥，表哥也说这个店名好。她让表哥帮忙做个招牌，表哥满口答应，说做就做，天黑之前便做好送来安上了。

冯丸话音未落，胡葱急忙从口袋里掏出一百块钱递过去，认真地说，给我开间房吧，我今天就住你这儿了！冯丸一惊问，开玩笑吧？难道你真要住宾馆不成？胡葱说，不开玩笑，我真的要住宾馆！冯丸胀大眼睛将胡葱仔细看了半天，发现她不像开玩笑，便把那个带卫生间的房给了她。

开门的时候，胡葱激动得心慌，甚至想哭。在这之前，她盼望住宾馆已盼了几十年，却一直没能住成。今天总算如愿以偿，她实在难以控制自己的情绪。胡葱没急于把门打开，许多与宾馆有关的往事陡然向她涌来。除了那年丰收约她去夜来香宾馆，她后来也有过两次住宾馆的机会。一次是她和明礼去镇上领结婚证，另一次是明礼陪她到镇上检查儿子的胎位。那天领结婚证之前，胡葱对明礼说，等领了证，我俩就开个宾馆住一夜，只当是旅游结婚。明礼开始答应得好好的，结果把证一领到手就变了卦。他说，婚礼还要花钱呢，宾馆先就别住了。检查儿子胎位那天，他们从医院出来已是黄昏，回家的班车早走了。胡葱提出去住宾馆，明礼犹豫了一下还是同意了。谁料到正要进宾馆登记时，明礼突然碰到了同村一个开手扶拖拉机的人，于是就坐手扶拖拉机连夜回家了。后来，胡葱连住宾馆的机会也碰不到了。想起这些，胡葱心里真是五味杂陈。

房门打开后，胡葱没有立刻走进去。她靠在门上，把房间静静地打量了一眼。房里摆着一张大床，床上放着两个枕头。被子是崭新的，已经铺开了。在被子的中央，胡葱发现了一枝玫瑰花，虽然是塑料的，但看上去比真的还要鲜艳。一看见这枝玫瑰花，胡葱就在门边站不住了。她赶紧关上门，迅速走到床头，双手将玫瑰花捧在了胸前。

胡葱刚捧起玫瑰花，手机突然响了，掏出来一看，竟然是丰收打来的。一看到丰收的名字，她不禁惊喜万分，心花怒放，在眼眶里转动了半天的泪水终于淌了出来。

丰收在电话中说，对不起，你打电话时，我手机没电自动关了机。你现在在哪里？胡葱抑制不住激动地说，镇上没地方住，我已经回油菜坡了。不过，我没回家，住在坡下公路边一个宾馆里。丰收问，什么宾馆？胡葱颤着嗓子说，夜来香宾馆！丰收在那边沉默了许久，然后低声说，我们这会儿还在吃饭闹酒，晚些时候如果走得开，我就开车去找你！

通话结束后，胡葱久久没舍得放下手机。她把手机移到眼前，目光直直地盯着，似乎觉得刚才说话的人就在里面。她还对着手机深情地笑了一下，笑容甜蜜蜜的，像一层糖纸贴在脸上。

　　呆了一阵儿，胡葱猛地意识到应该赶紧去洗个澡。奔走了一天，身上到处是汗，头发上还有灰尘，她必须在丰收到来之前把自己洗得干干净净。卫生间里安了热水器，洗发精和沐浴露都有。胡葱一进去就把自己脱光了，站到花洒下，打开喷头，然后从上往下一处一处地洗。胡葱觉得身上最容易出汗的地方有三个，一是胳肢窝，二是肚脐眼，三是腿中间，就把这几处洗了好几遍。她一边洗一边想着丰收，好像都是为他洗的。洗完澡，胡葱又接着刷牙，刷完牙再接着梳头。从卫生间出来时，她感到自己清爽了一大截。略有遗憾的是，她从家里出来时忘了带百雀羚。胡葱想，如果再往脸上和脖子上搽点百雀羚，那就再好不过了。

　　胡葱进门时开的是顶灯，这时忽然发现还有两个床头灯，像一只羊的两个犄角伸在床头两侧。床头灯的灯泡是彩色的，若红似黄。她关掉顶灯，再把床头灯打开时，房间里的光线一下子变得更有情调了。

　　接下来，胡葱先打开电视，再掀开被子的一角，抬腿坐到床上，身靠床背，然后便一边看电视，一边静静地等候丰收。

　　电视上正播着一个综艺节目，一群普普通通的老百姓，从祖国的四面八方，风尘仆仆地跑到首都北京，登上央视大舞台去展示才艺，一个个都激情万丈，像打了鸡血似的。胡葱开始还看得来劲，看了一会儿便没心思再往下看了。时间已是夜里九点多钟，丰收却一点动静都没有，她心里不禁有点着急了。

　　又过了半个小时，电视上才艺展示的结果已经揭晓，有人在笑，有人在哭。直到这个时候，丰收还没来。胡葱终于支持不住了，便拿出手机给他发了一条短信：出发了吗？等了十分钟，丰收才回复：对不起，被同事们拖住走不开了！

　　胡葱一下子晕了过去，跟死了一样。她感到浑身寒冷，好像猛然被人从一个火山顶上推下了一个万丈冰窟。

　　胡葱一动不动地躺在床上。约摸过了大半个小时，床头柜上的手机忽然响了。她迷迷糊糊地拿起来接听，原来竟是明礼。

　　明礼紧张地问，你半夜三更不在家，跑哪儿去了？胡葱如实地说，我在外面住宾馆呢,你在哪里?明礼喘着粗气说,我刚从鹞子河骑摩托车回家,没看见你,吓死我了!胡葱奇怪地问,你这么晚回家做啥?明礼说,你今天满四十八呢,我回家给你庆生。胡葱心头猛地热了一下,责怪说,你要回家,为啥不早跟我说一声?你去那么远,我还以为你不回来了呢!明礼说,快跟我说,你住在哪个宾馆,我马上去找你!胡葱说,我住在夜来香宾馆!明礼问,夜来香宾馆?我咋没听说过?胡葱连忙解释说,它原来叫农家客栈,就在坡下冯丸家三楼。明礼在那头自言自语地说,叫农家客栈多好,为啥要叫夜来香宾馆?真是!

过了十分钟的样子,胡葱听到了一串摩托车的声音。她强撑着从床上坐起来,还没来得及下床,就有人敲门了。胡葱想,敲门的肯定是明礼。她走过去开门一看,果真是明礼站在门口。明礼开口就说,家里好好的,却跑出来住宾馆,神经病呢!胡葱露出半脸苦笑说,我确实有点神经病!

明礼要胡葱马上跟他回家,胡葱却说,既然住进来了,我俩就在这里住一夜吧。再说,钱都交了,只当是照顾了冯丸的生意,她口口声声喊我葱姐呢。胡葱说得很诚恳,用的是商量的口气,说的时候眼睛始终看着明礼。明礼听后,先低头沉思了一会儿,然后抬起头说,住就住吧,今天你过生日呢,何况还是满四十八岁!

胡葱听明礼这么说,不由得喜出望外,赶紧把明礼拉进了房里。明礼一进门,立刻从外套的口袋里掏出两个纸盒,一手抓着一个,递给胡葱说,拿着吧,我给你买的生日礼物。胡葱没马上接,愣神地问,纸盒里装的是什么?明礼说,你打开一看不就晓得了。胡葱便双手接过去,当即打开了一盒,原来是百雀羚。胡葱欣喜地说,啊,百雀羚!你从哪儿买的?明礼说,鹞子河。明礼话音没落,胡葱双手一张抱住了他,还冷不防亲了他一口。

那天晚上,胡葱和明礼在夜来香宾馆睡得非常好,可以说好得不能再好。以往在家里,他们都是分两头睡,隔上十天半月才行一回房事。可那一晚,他们却始终睡在一头,并且行了两回房事。要不是明礼次日天一亮还要赶到鹞子河抬水泥板,说不定他们还会行第三回房事呢。

说的都是一个人

1

清明节前夕，柴禾从襄阳回油菜坡给祖父扫墓，一下班车就碰到了万元。万元是从老垭镇来的，也到油菜坡扫墓。

坡下公路边有一个杂货铺，柴禾下车后去铺子里买鞭，正在付钱时，万元来到了铺子门口，也是来买鞭的。他长两只绿豆小眼，嘴却有碗那么大，看上去像一个漫画中的人。万元是个见面熟，还有点儿话痨，一看见柴禾就主动贴上来搭话。买鞭上坟吗？万元眯着眼睛问。是的。柴禾说，边说边把头上的鸭舌帽往下拉了拉。听口音是从襄阳来的？万元又问。是的。柴禾说。难怪戴一顶鸭舌帽呢，我们这里的人都戴挎筒子。万元说。柴禾是一个话少的人，没再理睬万元。他知道万元说的挎筒子，就是抢银行的人经常戴的那种绒线帽，能从头顶一直拉到下巴。柴禾虽说六岁就离开了这里，但老家的土话都能听懂。

柴禾付了钱，没顾上跟万元打招呼，就拎着鞭匆匆忙忙往杂货铺外面走。祖父的坟埋在坡顶上，那里不通车，柴禾只能走上去，少说要走一个半钟头。扫完墓，他还要赶快从坡顶上走下来，搭最后一趟班车回襄阳。这会儿已是上午十点了，柴禾必须抓紧赶路。

可是，柴禾刚走出铺子，万元又找他说话了。你晓得啥是挎筒子吗？万元问。晓得。柴禾头也不回地说。万元又问，你晓得油菜坡最喜欢戴挎筒子的是谁吗？不晓得。柴禾冷冷地说，仍然没有回头。万元陡然提高嗓门说，最喜欢戴挎筒子的是龚喜，他一年四季都戴，晚上睡瞌睡也不取。一听到龚喜这个名字，柴禾立刻就停了下来，并马上回过头，眼睛也一下子亮了。

你认得龚喜？万元有点儿兴奋地问。

柴禾说，认得，我祖父的坟就埋在他家旁边。

巧了，我外婆也埋在那里。我俩可以搭伴儿去上坟。万元欣喜地说。

柴禾说，有个伴儿也好，我几十年没来扫墓了，正担心迷路呢。

万元麻利地买了鞭，付了钱，走出了杂货铺，并小跑两步追到了柴禾身边。然后，两个人就沿着公路右边的一条土路，开始向油菜坡的坡顶走去。

柴禾让万元走在前头。万元稍微推让了一下，便走在前头带路了。走出公路不远，万元回头说，到龚喜家的那条路其实很好走，穿过野猪林，绕过浑水堰，再翻过寡妇岩，就可以看到龚喜住的那栋石头屋了。柴禾说，你说的这几个小地名，我都知道，只是多年没走了，害怕走岔路。万元说，我也走得少，以前外婆还活着的时候，我每年还来个两三趟。自从她死了，我每年就只来一趟了，就是清明节前来给她上坟。

万元的话真叫多，好像上辈子是哑巴。柴禾没打听他的情况，他却主动地做了自我介绍。他说他属鸡，今年四十八岁，在老垭镇开了

个土产经销部，主要买卖香菇和木耳，有时也贩点儿核桃。生意嘛，时好时坏，好的时候一天能赚几千块，差的时候两三天卖不出一分钱的货。不过，总体来说还是赚钱的，起码吃穿不愁。万元还说，他那个门面虽然不大，但光顾的客户却不少，天南海北的都有，当然主要还是本地的，比如油菜坡的人，大部分都到过他的经销部。

柴禾也是属鸡的，前不久刚满了六十，比万元正好大一轮。六岁以前，父亲一直在部队当兵，母亲带着他在农村生活。后来，父亲转业到襄阳一家工厂当了工人，不久与母亲离了婚，把他从油菜坡接到了襄阳。高中毕业那年，他一时找不到工作，父亲便提前退休，让他进工厂顶了职。可是，他没有技术，顶职后不能进车间，被安排在收发室。收发室位于工厂大门右侧，除了收发信件，他还兼着看大门，实际上是个看门的人。他一看就是几十年，直到一周前才退休。要不是退了休，柴禾今年也没空回老家祭祖。

万元介绍完自己，便竖起两只耳朵等柴禾做自我介绍。但柴禾却没响应，只顾着埋头走路。他是一个内向而自卑的人，又十分爱面子，压根儿不希望别人知道自己的身世。见柴禾沉默不语，万元还是忍不住问了起来，问这问那，想全面了解柴禾的情况。柴禾却支支吾吾，只说了自己的名字和岁数。

两个人沉闷地走了一段，万元觉得无聊，突然把话题转到了龚喜身上。龚喜比万元大，比柴禾小，大约五十一二岁，性格古怪，经历曲折，故事丰富，是一个传奇式的人物。让万元感到意外的是，柴禾对龚喜也很感兴趣，一提到龚喜，柴禾脸上的神色立刻就变了。

2

他们进入了野猪林。这是一片老林子，树又高又粗，高得耸进了云端，粗得两个人都抱不住。觅食的动物们东奔西蹿，吓得鸟儿们发出尖溜溜的叫声，听起来像锥子一样扎心。柴禾一进林子，就感觉阴森森的，连汗毛都竖起来了。万元却没觉得害怕，嘴里还在不停地说着龚喜。

龚喜年轻的时候结过一次婚，你晓得吗？万元拧着脖子问。柴禾气息不匀地说，我隐约知道一点儿，不过，听说他老婆跟他没过几年就跑了。万元又问，他们还生过一个儿子，不知你晓不晓得？柴禾说，这我倒没听说过。万元陡然提高嗓门说，嗨，你连他们的儿子都不晓得，真是太遗憾了！柴禾疑惑地问，我有什么遗憾的？万元眉飞色舞地说，我告诉你吧，他老婆就是因为那个儿子才跑的。柴禾问，为什么？万元压低声音说，他儿子是个哑糊。哑糊你听得懂吧？柴禾说，听得懂，不就是傻瓜吗？万元说，对，哑糊就是傻瓜。龚喜的那个儿子不光是哑糊，还是个瘫子。瘫子你也能听懂吗？柴禾说，能听懂，医学上叫软骨病。万元说，对，我们这地方还叫软骨头。龚喜那个哑糊天生就是软骨头，满了三岁还站不起来，一天到晚趴在地上，像一只大乌龟。龚喜的老婆，从一开始就嫌弃这个哑糊，发现哑糊还是个瘫子后，就更是嫌弃他了。有一天，她终于跟一个贩天麻的男人不声不响地跑了。

唉，龚喜那个老婆好狠心啊！柴禾听后感叹说。

万元马上说，其实，龚喜比他老婆的心还要狠！

此话怎讲？柴禾一愣问。

万元咬了一下牙齿说，龚喜还巴不得哑糊死掉呢，并且还亲自下过毒手！

柴禾不敢相信万元的话，双眼顿时鼓得圆圆的，目光也一下子拉直了，久久地盯着万元。万元连忙解释说，你别这样看着我，我说的都是实话。龚喜的确心狠，不仅心狠，而且手辣，简直一点儿人性都没有。打从他老婆跟天麻贩子跑了以后，他就开始盼哑糊死了。多亏龚喜的老妈心肠好，早晚看护着哑糊。如果不是有他老妈，哑糊肯定早就死了。

接下来，万元一口气给柴禾讲了三个故事，都是龚喜对他哑糊儿子下毒手的。在讲的过程中，万元一再声明说，他讲的每一个故事都

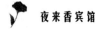

绝对真实。

第一个故事发生在盛夏的一天。那天晌午，龚喜的老妈要去坡下的商店卖鸡蛋。当时，哑糊正趴在门口土场边的一棵树下玩土坷垃。临走时，老妈指着哑糊对龚喜说，气温太高了，他玩一会儿嘴巴就会干。要是他哇哇地叫，就说明他要喝水了。你听到叫声，就马上端一杯水喂给他喝，不然会干死的。老妈走后半个钟头，哑糊真的叫了起来。可是，龚喜却装作没听见，不管哑糊怎么叫，他都不去喂水。树下有一个用木头挖成的水槽，装了半槽水，是供鸡犬喝的。哑糊叫了一会儿，就爬到了水槽边上，把嘴伸进去喝水。哪想到，哑糊水没喝着，却一头栽倒在水槽里。水把哑糊的嘴和鼻子都淹了，让他出不了气。龚喜那会儿坐在屋檐下乘凉，眼看哑糊就要在水里憋死，却见死不救。幸好老妈这时回来了，才赶紧把哑糊从水槽里拉起来，算是捡了一条命。

第二个故事发生在一次饭后。龚喜的老妈那天煮晚饭时，发现一碗剩饭已经馊了。她把馊饭递给龚喜，让他端到猪栏里去倒给猪吃。龚喜端着馊饭经过侧门的过道时，看见哑糊正趴在那里啃自己的手指头，看上去是饿了。就在这时，龚喜陡然起了歹心，犹豫了一下便把那碗馊饭放在了哑糊面前。哑糊大概是饿极了，抓起馊饭就往嘴里塞。没用五分钟，哑糊便把那碗馊饭吞进了肚子。头几个钟头，哑糊还没啥事，到了半夜，肚子就开始发作了，突然上吐下泄，疼得杀猪般乱叫。起初，老妈还没怀疑龚喜，直到给哑糊擦嘴时发现他鼻孔里有几粒馊饭，才想到是龚喜干的。老妈当即把龚喜臭骂了一顿，接着派他去小诊所请医生。然而，龚喜只走到半路就调头回来了，并谎称医生不愿意深夜出诊。当时，哑糊的情况十分不妙，脸色苍白，气息奄奄。老妈命令龚喜把哑糊背到小诊所去急救，他却坚决不去。后来，老妈只好自己背着哑糊去了小诊所，让他又免了一死。

第三个故事发生在坡下的公路边。那天下雨，天阴沉沉的，龚喜和他老妈都没出门。上午十点钟的样子，一个染红头发的男人来到了门口，打着一把黑伞，站在土场边和龚喜说话。老妈看了那人一眼，原来是邻村一个跑长途运输的司机。两人嘀咕了一会儿，红头发就转身走了。龚喜随后也要出门，并且还把哑糊背在身上。老妈感到奇怪，忙跑过来问，背他出门做啥？龚喜说，听说宜昌有个医院能治软骨病，我托人把他捎去看一看。龚喜把哑糊背走后，老妈猛然想到了村里前不久出的一件事。有一个疯子，每天在家里胡闹，闹得全家不得安宁。后来，疯子的弟弟把他送上了一辆开往宜昌的长途货车，说是去某个医院治病。结果疯子一去就再没回来，听说被那个司机丢进长江喂鱼了。一想到这件事，老妈立刻就慌了，赶紧跑着去追龚喜，一直追到公路边才追上。当时，公路边停着一辆货车，龚喜正要将哑糊交给红头发时，老妈一把将他夺回来了。要不是老妈及时赶来，哑糊肯定也被丢进长江喂了鱼。

万元讲完最后一个故事时，一头野猪忽然从柴禾身边跑了过去，把他吓了一大跳。这里还真有野猪啊！柴禾惊魂未定地说。万元冷笑一声说，不然怎么会叫野猪林！

3

浑水堰是一个不大不小的堰塘，被三个小山包夹在中间。堰塘里的水一年四季都是浑的，没有人知道它到底有多深。

经过浑水堰时，万元问，要不要歇一下？柴禾上气不接下气地说，歇一下也好，我身上已经出汗了。堰堤上堆满了各种奇形怪状的石头，他们分别在两个石头上坐了下来。刚坐下，万元又开始说龚喜了，接着说他的坏话。万元说，龚喜是个色鬼！柴禾问，他还好色？万元把腿一拍说，嗨，在油菜坡，没有谁比龚喜更好色了。尤其是他老婆跟天麻贩子跑后的那几年，他好色好得特别厉害，一见到女人就两眼放绿光，还经常跟女人们动手动脚，要是哪个女人从他家旁边单独经过，他还打起蹶子去追，追得鸡飞狗跳。柴禾将信将疑地问，你说得太夸张了吧？万元说，一点儿都不夸张，其实我前面说的都不算啥，更荒

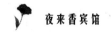

唐的还在后面呢。

停了片刻，万元眯起眼睛盯着柴禾问，你住襄阳，应该听说过一个名叫孙香的女人吧？柴禾想了想说，我听说过这个名字，但没见过。她好像有一个亲戚在油菜坡。万元小眼一亮说，对，她的表哥是这个村的，住在坡下的公路边上。柴禾好奇地问，难道龚喜也好过孙香的色？万元大嘴一张说，算你猜对了！接下来，万元就给柴禾绘声绘色地讲了龚喜和孙香的故事。

孙香嫁在襄阳，老公是个做茶叶生意的，还在汉江边上开了一个茶馆。那年春天，孙香来这里收购春茶，在表哥家住了半个月。孙香的脸蛋说不上漂亮，但身个子特别好，腿长，腰细，屁股大。她的皮肤也很不错，又白又嫩，看上去像刚出锅的水豆腐。孙香来表哥家没几天，村里的男人们都知道了她，纷纷去卖茶叶。过秤的时候，男人们的眼睛都不看秤，全都盯在孙香的身上。她的身个子实在是好看，男人们一边看一边伸舌头舔嘴，口水都流出来了。

龚喜住在坡顶，得到孙香的消息要比别人晚两天。龚喜最先是听李拐说到孙香的。李拐住在龚喜家附近，经常跑来找龚喜日白。那天，李拐卖了茶叶转来，没有回家，直接来到了龚喜的石头屋。李拐对龚喜说，孙香真是迷人，两条腿如两棵白杨，腰只有蜂子那么细，屁股却大得像个揉面的瓷盆子，我一看魂都丢了。龚喜顿时动了心，口齿不灵地说，妈的，我也要去看她一眼！

可是，龚喜家没有茶叶。他问李拐，你家还有茶叶吗？卖两斤给我。李拐说，只剩一斤了。龚喜说，一斤也行。李拐说，这一斤我要留着自己去卖。龚喜说，你不是卖过吗？李拐说，我看孙香一次没看过瘾，还想再去看一次。龚喜说，我一次都没看过呢，你还是把茶叶卖给我吧。李拐发现龚喜想看孙香已想疯了，便眼珠一转说，如果你实在想买我的茶叶，那你多给我十块钱。龚喜问，啥意思？李拐说，我把茶叶卖给孙香，一斤五十；卖给你，一斤六十。龚喜说，你他妈太黑了！李拐说，姜太公钓鱼，愿者上钩，你若不愿意，那我还是留着自己去卖。李拐说完，便转身要走。龚喜一下子慌了，赶紧说，六十就六十吧！

　　龚喜花六十块钱从李拐手里买过一斤茶叶时，心里多少有些怨气。可是，当他见到孙香的时候，怨气一下子就烟消云散了。龚喜一看见孙香，两颗眼珠便像两只黑蛾子飞出了他的眼眶，径直飞到了孙香身上。当时，孙香正弯着腰往一个簸箩里放茶叶，两条腿显得更长，腰更细，屁股看上去更大。龚喜一下子傻掉了，飞出去的两只黑蛾子久久收不回来。它们绕着孙香的屁股上下翻飞，翩翩起舞，甚至还想钻进她衣服里头去。卖完茶叶，龚喜没有立即走，少说又在孙香身边待了半个小时，后来实在不好意思，才慢慢离开。

　　三天后的下午，李拐又来到龚喜的石头屋，给他送来了一个更加激动人心的消息。他说，孙香住在表哥家什么都好，唯一的遗憾是没有浴室，不能洗淋水澡。前两天，孙香偶然发现表哥屋顶的晒台上有一间废弃的木板房，不禁灵机一动，便把它布置成了一个浴室。黄昏时分，孙香便提一桶热水进到木板房里，先脱得一丝不挂，然后在那里洗上半个钟头。李拐还没讲完，龚喜就急不可耐地问，你看见孙香洗澡了？李拐说，当然看见了，那个木板房的窗户没有遮挡，我能把孙香看得一清二楚。她的屁股白瓦瓦的，我真恨不得冲上去啃它一口。龚喜迟疑了一下问，屋顶那么高，你怎么看见的？龚喜说，屋后不是有一棵高高的苦楝树吗？爬到那树上，啥都能看见。龚喜吞口涎水说，妈的，我也要去开开眼！

　　李拐这时说，不过，苦楝树离那木板房有点儿远，视力不好就看不清楚。我去的时候，幸亏带着我家那个望远镜。望远镜效果真好，连下头的毛都能看清。孙香的毛长得黑油油的，像一窝野韭菜。龚喜赶忙说，能不能把你的望远镜借给我用一回？李拐说，我的望远镜也是花钱买的，只租不借。龚喜问，租一次多少钱？李拐说，二十。龚喜说，十块咋样？我手上只剩十块钱了。李拐却说，十块不租，等你凑够二十再说吧。龚喜说，好，我明天想办法去借十块钱。

　　然而，龚喜却没有等到明天。当天黄昏，他就迫不及待地跑到了孙香表哥屋后，一去就爬上了那棵苦楝树。上树不久，孙香果然拎着

一桶水上了屋顶，又进了那间木板房。可是，距离太远，光线太暗，孙香一进木板房，龚喜的眼睛就模糊了，啥也看不见了。

从苦楝树上下来时，龚喜本想回家算了，等改天凑足钱租了望远镜再来。可下到地上后，龚喜突然发现屋后有一把木梯，可以直达屋顶。一见到木梯，龚喜猛然就改变了想法，当即便顺着木梯爬到了屋顶上。他蹑手蹑脚地走到木板房的窗下，终于看到了孙香。孙香脱得光溜溜的，真是好看。谁料到，龚喜正看得如醉如痴，孙香的表哥忽然神不知鬼不觉地来到了屋顶。

孙香表哥这时怎么来了？柴禾胀大眼睛问。

听说来屋顶收衣裳，他们洗的衣裳都晒在屋顶上。万元说。

后来呢？柴禾问。

后来，龚喜被孙香表哥按在地上打了个半死。万元说。

两个人起身离开浑水堰时，柴禾问，这堰的水怎么总是浑的？万元说，估计是堰里的东西太多了，据说里面有鱼，有虾，有乌龟，有王八，还有蛇。

4

翻寡妇岩的时候，柴禾猛然对这个小地名产生了好奇。为什么叫寡妇岩？柴禾问。万元指着悬崖边的一个石头说，你看那个石头，像不像一个守寡的女人？柴禾顺着万元的手看去，果然看见了一个状似女人的石头。柴禾说，女人倒像女人，但看不出她是守寡的。万元一脸坏笑地说，其实哪有真正守寡的女人？古代没有，现在更没有。你看如今这社会，男的多，女的少，一个萝卜没有一个坑，到处都是光棍汉。要是听说哪个地方出了一个寡妇，那她门上求婚的光棍汉肯定会排成长队。

万元说到光棍汉，柴禾马上想到了龚喜。龚喜原先那个老婆跟天麻贩子跑了以后，他就一直打光棍吗？柴禾问。万元说，他打了十几年光棍，后来好不容易找了一个寡妇。那个寡妇是邻村望娘山的，名叫沙罐。柴禾问，你刚才不是说寡妇很俏嘛，沙罐怎么肯嫁给龚喜？万元说，这多亏了龚喜的老妈。柴禾问，为啥这么说？万元说，沙罐家里很穷，男人患病卧床七八年，死的时候连棺材都买不起。就在这个时候，龚喜的老妈找到沙罐说，我把我的棺材送给你男人，你给我做儿媳。就这样，龚喜捡了个便宜。柴禾感慨说，可怜天下父母心啊！

龚喜却并不珍惜沙罐。万元陡然口气一变说，他对沙罐总是开口就骂，伸手就打，压根儿没把她当人。柴禾一愣问，他为什么会这样？万元说，主要是龚喜没有人性，完全是个畜生。当然，沙罐也有问题，她不该和罗甩打皮绊。柴禾忙问，罗甩是谁？万元说，他也是望娘山人，住在沙罐附近，算是沙罐的邻居。罗甩是绰号，他左腿上有残疾，走路时一走一甩。因为腿不好，家里又穷，所以一直打着光棍。罗甩对沙罐不错，沙罐男人卧床期间，他默默地帮了很多忙。罗甩本来指望沙罐在男人死后嫁给他的，没想到被龚喜抢走了。柴禾沉吟了一会儿说，原来是这样！

虽说沙罐打皮绊不对，但龚喜也不该那样骂她打她！万元愤愤地说。

柴禾点着头说，是的，何况沙罐和罗甩还是有感情的。

更恶毒的是，龚喜还用开水烫沙罐的下身呢。万元咬牙切齿地说。

柴禾一惊说，天哪！简直像个虐待狂！

接下来，万元便详细讲述了龚喜虐待沙罐的一个个细节。他仿佛身临其境，无所不晓，讲得活灵活现，惊心动魄，还有画面感，把柴禾听得目瞪口呆。

龚喜把沙罐弄到手的第二年，曾经去贵州挖过半年的煤。临走之前，他就心怀顾虑，担心沙罐在屋里偷人。龚喜长期窝在家里，对农村的情况十分清楚，男人出外打工后，留守在家的女人十有八九耐不住寂寞，出墙的现象时有发生。龚喜本来不想去那么远挖煤的，但家中实在缺钱，他必须出门去挣。

离家的头天晚上，龚喜一口气和沙罐睡了两次。第二次完事之后，他突然把剃胡子的刀片拿到了床头。沙罐奇怪地问，你拿刀片做啥？龚喜说，我要把你腿间的毛刮一下。他说着就要扒沙罐的腿。沙罐一愣问，为啥刮毛？龚喜说，刮了毛下面干净一些，以免细菌感染。沙罐夹紧双腿说，我不刮，你快把刀片拿开！但龚喜却不依，非刮不可。他先把刀片咬在嘴里，然后伸出双手，一边威胁一边强行扒开了沙罐的两条腿。沙罐又羞又怕，不敢反抗，只好让龚喜把她的毛刮了。刮完的时候，沙罐满脸都是泪水。

柴禾打断万元问，龚喜为什么要刮沙罐的体毛？万元说，他是想防止沙罐在家偷人。柴禾又问，刮了体毛就不能偷人了吗？万元说，油菜坡这地方把没毛的女人称为白虎星，一般的男人是不敢和白虎星睡觉的，轻则折财，重则丧命。柴禾唏嘘一声说，唉，龚喜真是变态了！

龚喜一开始打算到贵州挖一年的煤，到了年底再回来。可是，他只去了半年就回家了。虽然出门之前给沙罐刮了毛，但他想那毛不久又会长出来。这么一想，他就在贵州待不住了，勉强挖了半年就卷起铺盖回来了。

沙罐没想到龚喜会中途回家，一点防备都没有。更巧的是，龚喜回到家里的那个晚上，罗甩恰好来了。当时，两个人还赤条条地睡在床上，被龚喜逮了个正着。罗甩虽说一条腿有毛病，但很机灵，看清是龚喜，提起裤子就从后门跑了。他一跑一甩，像划桨一样，比船还快。龚喜追出门来，罗甩早已跑得无影无踪了。不过，龚喜没再去追罗甩，心想他跑得过和尚跑不过庙。再说，龚喜还要忙着回去收拾沙罐。

龚喜从后门外回到寝室时，沙罐已经穿上了衣裳，正垂手站在床边等候处理。她以为龚喜一上来就会抽她几个耳光，边抽边把她痛骂一顿。但沙罐想错了，龚喜既没打她也没骂她。他突然变得很平静，细声细气地说，你把衣裳给我脱掉！沙罐不晓得他葫芦里卖的什么药，只好乖乖地脱掉了外衣。把裤衩也脱掉！龚喜接着说，仍然细声细气。沙罐这次没动，身体在微微颤抖。这时，龚喜陡然放大嗓门吼道，让你把裤衩脱掉！他的声音像天上的滚雷，把沙罐吓得一歪。沙罐被吓坏了，赶紧脱了裤衩。这时，龚喜趁机朝沙罐下头扫了一眼，发现那里的毛真的又长出来了。

你去给我倒一杯开水来！龚喜指着沙罐，用命令的口气说。沙罐以为龚喜口渴了，马上去厨房倒来了一杯开水，并双手递给了龚喜。然而，龚喜却没喝，一接过开水便猛地泼向了沙罐的下身。沙罐被烫得双脚乱跳，嘴里发出凄厉的惨叫。看着沙罐这副痛苦状，龚喜咧开嘴笑了，边笑边说，烫死你这个骚货！

第二天，龚喜去望娘山找到了罗甩。他先在他那条残腿上猛踢了几脚，然后逼着他拿出了一千块钱。

5

中午十二点的样子，柴禾和万元终于上到了油菜坡的坡顶。他们老远就看到了龚喜的那栋石头屋，还隐约看见一个戴挎筒子的人在屋角晃动。柴禾想，那个人肯定就是龚喜。他本想赶快上去跟他打个招呼的，但考虑到手上拎着扫墓的鞭，不便去别人的家，就决定先去给祖父扫墓。

柴禾来到祖父坟前磕头放鞭时，万元也去给他外婆磕头放鞭了。两座坟相距不远，能相互听到炸耳的鞭响。柴禾扫完墓走到石头屋前，却看不到那个戴挎筒子的人了。万元随后也来了，东张西望了一会儿问，龚喜呢？柴禾说，可能出去了，大门都锁了呢。万元抬头朝大门上看了一眼，门上果然上了锁。窗户上的门没有关严，可以伸进手去。柴禾默默沉思了一会儿，便大步走到窗前，从口袋里掏出五百块钱塞进了窗内。

你给龚喜放钱干啥？万元翻开眼皮问。

柴禾说，他是我表弟！

啊！你怎么不早说？万元大吃一惊问。

柴禾说，没什么好说的。

在龚喜的石头屋前停留了十分钟左右，柴禾和万元便转身开始下坡。柴禾说，上坡差不多走了近两个小时，下坡应该会快一些。万元却没吱声，显得心事重重。你怎么啦？柴禾问。万元出一口长气说，你上坡的时候，就应该把你和龚喜的关系告诉我的。柴禾说，没必要啊！万元说，怎么没必要？要是我早晓得龚喜是你的表弟，我咋会一路上都说他的坏话呢？柴禾说，有啥说啥，实事求是，我又没怪你。万元停了一下说，其实龚喜也并非像我上坡时说的那么坏。事实上，他身上也有许多好的东西。

回头经过寡妇岩时，万元再次提到了龚喜的那个哑糊儿子。他说，龚喜当年那么盼望哑糊死，也是事出有因。柴禾问，什么原因？万元说，当时有人给龚喜介绍了一个女人，那个女人对龚喜本人倒挺满意，就是嫌他不该有个哑糊。她对龚喜说，你要是把哑糊处理好了，我就嫁给你。就是因为那个女人，龚喜才盼望哑糊死的。稍停了一会儿，万元接着说，后来发生了一件事，说明龚喜内心深处并非真的希望哑糊死。不管咋说，那是他的亲生骨肉啊。

那件事发生在哑糊和龚喜的老妈之间，当然，龚喜后来也参与了。那年秋天，老妈害了一场重病，吃了几个月的药一直不见好转，就不想活了。她多次对龚喜说，要不是怕我死后哑糊没人管，我真想早点儿走！有一天中午，龚喜从地里回来，发现家里的情况十分反常。老妈蒸了一碗鸡蛋花花，正在堂屋和哑糊一起吃。她一手端着碗，一手拿着调羹，喂哑糊一勺，喂自己一勺，再喂哑糊一勺，再喂自己一勺，已吃了大半碗。龚喜还发现老妈给哑糊洗过澡，浑身上下都换了干净的衣裳。接着，龚喜又发现堂屋的饭桌下放着一瓶农药。一看见农药，龚喜顿时惊叫了一声，然后就冲上去一把夺下了老妈手中的鸡蛋花花。老妈哭着对龚喜说，把鸡蛋花花给我，让我们奶孙俩吃了好上路吧！

但是，龚喜没让他们上路。他赶紧用背驮起老妈，用胳臂夹起哑糊，飞快地朝坡下小诊所跑。跑到半路上，老妈和哑糊便开始呕吐，手也软了，头也歪了，看上去已快不行了。但龚喜没有放弃，双脚跑得更快，硬是一股劲儿跑到了小诊所。一到小诊所，龚喜便央求医生立即给老妈和哑糊洗胃，最后总算从死神那里夺回了两条人命。

从那以后，龚喜便不再盼哑糊死，也不再嫌弃他，每天都给哑糊喂吃喂喝，还给他洗澡。老妈病重卧床那段时间无法看护哑糊，龚喜便早晚把他带在自己身边。他专门请篾匠编了一个背篓，每当出门就把哑糊背在背上，下地干活背着，上山放牛背着，赶集背着，走亲戚也背着。一旦有了好吃的和好喝的，龚喜总是首先想到哑糊，好吃的让给他吃，好喝的让给他喝。他还经常去食品铺给哑糊买棒棒糖，买火腿肠，买旺旺雪饼，还买过花生露和橘子汁。

万元讲到这里，他们已走下寡妇岩。柴禾说，看来龚喜真的不是那么坏。万元红着脸说，他本来就不坏，是我上坡的时候没讲好。

过了一会儿，柴禾问，哑糊后来怎么样？万元说，后来的事情，谁也没有想到。柴禾问，什么事？万元说，哑糊满十岁那年，一个穿皮大衣的女人突然来到油菜坡，把哑糊接走了。柴禾问，那个女人是谁？万元说，哑糊的妈，也就是当初跟天麻贩子跑了的那个女人。她是开着一辆轿车来的，还给龚喜和他老妈都买了礼物，每人一件皮袄。柴禾沉默了片刻问，龚喜舍得她把哑糊接走？万元说，他多少还是有点儿舍不得。听说，哑糊被那女人抱上车后，龚喜还一个人站在公路边流泪呢。

6

回头走到浑水堰时，柴禾提议再坐下来歇一会儿。万元说，歇一会儿也好，上坡膝盖头疼，下坡腿肚子疼。

他们又坐在了上坡时坐过的那两个怪石上，两个人都看着堰里的浑水。柴禾突然问，你说这堰塘里有乌龟王八，难道就没人下去捉？万元说，没人敢下去，听说从前有胆大的下去过，但一下去就没再上来。柴禾说，你说得也太邪乎了，没这么深的水吧？万元说，关键问

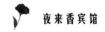

题不是水深水浅，主要是水太浑，看不见底。当然啦，水要是不浑，堰里也不会有乌龟王八那么多东西。柴禾说，是的，水至清则无鱼嘛。说完乌龟王八，万元又急忙把话头转到了龚喜身上。

万元扭过头来问，你还记得孙香吗？

柴禾歪头想了一下说，记得，龚喜偷看过她洗澡。

万元说，孙香后来又来过油菜坡，还在龚喜家里住了十天呢。

柴禾轮圆双眼说，世上竟有这等事？真是天方夜谭啊！

孙香第二次来，是在三年后的夏天。万元说，她这次不是来收购茶叶的，而是来躲债的。她丈夫在襄阳汉江边上开的那个茶馆，也兼着做棋牌业务，麻将和扑克都有。一开始，孙香只是管理棋牌这一摊子，负责为赌徒们提供场所、茶水和简餐。她自己并不上场，也不会玩，麻将和扑克都不会。后来，孙香看多了，也看会了，便在缺角的时候上场玩一下。没想到，她一玩就上了瘾。开头一阵子，她的手气特别好，每次上场都赢钱。这样一来，她的赌兴便越来越浓，赌的价码也越来越高。然而好景不长，没玩到两个月，孙香的手气就背了，玩一场输一场，输光了自己十几万的积蓄不说，还欠了别人十几万的赌债。孙香欠债以后，每天都有债主到茶馆来找她要钱，要不到钱就不走。她丈夫那段时间的茶叶生意也不景气，几十万的积货销不出去，因此也无法帮她还上赌债。无可奈何，孙香只好暂时出门躲一躲。

来到油菜坡的头几天，孙香仍然住在表哥家中。害怕走漏风声，孙香白天都憋在屋里，到了傍晚才出门透个气，碰到左邻右舍连招呼也不敢打。尽管如此小心，孙香还是被人盯上了，来后第三天就有人从襄阳找到了表哥家。孙香自然是拿不出钱来。但那人脸厚，要不到钱便赖着不走，嘴干了要茶喝，肚子饿了要饭吃，天黑了还自己找床睡觉。表哥心里烦死了，咬了牙拿出一千块钱，才把那人打发走。表嫂不仅心里烦，脸上更烦，很快对孙香下了逐客令。

孙香从表哥家出来后，一时不晓得往哪儿去，便一个人站在公路边默默流泪。就在这个时候，龚喜突然出现在孙香面前。

龚喜那天来坡下赶集，办完事正准备上坡回家，看见公路边站着一个泪人，上前定睛一看，竟然是孙香。龚喜猛地想起了偷看孙香洗澡的事，顿时感到羞愧难当，便慌忙扭头要走。可是，龚喜头刚扭过去，孙香急促地叫住了他。你是龚喜吧？孙香问。龚喜没敢回头，停住脚说，是的。孙香快步朝龚喜走过来，犹豫了一下说，我来这里躲债，没地方住，你能让我去你家待几天吗？龚喜不敢相信自己的耳朵，立刻摆过头问，你刚才说啥？孙香说，我想去你家躲几天债，可以吗？龚喜红着脸说，你别跟我开这样的玩笑！孙香伸手抹了抹脸上的泪说，现在我已无处可躲了，哪还有心思跟你开玩笑！听孙香这么一说，龚喜顿时激动不已，满口答应说，只要你不嫌我家条件差，住十年八年都行！

孙香当即跟着龚喜上了坡，住进了他的石头屋。石头屋的房子都破破烂烂的，只有龚喜住的那间厢房稍好一点。龚喜一到家就把厢房腾出来，让给孙香住，自己住进了后面一间杂屋里。厢房上的门有点陈旧，中间裂了一条缝，龚喜特地找来几坨棉花，严严实实地把缝堵上了。堵好门缝，龚喜又往厢房扛来了一个大木盆。孙香问，扛个木盆来干啥？龚喜说，给你洗澡用，就在这厢房里洗，没人会偷看。孙香听了很感动，眼里闪烁出异样的光芒。

龚喜对孙香很大方，每顿都把家中最好的东西煮给她吃。平时自己舍不得吃的腊肉和鸡蛋，龚喜都拿出来煮了。隔三差五，龚喜还会去屋后烂泥坑里摸几条泥鳅，煮汤给孙香喝。

在龚喜家躲了六七天的样子，孙香开始感到无聊，接着便觉得烦闷。从襄阳走时，她丈夫说等积压的茶叶一变成现钱就马上通知她回去，可出来快十天了，丈夫那边却一点儿动静也没有。

这天吃晚饭时，孙香突然问龚喜，你家有酒吗？我好想喝两口。龚喜说，酒倒是有，就怕你嫌差。孙香说，叫花子不嫌饭冷，你陪我喝一杯吧。龚喜就把自己酿的苞谷酒拎出了一壶，跟孙香对喝起来。孙香酒量不大，三杯下肚就醉了。醉酒之后，孙香忽然变得柔情似水。她用手托着红红的腮帮子问，龚喜，你为什么要对我这么好？龚喜诚恳地说，我以前做过对不起你的事。孙香问，什么事？龚喜勾下头说，我偷看过你洗澡。孙香淡淡一笑说，嗬，那有什么对不起的？如果你觉得我洗澡好看，待会儿我洗的时候，你再来看就是！龚喜听了一怔，连眼珠都转不动了，像两枚黑药丸卡在了眼眶里。

万元还没讲完，柴禾突然有点儿性急地问，孙香那天洗澡，龚喜偷看了没有？万元说，没看。其实孙香是真心让龚喜看的，洗澡前还特意把堵在门缝里的那些棉花掏了。可是，龚喜却没去看。柴禾纳闷地问，龚喜为什么不看？他不是很好色的吗？万元说，越好色的人越有道德底线。沉寂了片刻，柴禾又问，后来呢？万元说，后来没过两天，孙香就接到丈夫的电话回襄阳了。

7

上午还阴沉沉的，下午却有了太阳。他们返回野猪林时，林子里的光线比去的时候明亮了许多。柴禾也不再感到紧张了。一进野猪林，万元又说到了龚喜，自然是接着说他的好话。

万元说，在刚结婚那几年，龚喜总是想着法子虐待沙罐，后来被牛抵了一次，从此就像换了一个人，对沙罐突然好了起来。

打从发现沙罐与罗甩打皮绊之后，龚喜再也没出门打工。他要日夜在家看着沙罐，防着罗甩。当时，龚喜家养着一头牛，母的，每隔一段时间都要发一次情。那头牛不知廉耻，一旦发情就在山上乱叫，尾巴翘得高高的，屁股下面艳若桃花。附近有户人家养着一头公牛，一听母牛喊叫就会撒着欢子跑过来。那头公牛更是骚劲大，老远就把牛鞭放大了，又长又粗，红赤赤的，看上去像一根擀面杖。龚喜听不得自己家的母牛叫，更见不得别人家公牛的那根牛鞭。每当碰到，他都要破口大骂，还要大打出手。龚喜骂牛的语言非常刻薄，不是骚货就是贱货，听起来既像骂牛又像骂人。他打牛更是下手重，捡到竹棍用竹棍，摸到锄头用锄头，甚至还用过铁锨。有一次，龚喜动作迟了一步，拎着铁锨赶到时，那头公牛已把两只前腿搭在了母牛的屁股上，正将牛鞭往里插。龚喜恨极了，举起铁锹就往牛鞭上打。他打得真狠，一家伙就把牛鞭打回了公牛的肚子。公牛从母牛屁股上溜下来时，两眼都红了，仿佛是着了火。龚喜正感到得意，公牛冷不防朝他扑了过来，两只尖利的牛角直接抵进了他的裤裆。从此，龚喜便成了一个废人，再也不能和女人睡觉了。

柴禾皱着眉头问，龚喜为什么会突然对沙罐好？万元说，他晚上不能陪沙罐做那个事，觉得对不起她。更主要的是，龚喜害怕沙罐跟他离婚。柴禾问，沙罐后来没和他离婚吧？万元说，没有，因为龚喜对沙罐越来越好。

唉，沙罐真是太可怜了！柴禾叹息一声说。

不过还好，龚喜后来允许沙罐偷人了，每月一次。万元说。

柴禾猛然一惊问，真有这事？

万元说，千真万确，并且每个月都是龚喜亲自安排的。

龚喜被牛抵了以后，一连两个月都没跟沙罐做成那事。他试过很多回，但一回都没成功，关键是自己硬不起来。沙罐平时睡觉都还好，也不怎么想那事，只是到了每月中旬，总有那么几个晚上睡不安神，在床上翻来覆去，好像身上有个地方奇痒无比，却又不晓得到底哪里痒，无从下手去抓。

三个月后的一个晚上，龚喜拎着一壶酒，去了望娘山罗甩家。他双手把酒递给罗甩，认真地说，今晚我要去一趟铁厂垭，明天才能回油菜坡。请你去帮我陪一晚上老婆吧！她胆小，一个人睡觉害怕。罗甩开始不相信，也不敢接酒。龚喜这时又说，兄弟，你就答应帮我这个忙吧，要不我给你下个跪？他边说边双膝一弯，像是真要跪下去。罗甩连忙拉住说，别这样，我答应你还不行吗？当天晚上，罗甩就去陪沙罐了，陪了整整一夜。龚喜那晚真的没有回家，次日早晨回去时，罗甩已经走了。

柴禾问，龚喜那晚真的去了铁厂垭？万元说，没有，他在自家的牛栏楼上待了一夜。柴禾停了一下问，后来呢？万元说，后来，龚喜每个月都要给罗甩送一壶酒去，都说自己要去铁厂垭，其实都待在牛栏楼上。

　　下午一点半的样子，两个人终于从坡顶下到了公路边。在杂货铺门口等班车时，万元和柴禾还在继续说龚喜，好像他是一个永远也说不完的人。

推　牛

1

　　我爷爷高云天，死于一九八八年，享年六十一岁。我爷爷死的那年，我才三岁，还不太记事。据我爹高红旗说，我的名字还是我爷爷取的。我出生的时候，油菜坡正在分田到户，我爷爷就给我取了个名字叫高分田。

　　在我们村里，死人是常有的事。一般的人，死了也就死了，人死如灯灭，很快就会被人忘记。然而，我爷爷却不同。他已经死了二十几年，但村里的人却一直记得他，还经常把他的名字挂在嘴上。我读过几年中学，语文课本上有一首诗，谁写的我已记不清，但里面有一句话我至今没忘。那句话是这样说的：有的人死了，他还活着。我觉得，这句话简直就是冲我爷

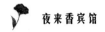

爷说的。

饶了半天舌，我其实想说的是，我爷爷的死，跟一般人的死是完全不同的。不说别的，就连对死的说法都不一样。一般人死了，就直接说死了；可我爷爷死后，镇上的干部和县里的领导都说他是牺牲的。牺牲前面还加了两个词儿，一个是英勇，一个是壮烈。因为，我爷爷是舍己救人的英雄。他用一个人的生命挽救了三十八个人的生命。我爷爷死了以后，镇上和县里都来了人，在村里为我爷爷举行了隆重的追悼会。在会上，我爷爷被追认为烈士。不久，上头又拨下专款，在我爷爷死的地方修了一个纪念塔。

不过，在我们村里，除了我爹以外，老百姓说起我爷爷的死来，都还是说的死。老百姓不习惯用牺牲这个词，觉得说起来别扭。在老百姓嘴里，凡是生命不存在了，都被说成死。草死了是死，树死了也是死；狗死了是死，马死了也是死；一般人死了是死，英雄死了也是死。只有我爹，他的说法始终跟镇上和县里保持一致，任何时候都说我爷爷是牺牲的。

我爹作为烈士的儿子，每当说到我爷爷的死，他都感到无比的骄傲和自豪，激动得连鼻头都是红的。这也难怪，我爷爷死的时候，我爹正好在场。他亲眼目睹了我爷爷舍己救人的英雄壮举。

那是一九八八年的春末夏初，油菜籽刚刚收割完，村里人正忙着翻耕油菜地，准备种玉米。就在这样一个农忙的季节，我爷爷抽空去了一趟洋芋坪。洋芋坪和我们油菜坡是邻村，两村之间只隔了一条公路。我爷爷去那里看望一个朋友，那个朋友叫金满堂。我爷爷已有很久没见到金满堂了，他突然有点儿想他。我爷爷原本打算一个人去的，但我爹觉得路途比较远，就提出跟他做个伴儿。从洋芋坪回来，经过那条公路时，我爷爷看见一头黑牯牛正停在公路中间屙屎。那是一段弯道，公路在这里拐了一个急弯。而且，此处地势险恶，十步之外就是万丈悬崖。牛日的，屙屎也不看个地方！我爷爷随口骂了一句。他还伸手在牛背上打了一下，想让牛到路边去屙。可是，那牛屙得正欢，压根儿不理我爷爷。我爹也看见了那头牛，觉得很眼生，心想它肯定是洋芋坪那边的。穿过公路后，我爷爷感觉有点累，就想坐下来歇口气，顺便吸根烟。我爷爷找个石头坐下，刚把一根烟点燃，一辆红壳子客车猛然从那个急弯上闪了出来。车上坐满了人，我爷爷一看就傻了眼。那头牛这时还在要紧不慢地屙屎，两条后腿像八字似的张着，尾巴翘得高高的。客车离牛不到一百步，司机发现牛时已来不及刹车了。我爷爷一下子慌了神，忍不住惊叫道，啊呀，要翻车了！他一边叫一边从石头上站起来，扔下烟就飞快地朝牛冲过去。我爹顿时吓坏了，赶紧跑上去抓住了我爷爷的一个衣角。爹，你不要命了！我爹吼道。但是，我爹没能把我爷爷抓住。就在客车即将撞上牛的那一刻，我爷爷拼命挣脱了我爹，一个箭步冲到了牛跟前。他使出浑身的力气，将牛推到了公路边上。因为我爷爷推开了牛，所以客车没翻，车上三十八个人的生命全都保住了。然而不幸的是，把牛推开之后，我爷爷却没能躲开。他在眨眼之间失去了自己的生命。

我爷爷舍己救人的故事，我最先是听我爹讲的。我爹很会讲故事，讲起来口若悬河，手舞足蹈，声情并茂，比电视上的那些说书人还要精彩。其实，我爷爷的英雄故事在我们这一带家喻户晓，好多人都会讲。但是，他们都没有我爹讲得好。我爹讲的时候，不仅感情充沛，而且词汇丰富。他特别喜欢用成语，比如紧急关头，千钧一发，毫不犹豫，挺身而出，舍生忘死，视死如归……我爹说这些成语就像吐瓜子壳，嘴巴一张就出来了。可以说，我爹是个讲故事的高手。每次听他讲我爷爷，我都会被他紧紧地吸引住。我爹总能把我爷爷讲得活灵活现，万分感人。

事实上，我爹原来并不会讲故事。听我奶奶说，我爹小时候笨嘴笨舌，连话都说不清楚，总是结结巴巴的。他胆子也很小，在众人面前一说话就脸红，声音小得跟猫儿似的。

我爹后来这么会讲故事，是有人专门教过他。据我妈说，在我爷爷成为英雄之后，老垭镇组成了一个英模报告团，要四处去宣传我爷爷的英雄事迹。我爹被赶着鸭子上架，也成了报告团的成员。报告团的团长是镇上分管宣传的副书记李佐，他安排我爹负责讲我爷爷舍己救人的具体情景。我爹为难地说，我不会讲。李佐说，你不会讲，我找人教你嘛。李佐当即从老垭中学调来了一个政治老师，让他全力以赴教我爹讲故事。政治老师叫丁一根，李佐给丁一根许愿说，你要是教高红旗把高云天的故事讲好了，我提拔你到镇上当宣传委员。有了这个盼头，丁一根教我爹时就特别用心。为了教我爹把故事讲好，丁一根首先给我爹写了讲稿。他前后写了三天，改了一遍又一遍。讲稿改定后，丁一根便着手教我爹怎么讲。他亲自给我爹做示范，让我爹照着葫芦画瓢。丁一根教得非常过细，连声音的高低快慢都教到了。俗话说，名师出高徒。在丁一根耐心细致的教导下，我爹进步很快，十天之后就能把我爷爷的故事讲得绘声绘色了。

英模报告团的首场报告会，是在老垭镇电影院里召开的。那天没放电影，但电影院的全部座位都坐满了。按照镇党委的通知，镇上的每个单位都必须派人去听报告，不能少于十个人。镇上还给每个村下达了指标，要求每家至少有一个人到会。油菜坡那天去的人数最多，差不多有一百人。那天我奶奶和我妈也去了，是我爹要她们都去的。我那天也去了镇上的电影院，被我妈抱在怀里。遗憾的是，我那会儿太小，当时的盛况没给我留下一丁点儿印象。

英模报告团由四个人组成，除了李佐和我爹，另外两个是周成功和杨永寿。周成功是我们油菜坡的支书，对我爷爷了如指掌。杨永寿是县客运站的司机，那辆红壳子客车就是他开的。报告会由李佐主持。他先来了一个开场白，然后就让我爹讲我爷爷舍己救人的过程。我爹讲完后，周成功接着讲，主要讲我爷爷生前做的一些好事。最后轮到杨永寿，他代表被我爷爷救下来的那三十八个人，说了一大堆感激的话。

我爹显然是报告会的主角，他的那个报告也最为动人。听我爹说，那天他在台上作报告时，台下一共鼓了四十八次掌，掌声比春雷还响。我爹的报告结束的时候，一个十五六岁的女孩突然跑到了台上，手上捧着一束鲜花。开始，我爹还以为她是镇中的学生，经李佐介绍，才知道她是那辆红壳子客车上的一位乘客，名叫金玉。金玉给我爹献花时两眼含泪，献完花还深深地给我爹鞠了一躬。我爹当时也激动得不行，先是鼻腔一酸，接着眼睛就湿了。

县里的领导，也十分重视对我爷爷的宣传。事实上，英模报告团就是遵照县委宣传部的指示成立的。在老垭镇举办首场报告会不久，李佐又接到县委宣传部的通知，要求英模报告团再到本县另外九个乡镇进行巡回演讲。那一阵子，我爹简直成了大忙人。他全县到处跑，有时一出门就是十天半月不回家。

九个乡镇讲遍之后，英模报告团又奉命到了县里，还在县人民礼堂讲了一场。进城之前，我爹已连续讲了十场，把我爷爷的故事已背得滚瓜烂熟。在县里讲的时候，我爹没再拿讲稿。他空手上台，滔滔不绝，抑扬顿挫，讲得比以前更加出彩。会后，宣传部部长刘川还亲自接见了我爹，并拉着我爹的手合了一个影。临别时，刘川送给我爹一个烫金的笔记本，扉页上写着：英雄之子，无上光荣。后面还有刘川的签名。我爹说，从刘川手中接过笔记本的那一刹那，他的眼泪都流出来了。

我爷爷死后不到一个月，他的英雄事迹便传遍全县，四面八方的人都知道了高云天这个名字。不仅如此，我爷爷舍己救人的新闻还上了县里的报纸、广播和电视。随后，县文工团又把我爷爷的故事改编成话剧，在县城剧院演了好几场。我爷爷死后的第四十九天，也就是七七节，我爷爷的纪念塔竣工了。它耸立在公路边，正对着公路拐的那个急弯。塔上刻着七个大字：高云天烈士之墓。每个字都涂了红色油漆，看上去无比耀眼。我爷爷的死，能产生这么大的影响，无疑要感谢上上下下的宣传。尤其是英模报告团，它的作用最大。

不过，参加宣传我爷爷的那些人，他们的心血也没白费。我爷爷这个舍己救人的典型被树立起来之后，他们都陆陆续续得到了提拔。村支书周成功，本来是农业户口，后来被老垭镇信用社招了工，一下子变成了城镇户口，实现了他做了多年的农转非美梦。司机杨永寿，原先只是一个普通驾驶员，不久被提成了县客运站的副站长。政治老师丁一根，学期没结束就转了行，去镇上当了宣传委员。老垭镇的党委副书记李佐，突然接到了县委组织部的调令，调他到县委宣传部担任常务副部长。县委宣传部部长刘川也高升了，升为县委副书记，成了县里的三把手，位子仅次于县委书记和县长。说句不该说的话，他们都沾了我爷爷的光。

我爹当然也沾了一点儿我爷爷的光。大约在我爷爷死后的第三个月，我爹当上了油菜坡的副村长。他是镇上直接任命的，没有经过村民选举。只是，副村长没有任何实权，好比聋子的耳朵，说穿了就是个摆设。更有意思的是，老垭镇一共九个村，除了我们村，其他村都没设副村长。

然而，我爹却非常看重副村长这个职务。尽管他也知道这个职务不值钱，但他觉得这是个荣誉，名声也比普通老百姓好听一点儿。实际上，我爹是个特别在乎荣誉和名声的人。

2

我爹高红旗，打从当上副村长那天起，就完全变了一个人。以前，他一切都是正常的，说话和做事都在情理之中。当了副村长之后，我爹就开始反常了，说话让人莫名其妙，做事让人不可思议。他的言行举止，一点儿都不像我们油菜坡的人，仿佛是一个天外来客。用我妈的话说，他有神经病！我奶奶干脆说，他八成是疯了！

当上副村长的那天中午，我爹一回家就进了堂屋，双膝一弯跪在了我爷爷的遗像前，给我爷爷连磕了三个响头。他一边磕一边对我爷爷说，爹，我们家祖坟冒烟了！爹，我当副村长了！爹，我们高家总算有人当官儿了！磕完头起来，我爹匆匆去了他的卧室，从箱子底下找出了他与刘川的合影，还有刘川送他的那个笔记本。然后，我爹又回到了堂屋，将合影和笔记本整整齐齐地摆在了我爷爷的遗像下面。很显然，我爹对我爷爷充满了感激。我爹知道，他所有的荣誉和名声，都是我爷爷给他的。

我爷爷被追认为烈士那天，县民政局给我们家送来了一千块钱的抚恤金。我爹接过那笔钱，转手就交给了我奶奶。我奶奶说，这钱是我爷爷用命换的，她要好好保存着，到她死的时候，就用这钱买棺材。事情说起来真是巧，就在我爹当上副村长的第二天，我们家突然来了一个借钱的人。

来借钱的是个姑娘，看上去十五六岁。最先看见她的是我妈，我爹那会儿正在堂屋里给我爷爷上香。我妈不认得这个姑娘，便试探着问，你找谁？姑娘说，我找高村长。我妈一时没反应过来，愣着眼睛问，哪个高村长？姑娘说，高红旗。我爹听见外面有人找他，马上从堂屋出来了。姑娘赶紧走向我爹，好像与我爹很熟。我爹也觉得在哪儿见过这个姑娘，稍微一想就想起来了，就是在老垭镇电影院给他献花的金玉。我爹忙问，你找我有啥事？金玉说，我爹腰疼，想到镇上的卫生院去检查一下，可他手头钱不够，就派我来找你借。我爹疑惑地问，你爹是谁？金玉说，他叫金满堂，是洋芋坪的，与高云天烈士很熟。我爹一听，眼睛顿时胀大了一圈。他显得很兴奋，脸上红一块白一块，像个花脸。我爹还没来得及说话，我妈先插嘴了。我妈对金玉说，你找错人了，我们家哪有钱借？金玉说，我没找错人，我爹说你们有钱。低头沉默了一会儿，我爹抬头问金玉，你要借多少？金玉说，我爹没说数，他让你看着办！我爹蹙紧眉头想了半天，然后苦笑一下说，好吧，那一千块钱的抚恤金，我全都借给你爹！说完，我爹就去后门找我奶奶要那笔钱。然而，我奶奶却死活不把那笔钱拿出来，说她要留着买棺材。我爹没办法，只好翻箱倒柜到处找。后来，我爹在我奶奶的枕头里找到了。当我爹从枕头里往外掏钱的时候，我奶奶几乎要扑上去跟他拼命。尽管这样，我爹还是不顾一切地把那笔钱借给了金满堂。

金玉把钱借走后，我奶奶好几天没跟我爹说话。我妈也不理我爹，只是不停地用眼睛瞅他，像瞅一个怪物。我爹那段时间也闷闷不乐，吃不好，睡不香，仿佛有点儿后悔，后悔不该把那么大一笔钱借出去。

不过，我爹的情绪没过多久就好起来了。在那笔钱借出去半个月的样子，金玉再次来到了我们家。我爹以为金玉是来还钱的，没想到她没还钱，而是送来了一面锦旗。我爹吃惊地问，你为何送一面旗来？金玉说，谢谢你借钱，我爹用你借的钱去镇上检查了，医生说是肾炎，在卫生院住了十天，腰就不疼了。我爹暂时还不起钱，又不知道怎么感谢你，就让我给你送来了一面锦旗。我爹接过锦旗，发现旗上还印了八个字：毫不利己，专门利人。一看见这八个字，我爹立刻高兴得眉开眼笑，阴了半个月的脸终于晴了。金玉走后，我爹连忙找来钉子和锤子，把锦旗挂在了堂屋的墙上。挂好锦旗，我爹没有马上离开堂屋。他退到门槛那里，仰起头，又目光直直地把锦旗看了好半天。

收到锦旗不久，镇上的宣传委员丁一根突然到我们家来了一趟。他手上拿着一张报纸，一进门就对我爹说，恭喜你上报了！我爹不相信，眨着眼睛问，我哪有资格上报？丁一根说，不信你自己看。他说着就把那张报纸递给了我爹。我爹接过报纸一看，上面果然有一条写他的新闻。报纸上说，洋芋坪村民金满堂，腰疼数月，无钱医治。油菜坡副村长高红旗听说之后，立即将父亲高云天烈士的一千元抚恤金，慷慨地捐给了金满堂。因为有了这笔钱，金满堂便很快得到了有效治疗，目前病情已有好转。这条新闻是丁一根写的，报纸上面还有他的名字。我爹看完新闻，不禁欣喜万分，脸一下子红到了耳根。他用颤动的声音对丁一根说，谢谢你宣传我！丁一根说，我职责所在，你不必客气。

丁一根来的时候，我妈也在家里。我妈上过小学，能认几个字。等我爹看完报纸，我妈也拿过去看了一眼。看完后，我妈一脸疑惑地问，捐钱是啥意思？丁一根说，捐钱就是送钱。我妈猛然提高嗓门说，可我们那钱是借给金满堂的，压根儿不是送！丁一根说，是借还是送，那是你们和金满堂之间的事。我写新闻，必须写成捐，否则就见不了报。我爹听丁一根这么一说，顿时恍然大悟。接下来，我爹就责怪我妈说，你一个女人，在这里多啥嘴？作为一个烈士的后代，我就是送金满堂一千块钱治病，那也是应该的！我妈没想到我爹会说这种话，当场就和他吵了起来。丁一根本来是来报喜的，哪料到会挑起一场家庭矛盾。他感到无趣，很快起身溜走了，连个招呼也没打。丁一根走后，我妈和我爹吵得更加厉害，一直吵到我奶奶从田里回来才停。

我爷爷的抚恤金，金满堂借去后迟迟没还。我爹为了他的荣誉和名声，也不好意思去要。其实，我们家并不宽裕，一家人经常为钱犯愁。我爷爷活着的时候，喜欢做点儿小本生意，除了买卖香菇和木耳，偶尔还贩猪贩羊，经济上还不是太拮据。自从我爷爷死后，我们家就没有钱的来路了。我妈和我奶奶倒是时不时提到那笔钱，催我爹去找金满堂要，但我爹总是顾虑重重，支支吾吾。

我爹给金满堂捐钱治病的新闻，很快传遍了油菜坡。村里人见到我爹，都伸出大拇指，夸他不愧是英雄之子。我爹听了很开心，把脸笑得红彤彤的，像喝了酒一样陶醉。事实上，村里人并不是真心夸我爹。他们当面说些好听的话，一转过身去，说什么的都有。有人说我爹脑壳里进了水，有人说我爹二百五，还有人干脆说我爹是个傻屄。

村里还有一些人，一边嘲弄着我爹，一边还要占我爹的便宜，千方百计想从我爹身上捞些好处。

村西头一个叫歪嘴的，有一天突然跑到我们家来借板车，说要建一栋新屋。我们家的板车，还是我爷爷买的。我爷爷健在时，经常拖着它去建筑工地做小工。有时，我爷爷也租给别人用，租一天收二十块钱。歪嘴来借板车时，我爹不在家。我妈自作主张说，板车不借，要用就租，一天二十。歪嘴不愿出租金，就阴阳怪气地说，你们是烈士家属呢，用一下板车还好意思收钱？就在这时候，我爹回来了。我爹对着歪嘴把手一挥说，拖去用吧，我们不收钱。我妈一听，脸都气青了。歪嘴却没管我妈，拖起板车就走了。那次，歪嘴把板车拖去用了一个半月才还回来，一分钱不给不说，还把轮胎扎破了一个。为了堵我爹的嘴，歪嘴来还板车时，手上还拎了一面锦旗。这一招果然灵验，我爹一接过锦旗，连补轮胎的钱也没让歪嘴出。

村东头有个姓邬的，绰号半吊子。深冬的一天，他姐夫的卡车坏在了公路边，车上装满了化肥。那天傍晚，半吊子慌慌张张跑来找我爹，要我爹帮着守一晚上车。他说他姐夫连夜进城买配件了，担心有人在夜里偷化肥。我奶奶问半吊子，你怎么不守？半吊子说，我有哮喘病，天气又这么冷，我怕把病冻发了。我奶奶又问，你怎么不请别人守？半吊子说，别人我请不起，他们守一夜要十五块钱。我奶奶生气地说，难道请高红旗守就不要钱吗？半吊子怪笑一下说，他是副村长，又是烈士子女，怎么会要钱呢？没等我奶奶再往下说，我爹就爽快地答应了半吊子。那个晚上，我爹一个人在公路边的寒风中蹲了一通夜，第二天一早就感冒了。更倒霉的是，半吊子的姐夫回来一清化肥，居然说少了两包。我爹觉得自己没守好，便主动赔了两包化肥的钱。半吊子的姐夫收钱时有点儿难为情，红着脸对我爹说，过两天，我给你送一面锦旗吧！

住在村委会附近的吴传德，人称死脸。有一天，他提着一只包来找我爹借钱，说他儿子考上了高中，还差三百块钱的学费。我爹当时手头紧，身上最多不超过二十块钱。他抱歉地说，对不起，我实在没钱借。死脸这时突然把头扭向了我们家猪栏，一头三百多斤的肉猪正在吃食。死脸先出神地看了一会儿猪，然后回头看着我爹说，这头猪少说也能卖三百块钱。我爹并不憨，很快听出了死脸的话外之音。但我爹多少有些舍不得这头猪，便不吱声。等了一会儿，死脸索性说，高村长，你能不能把这头猪借给我？我的确急着用钱啊！我爹没马上表态，正犹豫着，死脸忽然从包里掏出一面锦旗来。高村长，你就让我把猪赶走吧！你看，锦旗我都给你送来了！他边说边把锦旗递给我爹。我爹迟疑了片刻，还是把锦旗接过来了。接过锦旗后，我爹咬了咬嘴唇说，赶走吧！

后来，我爹的荣誉越来越多了，名声也越来越大。这从我爹收到的锦旗上就可以看出来。我在上学之前，最乐意做的事情就是数锦旗。每当堂屋的墙上多一面锦旗，我都会及时告诉我奶奶和我妈。但是，她们两个人都讨厌锦旗，一听我说到锦旗就气不打一处来。只有我爹喜欢锦旗，一看到锦旗就两眼发亮。到我读小学的时候，我爹收到的锦旗已有二十四面，堂屋的正墙上都挂满了。

遗憾的是，锦旗不能当饭吃，也不能当衣穿，更不能当钱用。因为这些锦旗，我爹把我们家里能捐的都捐了，能送的都送了。几年折腾下来，我们家已成了油菜坡最穷的一户。我奶奶的冰糖罐，一年四季都空着。我妈已差不多五年没添过新衣裳，有条裤子打了上十个补疤。有时候我要买一支铅笔，我爹都拿不出钱来。为此，我们一家人都恨透了我爹。

我读小学二年级那年，我妈还跟我爹闹过离婚。那年我妈胸脯疼，到镇上卫生院一检查，医生说她患了乳腺癌，必须赶紧去县医院做手术。可是，我们家没钱，不仅拿不出手术费，就连上城的车费也凑不够。这时，我妈猛然想到了金满堂，便让我爹去要那笔抚恤金。我爹犹豫再三，最后还是去了金满堂家。但我爹没要到那笔钱，回来时两手空空。我妈问，钱呢？我爹说，他不给。我妈说，有借有还，他为啥不给？我爹说，他要赖，说那钱是我捐的。我问谁说的，他说报纸上说的。我妈听后铁青着脸问，那你就这样算了？我爹说，不算还能怎样？再说，金满堂也没钱还，他的肾一直没好，听说又住过几次院。我妈没再说什么，只默默地流了两滴泪。后来，幸亏我舅舅出钱，我妈才进城做了手术。出院以后，我妈直接去了我舅舅家，正式提出和我爹离婚。我爹和我奶奶都不同意，我当然也反对，这样他们才没离成。

我爷爷死去的第十个年头，准确地说，在我爷爷十周年祭日那天，丁一根又到我们家来了。他这时已升为老垭镇的副书记，分管宣传，也就是当年李佐那个角色。这次丁一根不是一个人来的，身后还跟着一个年近三十岁的女人。我爹眼神很好，虽说多年不见，但还是一眼认出她是金满堂的女儿金玉。

我爹对丁一根非常热情，又是上烟又是泡茶。这些年，丁一根到处宣传我爹，给我爹封了很多先进模范称号，还多次安排我爹到镇上开会讲话，算是给足了我爹面子。我爹对丁一根充满了感激，每次见到他都客气得不得了。丁一根先喝了一口茶，然后一边吸烟一边对我爹说，县里马上要评选感动全县十大人物，我想推荐你。我爹一听很激动，红着脸说，能评上当然好，就怕我评不上。丁一根说，你的小事迹倒是不少，只是缺一个震撼人心的大事迹。如果创造一个大事迹，你肯定可以评上。我爹有点儿茫然地问，大事迹怎么创造？丁一根没忙着回答，忽然把目光转到了金玉身上。我爹也扭头看了一眼金玉，顺口问道，你爹的肾病好了没有？金玉叹口长气说，没好，越来越严重了。医生说他的两个肾都已坏死，恐怕来日不多了！我爹皱起眉头问，难道就没救了吗？丁一根这时接话说，救倒是有救，除非有人给他捐个肾。丁一根边说边转头看了我爹一眼，目光亮堂堂的。我爹反应很快，立刻明白了丁一根的意思。停了一下，我爹问，我可以捐肾吗？丁一根说，当然可以。你要是真捐一个肾，我保证你能评上感动全县十大人物。我爹毫不犹豫地说，好，我捐！我爹话音未落，金玉万分感动地拉着我爹的手说，太谢谢你了，你是我们的救命恩人！

半个月后，我爹给金满堂捐了肾。半年后，我爹被评上了感动全县十大人物。那年元旦前夕，我爹到县里参加了感动全县十大人物颁奖典礼，李佐亲自为我爹颁发了奖杯。当时，李佐已当上了宣传部部长，还是县委常委。然而，从县里领奖回来的第二天，我爹就病倒了。

3

我爹的病，显然与他捐肾有关。捐肾以前，他身强体壮，一年四季不吃一分钱的药。自从把肾捐了一个给金满堂，我爹的身体就开始垮了。他先是饭量锐减，面黄肌瘦，接着就感到腰酸背疼，四肢无力，后来连下田干活的劲也没有了。从县里领奖回来后，我爹病情更加严重，实在支撑不住，就倒了床。

我清楚地记得，我爹是在一九九八年最后一天倒床的。他要是再坚持一天，就是新的一年了。我爹倒床后，就没能再起来。他在病床上前前后后躺了八年，病魔缠身，受尽煎熬，生不如死，拖到二〇〇六年年底才断最后一口气。

我爹死的那年，我二十一岁，已经到了懂事的年龄。在临死之前的半个月，我爹就预感到自己不行了，情绪开始出现反常。他动不动流泪，对我奶奶，对我妈，态度都发生了明显变化。我奶奶和我妈一来到病床前，我爹都要跟她们说，对不住，对不住！一连说好几遍。在这之前，我爹是不怎么跟我奶奶和我妈说话的，看她们的时候，目光也很冷淡。我暗暗地想，我爹可能是对他以前的所作所为感到后悔了。

大约在临死前的一个星期，我爹突然对我说，分田，托你帮我做件事。我问，做啥？我爹朝堂屋那边指了指，有些伤心地说，你把那些锦旗给我扯下来！我听了一愣，以为他是病糊涂了，暂时没动。直到我爹催我快去，我才往堂屋里走。扯完锦旗回到病床前，我爹的脸上已淌满泪水。他哽咽着对我说，等我死了之后，你把它们都烧掉吧！

接下来，我爹一连昏迷了好几天。我妈说，看来他真是不行了！我奶奶没说话，只顾默默地抹泪。谁也没想到，在我爹生命的最后一天，他却又清醒过来了，双目明亮，满脸红光，还吃了半碗稀饭。我爹吃完稀饭后，我正要把碗拿走，他猛然抓住了我的一只手。分田，你别慌走。我爹抓住我的手说。他把我的手抓得很紧，像一个落水的人抓住了一根稻草。我停了下来，眼睛直直地看着我爹。我爹认真地对我说，我想跟你说一件事。我问，啥事？我爹说，那年你爷爷冲到公路中间去推牛，并不是为了救那车人。我大吃一惊问，那是为啥？我爹说，他想救那头牛。我听不懂我爹的话，忙问，他为啥要救那头牛？我爹说，那头牛是你爷爷从金满堂那儿买的，花了五百块钱。我一下子蒙了，张着嘴半天说不出话。过了许久，我又问我爹，那你为啥要说我爷爷是为了救人？我爹犹豫了片刻说，是他们要我这样说的。我赶紧问，他们是谁？然而，我爹没有回答我这个问题，因为他这时突然断气了。

我爹死后，我奶奶和我妈都很悲伤。尽管我爹生前与她们矛盾重重，可人死了，她们感情上还是接受不了。一直到我爹满五七，我奶奶和我妈才慢慢从悲伤中走出来。五七节那天傍晚，我们把我爹的灵屋搬到他坟上烧了。烧了灵屋回来，我把我爹临死前说的那番话告诉了我奶奶和我妈。她们一开始都很吃惊，但很快就平静下来了。

那天吃晚饭的时候，我突然大发感慨说，爷爷被他们宣传了十几年，哪想到是个假烈士！我妈接过话头说，要不是这个假烈士，高红旗也不会变成神经病！我妈话音没散，我奶奶就咬牙切齿地说，这个假烈士真是害人，害得我们家破人亡啊！听得出来，我奶奶和我妈都对假烈士恨之入骨。这时，我突发奇想说，既然如此，那就让他们把爷爷的烈士称号取消吧，以免今后别人再来敲我们的竹杠！我奶奶马上说，这个主意好！我妈也说，好！

第二天，我便带上一份请求书出了门。请求书是我头天晚上写的。我请求有关方面取消我爷爷的烈士称号，把他还原成一个普通老百姓。

我的第一站是老垭镇。到了镇上，我想先去找一下周成功。周成功这个人很会混，早已从一个信贷员混成了信用社主任。我一到信用社就找到了周成功，他正坐在主任室里跷着腿喝茶。我开门见山地说，当年我爷爷推开的那头牛，是他自己买的，他不是烈士。周成功一惊问，你是怎么晓得的？我说，是我爹临死前说的。周成功小声问，你想干啥？我拿出请求书说，请你在这上面签个名，帮我证明一下。周成功连忙摆手说，对不起，这个名我可不能签。从周成功那儿出来后，我又匆匆去政府大楼找丁一根。在我爹评上感动全县十大人物之后不久，丁一根就升为镇长了。我想，如果丁一根能说句实话，我爷爷的烈士称号肯定可以取消。但是，当我找到丁一根说明来意，他却一口拒绝了我，让我碰了一鼻子灰。离开政府时，丁一根还严肃地警告我说，你爷爷这个典型，是各级党委一起树起来的，你千万不要乱来！

当天下午，我坐长途客车上了县城。这是我的第二站。在汽车站下车后，我临时决定去找一下杨永寿。杨永寿是当年那个事件的目击者，我想请他出面做个证人。客运站早已改为客运公司，杨永寿现在是公司经理。他不认识我，我自我介绍了半天，他才回忆起来。一听说我是高云天的孙子，杨永寿立刻对我热情起来，还亲自给我倒了一杯水。可是，当我提出要他在我的请求书上签名时，他的态度却一下子变了。他说他有个会，说完就起身走了，把我一个人晾在了接待室。

从客运公司出来后，我马不停蹄地去了县委宣传部。宣传部有门卫，开始还不让我进。我说我有要紧的事找部长，他们才给李佐的秘书打电话。秘书把我带到办公室，李佐已在那里等我了。进门后，我还没开口说话，李佐就劈头盖脸把我教训了一通。李佐说，丁一根给我打过电话，我知道你会来找我的。但我告诉你，高云天烈士是我县的一位英雄楷模，他舍己救人的精神早已深入人心，任何人都别想往他脸上抹黑。谁要是想抹黑英雄，那他就是政治上有问题！说完，李佐就让秘书把我带出了办公室。从宣传部出来后，我还想去找一下刘川。刘川现在已当县委书记了，我想他应该会听我说句真话。遗憾的是，我没能见到刘川。站岗的说，刘书记不在，他到市里开会去了。

我那天从县城返回时，天差不多黑了。在公路边下车后，我没有直接回油菜坡，而是去了洋芋坪。我想找一下金满堂，让他帮我写个证明材料。金满堂肯定还记得，我爷爷推的那头牛是从他那儿买的。如果金满堂能写个证明，我就拿着这个证明再去县里找刘川。我想，刘川一定会实事求是的。

我赶到洋芋坪，金满堂已经上床睡了。金玉说，她爹换肾后，命虽然保住了，但身体还是很差，每天老早就要上床。坐了一会儿，我跟金玉说到了我爷爷，还有那头牛。金玉说，我知道那头牛是我爹卖给你爷爷的，但我爹不会承认。我忙问，为啥？金玉犹豫了一会儿说，当年上头来人打过招呼的，要我爹把这件事烂在肚子里。我爹还对上头发过誓，说这事打死他也不会说。听金玉这么一说，我就彻底失望了。

从金满堂家出来，天已黑得像锅底，我连回家的路都找不到了。

撒 谎 记

1

老实说，我儿子赵弯的那条腿，是他
自己骑摩托车摔断的，并且是喝醉了酒骑
车，跟我们家打扶贫并没有任何瓜葛。车
祸出了以后，我一开始并没有隐瞒事实的
真相，也没打算隐瞒，更没想到撒谎。后
来的主意，都是老垭镇人民医院的院长车
前帮我出的。当然，车前也是出于好心。
他感觉到我家庭困难，就想暗暗地帮我一
把。

我其实是个老实人，有一说一，有二
说二，从来都不会撒谎。在油菜坡，如果
要问哪个人最老实，乡亲们肯定会说出赵
直这个名字。他们说得没错，村里再也找
不到比我更老实的人了。有这样一个笑话，
一直在村里流传。说的是，有个男人怕老

婆，老婆让他向东，他不敢向西，让他打狗，他不敢打鸡。有人问他，你为啥一切都听老婆的？他苦笑一下说，不听不行啊！那人问，有啥不行的？他红着脸说，我要是不听她的，她夜里就不让我碰她，两条腿夹得紧紧的。这个笑话实际上是真人真事，我就是那个男人。后来，有人把这个笑话讲给我老婆艾蒿听。她听了先是哭笑不得，然后指着我的鼻子问，赵直啊赵直，你咋能啥话都对外人说呢？我小声嘟哝说，本来就是这样嘛。

出车祸的那一天，是我丈母娘的生日。往年到了这个日子，我和艾蒿都要亲自去给她祝寿。但今年的情况有点儿特殊，镇上的扶贫工作队要帮我们打一口扶贫井，井址已提前选定，就在我家房子旁边。他们说好那天来开工，要我在家帮着扛石头，还要艾蒿帮他们煮午饭。因为我和艾蒿都走不开，所以就只好让赵弯去祝贺他的外婆。

丈母娘住在邻村铁厂垭，离我们家有十几里路。那天，赵弯一大早就骑着摩托车去了，想赶到那里吃早饭。临走之前，我反复叮嘱赵弯，要他骑车注意安全，千万不要在外婆家喝酒。赵弯虽说二十七八了，但一点儿都不稳重，做事任性，毛手毛脚，总是让我不放心。每次赵弯骑车出门前，我都要千叮咛万嘱咐，生怕他出事。赵弯那天的态度还好，我一边交代他一边点头，显出很听话的样子。谁想到，他一出门就把我的话当成了耳边风。

打扶贫井的人是上午九点钟来的，到十点钟才正式开工。大约十一点的样子，我刚从山上扛回一块石头，正要进厨房喝口水，口袋里的手机突然响了起来。当时艾蒿正在厨房里低头剁南瓜，我手机的铃声把她吓了一大跳。

手机是一个名叫连赢的人打来的。他住在油菜坡与铁厂垭交界的地方，房子旁边有一个废弃的堰塘，多年没有蓄水，被乡亲们称为干堰。连赢开口就说，出事了，出事了！我赶紧问，啥事？连赢说，你儿子的摩托车冲进干堰了！艾蒿也听见了连赢的话，顿时惊恐万状，一把夺过我的手机，急吼吼地问，人呢？人没摔坏吧？手机那头却没有回答。连赢说完就把手机挂了。

接到连赢的电话，我再没心思扛石头了，拔腿就朝干堰那里跑去。艾蒿也立即丢下菜刀，跟在我的屁股后头疯跑。

不到半个钟头，我就跑到了干堰边上。赵弯的摩托车果然冲进了干堰，像一匹死马倒在堰底。在摩托车五步之外的地方，我发现了赵弯。他四仰八叉地躺在那里，一动不动，看上去像个死人。我一下子傻掉了，双脚仿佛被钉在了堰堤上，一步也挪不动。不一会儿，艾蒿也赶到了。她一来就问，儿子呢？我没说话，只是默默地伸手朝干堰里指了指。艾蒿很快看到了赵弯，也以为他死了，哭声猛地从她喉咙里滚了出来，听起来像青蛙在叫。

干堰边上有一块油菜地，是连赢家的。艾蒿刚哭了几声，连赢突然来到了我们身边。他怀里抱着一捆折断的油菜秧，一看就是从油菜地里来的。连赢一来就对艾蒿打了一个住嘴的手势，大声呵斥说，哭啥哭？人又没死！听说赵弯没死，我马上回过神来了。他真的没死？我颤着喉咙问。连赢说，没死，我到堰底摸过他的鼻孔，还在出气呢。艾蒿立刻止住了哭声，扭头望着连赢，疑惑地问，他没死为啥不动？连赢说，他喝多了酒，醉得不省人事了。

我和艾蒿麻利地走下干堰，来到了赵弯跟前。赵弯双眼紧闭，脸色苍白，醉得像一堆烂泥。他还吐出了一堆没有消化的饭菜，嘴上满是脏物，酒气刺鼻。艾蒿连忙解下腰里的围裙，蹲下去给赵弯擦嘴。我随后也蹲了下来，把赵弯上上下下打量了几遍，还掀起衣袖和裤脚看了看，没发现任何伤口，连一丝血迹也没看到。这让我稍微松了一口气。

摩托车倒是摔得厉害。它倒在不远处的一堆乱石旁，后视镜破了，保险杠弯了，两只把手都变了形。

艾蒿刚把赵弯的嘴擦干净，连赢也从堰堤上下到了堰底，怀里还抱着那捆折断的油菜秧。我有些奇怪地问，你为啥把油菜秧折了？难道不想收油菜籽了吗？连赢怪笑一下说，我自己咋会折呢？是被赵弯的摩托车碾断的。

连赢接下来就讲了赵弯翻车的情景。当时，连赢正在油菜地里追肥。他先是听到了一阵马达的轰鸣，还没反应过来，一辆摩托车便像飞机一样从上面的公路上飞到了油菜地，接着又冲进了下面的干堰。连赢说，摩托车飞来的时候还经过了他的头顶。他看见赵弯歪着脑袋，嘴里不停地吐酒，还差点吐到了他头上。

连赢讲到这里，赵弯终于睁开了眼睛。看见赵弯醒来，我顿时火冒三丈，真想把他痛骂一顿。但我忍住了，心想这不是骂人的时候。

赵弯一醒就想站起来。他双手撑地，浑身使劲，挣扎了好半天，好不容易站起来了。可是，赵弯还没站稳，有条腿便猛然一软，又一屁股坐到了地上。坐下去的时候，赵弯凄厉地叫了一声。我的腿！他是这么叫的，同时还用手在那条腿的膝盖上按了一下。我一下子慌神，心里生出一种不好的预感，预感到赵弯的一条腿摔断了。

我急忙把赵弯从地上拉起来，像背麻袋那样背在身上，直接背到了村支书盘存家。盘存有一辆面包车，一边当支书一边跑出租。我决定租用一下他的面包车，让他帮我把赵弯送到老垭镇人民医院。我们到达时，盘存正倒在躺椅上睡午觉。我说明来意后，盘存打着哈欠问，是挂账还是付现金？我想了想说，付现金吧。一听我说付现金，盘存立刻就从躺椅上爬起来了，一头钻进了面包车。

盘存的车开得快，一个小时就到了老垭镇医院。医生很快给赵弯拍了片子，发现赵弯右边的那条腿果真断了，说是严重骨折。医生说，必须住院开刀，否则断骨无法接上。我没说二话，只好乖乖地去办入院手续。

就在办入院手续的时候，我遇上了车前。说来也巧，那会儿负责办手续的人要上厕所，便请车前帮着看一下门。当时，我一点儿也没想到他是院长。

车前问我，你儿子的腿是怎么断的？我说，骑摩托车摔的。车前接着问，他骑车前喝酒没有？我说，喝了。听我这么回答，车前不禁叹了一口长气。停了片刻，车前又问，你家经济状况如何？我如实回答说，不好，镇上正在帮我们家打扶贫井呢。车前皱着眉头说，既然这样，那你就不能说你儿子的腿是骑摩托车摔断的，更不能说他是酒后骑车。我眨巴着眼睛问，为啥？车前说，如果是饮酒导致车祸，那住院费都得自己出，合作医疗上一分钱都报不了。我赶忙问，那我该怎么说？车前歪着脑壳想了一会儿说，你干脆说在打扶贫井的时候，你儿子扛石头，一不小心摔了一跤，不幸把腿摔断了。

车前刚给我出完这个主意，上厕所的那个人来了。那个人一来，车前就转身要走。出门之后，车前又回头跟我说，你抽时间回你们村里开个证明来，证明你儿子的腿是打扶贫井时摔断的。我迟疑了好久，最后还是点头答应了。

2

那天办好入院手续，我先把赵弯送进病房安顿下来，接着就到住院部的走廊上给艾蒿打了一个电话。艾蒿在我把赵弯背走后就一个人回家了，没跟我一道去盘存那里。家里还养着一头两百斤左右的肉猪，她必须回去喂食。我在手机中告诉艾蒿，儿子有条腿断了，要住院开刀，没有十天半月回不了油菜坡。艾蒿听了很焦急，一边叹气一边说，我抓紧收拾一下，争取两个小时内赶到镇上。我想了想说，你来一趟也好，记得带些生活用品，最好还借点儿钱带来。当时，我手头的钱都交了住院押金，已经身无分文了。

下午四点钟的光景，艾蒿来到了赵弯的病房。赵弯那会儿已打上了吊针，正闭着眼睛在床上昏睡。病房里还有两个病友，一个膀子骨折，一个断了三根肋骨。他们比赵弯早来几天，手术都做过了。

艾蒿进门时双手不空，一手拎着生活用品，一手拎着一篮子鸡蛋。她走得气喘吁吁，脸上的汗都流进脖子了。我有些心疼地问，这么远，你拎一篮子鸡蛋做啥？艾蒿抬手擦了把汗说，拎来你和儿子煮了吃，他疗伤需要营养，你也不能每餐吃素。我听了鼻头一酸，差点流出泪来。停了一会儿，我小声问，你借到钱了吗？艾蒿说，我借了好几家，才好不容易凑了一千。他们开始都不肯借，后来我说我们家里有头肉猪，卖了就还，这样他们才松手。说完，艾蒿从口袋里掏出一个小纸包递给了我。接过小纸包时，我心里有一种说不出的味道。

护士来给赵弯换第二袋药水的时候，我猛然想到了车前。等护士走后，我把车前给我出的主意一五一十地告诉了艾蒿。艾蒿听了很感动，不住地说车前这个人好。他和我们非亲非故，却能一切为我们着想，这样的好人真是打着灯笼都难找啊！艾蒿由衷地说。

跟艾蒿说车前时，我把声音压得很低，但还是被同房的两个病友听见了。他们好像都认得车前，并且都说他的好话。膀子骨折的那个说，车前这人不错，见到病人总是问寒问暖，一点儿院长的架子都没有。断肋骨的说，我几次看见车前在走廊上打扫卫生，有一回还亲自帮病人打开水呢。

我发现两个病友都很开朗，说话直来直去，一点儿都不防我们。后来，他们还小声地告诉我和艾蒿，其实他们都是在车祸中受的伤，但病历上写的全是其他事故，一个是喂猪时跌翻，一个是放牛时摔倒。

听了两个病友说的话，艾蒿越发对车前充满感激。她低头沉吟了一会儿，然后抬起头来，认真地对我说，我们应该感谢一下车前！我愣了一下，正不晓得如何回答，那两个病友抢先说话了。膀子骨折的那个说，肯定要感谢！断肋骨的说，必须要感谢！

艾蒿睁大两眼看着我，好像一直在等我表态。我露出一脸苦笑问，感谢一下当然好，但我们用啥感谢呢？艾蒿一边抓头一边想，然后把眼睛落在了那一篮子鸡蛋上。要不，我们把这篮子鸡蛋送给他？艾蒿用商量的口气问我。我回答说，行，正好都是土鸡蛋。我话音没落，断了肋骨的病友说，送鸡蛋不好吧？我发现车前每餐都在外面上馆子，好像自己不开伙呢。膀子骨折的病友接着说，他开不开伙倒不要紧，主要是一篮子鸡蛋太便宜了，拿不出手啊！他俩这么一说，艾蒿感到有人朝她的兴头上泼了两瓢冷水，马上打消了送鸡蛋的念头。

沉默了一阵子，艾蒿突然起身对我说，医院旁边有个大超市，我们去那儿看看，如果有合适的礼物，就买一份送给车院长。我觉得这个想法不错，便应声站了起来，跟艾蒿走出了病房。

　　穿过住院部狭长的走廊时，艾蒿一路都在和我商量买啥礼物。她先后提到了好多个品种，有纯牛奶，有芝麻糊，有花生露，有核桃粉，有绿豆糕，有脑白金，还有本地特产米花糖。在我们油菜坡，这些食品就算是最好的礼物了。艾蒿每说出一种，我都说行。

　　走廊尽头是住院部的侧门，门口不远处有一个花坛。从侧门出来，我一眼看见了车前。他正站在花坛边上吸烟，边吸边和身旁一个穿白大褂的人说话。车前看上去烟瘾很大，手头的一支刚吸完，旁边那个人又连忙给他递上一支。车前没有推辞，很快就点上了。车前没看到我和艾蒿，眼睛一直看着身边那个人。我悄悄地对艾蒿说，那个吸烟的就是车院长。听说是车前，艾蒿的眼睛顿时胀大了一圈，脸也红了，显出很激动的样子。艾蒿本想走上去跟车前打个招呼，但我把她扯住了。我想车前正在谈事，不应该去打搅他。

　　往超市走的时候，艾蒿陡然改变了主意。不送牛奶这些食品了。艾蒿说。那送啥？我问。艾蒿兴奋地说，买一条烟送给车前。我想了想说，送烟也行。

　　超市里有个卖烟的专柜，摆满了各种各样的烟，光牌子和价位就有十几种。艾蒿对烟一窍不通，扭头问我，买啥牌子的？我说，买黄鹤楼的吧。我虽然不吸烟，但我晓得这一带最走俏的牌子就是黄鹤楼。艾蒿接着又问，买多少钱一条的？我没有马上回答，因为我一时也拿不准。柜里的每条烟都有标价，我弯下腰仔细看了一遍，有五十块钱的，有一百块钱的，有两百块钱的，有五百块钱的，最贵的六百块钱一条。我们村里的人，大多数吸的是一百块钱一条的。也有人吸五十的，比如连赢。也有吸两百的，比如盘存。斟酌一番后，我直起身来对艾蒿说，买条两百的咋样？艾蒿琢磨了一下说，行吧，再贵了也买不起。我说，是啊，手上总共才一千块钱，还要留着吃饭呢。

　　从超市返回的路上，我用一个黑色塑料袋把那条烟拎在手上。艾蒿说，要是车前还在花坛那儿，你就顺便把烟送给他。我说，这样也行，以免再去他的办公室。可是，我们经过花坛时，车前已经走了，只留下了一地的烟屁股。

我们回到病房的时候，赵弯已经打上了第三瓶药水。他仍然昏睡着，看来针药里放了镇静剂。

同房的两个病友看见我们回来，一下子都来了神，马上转过身找我们说话。礼物买到了？膀子骨折的那个问。艾蒿赶忙回答说，买到了。买的啥？断了肋骨的那个又问，一边问一边用眼睛盯着我手上的塑料袋。我说，买了一条烟。膀子骨折的说，买烟算是买对了，车前绝对喜欢。我说，他喜欢就好。断了肋骨的说，听说车前没别的爱好，只喜欢吸烟，每天要吸三包呢。我说，看来这个礼物真是买对了。

安静了片刻，断了肋骨的那个像是猛然想起了啥，目光直直地盯着我问，你买的啥烟？我说，黄鹤楼。他紧接着问，多少钱一条的？我说，两百。我话刚出口，膀子骨折的那个陡然咧起嘴巴怪笑了一下。我问，你为啥这样笑？他说，两百块钱一条的烟，车前肯定不会吸。据我所知，他吸的最差的烟，也是五百块钱一条的黄鹤楼。听他这么一说，我感到我浑身都软了，像一只被针刺破了的气球。艾蒿也深受打击，头朝一边歪着，仿佛脖子被人砍了一刀。

过了好半天，我和艾蒿才恢复平静。我问艾蒿，烟还送不送？艾蒿说，我也没想好。送条两百的吧，人家不吸；送条五百的吧，我们又送不起。我说，那就干脆别送了。艾蒿还没想好如何回答我，断了肋骨的病友马上接过我的话头说，这烟必须得送，并且还要送五百一条的。我愣着眼睛问，为啥？膀子骨折的病友连忙插嘴说，出院结账的时候，还得院长签字呢，除非你不想报销住院费了。

艾蒿的脑袋比我灵活，很快就听懂了两个病友的话。她突然站起身来，先从我手里拿过那条烟，然后就出了病房。我随后也跟了出来，在走廊的尽头追上了艾蒿。你要去哪儿？我问。艾蒿头也不回地说，再去超市。我问，又去超市做啥？艾蒿说，去换烟，加三百块钱，换一条五百的。

快到超市门口时，艾蒿让我再掏三百块钱给她。我从胸前摸出那个小纸包，慢慢地数了三张。递出去的时候，我心里忍不住疼了一下，好像有人割了我一块肉。艾蒿看出我心里不快，安慰我说，想开点儿

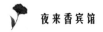

吧，舍不得孩子套不到狼。

换烟回到医院，我当即就送给了车前。在门诊部和住院部中间，横着一栋红色小楼，院长办公室就在这栋楼里。我推门进去的时候，车前一点儿都没感到意外，好像知道我要去找他。我双手把烟递过去，他看了一眼牌子，二话没说就接了，并随手放进了抽屉里。我没在车前那里久留，一送完烟就调头出来了。车前对我很客气，亲自把我送到门口，还跟我说了一声再见。

3

赵弯住院的头五天，一直都是我在医院照顾他。第六天，我让艾蒿去医院换我，因为我要回油菜坡找村支书盘存开证明。

那天，我从老垭镇回到家里已是十一点多钟了，差不多到了吃午饭的时间。但我没有心思在家里弄午饭吃。我匆匆忙忙给那头肉猪喂了食，然后就马不停蹄地去了盘存那里。我想早点儿把证明开到手，下午再赶到医院去。

盘存每天开着面包车四处赚钱，经常不落屋。不过，我这天的运气还好。我去的时候，盘存刚从外面跑车回来，正坐在大门口数钱。

和盘存见面以后，我没好意思马上提到开证明的事。以前从没撒过谎，头一次撒谎，我难免有些紧张，不晓得如何开口。在盘存跟前停下后，我只好先无话找话说。我问，盘支书吃饭没有？盘存说，还没吃，老婆刚从菜园回来，连灶里的火都还没烧燃呢。

盘存家对面有一个农家乐餐馆，老板娘这时正在门口剥葱。她的耳朵很好，我和盘存说的话都被她听到了。盘存话音没落，老板娘就搭腔说，既然火都没烧燃，那盘支书干脆来我这儿吃野鸡，今天刚打的。盘存说，野鸡倒是好吃，可我没钱。老板娘说，别叫穷，你每天跑几趟车，还会没钱？盘存说，跑车的钱一分都不能用，儿子在城里买了一套房子，我每个月都要给他还房贷，雷打不动啊。盘存这么一说，老板娘就不做声了，扭头进了餐馆。

停了一会儿，盘存主动问我，你来我这儿做啥？是不是又要租我的面包车？我说，不是，没有特殊情况，我哪敢租你的面包车呀？跑一趟老垭镇就得一百二呢！盘存有点儿失望，又问，既然不租车，那你来做啥？我趁机说，我想请你帮我开个证明！盘存一愣问，啥证明？我红着脸，正寻思着咋说，盘存陡然露出了一脸怪笑，还打了两个冷哈哈。打完哈哈，盘存伸出一个指头指着我的脸，神秘地说，我已猜到你要我开啥证明了。我问，啥证明？盘存说，你要我证明赵弯的腿不是醉酒后骑摩托车摔断的。我不由得一惊说，盘支书真厉害，我还没说呢，你就猜到了！盘存说，如果我连这都猜不到，还能当支书？

盘存接下来问证明具体咋开，我老老实实地把车前出的主意告诉了他。盘存听后感叹说，这个理由好，打扶贫井，扛石头，一不小心摔了一跤……车前真是有水平，亏他想得出来！

盘存一边感叹一边起身进了屋。我以为他是进屋开证明去了，没想到他出来时两手空空。我问，证明呢？盘存说，我找了半天没找到笔，老婆说可能是对面餐馆的老板娘借去写菜谱了。我问，那咋办？盘存头一歪说，我们干脆到餐馆去开证明吧，那里有现成的笔和纸。我说，那好吧。

我这个人不光老实，还有点儿笨。往餐馆走的时候，我一点儿也没想到盘存在给我做笼子。到了餐馆以后，我才发现我已钻进笼子里爬不出来了。

老板娘那会儿已杀好野鸡，并剁成了鸡块。盘存一进餐馆就跑到了老板娘跟前，伸手抓起一个鸡块，先放到眼前看，再放到鼻头闻，口水欲滴，好像完全忘了开证明的事。我走上去提醒说，盘支书，请你帮我把证明开了吧！盘存丢下鸡块，扭头瞪了我一眼说，慌啥？现在已经十二点多了，证明嘛，只有等吃了午饭再开。再说，我也饿了，连拿笔的劲都没有了。

盘存把话说到这个地步，我再笨也能明白他的意思。很显然，盘存是要我请他上一顿餐馆。但是，我家太困难了，实在拿不出钱来请他。艾蒿借来的一千块钱，剩下的已经不多了。赵弯在医院少说还要住四五天，每天都要用钱，我心里一直都在犯愁呢。

老板娘这时也掺和进来了。她以为我没听懂盘存的话，便一边使眼色一边对我说，赵直，既然你要盘支书给你开证明，那你就大方一次，请他吃个野鸡火锅吧。以往有人找他开证明，还请他吃乌龟甲鱼呢。我赶紧解释说，不是我小气，主要是我穷，手头没钱。要是有钱的话，我也会请盘支书吃乌龟甲鱼的。

我话音刚落，盘存突然冷笑了一声。他一边冷笑一边摆手说，算了算了，我今天自己请自己吃。老板娘急忙问，吃啥？盘存故意放大嗓门说，就吃野鸡火锅，再来一瓶二锅头！老板娘响亮地回答说，好嘞！

我看得出来，盘存已经生了我的气。他眉头紧锁，脸色乌黑，嘴巴都歪了。我感到有点儿难为情，快步走到他跟前，赔个笑脸说，对不起，等我将来有钱了，一定把这顿饭补上！盘存却没有搭我的话，连看都没再看我一眼。

老板娘动作麻利，没过多久，厨房里就飘出了野鸡的香味。接着，老板娘就出来摆碗筷了。我顿时觉得有些尴尬，心想应该回避一下。

我厚着脸皮对盘存说，你先吃饭吧，我出去转一圈，过一会儿再来找你开证明。说完，我便迅速朝餐馆外面走。可是，我刚走到门槛那里，盘存突然在我背后叫了一声。站住！他说。咋啦？我回过头来问。盘存说，你不必再来了，我决定不开那个证明了。我一愣问，为啥？盘存说，你儿子的那条腿，明明是喝醉了酒骑摩托车摔断的，我怎能给你开一个假证明呢？要是开了，那我不是跟你一道撒谎吗？我一下子晕了，头昏目眩，好像有人在我后脑勺上打了一闷棍。

后来，老板娘帮我解了围。她把野鸡火锅端上桌子后，一边撸起围裙擦手一边走到我跟前，劝我说，这顿饭，我看还是你来请盘支书。钱嘛，你万一付不了现金，可以赊个账，以后有了再给我。说完，她马上又折身走到盘存身边，扮个笑脸说，盘支书别生赵直的气，不管咋说，都是一个村的人。那个证明嘛，无论真的假的，你都应该帮他开。再说了，这种假证明，你以前又不是没开过。话说回来，那合作医疗的钱是公家的，谁不想多用一分啊！

老板娘这么一说，盘存的气立刻消了一多半，绷紧的脸也松了下来，还露出了一丝淡淡的笑容。他赶紧接住老板娘的话头说，好，我听你的，一吃完饭就给赵直开证明。

盘存说完，扭头瞅了我一眼，像是在看我的态度。老板娘也在看我，目光直溜溜的。我想，事情到了这一步，我也只好按老板娘说的办了。我先咳了一声，清了清嗓子，然后对老板娘说，好吧，这顿饭，我来请盘支书。不过，饭钱我得先赊着，等家里的那头肉猪卖了再还。老板娘爽快地说，赊着没问题，其实也没几个钱，除了野鸡火锅贵一点儿，其他都很便宜，加起来也不到两百块钱。

老板娘说得很轻松，可我听了却沉甸甸的，好像心上压了一块石头。虽说一顿饭不到两百块钱，但对我来说却是大数字。说老实话，听到这个数字时，我的心就猛地一缩，仿佛被蛇咬了一口。

好在，盘存那顿饭吃得很开心。他一坐上桌子，就不再生我的气了，几杯酒下肚，便开始有说有笑，还不住地跟老板娘眉来眼去，打情骂俏。他特别爱吃野鸡，啃得满嘴流油，连骨头都不吐。他酒量也大，差不多一口一杯。遗憾的是我没学喝酒，不能陪他。不过，老板娘的酒量也好，他们俩你敬我一杯，我敬你一杯，推杯换盏，笑声不断。一瓶酒喝到一半的时候，盘存突然放下了筷子，让老板娘给他拿一支笔和一张纸来。老板娘一怔问，拿笔拿纸做啥？盘存打个酒嗝说，给赵直的儿子开证明。老板娘说，慌啥？喝完酒再开嘛。盘存说，开了证明再喝，不然喝醉了开不成了。老板娘觉得盘存说得有道理，便赶紧拿来了笔和纸。

盘存当即把证明开了。他写得很认真，一字一句，反复斟酌，写完后还读给我听，意思和车前说的一模一样。

开完证明，盘存又接着喝酒，后来真的喝醉了，当场溜到了桌子下面。不过，盘存酒醉心明，头脑还是清醒的。他躺在桌子下面对我说，你把证明拿去找我老婆，让她盖个村委会的章子，不盖章子是没有用的。我满怀感激地说，谢谢盘支书提醒，我这就去找你老婆盖章。说完，我就起身往外走。

我正要出门时，盘存突然又叫住了我。他大着舌头对我说，你去找我老婆盖章时，最好把这餐馆卤好的猪肚给她带一个，或者带一块卤牛肉也行。不然她会说，锁章子那个抽屉的钥匙找不到了。我听了一愣，不晓得如何是好。正在我发呆时，老板娘把一个卤猪肚递到了我手上。拿去吧，早点把章子盖了。老板娘说。我接过卤猪肚问，多少钱？老板娘说，十五块，和今天的饭钱记一块儿，到时候你一起给我两百就行了。我说，好吧，等我卖了肉猪一起付给你。

那天盖章很顺利。我把卤猪肚一送上去，盘存的老婆就在证明上把章子盖了。为了盖得显眼，她盖下去之前还把章子放在嘴巴上哈了一口气。

4

赵弯出院的头一天，我正陪他去拍片复查，艾蒿突然打响了我的手机。我赶快从影像室出来，走到一个拐角的地方才开始接听。电话那头非常嘈杂，好像有两个人在吵架。我听出吵架的是一男一女。女人的声音又细又尖，我一听就听出是艾蒿。那个男人的声音很粗，有点儿像木头撞门。在油菜坡，只有连赢的声音有这么粗。我想，如果我没猜错的话，和艾蒿吵架的男人一定是连赢。

艾蒿一直在应对那个男人，完全没空跟我说话。我喊了她好几遍，她都没答应我。过了好半天，手机那头才安静下来。艾蒿大概是躲开了那个男人，换了一个地方。我抓紧问艾蒿，刚才和你吵架的是谁？艾蒿说，连赢。我说，果然是他！顿了一下，我问，连赢为啥和你吵架？艾蒿说，他说赵弯翻车时碾断了他的油菜秧，一大早就找到我扯皮，想敲诈我们。

接下来，艾蒿便把连赢找她扯皮的经过原原本本告诉了我。艾蒿说，她刚吃过早饭，正拎着猪食桶去给我们家那头肉猪喂食，连赢打电话找她了。连赢说他有急事找艾蒿，让艾蒿火速到他家里去一趟。当时，艾蒿压根儿没想到连赢会找她扯皮，还以为真有啥急事呢，所以给那头肉猪一喂完食就去了。

艾蒿赶到的时候，连赢却不在家，而是一个人站在干堰旁边那块油菜地里。他头上戴着一顶草帽，身上披着一件雨衣，手里拄着一把锄头，两腿叉开，纹丝不动地站在那里，看上去像一个稻草人。艾蒿走到连赢身边，奇怪地问，你一个人站在这里做啥？连赢表情严肃地说，我在看我的油菜秧。自从你儿子赵弯骑着摩托车从这里碾过以后，我每天都要来这里看上好几个小时。这些油菜秧太惨了，它们长得又高又胖，多可爱啊，转眼就要开花结籽了，没想到被你儿子的摩托车碾成这个样子，断的断，倒的倒，不是缺脖子就是少胯子。

艾蒿眨了眨眼睛问，你一大早把我火烧火燎地喊来，就是为了说这吗？连赢说，当然。好几天前，我就想找你或者赵直来说这件事的，考虑到你们的儿子摔断了腿，又住医院了，所以就暂时没惊动你们。今天早晨，我听说你们找盘存给赵弯开了一个假证明，可以到医院报销一大笔钱。我就想，是时候了，应该找你们来说说油菜秧这件事了。

艾蒿直直地盯着连赢问，你想说啥？莫非要我们赔你的油菜秧？连赢说，油菜秧倒不必赔，我要你们赔钱！你们必须赔我钱！

连赢刚提出赔钱的时候，艾蒿心里虽说有些不舒服，但她并没有生气，更没有发火。损坏东西要赔，这个道理艾蒿懂。她还强装笑脸问，你要我们赔多少钱？连赢先没有说数字，只是伸出一根手指头，好像是要艾蒿猜。艾蒿问，一百？连赢用鼻孔哼了一声说，一百？你打发叫花子啊！艾蒿提高嗓门问，难道是一千不成？连赢说，恭喜你猜对了，你们至少得赔我一千！听说要赔一千，艾蒿陡然气青了脸，火一下子就上来了。她指着连赢的鼻子说，休想！你这是狮子大开口，趁火打劫，敲诈我们啊！

然后，两个人就吵起架来。连赢还说，艾蒿要是不答应他的要求，他就跑到医院来找我要钱。听连赢这么说，艾蒿就给我打了电话。

临挂电话时，我问艾蒿，你这会儿在哪里？艾蒿说，我已经从连赢那里走了，准备回家。连赢想钱简直想疯了，我吵不过他，就走了。我惹不起，难道还躲不起？我问，假如连赢再找你扯皮，你打算咋办？艾蒿说，我看过他的油菜秧，大概损坏了四五十根，我最多赔他两百块钱，多一分我都不会给！

那天一直到中午，艾蒿没再打我的电话。我心里暗暗想，还好，连赢没有再去找艾蒿扯皮。谁料到，连赢没找艾蒿，却找到了盘存。

我从食堂打饭回到病房，还没来得及吃呢，手机这时响了。我贴到耳朵上一听，竟然是盘存打来的。我顿时就有点儿吃惊，因为在这之前，盘存从来没主动给我打过电话。

盘存开口就说，有件事很麻烦，你必须赶快处理好。我听了心一沉，忙问，啥事？盘存说，连赢刚才来找我了，说你儿子的摩托车碾断了他的油菜秧，要你赔他一千块钱，你最好答应他。我陡然放大声音说，他这是敲诈，我不能答应！盘存说，我也知道他是敲诈，但不答应他不行啊！我眨巴着眼睛问，为啥不行？盘存说，他不晓得从哪里听说了我给你儿子开假证明这件事，刚才威胁我说，你要是不赔他一千块钱，他就到镇上去告状，告我们造假！他还说，镇上告不响就告到县里，县里告不响就告到省里，要一直往上告。我赌气说，让他告吧，他告到中央去，我也不会赔他一千块钱！盘存说，赵直啊，你千万别糊涂，这一千块钱，你一定要答应他。他如果真的去告状，那我们都得吃不了兜着走！

盘存后一句话的口气很硬，好像在给我下命令。但我没有马上答应盘存，原因是，打死我，我也拿不出一千块钱来赔给连赢。在赵弯住院这十天里，艾蒿已经向别人借两千块钱了，我还不晓得将来咋还呢。

接到了盘存这个电话，我中午吃饭一点儿胃口都没有，一碗饭只吃了一半就吃不下去了。

我放下碗筷，正准备倒点水喝，车前忽然出现在我们病房里。他仍然满面笑容，和蔼可亲。给病房的每个人都打过招呼之后，车前把目光盯到了我的脸上，仿佛我脸上沾了一坨鸟粪。他客气地对我说，请你到我办公室去一下。

车前说完就走了。我随后跟出病房，直接到了车前的办公室。办公室里只有车前一个人，我一进门，他就问我，你们村的支书是不是姓盘？我说，是的，叫盘存。车前说，刚才盘存给我打了一个电话，说有一个叫连赢的人，扬言要告你的状，事情还牵涉我。我喊你来，是想告诉你，这件事情一定要尽快处理好。当前形势紧张，大家都不容易，你千万不要固执。如果连赢真要告上去，你儿子的住院费恐怕一分都不能报了。我迷糊了一会儿，然后问车前，我咋处理？车前想了想说，我建议你赶快回去一趟，想尽一切办法把连赢安抚好，万一不行，就赔他一千。你儿子明天就要出院了，最好别因小失大！车前这么一说，我顿时感到事情有点儿严重。

我当即对车前点头说，好吧，我待会儿就回油菜坡。离开车前办公室的时候，他突然从他桌子下面拎起一袋苹果，要我带给赵弯吃。我推辞不要，可推了好久推不掉，后来只好收下了。

从车前办公室出来后，我没顾上去病房跟赵弯打招呼，直接就去老垭镇车站赶车了。在车站等车时，我又接到了艾蒿的电话。艾蒿说，连赢跑到家里来扯皮了，口口声声要钱，看架势，好像是钱不到手绝不罢休。我跟艾蒿说，你先把他稳住，我马上就回家了，一切等我回来再说。

下午四点钟的样子，我回到了家门口。我老远就看见了连赢。他坐在我们家堂屋正中的一条板凳上，两腿如麻将中的八万那么张着，双手按在膝盖上，横眉竖眼，脸红鼻青，像我们经常在电视剧中看到的那些土匪头子。

艾蒿站在门口土场边上，好像专门在那儿等我。我还没走上土场，她就快步跑到我跟前，小声问我，咋办？我低声回答说，只好赔钱，不然他要告状。艾蒿问，赔他一千吗？我说，他万一不依，也只好赔一千了。

连赢也看到了我，但没有起身，看样子是等着我主动去找他。我赶忙走进堂屋，停在连赢对面说，只要你不告状，一切都好说。连赢说，只要你赔我一千，我绝不告状。我问，能不能少一点儿？连赢说，一分都不能少。我迟疑了一下说，好，我赔你一千，但眼下拿不出来，我先打个欠条，过年前给你。连赢说，不行，我要你现在就给。我说，可我现在没钱。连赢说，没钱可以拿东西抵。我说，我家没有值钱的东西。连赢说，有，我已经看好了。我问，啥东西？连赢说，你们喂的那头肉猪。

艾蒿一听连赢说到肉猪，立刻火冒三丈。不行，肉猪不能抵给你！艾蒿厉声说。连赢说，不抵算了，我还是去告状。他说着就站起来，大步迈出堂屋，头也不回，直接往土场外面走了。但是，我没敢让连赢走远。他刚要走下土场，我慌忙叫住了他。你等一下。我说。连赢回头问，咋啦？我一字一顿地说，你把肉猪赶走吧！

连赢真的把我们家那头肉猪赶走了。肉猪被他赶下土场时，艾蒿尖厉地哭了一声。她的哭声听上去很凄惨，好像有人在挖她的心。

第二天，赵弯办了出院手续。医院结账时，按规定报销了三千多块钱。我对账和钱不是很敏感，艾蒿在这方面比我强。她估算了一下，我们把送礼、请客和那头肉猪加起来，也差不多有三千块。艾蒿欣慰地说，总的算起来，我们也没吃亏，多少还占了一点公家的便宜。她的意思是说，这次撒谎总算没有白撒。

两次来客

1

不到十天的工夫，金鼎家里就来了两次客人。他们都不是油菜坡这地方的，一个来自襄阳，一个来自宜昌。从襄阳来的名叫赵宽，是金鼎姑妈的儿子，比金鼎小两岁多，金鼎叫他表弟；从宜昌来的名叫李帽，是金鼎舅舅的儿子，比金鼎大三到四岁，金鼎叫他表哥。

赵宽是先来的。在赵宽来之前，金鼎的身体硬朗得很，能背能驮，能挑能扛，每顿吃三碗饭，每天喝八两酒。他的精神也好得不得了，出门唱山歌，进门吁口哨，年近六十的人了，每隔两天都还要缠着老婆喜雨睡上一觉。蹊跷的是，赵宽来了以后，金鼎一下子变了个人。他像是被人当头打了一闷棍，又像是被人拦腰抽了筋，

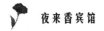

身体和精神全都垮了，说垮就垮了。一连好多天，金鼎都无心下地，油菜籽烂在田里也没劲去割，整天躺在屋里唉声叹气，饭也不想吃，酒也不想喝，晚上也不缠喜雨睡觉了，连摸都懒得摸一下。更要命的是，金鼎变得心灰意冷，对啥都不感兴趣，觉得日子一点意思也没有了。

李帽是在赵宽走后的第七天来的。要来的头一天，李帽给金鼎打过电话。当时是上午九点左右，金鼎正歪在厅里的一把躺椅上吸闷烟。但金鼎没接李帽的电话，手机响了老半天，他却像个聋子，歪在那里一动不动。喜雨在后门外喂猪，听到手机响个不停，才跑进来把电话接了。

明天又有客人要来。喜雨接完电话说。

谁？金鼎问。他显得有些紧张，身子像刺猬一样收缩了一下。

喜雨说，你表哥李帽。

金鼎连忙说，你马上给他回电话，让他不要来。

喜雨顿时愣住了，两眼直直地瞅着金鼎，像看一个不认得的人。见喜雨一声不响，金鼎猛然扩大嗓门说，你怎么像个死人？赶紧给李帽打电话呀！喜雨问，我打电话咋说？金鼎说，让他不要来我这儿。喜雨问，理由呢？金鼎想了想，就说我不喜欢来客！喜雨为难地说，这样不好吧？他是你表哥呢！金鼎怪笑一下说，管他表哥还是表弟，反正我讨厌来客！喜雨却仍然愣着没动，嘴里嘟哝说，这种得罪人的电话，我可不好意思打。要打，你自己打吧！

金鼎见喜雨不买他的账，不禁恼羞成怒。他正要张口骂人，喜雨却转身走了，又去了后门外。那里有一块菜地，种着茄子和辣椒。好久没下雨了，喜雨每天都要给它们浇一次水。

喜雨一走，金鼎只好亲自给李帽打电话。但是，他的眼睛这两天突然老花了，抓过手机看了半天，也没找到李帽打来的那个号码。正在着急，一辆电动三轮车开到了门口。金鼎睁开眼皮看了一下，是他儿子金球回来了，一起下车的还有他的儿媳张篮。

金球和张篮在邻村望娘山茶场打工，吃住都在场里。眼下正是采茶季节，没有火烧眉毛的事，他们是回不来的。上次赵宽来，金鼎打电话要金球和张篮回家陪客，他们好不容易才请了半天假。待小两口走进厅里，金鼎终于忍不住问，你们不是忙吗？今天怎么有空回来了？

金球说，妈给我打电话，要我们回来割油菜籽。

几块油菜籽，有啥割头？金鼎冷笑一声说。

张篮说，妈说再不割，油菜籽全都要烂在田里了。

烂了就烂了，有啥了不起！金鼎不屑地说，又冷笑了一声。

金球和张篮没听懂金鼎的话，两人的眼睛同时胀大了一圈。他们呆呆地看着金鼎，觉得他脑壳里进了水，又像是吃错了药。

喜雨听到说话声，匆匆从后门进来了。金球快步朝喜雨走过去，小声问，我爹是咋啦？说话阴阳怪气的？喜雨叹口长气说，唉，都是那天来客惹的祸。金球问，是赵宽叔叔吗？喜雨说，不是他是谁？打从赵宽来了以后，你爹就反常了。前些时油菜籽还没黄，他天天盼着去割；眼下黄透了，他却丢下不管了。张篮说，难怪要我们请假回来割油菜籽呢。金球接着问，我爹是不是得了啥病？喜雨说，这我可说不准，看他这样子，像是病，又不像是病。金球又问，没请医生看看？喜雨说，他不让我去请医生，还说巴不得早点死。

金球低头沉吟了一会儿，然后抬起头说，那天，赵宽叔叔的派头太大，我爹恐怕是被他伤到了。喜雨皱着眉头说，伤是肯定的，但我没想到会伤得这么厉害。张篮这时插嘴说，伤到了也不要紧，过段时间就会好的。

他们说话的时候，金鼎一句也没听。他半死不活地歪在躺椅上，背对大门，脸朝墙壁，眼睛半睁半闭着，只顾自己一根接一根地吸烟。直到金球和张篮拿起镰刀要去油菜地，金鼎才动了一下。他转过脸来，有气无力地对金球说，你等一下，帮我打个电话再走。金鼎一边说，一边把身边的手机递给了金球。

金球接过手机问，打给谁？金鼎想了想说，打给宜昌的一个亲戚，他刚才来过电话的，手机上有他的号码。金球问，是李帽伯伯吗？金鼎冷冷地说，是的。金球眼尖手快，一下子就找到了李帽的号码。

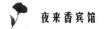

可是，金球正要开始拨号，喜雨伸手拦住了他。这个电话你不能打。喜雨说。为啥？金球问。喜雨说，你李帽伯伯打电话来，说他明天要来我们家做客。你爹却不想让他来，他要你打电话拒绝他。金球一愣问，我爹为啥不让他来？喜雨埋怨说，还不是让赵宽给伤的？你爹一朝被蛇咬，十年怕井绳！

喜雨话音未落，金鼎突然发火了。他一手指着金球，用命令的口气说，别听你妈的，赶紧打电话吧，让他明天别来，就说明天我们家没人。金球苦笑了一下，朝金鼎走拢一步说，还是让李帽伯伯来吧，他已有好多年没来过我们家了。金鼎说，不行，再来一次客，非把我气死不可！

听金鼎把话说得这么绝，金球便不想再往下劝。他麻利地把手机塞给金鼎，找个借口说，李帽伯伯的电话我也没找到，还是你自己慢慢打吧。再说，我们也要赶紧下地，不然油菜籽就要烂完了。说完，金球跟张篮递了个眼神，小两口便急急忙忙地出了门。

看着金球和张篮远去的背影，金鼎脸都气乌了。他真想追上去，把金球揪回来打一顿。可是，他四肢软绵绵的，连起身的力气都使不出来。独自生了一会儿闷气，金鼎又试着在手机上找李帽的号码，但仍然没看见。他感到自己的眼睛越来越模糊了。后来，金鼎只好无可奈何地说，明天来了客，我就躲起来！

2

赵宽要来的前两天，也给金鼎打过电话。他还是八年前来过油菜坡，那时金鼎还住在坡上的土屋里。这么多年没来了，赵宽问金鼎是不是还住在老地方。金鼎在电话里回答说，已经搬到坡下住了，是一栋新建的三层楼。

八年前那一次，赵宽是陪他母亲来为金鼎的父亲送葬的。当时，赵宽还没有辞职做生意。他在一所中学教书，工资不高，虽然温饱不

愁，但手上的钱并不宽裕。金鼎至今记得，赵宽那次大老远从襄阳赶
来，总共只上了一百块钱的礼金。掏钱的时候，他的脸一直红到耳根，
显得很难为情。不过，金鼎家里那会儿也穷，吃得差，穿得差，住得
更差。他住的那几间土屋，还是祖父留下来的，年代久了，又没钱修
补，墙上的裂缝有三指宽，老鼠们成群结队地跑进跑出，像赶集似的。
好在，赵宽那时并不嫌弃，居然还在土屋里住了一夜。

接到赵宽的电话，金鼎差点兴奋死了。当时，喜雨正在厨房里煮
午饭。金鼎一听说赵宽要来，马上就冲到厨房门口，惊叫了一声说，
哎呀，家里要来远客了！喜雨吓一跳问，谁呀？金鼎说，襄阳的表弟！
他一边说一边笑，嘴巴都笑翻了，看上去像个碗。金鼎接着便给金球
打手机，急忙把赵宽要来的消息告诉了儿子和儿媳，还命令他们到时
候回家陪客。

在房里兴奋了一阵子，金鼎突然跑到了门口水泥场子上。他站在
场子边沿，回过头，仰起脸，一个人默默地欣赏他的三层楼。这楼的
样式很独特，房顶又高又尖，脊却陡得吓人，门和窗都朝外面鼓凸着，
墙体四周全部贴了彩色瓷砖，阳台上还安了一排罗马柱，乍一看就像
外国人的别墅。

这几年，村里的人比着建楼房，少说也建了十几栋，但最气派的，
还要数金鼎的这栋三层楼。当然，这栋楼的造价在村里也是最贵的，
前后花了二十万。为了攒这笔钱，金鼎一家人勤扒苦做，省吃节用，
打工的打工，养猪的养猪，种田的种田，没日没夜，没年没节，可以
说把命都拼上了。好在，一分耕耘有一分收获，他们拼死拼活，总算
把建楼的钱挣够了。三层楼竣工那天，乡亲们都来给金鼎放鞭，一个
个跷起大拇指，都说这栋楼是油菜坡第一楼。听乡亲们这么说，金鼎
激动得眼泪都出来了。他心里顿时美滋滋的，比喝了蜂蜜还要舒服。
同时，金鼎也感到很欣慰，觉得这些年来的血和汗都没有白流。

三层楼是去年冬天建好的，金鼎已搬进来住了大半年。遗憾的是，
住进三层楼这么久了，家里却一个远客都没来过。金鼎是个喜欢热闹
的人，又非常好面子。过去家里穷的时候，他总是害怕来客。现在条

件好了，不光建了三层楼，吃的穿的用的也都有了，金鼎就希望经常有客人来。他特别希望来一些远客，让他们来看看他的三层楼，看看他家里的变化。所以，一接到赵宽的电话，金鼎就高兴得不亦乐乎，简直快要喜疯了。

金鼎头也不歪地站在门口，足足地把三层楼欣赏了半个钟头。直到喜雨喊吃饭，他才进屋。

喜雨问，老半天没个动静，你做啥去了？金鼎说，我在门口看三层楼呢！喜雨怪笑一下问，动不动去看，能把它看出花来？金鼎的眼睛猛然一亮说，你还别说，我刚才还真从墙上看出花来了。喜雨问，花在哪儿？金鼎说，二层与三层之间，不是贴了一圈绿砖和一圈红砖吗？你要是仔细盯着看，就会发觉那是一圈兰草花，正开着呢！喜雨没再搭腔，只用鼻孔哼了一声。

吃饭的时候，金鼎一上桌子就缠着喜雨说话，主要是商量招待赵宽的菜谱。他问喜雨，赵宽来了，弄些啥菜给他吃？喜雨说，有啥吃啥。金鼎说，他远道而来，又是稀客，我们应该好好准备一下，最好是摆个九大碗。喜雨说，摆九大碗还不容易？不就是四荤四素一火锅嘛！金鼎想了想说，如今家里也不缺荤了，改成六荤两素一火锅怎么样？喜雨说，没问题，六荤也好弄。她一口气就说了五个，有香菇焖鸡，有粉蒸排骨，有麦酱焙小鱼，有青椒炖肚条，有酸白菜煮大肠。金鼎听了说，还差一碗呢。喜雨说，要么打个荷包蛋，要么做个瘦肉丸。金鼎摇了摇头说，这两个太一般了，我干脆去镇上买几斤牛肉回来，你到时弄一个胡萝卜烧牛肉。喜雨说，这个主意好。

六荤确定后，两素很快也定了下来。金鼎说了个石膏点豆腐，喜雨说了个炭火烤茄子。然而，在商量火锅时，夫妻俩却发生了分歧。喜雨建议用老黄瓜煮泥鳅，金鼎则提出用干豇豆煮薰蹄子。

喜雨说，家里只有一只薰蹄子了，我想先把它留着。

留着做啥？招待赵宽这样的贵客，还有啥舍不得的？金鼎不满地说。

喜雨说，不是我舍不得，主要是我娘家的侄姑娘快生娃子了，按我们这里的风俗，到时我必须送个薰蹄子给她发奶。

你侄姑娘嘛，还有一个多月才生呢。等她生了，我再去想办法。这只薰蹄子，你还是先煮给赵宽吃。金鼎不容置疑地说。

喜雨听金鼎口气这么坚决，马上不做声了。在这个家里，向来是金鼎说了算。不过，喜雨显然有些不高兴，收拾碗筷时一直板着脸。

午饭过后，金鼎没有按原计划去油菜地。这段时间，他每天都要雷打不动地去油菜地看一眼，看油菜籽黄了没有，随时准备收割。油菜籽一割，那片地就要接着种苞谷，收完苞谷又要种小麦，一茬赶着一茬。金鼎是一个种田的老把式，从来不敢耽误季节。然而，赵宽突然要来，金鼎一下子就顾不上地里的事了。他决定先到老垭镇上去一趟。

金鼎是坐下午两点钟的班车去镇上的。上车的时候，他背了一个空背篓。下午五点，这趟车原路返回。金鼎下车时，背篓里已经装得满满当当。

喜雨正在门口水泥场子上剁薰蹄子，看见金鼎背着一满背篓东西回来，忍不住开个玩笑问，买这么大一背篓牛肉，你表弟吃得完吗？金鼎当真了，连忙解释说，除了牛肉，我还买了一些其他的。说着，金鼎就把背篓从身上放下来，然后把他买的东西一件一件拿给喜雨看。

金鼎先找出那块牛肉，递给喜雨说，你看这块牛肉多好，是本地的黄牛，今天早上才杀的。接着，金牛拿出了一条烟。喜雨看了一眼，发现牌子也是黄鹤楼的，但包装的颜色跟金鼎以前买的不一样。皮子为啥是红的？喜雨问。金鼎说，这一种贵些，二十块钱一包，我平时吸的只要十块。金鼎还买了瓜子、花生和糖果，装了一大包。喜雨嘴角一翘说，比办年货还全啊！金鼎笑笑说，赵宽难得来一趟。再说，也不能让他小看我们。末了，金鼎从背篓里掏出两件衬衣，一件红的，一件绿的，都带着暗花，显得十分抢眼。喜雨一愣问，你还给赵宽买了换洗的衣裳？金鼎说，不是给他买的，我买了我俩自己穿。他说着，忙把那件红的递给喜雨。喜雨却没接，责怪说，我们都有衬衣穿，你为啥要花这个冤枉钱？金鼎说，衬衣虽说有，但都是旧的。赵宽来了，

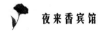

我们还是要穿件新的才好。

背篓里的东西掏完后，喜雨眨眨眼睛问，怎么没买茶叶和酒？金鼎说，镇上超市里卖的茶叶都不好，我打算让儿子从茶场买一斤好点的。金鼎性子急，说着就给金球打了手机。手机很快打通了，金球满口答应，说到时买一斤最好的毛尖带回家。茶叶落实后，喜雨又问，酒呢？金鼎说，我想让赵宽就喝自家煮的苞谷酒。镇上卖的酒，都兑过酒精。

第二天上午，金鼎仍然没去油菜地。他主动在家里帮喜雨打扫卫生，拖地，抹窗，收拾桌椅板凳。以往，金鼎从来没这样勤快过，平时吃了饭连碗都不捡一下。喜雨感叹说，要是赵宽天天来，那该多好！

吃过午饭，金鼎开始清理茶杯和酒杯。很久没来客人了，杯子都不晓得放到了什么地方。金鼎翻箱倒柜找了半个钟头，才好不容易找到几个白瓷杯。杯子长时间没用，内外都是污垢，看上去脏兮兮的。金鼎把它们放在脸盆里，用洗衣粉洗了半天也没洗干净。

后来，金鼎干脆不洗了，随手把脸盆推到了一个角落里。然后，金鼎直起腰来，认真地对喜雨说，我今天还要去一趟老垭镇。喜雨翻开眼皮问，疯啦？昨天不是去过吗？金鼎说，家里的杯子太脏了，客人来了端不出手。镇上超市里有一次性的塑料杯，我想去买些回来。金鼎话刚说完，开往镇上的班车就来了。

五点钟左右，金鼎从镇上回来了。他买了一百个一次性的塑料杯，还买了几套一次性碗筷。

3

从襄阳来油菜坡，只有一趟过路的班车，每天上午十点左右到金鼎家门口。赵宽要来的这天上午，金鼎九点钟就站在门口恭候了。他穿着新买的绿衬衣，乍一看就像个等着迎亲的新郎。

喜雨在厨房里准备午饭，也换上了新买的红衬衣。半个小时前，金球和张篮也带着一斤毛尖茶回来了，这会儿正在后门上烧开水。厅里还来了四个本村的人，两个亲戚，一个邻居，还有一个村干部。他们都是金鼎请来陪客的，不光能说会道，酒量也大得吓人。苞谷酒早就调好了。为了好进喉咙，金鼎还往酒里放了几勺土蜂蜜。

十点差两分，襄阳的那趟班车就来了。可是，班车没停，从金鼎面前一晃就过去了。金鼎正感到纳闷，一辆漆黑的轿车嗞的一声停在了身边。

车门很快打开了，走下来一个人。金鼎定睛一看，竟然是表弟赵宽。金鼎欣喜地说，我还以为你坐班车呢，刚才班车没停，我还害怕你不来了！赵宽嘿嘿一笑说，我怎么会坐班车呢？自从做了钢材生意，我出门都坐自己的专车，还有专职司机。金鼎扭头朝车里看了一眼，果然看见了一个小伙子。

赵宽对司机招一下手说，已经到了，你找个地方把车停下来。金鼎连忙指着自己的三层楼说，就停到我家门口吧。顺着金鼎的手，赵宽看见了三层楼，随口叹了一声说，嗬，还建了一栋楼房啊！金鼎听了一喜，心跳立刻加快了。他希望赵宽多说两句三层楼，可他只说了一句。

司机很快把车开到了水泥场子上，停在金球的三轮车旁边。赵宽的车又高又长，像一头大象。它一开上来，金球的三轮车立刻就变小了，看上去像一只小兔子。金鼎看了一会儿，觉得它们停在一起很别扭，便喊出金球，让他赶紧把三轮车换了个地方。

金鼎喊金球时，声音很响。里面的人一听就知道客人来了，都一下子跑了出来。喜雨也出来了，腰里系着围裙，手里拿着锅铲。赵宽看见这么多人迎接他，显得非常开心，高声地跟大家打招呼。

招呼打过之后，赵宽快步走到喜雨跟前，亲切地握住了她的手。赵宽一边握手，一边盯着喜雨的红衬衣，看了一会儿说，表嫂的衣服好艳啊！喜雨说，我专门为你穿的。这时，金鼎匆匆走了过来。赵宽扫了金鼎一眼说，表哥的衣服也这么艳，你们真像两口子！金鼎说，家里有贵客来，我当然要穿艳一点。赵宽犹豫了一下说，不过，恕我直言，你们穿得也太艳了，看上去很土。听赵宽这么说，金鼎猛然脸红了，像被人打了一巴掌。喜雨的脸也红了，还出了一些汗。

赵宽说完，目光很快转到了司机身上。你把车上那两件汗衫拿下来。赵宽说。司机转眼拿来汗衫，顺手交给了赵宽。赵宽接过汗衫，转身面对金鼎和喜雨，诚恳地说，这两件汗衫，是我专为你们买的，正宗的韩国货，布料好，颜色又素，你们穿上肯定会洋气一大截。赵宽边说边把汗衫递向金鼎和喜雨，可他们却不接，一推再推，推了好半天才勉强收下。

金鼎把赵宽迎进厅里时，张篮已经用一个塑料杯将毛尖茶泡上了。赵宽刚坐下，张篮便兴冲冲地把茶端了上来。请叔叔喝茶！张篮满脸堆笑说。赵宽朝塑料杯看了一眼说，嗬，还是新茶呢！金鼎连忙说，昨天刚炒出来的毛尖。但是，赵宽却迟迟没接。迟疑了一会儿，赵宽说，塑料杯烫手，我车上带着茶杯。赵宽这么一说，张篮顿时感到很扫兴，脸上的笑容也僵住了。金鼎更加扫兴，脸色一下子变得乌黑，像抹了一层烂泥巴。

司机很快去车上把茶杯拿来了。这是一个钢化玻璃杯，里面泡了茶，颜色很深，有点像中药。张篮呆在那里，一直端着那个塑料杯。金鼎这时对她说，塑料杯给我喝，你去把赵宽叔叔的茶杯倒掉，再给他重新泡点毛尖。张篮愣了一下，先把塑料杯递给金鼎，然后就去接赵宽的茶杯。赵宽却猛地后退了一步，摆摆手说，不用，我胃不好，喝不得绿茶，只能喝普洱。赵宽边说边打开杯盖，当即仰起头来喝了一口。

金鼎正感到尴尬，金球拿着一包烟走了过来。他抽出一根，双手递给赵宽说，吸根烟吧，叔叔！赵宽这下还好，伸手就接了烟，还说了一声谢谢。金鼎的脸色稍微有所好转，马上掏出打火机，给赵宽把烟点燃了。赵宽连续吸了几口，还吐了几个烟圈。金鼎的情绪渐渐好了起来，脸上有了一丝微笑。他让金球给四个陪客都上了烟，自己也点了一根。

可是，赵宽只吸了一半就停住了，随手将剩下的半根烟扔在了烟缸里。然后，他转头对司机说，快去把那条中华烟拿来，让大家尝尝。司机手脚麻利，眨眼之间就拿来了。赵宽接过烟，立刻打开一包，亲自给每个人发。发到金鼎时，金鼎使劲地摇手说，不要，我手上的还没吸完。赵宽说，等吸完了再吸嘛！他说着，冷不防把那根烟插在了金鼎的耳朵沟里。金鼎感到哭笑不得。赵宽发完烟，自己也点燃一根，猛吸了几下。随后，四个陪客也点燃中华烟吸了起来。赵宽问，味道如何？他们说，好极了。赵宽听大家都说好，便让司机给每个人发了一包。金鼎却没要，死活都不肯接。后来，司机只好把剩下的半条烟放在了茶几上。

刚到十二点，喜雨就把午饭弄好了。餐厅在厨房旁边，九大碗已经上了八个，只有火锅还没端上来。赵宽走到门口时，金鼎正在摆一次性碗筷。为什么用这种碗筷？赵宽奇怪地问。金鼎说，这种干净，也方便。赵宽说，但我用不惯这一种。金鼎问，为啥？赵宽迟疑了一下说，只有工地上的民工才用这种碗筷。金鼎陡然说不出话了，嗓口仿佛堵了一团棉花，脸也红了，像泼了猪血。

赵宽没看金鼎的表情，只顾回头跟司机说，嗨，差点忘了，我这次来，还特地为表哥买了一套景德镇餐具。你快去抱来，现在就可以派上用场。司机跑得快，没用两分钟就把餐具抱来了。餐具很齐全，不光有碗筷，还有酒杯。司机动作利索，一会儿工夫便把一次性餐具收走了，全部换上了景德镇的。

看着一桌子陌生的餐具，金鼎有点头昏眼花，觉得是在别人家里做客。他呆呆地靠墙站着，直到赵宽喊他斟酒，才明白自己是主人。金鼎缩手缩脚地把酒坛子抱到赵宽身边，弱弱地问，自家煮的苞谷酒，你喝吗？赵宽爽朗地说，喝！我最爱喝粮食煮的酒了。听赵宽这样说，金鼎才稍感轻松了一点。他把酒坛子歪着，给每个人斟了一满杯。

然而，赵宽刚喝下一口就皱起了眉头。苞谷酒怎么是甜的？赵宽问。我放了几勺土蜂蜜。金鼎说。为什么要往酒里放蜂蜜呢？赵宽问。我怕刺了你的喉咙。金鼎说。沉吟了片刻，赵宽拍着金鼎的肩膀说，对不起，我的血糖高，沾不得甜东西！金鼎一脸苦笑地问，那你喝啥？

要不，我去附近杂货铺给你买几瓶啤酒来？赵宽想了想说，算了，我车上好像还有两瓶茅台，正好拿来大家一起喝。司机很快把茅台拿来了，首先给赵宽斟了一杯。一开始，其他人都不喝茅台。但赵宽不依，非要大家都喝不可。他们没办法，只好跟着喝了起来。不过，金鼎坚决没喝。他找了个理由，说他喝了茅台牙齿疼。

酒过三巡，喜雨把火锅端上来了。赵宽已有些醉意，大着舌头问，表嫂又上了什么好吃的？喜雨说，干豇豆煮薰蹄子。四个陪客齐声说，难怪这么香呢！喜雨趁机讨好赵宽说，要不是你来，我还舍不得吃呢。赵宽说，是吗？喜雨说，家里只有这一只薰蹄子了，我本来要送给侄姑娘发奶的。喜雨说着，就给赵宽舀了半碗蹄花。赵宽一怔说，哎呀，你给我弄了这么多！喜雨说，吃吧，你多吃点儿，这是油菜坡最好的东西了。赵宽听了有些感动，立刻吃了一小块。但是，喜雨转身一走，赵宽便不再吃了。

金鼎问，薰蹄子不顺味吗？

赵宽说，味道倒是很好，但我不敢吃。

为啥？金鼎一惊问。

杂志上说，这种烟薰食物吃了致癌。赵宽打着酒嗝说。

金鼎的心突然一疼，好像被针戳了一下。沉默了一阵，金鼎起身去厨房盛饭，劈头盖脸地对喜雨说，真是好心当了驴肝肺！早晓得他不识好歹，真应该留给你侄姑娘发奶的。喜雨一时没听懂，瞪了金鼎一眼说，看来你是喝醉了！

那天吃过午饭，赵宽便急着要走。他说公司业务忙，必须当天赶回襄阳。金鼎没有挽留他，心里恨不得他早点走开。

临走的时候，赵宽提出跟金鼎和喜雨照一张合影。金鼎本来不想照，赵宽却非照不可，说要照了带回去给他母亲看。一听赵宽说到姑妈，金鼎只好同意照一张。照相之前，赵宽对金鼎和喜雨说，你们把衣服换一下吧，就穿我给你们买的韩国汗衫。金鼎和喜雨都不愿意换，说换来换去麻烦。赵宽用央求的声音说，麻烦你们去换一下吧，我买了一场，你们也应该穿着让我看一眼。赵宽把话说到这个地步，金鼎和喜雨便只好去换了。

　　遗憾的是，那天的合影最后没能照成。问题出在赵宽身上，当然也与金鼎有关。金鼎和喜雨换了衣服出来，赵宽不禁哇地叫了一声，夸他们完全变了个人。司机这时已把相机打开了，问在什么地方照。金鼎说，就到三层楼前面照吧。赵宽马上反对说，换个地方，三层楼花花绿绿的，太难看了。赵宽话一出口，金鼎就气昏了头，身体东倒西歪，连站都站不稳。所以，合影就泡了汤。

　　赵宽离开油菜坡时，金鼎没有亲自送他。那会儿，金球已把金鼎扶进厅里躺下了。金鼎当时浑身像散了架，根本无法为赵宽送行。

4

　　李帽在他到来的当天，又给金鼎打过一次手机。当时是上午十一点钟，金鼎强撑着起身，打算去附近一户人家里躲起来。他正要出门，手机响了。金鼎看了一下号码，记起来是李帽的，就接了。金鼎接电话的目的，还是想拒绝李帽。李帽也是做生意的，长期在宜昌经销药材。金鼎实在不愿意他来。

　　接通手机，金鼎还没来得及说话，李帽就一个人在那头说开了。他说他已经到了老垭镇境内，离镇上还有两公里。不幸的是，班车坏在了路上，司机忙了半天还没找出原因，也不晓得到什么时候才能修好。这天的气温又蹿得老高，车上的空调也坏了。他浑身冒汗，衬衣都汗湿了。他还是清早出门时吃过一碗稀饭，早就饿了，胃里已开始往上反酸水。末了，李帽向金鼎求援说，你能找个摩托车来接一下我吗？他的声音听起来可怜巴巴的，好像是在乞求金鼎。

　　金鼎大吃一惊问，你不是自己有小车吗？为啥要坐班车？

　　我的小车早就卖了。李帽说。

　　金鼎一愣问，为啥把小车卖了？

　　唉，一言难尽啊！李帽叹息一声说。

接完手机，金鼎突然改变了计划。他决定不躲李帽了，同时还决定给金球打个电话，让他开三轮车去接李帽。

金球和张篮正在地里割油菜籽。他们已经割了一天，还要割两天才能割完。金鼎很快打了金球的电话，可金球却没接。金鼎想，他可能把手机放在田头的三轮车上了。金鼎顿时有些着急，眉头皱得紧巴巴的。后来，金鼎灵机一动想到了张篮。还好，张篮的手机放在身上，一下子就打通了。金鼎要金球听电话。金球听后说，好，我马上就去。

跟金球通完电话后，金鼎来到了后门上。喜雨在后门外打扫猪圈。金鼎说，李帽哥已到老垭镇附近了。喜雨眉毛一挑问，你不说要出门躲他的吗？咋还没走？金鼎说，不躲了。喜雨问，为啥又不躲了？金鼎愣了片刻说，他好像出了啥事，连小车都卖了。喜雨从猪圈走出来，睁大眼睛把金鼎看了好久，然后说，你的精神今天好多了。金鼎干笑一下说，我也这么觉得。

十二点半，金球的三轮车回来了。金鼎听到响声出门时，李帽正从三轮车上下来。几年不见，李帽老了一大截，头发白了，眼珠陷了，背也弯了。在金鼎的印象中，李帽三年前开着小车来接他父亲时，还像一个青年人。现在，他完全成了一个老头。

李帽下车时两手空空，只是胳肢窝里夹了半瓶矿泉水。金鼎以为他的行李包在金球或张篮手上，可他们下来时也空着手。

金鼎快步上前迎接李帽。两人握手的时候，李帽显得很不自在，目光散乱，心神不宁，手还有点发颤。握了一会儿，李帽红着脸说，对不起，我什么礼物也没带，只有两个肩膀抬一张嘴。金鼎说，看你说的，你不带礼物，显得我们还亲一些。李帽停了一下说，其实，我出门时给你们买了几个苹果的，可我忘在班车上了，到了老垭镇才想起来。金鼎说，忘了就忘了，你的心意我们领了。李帽后悔说，早知道会忘在班车上，我当时应该吃一个的。听李帽这么说，金鼎心头忍不住一酸，再不晓得说什么好了。

松开手时，李帽一抬头看见了三层楼，陷下去的眼珠顿时升了起来。哎呀，你们建了这么高一栋楼房啊，真是了不起，了不起！李帽一边赞叹一边拍金鼎的胳膊。金鼎听了喜不自禁，笑开了嘴说，还凑合吧，比过去的土屋强多了。

李帽沉吟了一会儿，忽然阴了脸说，你这楼真大，有三层呢！我要是有一层就谢天谢地了。金鼎疑惑地问，你在宜昌不是有一栋别墅吗？李帽低下头说，别提了，那栋别墅早就改姓了。眼下，我和父亲租住在一个车库里。金鼎听了，心陡然往下一沉。停了一会儿，金鼎试探着问，那嫂子和侄女呢？她们没和你住一起？李帽没有回答，忽然落了两颗泪，像雨点打在水泥场子上。

金鼎把李帽请进厅里时，正碰上喜雨从后门外摘菜回来。她提着一个竹篮子，里面装着青椒、茄子、西红柿，还有几条黄瓜。见到李帽，喜雨连忙走过来打招呼。表哥来啦！喜雨说。李帽说，来了，来打搅你了！李帽说话时，眼睛直直地盯着竹篮子。好水灵的黄瓜呀！李帽说，边说边吞了一口涎水。喜雨忙说，你要是不嫌弃，就吃一条。她说着就拿出一条递给李帽。李帽很快伸出一只手，可很快又缩回去了，有些不好意思地说，你看我空着两手来，怎么好一进门就吃你的黄瓜？喜雨把黄瓜塞给李帽说，看你说的，黄瓜又不值钱，想吃就吃吧！李帽说，那我就不客气了。他说着就咬了一大口，咯嘣咯嘣地吃起来。

李帽吃黄瓜的时候，金鼎一直盯着他的嘴。看见李帽吃得这么香，金鼎满心都是欢喜。直到李帽吃完那条黄瓜，金鼎才发现他的衬衣全是湿的。

金鼎迅速进了寝室。出来的时候，他手上拿着那件新买的绿衬衣。李帽问，你拿一件衬衣干什么？金鼎说，给你换换，你身上的衬衣都快流水了。李帽说，不要紧，过会儿它自己会干。金鼎说，快换一下，不然会弄出病来的。金鼎说得很真诚，李帽便不好再推辞，马上把衬衣换了。李帽换了衬衣说，啊呀，这比湿的穿着舒服多了。

李帽刚换上衬衣坐下，金球来上烟了。这烟不好，伯伯将就着吸一根吧。金球抽出一根说。李帽连忙摆手说，谢谢，我不吸烟。金鼎插嘴说，我记得你原来是吸烟的。李帽说，戒了，将近一年都没吸了。

金鼎问，为啥要戒？李帽叹口长气说，唉，吃饭都困难，哪还有钱吸烟啊！金鼎还想往下问，但发现李帽情绪很差，便打住了。

停了一会儿，金鼎用开玩笑的口气问，茶没戒吧？李帽苦笑一下说，茶倒是没戒。金鼎连忙招呼张篮说，快给伯伯泡一杯茶来。张篮眨巴着眼睛问，用塑料杯还是用玻璃杯？金鼎正在犹豫，李帽抢先说，就用塑料杯吧，方便，不用洗。张篮很快把茶泡来了，果然用的是塑料杯。张篮递茶时说，小心烫手。李帽说，不要紧。他边说边双手接过去，当即就喝了一口。金鼎问，味道咋样？李帽咂着嘴说，太好了，还是新茶呢！李帽一口气喝了半杯，然后感慨说，这还是我今年第一次喝新茶！金鼎问，为啥？李帽勾下头说，没钱买，上个月我父亲想喝新茶，卖了五天的纸壳子，才去茶店买了二两。他让我也泡了喝，但我没忍心。

说到这里，李帽的声音突然变成了哭腔。金鼎心一软，匆忙起身走到茶几那边，把剩下的半包毛尖都拿过来了。金鼎把茶递给李帽说，走的时候带上吧，带回去和舅舅一起喝！李帽没推辞，眼含泪花收下了。

午饭弄得很简单，只有两荤两素，两个凉菜，一个鸡蛋汤。碗筷也是一次性的。喜雨本来想用赵宽送的那一套餐具，但金鼎没同意。请李帽上桌时，金鼎抱歉地说，对不起，我们用的是塑料碗筷。李帽说，塑料碗筷好，又方便又卫生。看来，农村进步也快啊！金鼎打个哈哈地说，你这话，我爱听！

酒是上次没喝完的那坛苞谷酒。金鼎说，这酒是我自己用苞谷煮的，还加了点土蜂蜜，我们随便喝两杯。李帽说，好的，我也好久没喝过酒了。可是，李帽只喝了一杯就不喝了，随手把杯子放到了一边。金鼎一愣问，咋的，不好喝？李帽用舌头舔了舔嘴唇说，好喝，太好喝了！金鼎问，好喝为啥不喝了？李帽难为情地说，这么好喝的酒，我想带点儿回去给我父亲喝，他做梦都在喝油菜坡的苞谷酒。金鼎一听，顿时感动不已，马上指着酒坛子说，好，我也不喝了，这剩下的半坛子，你全都带回去，带给我舅舅喝！

吃罢午饭，已是下午两点了。李帽看了一下手机，然后对金鼎说，待会儿还有一趟开往宜昌的班车，我今天还得赶回去。金鼎说，你这么远来，在我这儿住一夜再走。李帽说，不行，我有急事，一定要赶回去。金鼎问，啥事这么急？李帽说，我和父亲租住的那个车库，已有两个月没交租金了。车库的主人说，如果明天还不交，就把我们父子赶出去。所以，我必须赶回去交租金。

　　金鼎有点迷糊地问，你时间这么紧，咋有空到我这儿来？李帽突然降低声音说，我这次来，其实是有事求你。金鼎问，啥事？李帽说，唉，我真是难以启齿。金鼎说，有事直说吧，我俩又不是外人。李帽咬了咬嘴唇说，好，那我就直说了。金鼎说，你说吧。李帽鼓足勇气说，我想找你借五百块钱，回去交租金！金鼎呆了一下，然后爽快地说，没问题，多的没有，五百块，我还能拿出来。说完，金鼎麻利地去了寝室，去给李帽拿钱。

　　金鼎刚把钱交给李帽，开往宜昌的那趟班车就来了。看到班车，金鼎赶忙进屋取出了那半坛子苞谷酒，还有那半包毛尖茶。李帽接的时候说，我真是脸厚啊！金鼎说，你不嫌弃就好！李帽不知道再说什么好，就双手不空地上了车。

　　那天送走李帽后，金鼎没再进屋躺下。他感到浑身都是劲儿，便直接到地里割油菜籽去了。

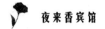

父亲的相好

1

我的父亲吕爽，年轻的时候帅呆了，身高一米八五，打篮球不用跳就能把球投进篮筐。他还读过高中，是当年油菜坡三个高中生中间的一个。高中毕业后，父亲回家只种了半年田，就到村小学当了一名代课老师。他代的是体育课，成天领着学生打篮球。父亲皮肤光洁，四肢灵敏，动作矫健，穿着白短裤和红背心在操场上奔跑的身影特别迷人。据说，李采就是在看他打球时被鬼迷心窍的，然后就成了父亲的相好。

作为女儿，我本不应该这么口无遮拦地谈论自己父亲的风流韵事，而且多少也有点难以启齿。小时候，每当有人提起父亲和他的相好，我当场就要发怒，又是哭又是骂，还扑上去抓人家的脸。青年时代，听见有人说到他们，我马上会感到无地自容，什么话也不说，只顾着赶紧扭头走开。现在，我已人过中年，人间的事情，我看多了，也看穿了，也看淡了，再遇上有人讲起父亲和李采，我也没有脾气了，心情十分淡然。不仅如此，我还常常一个人回忆他们的往事，并生出许多的人生感慨。

李采也是村小学的老师，教音乐。她长一个小嘴，小得像个鹌鹑蛋，两个眼睛却差不多有鸡蛋那么大。李采能歌善舞，最拿手的曲目是《樱桃好吃树难栽》。她一个人在台上边唱边跳，一群人在台下不停地拍手喝彩。父亲是李采观众里最忠实的一个，听说他每次观看时都要往台上抛花。花是父亲随手从操场边上扯的，有迎春花，有牡丹花，有玫瑰花，还有油菜花。

父亲比李采小三岁。他去村小学代课时，李采已经结婚了。她的丈夫是邻村望娘山的人，当过兵，后来转业到十堰汽车制造厂，好像是一个电焊工。李采的娘家在铁厂垭，也算是邻村。初中毕业后，她被推荐到县里读了两年师范，然后就被分到油菜坡小学当了音乐老师。李采和电焊工是经媒人介绍认识的，只见过两次面就登记结婚了。电焊工比李采大很多，又瘦又黑，论相貌一点也配不上李采。媒人说，只要李采嫁给了电焊工，很快就能调到十堰去。李采当时轻信了媒人的话，才勉强同意了这门婚事。结婚之后，李采才发觉上了当，不仅调动无望，而且与电焊工相聚的日子也少得可怜。除了寒暑假，李采基本上都在守活寡。

我至今没弄清楚，父亲和李采究竟谁是主动的。但有一点可以肯定，他们认识不到半年就好上了。小学后面有一个岩洞，口小洞深，冬暖夏凉，从前还住过红军。学校里人多眼杂，为了避人耳目，父亲和李采从不在校园里幽会，每次都去钻那个岩洞。他们的行动十分谨慎，去的时候总是兵分两路，回来也是一前一后。尽管如此，他们还是被发现了。一个周末的黄昏，父亲和李采又进了岩洞。完事后，他们正准备穿衣服，校长突然带着两个老师冲进了洞里。

那是上个世纪七十年代初，男女之间的那点儿事就像洪水猛兽，

121

一旦暴露就会惊天动地。事发第二天，学校就开了父亲的批斗会。校长曾经学过木匠，便亲自动手做了一块木牌，用麻绳挂在父亲的脖子上。木牌上写着两个又粗又黑的大字：流氓。校长一直暗暗喜欢李采，就想保护她。他没让李采上台挨斗，甚至连她的名字都闭口不提。李采一直默默地坐在台下，深深地勾着头，没人能看见她的脸。父亲被批斗了一番之后，校长高声宣布说，经过研究，学校决定开除吕爽的代课老师资格，从即日起回家种田。

校长话音未落，李采突然站起来了。她昂首挺胸地说，校长，请你不要开除吕爽老师，要开除就开除我吧！校长不由得一愣，黑着脸问，为什么？李采毫不犹豫地说，这事是我主动的。父亲一下子惊呆了，目光直直地看着李采，半天说不出话来。沉默了好一会儿，父亲才张开嘴，大声喊道，不，是我主动的，开除我吧，我今天就回家种田！父亲话刚说完，校长连忙跟李采挥挥手说，既然吕爽都承认了，你还往自己身上扯什么？

那天散会以后，父亲立即拎着行李离开了小学。当时已近中午，没有一个人留父亲吃午饭，也没有一个人送他。父亲独自走过他每天打球的操场，只有自己映在地上的影子跟着他无声地移动。快要走出校门的时候，父亲忽然听见有人从身后朝他跑来，急促的脚步声令他心跳加速。父亲停下来，慢慢回头，看见跑过来的是李采。

你跑来做什么？父亲吃惊地问。

李采没有回答，满脸都是泪水。她手上提着一个鼓鼓的布袋，好几处都被泪水打湿了。站定后，李采把布袋递向父亲。

父亲没接，疑惑地问，包里是什么？

李采抬起手背擦了擦眼泪，呜咽了一声说，我给你织了一件毛衣，领口的几针刚刚才织好，你带回家等天冷了好穿。还有几个月饼，你在路上当午饭吃吧！说完，她一把将布袋塞进父亲怀里，然后转身走了。

父亲抱着布袋，看着李采渐渐走远的背影，盘旋了半天的泪花终于化作泪水，一下子涌出了眼眶。

那一年父亲还不满二十岁，用当时流行的一句话说，就像早上八九点钟的太阳。如果不是有了相好，他的前途可能会一片光明，或者说前程似锦。然而，因为李采，这轮太阳刚刚出山就落下了。

事实上，李采为此也付出了沉重的代价。一开始，校长是想保李采的，连处分都没给她一个。但是，李采却没有领校长的情，不仅没投怀送抱，而且连感谢的话也没说一句。校长先是失望，接着是恼火，然后一气之下把李采的事汇报给了公社教育组。不久，教育组下了一纸调令，将李采调到了公鸡沟小学。那是一个又偏又穷的村子，离油菜坡有二十几里路，中间横着四座山包和三条水沟。他们把李采贬到那个鬼地方，显然是要让她远离父亲，以免两个人藕断丝连。

遗憾的是，男女感情这东西，并不是山水能够阻隔的。也就是说，父亲和李采的关系，并没有因为两人分开而中断，后面的故事还长着呢。

2

父亲从小学回到家里时，爷爷奶奶已听说了他干的好事。这种事情，传起来比长了翅膀还快。一夜之间，父亲和李采的故事就传遍了整个油菜坡。在口口相传的过程中，人们不断地添油加醋，增枝补叶，等传到爷爷奶奶耳朵里，故事已经有鼻子有眼了。有人甚至还描述了父亲和李采在岩洞里偷情时的叫唤声，说岩洞顶上栖息着一群盐老鼠，父亲和李采一叫唤，那群盐老鼠就吓得惊恐万状，满洞乱飞，展翅的声音哗哗啦啦响成一片，如同大闹天宫。

奶奶得知父亲的事情后，感到万分伤心。她虽然没文化，但知道这件事情将毁掉父亲的名声和前程。奶奶同时更加担心，担心爷爷把父亲打出个三长两短。爷爷脾气暴躁，从前父亲一闯祸，他总要把父亲痛打一顿。这次，父亲犯了这么大的事，奶奶想爷爷肯定不会轻饶他。况且，爷爷早就砍好了竹棍，只等着父亲从小学回来。

父亲拎着行李进门时，奶奶的泪眼还没干。她没好声气地问父亲，你回来做啥？父亲当时还以为爷爷奶奶不晓得他的事，想了一下说，快过中秋节了，我送几个月饼给你们吃。父亲一边说，一边掏出一个月饼递给奶奶。奶奶没接月饼，只用异常复杂的眼神看了父亲一眼，小声说，你爹打你的时候，该跑你就跑一下，不要……奶奶话没说完，爷爷便举着竹棍从屋里冲出来了，脸色铁青，鼻子都气歪了。父亲还没反应过来，爷爷的竹棍已扑通扑通地打在了他的屁股上。但父亲没跑，一动不动地站在那里，让爷爷打。爷爷边打边骂，你这个不要脸的东西，看老子不打死你！爷爷一连打了几十下，直到把父亲打趴下来才住手。

回家第二天，父亲就和村里的社员们一道下地种田了。社员们看父亲的时候，眼神都是怪怪的，同时还议论纷纷。有人说，吕爽长得这么英俊，天生就是一个找相好的坯子。又有人说，我见过找相好的，但没见过像吕爽这么小就开始找相好的。还有人说，肯定是那个相好主动找的吕爽，听说她已结婚了，丈夫隔着几百里，远水解不了近渴呢。听着他们七嘴八舌，父亲总是一声不吭。不过，社员们并不因此歧视父亲，相反还高看他一眼。他们争着给父亲上烟，还要亲自给他点火。父亲本来不吸烟的，但他不吸别人不依。就在那段时间里，父亲染上了吸烟的毛病。

那年秋末，父亲满了二十岁。生日刚过几天，奶奶便开始请人给父亲介绍对象。爷爷起初并不积极，认为父亲岁数不大，等两年再找对象也不迟。可是，奶奶有她的想法。父亲回家种田以后，虽然人和李采分开了，但心还在李采身上。奶奶精明过人，父亲的一举一动都逃不过她的眼睛。李采临别时送给父亲的那几个月饼，中秋节拿出来吃了三个，剩下的父亲一直都舍不得吃，但他时不时会拿出来看上一眼，或者放在鼻头闻几下。李采织的那件毛衣，父亲更是把它当成心肝宝贝，只在过生日那天穿过一回，第二天就脱下来了，叠好放在枕头边，每天偎着它进入梦乡。奶奶认真地跟爷爷说，赶快给吕爽找一个吧，好让他早日收心。听奶奶这么一说，爷爷也就没有二话了。

父亲听说要给他介绍对象，一开始非常反感。媒婆们倒是十分热心，隔几天就会领一个姑娘来和父亲相亲。第一个来相亲的姑娘姓周，是洋芋坪的。她刚从前门进来，父亲马上就从后门跑了，连个照面都没打。第二个姑娘进门之前，爷爷警告父亲说，你要是再跑，小心老子打断你的腿！这样，父亲才和人家见了面。但是，连续见了三个姑娘，父亲却一个都没看上。要说，那几个姑娘都不错，模样周正，手脚勤快，礼貌也不差，爷爷奶奶都说好。可父亲不同意，总是横挑鼻子竖挑眼，不是嫌人家脸黑，就是嫌人家腰粗，要么嫌人家屁股大。

第五个来相亲的姑娘名叫尚贤，家住十字冲。头天晚上，奶奶在睡觉前特意来到父亲寝室，语重心长地说，儿啊，明天见面的时候，你千万不要把人家跟那个老师比。要是人家比得上老师，那她会当你的老婆吗？奶奶这番话对父亲触动很大，他感觉自己突然从半空落到了地上。次日相亲时，父亲比前几次热情多了，不仅看人时面带微笑，而且还亲自给对方泡了一杯茶。见面之后，媒婆把父亲叫到一边，小心翼翼地问，你觉得这个姑娘咋样？父亲说，还行吧。媒婆顿时欣喜不已，猛地伸出一只手，朝父亲肩上一拍说，你总算看中了一个！

那个名叫尚贤的姑娘，相亲不久便嫁给了父亲。第二年秋天，尚贤生下了一个女孩。那个女孩就是我。父亲给我取了一个很好听的名字，叫吕小布。

父亲和母亲的婚礼，虽然说不上多么排场，但办得很热闹，很喜庆。爷爷有点爱面子，尽管当时提倡移风易俗，但他还是请了喇叭班子，买了好多鞭炮，把每个门上都贴了红对联。母亲那天打扮得特别鲜艳，身上穿着红棉袄，头上包着红头巾，从十字冲抬来的嫁妆也是红的，红箱子，红桌子，简直红透了半面坡。母亲那天的心情也特别好，笑容一层一层地堆在脸上，仿佛伸手就能抓一把。然而，谁也没想到的是，在结婚的那天晚上，客人们走了以后，父亲和母亲正准备进入洞房的时候，有人突然给父亲送来了一床毛毯。

送毛毯的是一个骑自行车的小伙子，三十岁左右。你为什么要送我毛毯？父亲问。小伙子说，毛毯不是我送的，我只是替别人跑个腿。父亲一愣问，那人是谁？小伙子说，对不起，临走时那人交代过，只管把毛毯交给你，要我其他啥也别说。小伙子说完，冷不防把毛毯塞

在父亲手里，转身骑车走了。父亲急忙追上去，边追边问，请问你是哪里的人？小伙子回头说，公鸡沟。

一听说公鸡沟三个字，父亲立刻知道了送毛毯的人。毫无疑问，毛毯是李采送的。离开小学以后，父亲虽然没再见到过李采，但对李采的情况却一清二楚。村里有好几个小学生，父亲经常找他们打听。得知李采要调往公鸡沟的时候，父亲曾想过去送一下她，但爷爷看得太紧，没能送成。

父亲那晚抱着毛毯回到新房，母亲已经坐在床边恭候多时了。看见父亲进来，母亲显得格外兴奋。但父亲却神情恍惚，目光呆滞，进门后一直把毛毯抱在怀里，心思一点都不在母亲身上。

母亲深感不安地问，这毛毯是谁送的？

从前的一个朋友。父亲说，边说边用手抚摸毛毯，像抚摸一只宠物。

是个女的吧？母亲陡然变了声音问。

父亲先怔了一下，然后如实地说，是的。

母亲接下来就没再说话。父亲也没说话，仍然抱着那床毛毯。过了许久，直到发现母亲在流泪，父亲才把毛毯放下来。母亲的泪越流越多，像断线的珠子往下掉。父亲的心也是肉长的，顿时软了一下。他快步走到母亲身边，伸手要为她擦泪。但母亲没让他擦。她打开父亲的手，赶紧把脸扭开了。那天晚上，父亲和母亲差不多都是一夜无眠。他们各睡一头，和衣而卧，连手都没挨一下。

新婚的第三天，父亲假装头疼去公社看病，趁机去了一趟公鸡沟小学。不巧的是，父亲那次没见到李采。学校头一天放了寒假，李采一放假就去十堰了。

3

八岁那年，我去了一趟公鸡沟。在那里，我第一次见到了李采。

凭良心说，李采的确长得漂亮，不光是嘴和眼睛好看，其他地方也动人。

公鸡沟有煤，公社在那里开了一个煤矿。打我记事起，油菜坡每年都要派两个人去公鸡沟挖煤。父亲一直想去，但爷爷不让他出门。在我们家里，父亲只怕爷爷一个人。不幸的是，在我七岁那年冬天，爷爷突发心脏病去世了。爷爷一死，父亲就成了一匹脱缰的野马，再也没人能管得住他。父亲和村干部混得不错，爷爷去世的第二年，村里就把挖煤的指标分了一个给他。听说父亲要去公鸡沟，母亲和奶奶都反对，但反对无效。母亲又哭又闹，也没能把父亲拖住。

父亲出门后很少回家，我们常常一两个月都见不到他的影子。村里另一个去挖煤的人，每个月都要回家两三趟。母亲为此经常抱怨父亲，有时还偷偷地以泪洗面。奶奶觉得母亲有些可怜，曾让她直接去公鸡沟把父亲找回来。但母亲忍着没去。她不愿意去和父亲吵架，再说也走不开身。当时，我才上小学一年级，每天早出晚归。奶奶身体又不好，三天两头害病。除了要照顾我和奶奶，还要放牛，还要喂猪，还要养鸡，家里一刻也离不开母亲。

那年初夏，天气刚热起来的时候，奶奶突然病倒了。她躺在床上，一连几天不吃东西，脸都瘦成了皮包骨。母亲一下子慌了神，显得束手无策。就在这时，小学放了三天农忙假。母亲于是就派我去公鸡沟，让我把父亲找回来。

我那是第一次出远门，清早出发，一边走一边问路，下午三点钟才到公鸡沟。那是一条幽深的峡谷，两边的山峰一座连着一座。其中最高的那一座，形状极像一只大公鸡，连鸡冠都有。

煤矿正好在那只大公鸡的脚下。我老远就看见了一个巨大的黑洞，像一个张开的老虎嘴。洞口不住地有人进进出出，都戴着黄色头盔，手上推着翻斗车。我飞快地朝洞口跑去，心想父亲肯定就在他们中间。我跑得浑身是汗，到洞口时衬衣都湿透了。可是，我站在洞口看了好久也没见到父亲。正在我着急时，我们村另一个挖煤的人推着一车煤从洞里出来了。我赶紧跑上去，向他打听父亲。他说父亲上夜班，白天不在洞子里。我问，那他白天在哪儿？他犹豫了许久，然后指着沟谷对面的两排红瓦房对我说，你去小学找找吧。

公鸡沟小学也放了农忙假，校园里一个学生也没有。我走过那两排红瓦房，发现后面还有一排低矮的黑瓦屋。那排黑瓦屋显然是老师的住房，一共有五个门，但只有一个门开着。就在那个开着的门前，我看见了父亲。他光着上身，双手高举着一把斧头，正在劈柴。父亲劈柴十分卖力，累得满身都是大汗，连鼻尖上都挂了汗珠。

父亲没有看见我。我正要朝他跑过去，一个漂亮的女人突然从门里走了出来。一看见这个女人，我就呆住了。她实在是漂亮，嘴和眼睛都像是画到脸上去的。在这以前，我还从来没见过这么漂亮的女人。

这个女人就是李采。她出来时双手不空，左手拿着一条毛巾，右手端着一个茶杯。她径直走到父亲跟前，温柔地说，吕爽，歇会儿再劈吧！父亲立即停下来，转身面向李采。李采先给父亲抛了个媚眼说，来，我给你把汗擦擦。父亲像个听话的孩子，马上把脸伸到李采面前。擦完汗，李采又给父亲抛了个媚眼说，出了这么多汗，也该喝口茶了！她说着就把茶杯递到了父亲嘴边。父亲什么也没说，只顾埋头喝茶，茶水穿过喉咙时发出咕咚咕咚的声音。

直到父亲喝完茶，我才朝他走过去。父亲做梦也没想到我会来公鸡沟，看见我，一下子就傻掉了，手上的斧头也不知不觉地滑到了地上。

李采一眼就看出了我是吕爽的女儿。你是小布吧？她弯下腰笑着问我，还伸手在我头上摸了摸。我点点头说，是的。李采心细，为人也热情，接下来就问我，吃午饭没有？我说，没吃。李采心疼地说，天啊，这么晚还没吃午饭，肯定饿坏了。快进屋吧，我给你下面条吃！她说着便把我往屋里拉。

李采住的是个套房，进门第一间是厨房兼客厅，里头一间是寝室。李采手脚麻利，进门没用多久就给我煮好了一大碗面条。她煮的面条真好吃，不光放了猪油，还加了味精和葱花，我一口气就吃了大半碗。面条快吃完时，我发现碗底还埋着两个荷包蛋。看见荷包蛋，我顿时惊喜若狂，差点尖叫起来。当时我们家里穷，鸡蛋都要攒起来卖钱，除了逢年过节，母亲从来舍不得给我吃个鸡蛋。我没想到李采会煮鸡蛋给我吃，竟然还煮了两个。我停下筷子，扭头看着李采，心里充满了感动。李采见我放了筷子，便催我说，赶快趁热把鸡蛋吃了吧。

我埋下头，正准备吃荷包蛋，一个和我差不多大小的女孩突然从寝室里跑了出来。她跑到我面前，先看了一眼我碗里的荷包蛋，然后回头对李采说，妈，我也要吃鸡蛋。李采说，你已吃过午饭了，还吃什么鸡蛋？女孩噘起嘴巴说，我要吃嘛，好多天你都没给我煮鸡蛋吃了！

直到这时，我才知道李采也有个女儿。她比我小半岁，名叫小杏，也读一年级，之前一直在里面寝室做作业。听小杏说要吃鸡蛋，我马上就停住不吃了，把剩下的一个荷包蛋递给小杏说，这个你吃吧。小杏愣了一下，正伸手要接，李采却拦住了她。李采厉声说，小杏，这个鸡蛋你不能吃，姐姐饿到现在才吃午饭呢！她边说边拉起了小杏的一只手，使劲将她拖回了寝室。小杏进寝室后回头瞪了我一眼，我发现她哭了，连鼻沟里都是泪。

第二个荷包蛋，我不知道是怎么吃下去的，只觉得酸甜苦辣，五味杂陈。刚吃完，父亲抱着一抱劈好的柴块进来了。他这时已平静下来，小声问我，你怎么来了？我说，奶奶病了，妈让你……我话没说完，父亲便慌了手脚。他匆忙扔下柴块，转身就往门外跑。李采追到门口问，你去哪儿？父亲头也不回地说，我去找矿长请假，今晚就回油菜坡。

父亲没去多久就回来了，一副垂头丧气的样子。原来，矿长不让父亲马上就回家，非要他上完夜班再走不可。没见过这么缺德的矿长！父亲气鼓鼓地说。李采连忙走过来，安慰父亲说，明天早晨走也好，以免走夜路不安全。再说，小布今天走累了，晚上也该歇歇脚。李采这么一劝，父亲的气一下子消了许多。

那天的晚饭，我也是在李采家里吃的。父亲本来要带我去吃矿上的食堂，但李采没让去。她说食堂的伙食太差，一定要留我们在她家

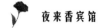

吃。李采弄了很多菜，还专门为我炒了一盘青椒肉丝。

吃过晚饭，父亲就要去上夜班。他想顺路把我带到矿工宿舍去休息，可李采不让我走。她说矿工宿舍蚊子多，要我就在她家里住。父亲想了想，便依了李采。父亲走后，李采忙着收拾餐桌，我给她打下手。洗碗的时候，李采的眼睛一直盯着我的衬衣。

你这件衬衣是什么时候缝的？李采问。

还是去年缝的。我回忆一下说。

难怪看上去这么旧呢。李采说。

旧倒不要紧，主要是有点儿小，穿在身上紧巴巴的。我说。

李采没再往下问，显出愁眉苦脸的样子。把碗洗好时，李采陡然想到了什么，双眼猛地亮了一下。她很快进了寝室。大约在寝室里待了四五分钟，李采出来了，手上拿着一个纸包。她快步走到我身边，悄声对我说，你跟我出去一趟吧！李采显得有些神秘。我也一声不响，默默地跟她出了门。

公鸡沟小学旁边有一棵大柳树，树下有一个裁缝铺。到了裁缝铺，我才知道李采是带我来做裙子的。李采那个纸包里，原来包的是一块白底红花的布料。她要裁缝师傅给我缝一条连衣裙。量好尺寸后，裁缝师傅问，什么时候要？李采说，越快越好，最迟明天早晨。裁缝师傅说，这么急啊？李采摸着我的头说，小布明天一早就要离开公鸡沟。裁缝师傅说，那好，我连夜给你赶吧。

往回走的路上，李采嘱咐我说，做裙子的事，你不要告诉小杏。我问，为什么？李采犹豫了一会儿说，刚才这块布料，原本是买了给小杏做裙子的，她催我好几回了，我一直没空。我听了心一沉，觉得有些对不起小杏。

次日天一亮，李采就去裁缝铺把裙子拿回来了。当时小杏还在梦中，李采便要我把裙子试穿一下。我一穿很合身，布的花色也鲜亮。李采连忙拍手夸赞说，漂亮，小布穿裙子真漂亮！父亲这时也下夜班来到了小学，看我穿一条花裙子，差点没认出我来。

我那天是穿着花裙子回油菜坡的。那是我第一次穿裙子，别提我有多开心。李采把我和父亲一直送到大柳树下，分手的时候，我的泪都出来了。

4

母亲满三十六岁那年，不幸得了一种奇怪的病。发病的时候，人会猝不及防地倒在地上，四肢疯抖，口吐白沫，有时还浑身抽搐，人事不省。

据说，母亲第一次发病与李采有关。那时李采已调到十堰了，已经调去了好多年。打从调走之后，李采一直没再回过油菜坡这一带，父亲也就和她失去了联系。母亲以为，父亲从此便跟李采一刀两断了。谁也没想到，就在母亲三十六岁生日的前一天，一封来自十堰的信到了母亲手里。那封信是李采写给父亲的，邮递员送来的时候，父亲到屋后水井挑水去了。母亲当时正在家里煮饭，邮递员便把信交给了她。母亲读过小学，认识一些常用字。接到信，一看是十堰来的，母亲就情绪异常，立刻把信撕开读了。

我没有见到过那封信，对信的内容也一无所知。当时我正在县城读高中，很少回家。但我能猜到，那封信对母亲的刺激很大。

父亲挑着一担水进门时，母亲已经倒在厨房的地上了。她仰面朝上，手脚像抽筋似的狂舞乱弹，大口大口的白沫从嘴里吐出来，像洗衣服搓出来的肥皂泡。父亲以前从没见过这种病，还以为母亲喝了农药，当即吓了个半死。他扔下扁担，箭步冲向母亲，抱起她就往村里的小诊所跑。所幸的是，医生曾经遇见过这种情形，立刻给母亲打了一针。过了半个钟头，母亲才镇定下来。

那天离开小诊所时，医生对父亲说，尚贤患的这种病，与羊角风有点儿相似，很顽固，基本上治不断根，并且随时随地都有可能发作。父亲听了十分紧张，蹙着眉头问，她为什么会犯这种病？医生说，肯定是受到了什么刺激。父亲想了想说，她没受什么刺激啊？

父亲话刚出口，母亲突然伸出一只手，从上衣口袋里掏出一封信来，直接扔在了父亲面前。父亲一看那封信，顿时什么都明白了，不禁面红耳赤，还出了一身冷汗。

母亲的病，让父亲深受打击。从母亲患病那天起，父亲忽然变了一个人，成天失眉吊眼，唉声叹气，人也矮了一大截。为了不让母亲再受刺激，父亲很长时间没给李采回信。父亲想，他这边如果没有信去，李采那边就不会再有信来。尽管这样，父亲还是不放心。有一天，父亲抽空去了一趟镇上的邮政所，叮嘱送信的邮递员说，万一再有十堰那边的来信，千万不能交给尚贤。

遗憾的是，虽说父亲如此谨小慎微，母亲的病还是复发了。有一天，母亲在家清理箱子和柜子，无意中发现了李采十几年前为父亲织的那件毛衣。毛衣破旧不堪，早已不能再穿了，但父亲舍不得丢，一直将它压在箱底。看到这件毛衣，母亲不禁一阵心慌，两眼直冒火，身子一歪就倒在了地上。父亲当时正坐在门口吸闷烟，听到屋里扑通一声，跑进去看时，母亲已经不省人事了。

还有一回，油菜坡小学附近的一户人家请工割油菜籽，母亲也被请去了，同时去的还有四五个中年妇女。那片油菜地紧靠小学后面的那个岩洞，站在地里就能看到洞口。割到一半的时候，一个年纪大的女人突然指着岩洞说，从前，听说有一男一女两个老师，男的教体育，女的教音乐，他们经常钻那个岩洞，有一次还被校长捉住了。她刚说完，母亲就站不稳了，一头栽在了油菜地里。

更让父亲头疼的是，母亲自打患病以后，性格日益古怪，动不动就生气，发火，动怒，病发得越来越频繁了，有时一个月发两三次。为了把母亲的病控制住，父亲也动过脑筋。他走村串巷，寻医找药，还带母亲到老垭镇卫生院去治疗过。然而效果都不好，母亲的病仍然说发就发，简直像家常便饭。

母亲一病，父亲便完全中断了与李采的联系，一连几个月都没给李采写信，也没收到李采的来信。不过，父亲并没有将李采忘怀，痛苦的时候总是默默地想她，还多次在梦中与她相见。

时间过得真快，一晃就到了夏天。进入夏天不久，我从城里放暑假回到了油菜坡。那阵子，母亲连续发病，身体十分虚弱，面黄肌瘦，四肢乏力，精神也有些失常，每天只能待在屋里。我一放暑假，父亲便把照看母亲的任务交给了我。当时正是农忙季节，父亲每天都要下地干活，不是给苞谷施肥，就是给秧苗杀虫，忙得晕头转向。

我放假回家将近一周的时候，母亲又发了一次病。那天吃晚饭时，我不小心提到了公鸡沟。一听到这三个字，母亲的眼睛马上红了，红得像着了火。她当即摔了碗筷，接着就倒在地上手舞足蹈，嘴里的白沫一直吐到脖子。那个晚上，母亲一直折腾到半夜才平静下来，弄得一家人都没睡好。

就在母亲发病的第二天上午，镇上的邮递员突然来了。当时，母亲在屋里睡着了，父亲下地除草去了，我坐在大门口看书。邮递员一来就找父亲，说有一封信要亲自交给他。我问，信是从哪里寄来的？邮递员说，不清楚，信封下面没写地址，只写了内详两个字。我想，这封信肯定是李采写来的。我让邮递员把信交给我，由我转交给父亲。但邮递员坚决不同意，非要亲手交给父亲不可。没办法，我只好给邮递员指了方向，让他到地里去找父亲。

父亲那天一接到信就从地里回家了。他看上去很兴奋，面带笑容，长期紧锁的眉头也舒展开来。父亲先进屋看了看母亲。母亲睡得很沉，打着细微的鼾声。很快，父亲又出来了。

小布，你还记得李采阿姨吗？父亲快步走近我，贴着我的耳朵问。我说，记得，她调到十堰去了。父亲颤着嗓门说，她最近回了铁厂垭，正在她娘家度暑假呢！我听了心里陡然咯噔了一下，不知道再说什么。停了一会儿，父亲红着脸说，她今天来信了，让我去一趟铁厂垭。我轮起眼睛问，去铁厂垭干什么？父亲说，李采说她有个秘方，可以把你妈的病治好。我想了想说，那你就去吧。父亲抬头看了看天说，那我现在就去，早点把秘方拿回来。临走时，父亲特别嘱咐我说，好好看着你妈，千万不要告诉她我去铁厂垭了。

铁厂垭位于油菜坡西边，说不上太远，来回只要两个钟头。父亲是上午十点钟走的，直到下午一点钟才回家。父亲回来时，母亲刚吃了一点镇静药，又睡着了。我用责怪的口气问父亲，你怎么去了这么久？父亲红着脸支吾说，李采的妈硬要留我吃午饭。

当时，我最关心的是母亲的病，迫不及待地问，秘方拿回来了吗？父亲说，其实不是秘方，只是一种治疗秘诀。我有些迷糊地问，谁治疗？怎么治疗？父亲说，李采说由她亲自来治疗，还说保证治好。我一愣说，开玩笑吧，她是个老师，又不是医生，能治好母亲的病？父亲说，李采说她在十堰见过这种病，还看见别人用这种秘诀治好过。我疑惑地问，什么秘诀这么神奇？父亲沉吟片刻说，我也说不清楚，明天我带你妈去治病，你跟我一起去，看了就知道了。

第二天一早，父亲请来一辆三轮车，带上母亲和我，去了铁厂垭。一开始，父亲没告诉母亲我们要去哪里。到了铁厂垭村口，父亲才对母亲说，尚贤，你不是一直想见我的那个相好吗？今天我就让你见见她。母亲一听，陡然来了劲，激动地问，真的？父亲说，当然是真的。母亲扩大声音说，好，见到那个不要脸的，我一定要打她个半死！

李采娘家有一个古色古香的四合院，院子后面是一片绿茵茵的草地，开满了五颜六色的野花。我们老远就看见了那片花地，一个穿连衣裙的女人正在那里弯腰采花。离花地还有几十步远，父亲让三轮车停下了，然后指着那个采花的女人对母亲说，你看，那个人就是我的相好。父亲话音未散，母亲就跳下车，刮风似的朝那个女人冲过去了。我也赶紧从车上跳下来，尾随母亲向花地跑去。

母亲的动作真快，等我跑到花地上，她已经把李采揪住了。你这个不要脸的！母亲开口就骂，边骂边往李采脸上打了一耳光。李采没有躲闪，乖乖地让母亲揪着，任由母亲打骂。母亲像一只母老虎，越打越来劲，眨眼工夫就把李采的脸打青了，嘴角还打出了血。我终于看不下去了，连忙冲上去抱住了母亲。

母亲却不依不饶，又打了李采一个耳光，狠狠地骂道，打死你个不要脸的！

李采用手擦了一下嘴角的血，诚恳地说，你打吧，是我对不起你！

母亲正要接着打，一听李采说对不起，伸出去的手猛然缩回来了。与此同时，母亲的目光也温柔了一些。这时，我赶紧拉住母亲的一只手说，妈，你骂也骂了，打也打了，人家也道歉了，我们快回家吧。说完，我就把母亲拉出了花地。

说起来真是不可思议，母亲一打李采，她的病很快就好了。从铁厂垭回油菜坡之后，母亲的病再也没发过。

5

前年，我的儿子吕二口高中毕业。由于早恋分心，高考成绩非常糟糕，只能读一所职业技术学院。填报志愿的时候，老师给他推荐了上十所学校，有的在襄阳，有的在荆州，有的在黄石，有的在宜昌，更多的在武汉。但是，吕二口没有采纳老师的建议，最后把位于十堰的一所学校填在了第一志愿栏。

填罢高考志愿，吕二口就从学校回了油菜坡。接到通知书的那天晚上，我问儿子，你为什么要去十堰读书？吕二口调皮地说，你猜。我说，这我可猜不到。当时，父亲和母亲正在里屋看电视。父亲虽已年过花甲，但耳朵尚好，听见我和儿子说话，马上就出来了。吕二口这时双眉一挑对我说，你问爷爷吧，他肯定知道我为什么选择十堰。父亲立刻脸红了，伸手打了吕二口一下说，龟孙子，说话小声点儿，小心你奶奶听见！吕二口一脸坏笑地说，奶奶耳聋，听不见的。

在我们家里，吕二口一向和父亲最亲。爷孙俩总是没大没小。一听吕二口说到十堰，父亲连电视都不想看了。他把吕二口拉到怀里，试探着问，你去十堰读书，与我有什么关系？吕二口斜了父亲一眼说，你别再明知故问了。父亲强装镇静地说，我是真的不知道。吕二口说，那我就直说了？父亲说，你说吧。吕二口清清嗓子，一字一顿地说，因为你的相好在十堰！父亲亦忧亦喜地问，天哪，你怎么连这个都晓得？吕二口自豪地说，你们的风流佳话，谁人不知，哪个不晓？不瞒

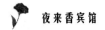

你说，你和李采钻岩洞的故事，我都听说过呢！

作为吕二口的母亲，我觉得他知道的事情太多了。吕二口，你越说越不像话了！我佯装生气地说。父亲见我批评吕二口，显得有点儿难为情，赶紧扭过头，又进里屋看电视了。

那年九月初，吕二口要去十堰上学。他爹在南方打工，不能回来送他，我想只好由我亲自送他去了。但是，临行之前，吕二口却点名要父亲送他。我有些惊异地问，你为啥偏要爷爷送？吕二口拍拍胸说，君子成人之美！父亲得知要去十堰，更是喜不自禁，一连几天都笑得嘴角往上翘。

父亲那是第一次去十堰，来回整整七天。走的时候，父亲穿的是一件半旧的灰色衬衣，回来时换上了一件崭新的红色毛衫，还配了一条白色休闲裤，乍一看像个归国华侨。母亲上了年纪之后，心态日渐平和，对什么事都不太关心。面对焕然一新的父亲，她也视而不见，甚至显得有些麻木。作为女儿，我对父亲的这次远行也不便多问。但看到他满心欢喜，我心里还是感到万分高兴。

不过，父亲从十堰回来后，性格好像一下子开朗多了，话也明显多了起来。他一进门就给我讲吕二口的情况，每一个细节都讲得绘声绘色。

吕二口到十堰的当天，没费多大周折就找到了李采。李采见到吕二口，亲切得不得了，又是拍肩，又是摸脸，还把他的头扳过来贴在自己的胸口上。接着，李采又把吕二口请到家里吃饭，做了一满桌子菜，还蒸了一条海鱼。然后，李采又亲自送吕二口去学校报到，由她女儿小杏开车。在去学校的路上，李采特地要小杏把车绕到一家商场，为吕二口买了一大堆生活用品，大到蚊帐被子，小到水瓶饭盒，该买的全都买了。到学校报到后，李采又把吕二口送到宿舍，还亲手给他铺了床，挂了蚊帐。离开学校时，李采对吕二口说，到了周末，你就去我家，我给你熬排骨汤喝……

父亲还从十堰带回来一大包好吃的，有糖，有果仁，有芝麻糕，还有酒心巧克力。他一回家就把这些食品抓出来，给我和母亲吃。我没有问这些食品是谁买的，母亲更是没问。但母亲很喜欢吃，吃得津津有味。只是她的吃相有些难看，嘴巴张得太开了，芝麻不住地往外掉。与母亲相比，我要显得雅观一些。我把一颗糖深深地藏在舌头下面，不动声色，让它一点一点慢慢溶化，然后再让糖汁慢慢进入喉咙，沁入心脾，融入骨髓。

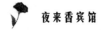

妇女主任张开凤

1

接到支部书记王立社的电话时，妇女主任张开凤正坐在家门口的桂花树下搓汤圆。当时，她身边围了不少人，少说也有五六个。除了她丈夫孙喜九，其他都是隔壁左右的妇女。她们都在看她搓汤圆，一边看一边咂嘴，实际上是在欣赏。孙喜九也在看她搓，嘴上叼根烟，看一会儿吐个烟圈，显出很得意的样子。要不是王立社打电话叫她去商量工作，张开凤还差点儿忘了自己是个村干部。

张开凤搓汤圆时系着围裙，笼着袖套，头上还戴着一顶防油烟的白色布帽，完全是个农家主妇的形象。她搓汤圆像变魔术，先拽一坨湿过水的糯米粉，再塞进一撮芝麻馅，然后双手轻轻一搓，一个圆溜溜的汤圆就成了。手艺真好！一个妇女赞叹说。另外几个妇女马上附和，也夸她手艺好。她微微一笑说，在娘家时跟我妈学的。她娘家在邻村洋芋坪，二十六岁那年嫁到了油菜坡，已快十年了。她把搓好的汤圆整齐地摆在面前的簸箕里，差不多已搓了一百个，足够她和孙喜九今晚吃了。可她没停下来的意思，还要接着搓。孙喜九吐个烟圈说，够了，再搓会把我胀死。她解释说，我多搓几个，待会儿你送一些到你哥哥家，让嫂子煮给妈吃，嫂子不会搓汤圆。孙喜九扔掉烟屁股说，妈这个月归哥哥养活，你别多管闲事。她瞪孙喜九一眼说，看你说的，她是你妈呢，何况今天是元宵节！一个妇女连忙夸奖说，心肠真好！其他妇女补充说，又贤惠又孝顺，真是打着灯笼也难找啊！她红起脸对妇女们说，你们别这么说，说得我都不好意思了。

王立社的电话是下午三点左右打来的。张开凤接完电话，立刻就停止了搓汤圆。她拍拍手站起来，自言自语地说，搓不成了，王支书从老垭镇开会回来了，通知我去村委会碰头呢。说完，她就端起簸箕进了屋。

再从屋里出来时，张开凤彻底变了个人。她穿了一件烟灰色的呢绒大衣，围了一条枣红色的围巾，头发也披下来了，还画了眉毛，涂了口红，一看就是个女干部，并且有几分姿色。临走的时候，她略带歉意地对孙喜九说，要是我回来晚了，你就先自己煮汤圆吃吧。孙喜九说，放心，我饿不死！隔壁左右的妇女们这会儿还没走远，有一个猛地回过头，望着孙喜九说，你的命真好，居然找了这么好一个老婆！孙喜九扮个怪相说，凑合吧。

张开凤长两条长腿，像一个时装模特儿，走路又直又快，只用半个钟头就走到了村委会。

王立社正坐在会议室等张开凤。他穿一件老式对襟袄，面子是土布，扣子也是用布绞的。不过，里子里却铺着蚕丝。他穿得像个土包子，实际上是见过世面的，早年当过兵，后来当过两届省人大代表，还跟省委书记握过手。他说得上是个老干部了，今年虚岁五十九，四十八岁那年就当了村支书。

可以说，张开凤是王立社一手培养起来的。嫁到油菜坡的第二年，她就被王立社提拔当了妇女主任。王立社还有个打算，就是在自己从支书的位子上退下来的时候，推荐张开凤接他的班。当然，张开凤自身的条件也很好，人长得好看，还读过高中，说话通情达理，办事热心快肠，天生就是一块儿当干部的料。

张开凤眼尖，一进门就发现会议室的墙上多了一块匾。刚挂上去的？张开凤看着匾问。王立社说，今天上午镇上发的，我们评上了全镇的和谐村。张开凤说，祝贺王支书！王立社说，应该是我祝贺你才对。张开凤一愣问，此话怎讲？王立社说，我们这次能评上，主要是妇女主任的功劳，因为去年我们村没有一个离婚的。张开凤疑惑地问，这匾与离不离婚有什么关系？王立社说，关系大着呢，这次评选和谐村，全镇只有十个指标，竞争非常激烈，后来相持不下，就看这个村有没有离婚的。我们周围的几个村，比如铁厂垭，比如望娘山，包括你娘家洋芋坪，为什么都没评上？就因为有离婚的。实际上，在和谐村评选中，离婚是一票否决。上头说了，离婚就意味着家庭不和谐，家庭不和谐就意味着社会不稳定。现在，是稳定压倒一切。

村干部中除了王立社和张开凤，还有村长、会计和治安主任。张开凤问，他们几位呢？王立社说，我没通知他们，今天想专门和你研究一下村里的妇女工作。张开凤说，难怪不见他们的人呢。

王立社喝了一口茶说，我这么急着把你叫来，是有些重要想法要和你沟通。张开凤走到王立社跟前，把他的茶杯拿到墙边饮水机上加满，再放到他手头，然后坐下来说，你有什么想法，就直接说吧。王立社说，去年一年，我们村没有一个离婚的，所以得了一块匾。作为村支书，我当然很高兴。但是，我同时也很担心。张开凤双眉一挑问，你担心什么？王立社说，我担心的是，去年没人离婚，不一定今年就没人离婚。张开凤说，这倒是，不过，天要下雨，娘要嫁人，有人要离婚，你担心也没用。王立社脸一沉说，你这话没说好，如果有人闹离婚，你这个妇女主任可以去做工作嘛！

张开凤见王立社有些生气，便沉默下来。停了一会儿，王立社说，我尤其担心的是，今年一开春就会有人闹离婚。我是个老干部了，特别爱面子。你说，我刚刚从镇上领回来一块匾，还没挂稳就有人闹离婚，那我这张老脸往哪儿搁？张开凤愣了一下问，你怎么知道一开春就有人要闹离婚？难道你会算？王立社说，我是凭经验说的。你看吧，冬季那么冷，到处冰天雪地，天寒地冻，人们每天都窝在家里烤火取暖，就是想离婚也怕冷，也懒得去闹。可春季一到，冰消了，雪化了，花开了，鸟叫了，万物复苏了，春意盎然了，人的心这时也动了，也花了，欲望一天比一天多，想法一天比一天多，所以闹离婚的就会跟着多起来。张开凤点点头说，你说得有道理。王立社喝口水接着说，因此，你这个当妇女主任的，一定要密切关注村里的动向，一旦发现谁有离婚的苗头，必须赶快去做工作，把离婚的苗头消灭在萌芽状态。张开凤叹口长气说，唉，我的担子好重啊！

王立社这时站起来，走到饮水机那里，用塑料杯接了一杯开水，一边吹着一边端过来，放在了张开凤面前，然后说，开凤，辛苦你了！张开凤挤出一丝笑容说，我尽力而为吧。

停了片刻，王立社忽然换了一种语气说，其实要说啊，做好这项工作，既是为了我们村，也是为了我自己，更是为了你本人。张开凤眨了眨眼睛，好像没听懂王立社的话。王立社便解释说，老实告诉你吧，因年龄问题，我到今年六月份就要退了，我不希望在我退下来之前看到村里有人离婚。还有，我决定退下来的时候，推荐你来接我的班，我更不希望在你接班之前村里出现离婚的事情。王立社这么一说，张开凤便什么都懂了。她沉吟了一会儿，然后凝视着王立社说，谢谢你一直为我着想！

下午四点多钟，他们谈完了工作。王立社双手撑着桌子站起来，正要跟张开凤再说点什么，手机突然响了。王立社很快接了手机，听了一会儿便摇头苦笑地挂了。谁打的？张开凤问。王立社说，你家孙喜九。张开凤问，他说什么？王立社说，他希望我开会不要拖，早点儿放你回家陪他吃汤圆。张开凤听了没有说话，有点儿哭笑不得。

从会议室出来时，王立社说，我本来打算请你去吃农家乐的，既

然孙喜九打了电话，那我也不好再请你了。张开凤说，对不起，改日我请你吧！

<h1 style="text-align:center">2</h1>

正月十六的早晨，张开凤开门时看见门口到处都是鞭叶，顿时感到气不打一处来。鞭叶都是孙喜九炸的。头天晚上，孙喜九吃完汤圆后心血来潮，跑到附近的杂货铺，一次抱来了五卷鞭。她劝孙喜九少炸一卷，他却死活不听，把五卷全都炸了，鞭叶堆了尺把厚。

张开凤转身回到床前，对孙喜九说，你别睡了，快起来把门口的鞭叶扫一下，已经堵到门槛了。孙喜九却打着哈欠说，要扫你去扫，我还没睡醒。她听了心里更气，但身为妇女主任，时刻要注意影响，便不敢跟丈夫发火，只好忍气吞声自己来扫鞭叶了。刚把鞭叶扫完，孙喜九又在屋里发号施令说，杂货铺的鞭钱还没给，你抽空去给一下。张开凤想回他一句什么，却欲言又止，犹豫了一会儿，还是无可奈何地去了杂货铺。

杂货铺实际上也是麻将馆，一楼卖杂货，二楼打麻将。据说，二楼的生意比一楼要好得多。

张开凤走到铺子门口时，一楼没有人。她喊了两声，有人在二楼答应了一下，听声音像是老板。过了两分钟，她看见有人陆陆续续从二楼上下来了，都是油菜坡人。最先下来的叫二黑子，是这一带有名的赌棍，黑得像个挖煤的。他胳肢窝里夹了一个鼓鼓的黑包，一下楼就慌慌张张地从铺子门口溜跑了。随后的两个人一边走一边交头接耳，也匆匆离开了铺子。最后下楼的是李命大，头歪在肩上，好像脖子被人砍了一刀。两个眼窝深陷下去，仿佛是塌方了。他是拖着两条腿走出铺子的，几次差点摔倒。刚看到李命大时，张开凤不敢相信自己的眼睛。老板下楼后，张开凤忙问，最后出去的是谁？老板说，李命大。直到这时，她才确信刚才没有看错人。

李命大在你这里做啥？张开凤愣着眼睛问。老板说，打麻将。老板话刚出口，张开凤就惊呆了，半天说不出话来。

　　在张开凤的印象中，李命大从来不赌，麻将和扑克都不打。他偶尔看别人打牌，有人要去上厕所，请他帮忙摸一下牌，他都不肯。他家里原先一直很穷，半分钱的赌注都拿不出来。再说，他为人老实巴交，对生活也没有太高的要求，只要不饿死不冻死就行，对赌更是没有兴趣。他的名字是他母亲取的。一九五九年，他生下来才五个月，家里就一颗粮食也没有了。一连三天，他连米汤都没喝上一口，后来就闭着眼睛不出气了。当时，母亲出门讨米还没回来，父亲以为他死了，便把他放进一口破木箱，说等母亲回来看一眼就挖个坑埋掉。不一会儿，母亲带着一茶杯玉米回来了，揭开箱子一摸，发现他还是热的，便赶紧煮了点儿玉米糊，灌进了他嘴里。谁也没想到，玉米糊灌进去不久，他的眼睛居然又睁开了。母亲一下子喜疯了，一边哭一边给他取了命大这个名字。

　　张开凤蹙紧眉头说，李命大以前可是从来不赌的啊，为什么突然赌了起来？老板说，以前他是没钱赌，平时手头连十块钱都没有。现在，他一夜之间得了二十万，当然也想赌一把。男人嘛，哪个没点赌性？老板一说到二十万，张开凤立刻想到了高速公路占地赔钱的事。去年年底，一条正在修建的高速公路要占用李命大的一片油菜地，对方答应赔他二十万。前两天，这二十万终于兑现了。张开凤万万没想到，李命大一有钱人就变了。

　　李命大昨晚赌赢没有？张开凤关心地问。老板说，没赢，他把手上带的五万块钱输了个一干二净。张开凤大吃一惊问，天啊，他们怎么赌这么大？老板说，我估计是二黑子给他设了圈套。上半夜打一百块钱一炮的时候，二黑子和另外两个人都故意让他赢，两三个小时赢了五千多。转钟时，二黑子对李命大说，你今天的手气这么旺，干脆打一千块钱一炮的吧。那两个人也对他说，要是打一千一炮的，凭你这手气，至少要赢四五万。李命大人老实，不会察言观色，又经不起诱惑，稍微犹豫了一下就同意打一千元一炮的了。张开凤听完不由得

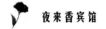

唉了一声，摇摇头，不知道再说什么。

上午八点钟，张开凤从杂货铺回到家里煮好早饭，刚端起碗要吃，王立社突然打电话来了。不好了，恐怕要出事了！王立社开口便说。张开凤忙问，什么事？王立社说，听说李命大赌博一晚上输掉了五万，我预感到廖一纱会跟他闹离婚。张开凤听了先是头皮一紧，然后恍然大悟说，姜还是老的辣啊！我怎么就没想到呢？王立社说，开凤啊，你必须尽快赶到李命大家，把廖一纱稳住。这个女人，说风就是雨，你千万不能大意呀！张开凤说，好的，我马上就去。

张开凤立刻放下碗，换了身衣服就出门了。她一路小跑，只用了二十分钟便赶到了李命大门口。

李命大当时坐在堂屋的门槛上。廖一纱脸色铁青，披头散发，两手揪着李命大的衣领，正拼命地将他往土场外面拖。李命大却挣扎着不走，用手死死地抓住门槛。张开凤慌忙走上去问，你要把他拖到哪里去？廖一纱说，去镇上离婚！张开凤吓了一跳，心想，幸亏早来了一步，否则真会出事。

张开凤拍了拍廖一纱的膀子说，夫妻之间，有话好好说，怎么能动不动就闹离婚呢？廖一纱说，我和他已没啥好说的了，只有离婚一条路。她说得很坚决，继续拖李命大。张开凤猛地想了一个点子说，你即使要离婚，也得先找妇女主任开个证明呀！我不写证明，你们到了镇上也离不掉。廖一纱一听，便马上松开了李命大，转身要张开凤给她开证明。张开凤佯装不知地问，你们为啥要离婚？廖一纱咬牙切齿地说，他是个败家子！高速公路上不是赔了我们二十万块钱吗？那笔钱本来都在卡上，前几天我娘屋的哥哥打电话给我，要我们借他五万块钱买农用车。昨天，我就取回了五万。谁料到，我哥还没来得及拿走，李命大竟然把这五万块钱偷出去赌博了，还输了个精光。真是一个败家子啊！所以，我要跟他离婚，再不能跟这个败家子一起过了。

李命大这时突然扬起脸来，眼巴巴地看着张开凤说，张主任啊，我是上了二黑子的当啊！请你劝劝我老婆，让她不要跟我离婚啊。我保证今后再也不赌了，再赌她可以剁我的手啊！

张开凤赶紧趁机对廖一纱说，你看，你老公已经认错了，也知道改错了。依我说，你就原谅他一回吧，不要闹离婚了。再说，一日夫妻百日恩嘛，何况你们还一道生活了几十年，怎么能一出事就闹离婚呢？廖一纱不但不听劝，反而还对张开凤冷笑了一声，然后说，张主任，我看你是站着说话不腰疼呀！要是这事出在你们家，你肯定也要跟你老公离婚的。

　　廖一纱话刚出口，张开凤心里便陡然一颤，好像被人用弹弓打了一下，不歪不斜正好打在疼处。她闭目沉吟了一会儿，然后睁开眼睛直视着廖一纱，降低声音说，刚才，你说我是站着说话不腰疼，其实你错了！我怎么是站着说话呢？实话告诉你吧，你今天遇到的事，我在十年前就遇上了。廖一纱一愣问，你也遇上过我这样的事？张开凤点点头说，是的，比你这件事还难以让人接受。廖一纱好奇地问，啥事？张开凤迟疑了一下说，俗话说家丑不可外扬，本来我不想把这件事说出来的，但今天情况特殊，我就告诉你吧。

　　张开凤告诉廖一纱，当年她之所以嫁给孙喜九，是因为她娘家看上了孙家当时有钱。那会儿，孙喜九的父亲是有名的农民企业家，手上有两个厂，一个是砖瓦厂，一个是水泥板厂，生意红火，都很赚钱。不幸的是，她嫁来的第二年，孙喜九的父亲便患了重病。临死之前，他把家产分了，砖瓦厂给了孙喜九，水泥板厂给了孙喜九的哥哥。谁料到，孙喜九原是个败家子，接手砖瓦厂以后，不但不用心办厂，反而还背着她在外面赌博，经常到老垭镇上诈金花，结果输了几十万。等她发现时，砖瓦厂也改姓了，被孙喜九拿去抵了赌债。

　　廖一纱听得目瞪口呆，半天无话，过了许久才问，你没和孙喜九闹离婚吗？张开凤说，闹过，但闹了一下就没闹了。廖一纱问，为啥？张开凤说，孙喜九不肯离，我一提出离婚，他就寻死觅活，有一次还喝了农药，幸亏抢救及时才没死。从他喝农药以后，我的心就软了，再也没敢提离婚的事。

　　张开凤话音未散，李命大飞快地离开门槛，跑进了堂屋后面的杂屋。再出来的时候，他手上捧着一瓶叫百草枯的农药。你这是要干啥？

廖一纱一惊问。李命大说，你若是真要和我离婚，我也不活了。他说着就拧开了百草枯的瓶盖。廖一纱愣愣地看着他，神色有些紧张。张开凤从背后推了廖一纱一掌说，还不赶快去把药瓶夺下来，百草枯是剧毒，一喝下去就没救了。廖一纱开始害怕了，马上冲过去夺药瓶。但李命大却不给，还把药瓶朝嘴边移了一下。廖一纱顿时慌了，终于开口说，你把百草枯给我吧，我不跟你离婚还不行吗？

听廖一纱说了这句话，张开凤悬空的心总算落到了肚子里。不过，她没有立即走开。一直等到李命大把百草枯递给廖一纱后，她才回家。

3

阴历三月三，已是阳历四月二号了，阴阳总是相差这么远。这天，村里一户人家老来得子，摆满月酒。张开凤与过客的人家一不沾亲，二不带戚，本可以不去，但考虑到自己是妇女主任，最后还是决定去祝贺一下。

张开凤这天穿了一条黑皮裙和一件红毛衣，刚出门就被隔壁左右的几个妇女看见了。得知她要去村里贺喜，几个妇女马上也决定跟着她一道去。她们跟在张开凤身后，没走多远，其中一个妇女的手机响了。她掏出手机，刚一接就扑哧地笑了起来。接完电话，她问张开凤，你猜，刚才的电话是谁打的？张开凤说，猜不到。那个妇女说，是孙喜九，他让你先给他买两瓶啤酒送回家再走。张开凤听了，尴尬地笑了一下，二话没说便折身回去给孙喜九买啤酒了。张开凤买了啤酒送回家，回头追了十几分钟才追上那几个妇女。

这天，老来得子的人家不仅来了很多客人，还请了不少帮忙的。负责烧开水的是耿壁虎。他虽然长得五大三粗，却擅长做一些小事，比如烧开水，就是一把好手。他吃得苦，讨得力，耐得烦，心眼儿又细，既能眼观六路，又能耳听八方，所以开水烧得特别好。村里凡是过红白喜事，都请他烧开水。

耿壁虎这天把烧开水的火炉支在主人家屋角一棵女贞树下。张开凤老远就看见了他。肖楚玉还在养路段煮饭吗？张开凤问。肖楚玉是耿壁虎的老婆，近半年来一直在附近一个养路段打临工，主要是煮饭，偶尔也帮养路工们洗洗衣服。耿壁虎支吾了半天说，今天没去煮了，她回娘家了。他说话时把眼睛半睁半闭着，好像是被烧开水的柴火烟子熏着了。她怎么这个时候回了娘家？张开凤接着问。耿壁虎往火炉里加进一块柴，降低声音说，我们两口子昨晚上吵了一架。今天一早，她就回娘家了。张开凤警觉地问，你们为什么吵架？耿壁虎嘴巴张开后没出声又合上了，好像难以启齿。见耿壁虎不愿意说，张开凤便不再往下问，扭头走上了主人家门口的土场。

老来得子的两口子正在堂屋里迎接客人。女人把刚满月的婴儿抱在怀里，让每一个来客欣赏。女人刚给婴儿喂过奶，衣服没系严实，一只鼓胀的奶子若隐若现。张开凤也走进堂屋看了看婴儿，并往女人手里塞了一个小红包。

从堂屋出来时，张开凤碰到了一个住在肖楚玉隔壁的女人，下巴上长颗痣。她主动与她打招呼，并把她拉到了一个角落。听说你隔壁两口子昨晚吵架了，你听到什么动静了吗？张开凤问。下巴上长痣的女人说，动静倒是听到了，但没听清楚他们为啥吵。停了一下，下巴上长痣的女人又补充说，今早天一亮，肖楚玉就骑着摩托车回了娘家，嘴里还说要和耿壁虎离婚呢。

一听到离婚两个字，张开凤顿时紧张起来，眉头紧锁，脸色苍白。她本来计划在主人家吃午饭的，现在也不想吃了，准备尽快离开，甚至还打算去一趟肖楚玉的娘家。

肖楚玉的娘家在十字冲，离油菜坡有三十几里路。那地方不通班车，如果步行，来回至少要大半天。从过事的人家出来后，张开凤一个人站在一个岔路口徘徊了许久，拿不准到底去不去十字冲。后来，她决定打个电话给王立社，听听他的意见。电话一拨出去，王立社就接了，好像正在那边等着。张开凤简单地讲了一下肖楚玉的情况，王立社听后毫不犹豫地说，你汇报的情况非常重要，据我所知，肖楚玉以前曾多次与耿壁虎闹过离婚，但都是夫妻俩在自己家里闹一闹，闹几天也就不了了之。这次，她竟然闹到娘家去了，看来是铁了心啊！你必须立即赶往十字冲，迅速打消她离婚的念头，以免夜长梦多。

停了一下，王立社又在电话中说，肖楚玉的娘家有点儿远，你不要用脚走，那样太累，也太慢。依我看，你干脆请一辆三轮车送你，钱由我出。张开凤听了很感动，鼻头一热说，谢谢！你还挺会心疼人的啊！

张开凤很快找到了一辆三轮车。说来也巧，开三轮车的也住在肖楚玉隔壁，就是那个下巴上长痣女人的老公。

在前往十字冲的路上，开三轮车的一路都在说着肖楚玉和耿壁虎。他说，耿壁虎这个人啥都好，唯一的毛病是疑心太重，总担心肖楚玉在外面偷人，有时候还跟踪，盯梢，弄得肖楚玉很没面子。张开凤问，肖楚玉在外面究竟有没有人？开三轮车的说，这我也说不好。耿壁虎怀疑她有，但从来也没抓住过。张开凤又问，既然没抓住证据，那耿壁虎为什么老怀疑她？开三轮车的说，可能是耿壁虎太自卑了，他总觉得自己配不上肖楚玉。不过，他们两口子也确实有点儿不般配，肖楚玉不光脸好看，身个子也好看。而耿壁虎呢，长得却像个苕大个。听到这里，张开凤没再说话，只轻轻地叹了一口长气。

大约过了四十分钟，三轮车把张开凤送到了一棵大松树下面。开三轮车的指着不远处的一栋瓦房对张开凤说，那就是肖楚玉的娘家。他让张开凤一个人去，自己就在大松树下等她。张开凤想了一下说，这样也好。

张开凤走到瓦房前面时，肖楚玉和她母亲正坐在门口洗野韭菜。看到张开凤，肖楚玉不由得一愣，马上丢下手里的韭菜站起来说，张主任，什么风把你吹到十字冲来了？张开凤说，我走亲戚从大松树下路过，听说你回了娘家，就进来看看，没想到还真碰上了你。肖楚玉的母亲也很快起身，先给张开凤搬来一把椅子，接着就进屋泡了一杯茶出来。

肖楚玉的两个眼圈都是红的，一看就是哭过。张开凤一边喝茶，一边盯着肖楚玉的脸看，好半天不说话。肖楚玉也不吱声，不时地拿眼睛瞅母亲。母亲很灵敏，很快提着韭菜篮子进了屋。

门口只剩下两个人的时候，肖楚玉说，你肯定不是从这儿路过。张开凤说，你猜对了，我是专门来找你的。肖楚玉说，如果我没猜错的话，你是来劝我不要离婚的。张开凤说，你真是聪明，什么都猜得到。肖楚玉说，但我告诉你，张主任，请你不要劝我，这婚，我是非离不可！张开凤说，先不要把话说得这么绝对嘛。再说，劝和是我的工作，我也非劝不可。肖楚玉说，既然这样，那你想劝就劝吧。不过，你劝也是白劝。

张开凤喝了一口茶说，还是先说说你为什么要离婚吧，如果真是非离不可，我就不再劝你。肖楚玉想了一下说，好，我也正想找个人倒一倒心里的苦水呢。本来，我想回来找我妈说说的，但见了我妈，又不好意思开口。张开凤问，耿壁虎究竟怎么了？肖楚玉一下子青了脸说，他总是疑神疑鬼，今天怀疑我跟这个男人上床，明天怀疑我跟那个男人睡觉，还经常跟我的踪，盯我的梢，偷听我的电话，偷看我的短信。昨天晚上，他竟然还冲进了养路段段长皮连邦的卧室，把所有人的脸都丢光了。

耿壁虎为什么要冲进皮连邦的卧室？张开凤一怔问。肖楚玉说，我白天在养路段做事，晚上差不多都回家里住，只是偶尔忙得太晚，才在养路段客房里住一回。昨天晚上，皮段长的妻子从县城来了，大家便一起加了个餐，喝了点儿酒，一直闹到十点。等我收拾好厨房，已经快十一点了，加上我也喝了点儿酒，皮段长怕我骑摩托车不安全，就让我干脆不回家了。这样，我就住在了客房里。耿壁虎见我半夜还没回家，就又起了疑心，怀疑我在养路段陪皮段长。十二点钟的样子，他悄悄来到了养路段，一来就躲到皮段长卧室门口偷听。当时，皮段长正和他妻子在床上亲热，难免有一些响动。耿壁虎一听到那种声音，就以为我在皮段长的床上。他飞起一脚，就踹开了皮段长卧室的门，然后一头冲进去，把皮段长和他妻子一丝不挂地按在了床上……

太不像话了！张开凤咬牙切齿地说，还在膝盖头上猛拍了一下。

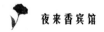

肖楚玉扭头看了张开凤一眼，没料到她也会如此气愤。张开凤有些伤心地说，其实，你遇到的羞辱我也遇到过。打个比喻，我和你就像一条苦藤上结的两个苦瓜！肖楚玉吃惊地问，是吗？

张开凤低下头说，往事真是不堪回首啊！那是我当妇女主任的第二年，有天晚上村委开会，一直开到夜里十点。九点多钟的时候，孙喜九没见我回家就陡起疑心，以为我和王支书在村委会私通。他像疯了一样，打起蹶子就朝村委会跑。沿路的人问他，你跑这么快去干啥？孙喜九说，我去村委会捉奸！他直接跑到了会议室门口，张开双手，扑通一声就把会议室的门推开了。那会儿，我们五个村委都在场，王支书正在讲话。孙喜九一冲进来，大家都呆住了。我连忙问，你来干啥？孙喜九喘着粗气说，我来捉奸，没想到你们……我当时肺都气炸了，更是羞辱难当。当天晚上，我就提出要跟孙喜九离婚。

肖楚玉迫不及待地问，后来为什么没离？张开凤说，一是孙喜九死活不离，二是我娘家屋的妈也不同意离，她总认为女儿离了婚，娘家脸上无光。张开凤话音未落，肖楚玉的母亲忽然从堂屋里走出来，面对肖楚玉说，我也不同意你离婚！肖楚玉问，为啥？母亲说，你离了婚，我这张老脸没地方搁啊！肖楚玉一下子低了头，好像开始犹豫了。这时，张开凤猛地拉起了肖楚玉一只手，一边摸一边趁热打铁地说，算了，别离了。天下乌鸦一般黑，世上男人一个样，离了也找不到一个更好的。

张开凤说完看了看手机，发现时间已到中午，便连忙起身告辞。肖楚玉赶紧抬起头说，张主任，你吃了午饭再走吧。张开凤想了想说，你如果答应我不离婚，我就留下来吃午饭。肖楚玉沉默了一会儿说，好吧，我暂时就不离了。

4

端午节的早晨，张开凤从菜园扯菜回来，孙喜九正穿着睡裤在厨房门口刷牙。看见张开凤，他赶忙拔出牙刷，包着一嘴泡沫说，我要吃粽子。张开凤说，厨房的灶台上不是有一盒吗？我马上给你煮。孙喜九吐出一口带血的泡沫说，人家送的粽子我不吃，怕送的人下毒。我要吃你亲手包的。张开凤知道孙喜九又在无理取闹，但不便惹他，只好满口答应说，好，我晚上给你包。

张开凤拎着菜筐进到厨房，发现灶台上的那盒粽子已无影无踪。那是路永衡昨天下午派人送来的。路永衡是张开凤的高中同学，现在是老垭镇绿色农业食品厂的总经理。灶台上的粽子呢？张开凤问。孙喜九半天不理睬，刷完牙才说，我把它扔到猪圈了。张开凤一听，心里气得冒火，却不敢发作，只好用上牙齿咬着下嘴唇，一声不吭。孙喜九见张开凤不接话茬，有些失望，又抛出一句说，为啥哑巴了？难道我扔了粽子你心疼？张开凤还是不说话，拼命忍着。

村里有个农家乐餐馆，老板娘在端午节前夕不光卖粽子，还卖粽叶。这天吃过午饭，张开凤决定去餐馆买些粽叶回来，晚上给孙喜九包粽子吃。

张开凤来到餐馆，看见一辆皮卡停在门口，像一头野牛。她一眼认出这皮卡是易关三的。易关三是洋芋坪的人，住得离张开凤娘家不远。他的很多事情，张开凤都听说过。前年，易关三买了一台吊车，不久老婆突然死了，到现在还没再娶。不过，易关三有相好，而且不止一个。油菜坡有一个叫邱飞蛾的女人，就是易关三的相好。

老板娘看见张开凤，连忙跑出来打招呼。听说张开凤要买粽叶，她转身就给她拿来一把，并且说不收钱。张开凤说不收钱就不要粽叶，她才把钱收下。

张开凤买好粽叶，没有马上离开餐馆。她指着皮卡问，易关三在这儿上馆子？老板娘小声说，是的，还在二楼包房里喝酒。张开凤问，他和谁在喝？老板娘神秘地一笑说，你猜。张开凤说，难道是邱飞蛾？老板娘把嘴伸到张开凤耳边说，不是邱飞蛾，是毛细旺！张开凤听了一惊，胀大双眼问，哪个毛细旺？老板娘说，还能有几个毛细旺？这一带除了邱飞娥的老公，再没有第二个叫毛细旺的人。愣了半天，张开凤问，他俩怎么会在一起喝酒？老板娘说，我也纳闷呢。他们喝酒时把门关着，说话声音很小。我在门外听了两耳朵，没听清他们说什么。

老板娘说到这里，易关三下到一楼喊她进去买单。张开凤远远地看了易关三一眼，发现他只穿了一件很薄的毛衫，贴在身上像一件内衣。买完单，易关三一出门就上了他的皮卡。他正要把车开走时，老板娘匆匆跑出来问，你进门时穿的那件皮服呢？易关三说，送人了。说完，他就把皮卡一溜烟开跑了。

易关三刚走，毛细旺穿着一件皮服下了楼。他是个小个子，又矮又瘦，皮服穿在他身上跟挂在衣帽架上一样，看上去滑稽可笑。他显然喝醉了，走路歪歪倒倒的，还不住地打酒嗝。老板娘盯着他身上的皮服说，你今天这顿酒喝得值，还赚了一件皮服呢。毛细旺打个酒嗝说，值个屁，我可是用老婆换的！他说着身子一歪，便倒在了餐馆的沙发上。

张开凤立刻警觉起来，急忙走到毛细旺身边问，你刚才的话是啥意思？毛细旺说，邱飞蛾要跟我离婚了，一离就嫁给易关三。张开凤惊慌地问，真的吗？毛细旺说，不是蒸的难道还是煮的？他今天请我喝酒，就为谈这事。张开凤问，谈妥了？毛细旺说，妥了。张开凤还想往下问，毛细旺的眼睛已闭上，头也歪了，很快醉成了一堆烂泥。

大约躺了半个钟头，毛细旺才睁开眼睛。张开凤马上端来一杯水，递给毛细旺，然后迫不及待地问，你们究竟是怎么一回事？毛细旺喝了一口水说，春节过后不久，邱飞蛾就开始跟我闹离婚了，但我一直没同意。今天，易关三请我喝酒，跟我许诺说，如果我同意离婚，他到时候把他的皮卡送给我，我想了想就同意了。张开凤问，你为什么要同意？毛细旺说，我想我老婆早已是易关三的人了，没离婚也是陪他睡，我只不过是背了个空名分，还不如离了得一辆皮卡。再说，一辆皮卡五六万呢。老板娘这时插嘴说，你最好让易关三先把皮卡过户到你名下，以防他将来变卦。毛细旺说，这我倒不怕，他说今晚要去我家签协议的。张开凤问，什么协议？毛细旺说，一个是皮卡转让协议，另一个是离婚协议。我要等他先在皮卡转让协议上签字，然后我再签离婚协议。

张开凤听到这里，心跳陡然加速，紧张极了。她严肃地对毛细旺说，你千万不要在协议上签字！

说完，张开凤匆匆和老板娘招呼了一声，便径直朝王立社住的地方去了。她觉得事情太突然，也太棘手，有必要当面去跟王立社汇报一下，并征求他的意见，看下一步怎么办。

但是，张开凤后来没去王立社那里。她走出去不到半里路，王立社突然打电话给她了。王立社消息灵通，也知道了邱飞蛾和毛细旺的事。他在电话中说，我这里，你就不要来了，抓紧时间去做邱飞蛾的工作吧。张开凤问，为什么不直接阻止毛细旺在协议上签字呢？王立社说，毛细旺这种人靠不住，今天不签，明天还会签的。邱飞蛾就不一样，她父亲曾经当过公鸡沟的村支书，从小对她管教很严，多少还有些羞耻感。只要打消了她的离婚念头，即使毛细旺和易关三签了字，问题也不大。张开凤说，好吧，我就按你说的办。放下电话前，王立社还补充一句说，我待会儿给邱飞蛾的父亲打个电话，让他也劝劝自己的女儿。张开凤说，这样更好，还是王支书想得周到！

接完王立社的电话，张开凤忽然发现腋下还夹着粽叶。她想，既然不去王立社那里了，那就先回家一趟，给孙喜九包了粽子再去邱飞蛾家。作为妇女主任，她最害怕后院起火，所以处处都要顺着孙喜九，以免他闹得鸡犬不宁。

张开凤回家包好粽子，交给孙喜九就出门了。出门的时候，她还特意把粽子拎了十几个在手上。

下午四点半钟，张开凤来到了邱飞蛾家。邱飞蛾四十多岁，衣着端庄，为人热情，特别讲礼，一见到张开凤便把她迎进堂屋，立刻让座，还上了一杯热茶。张开凤这次是有备而来的，进门就把粽子送上了，让邱飞蛾感动不已。接下来，张开凤便问，你娘家在公鸡沟吧？邱飞蛾说，是的。张开凤说，听说你父亲还当过村支书呢！邱飞蛾说，当过两年。张开凤说，难怪你这么讲礼！邱飞蛾说，我哪有什么礼呀？

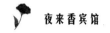

说着脸就红了，一直红到耳根。

张开凤喝了一口茶，然后直视着邱飞蛾说，我今天来，是想找你谈个心。邱飞蛾问，谈啥？张开凤说，我有一个高中同学，名叫路永衡，原先在南方发展，前年来到老垭镇，办了一个绿色农业食品厂，效益很好，每年交税就有七八十万。他本来有妻子，但后来离婚了，到现在还是单身一人。去年秋天，他突然开着一辆宝马找到我家，说他爱我，希望我跟孙喜九离婚，然后嫁给他，还说，只要孙喜九同意离婚，就把他的宝马送给孙喜九。孙喜九听到这个消息后，居然同意了。但是，我却拒绝了路永衡。

邱飞蛾听完，半天一声不响，过了许久才问，你为啥要讲这个给我听？张开凤说，我觉得，我们女人应该自尊，自重，不能把自己当成商品，让男人们自由买卖！再说，我们女人也不能把婚姻当作儿戏，说结就结，说离就离，这也是对自己不负责任。哪怕我们对已有的婚姻不满意，也不能轻举妄动，而应该三思而行，否则会更加不幸。

张开凤说到这里，毛细旺穿着易关三的皮服从外面回来了。邱飞蛾一看到他身上的皮服，不禁火冒三丈，当即用手指着毛细旺的鼻子说，你别在这儿丢人现眼，赶快把身上这张臭皮给我扒掉！毛细旺没料到邱飞蛾会发这么大的火，一下子蒙了，慌忙躲到一边去了。

毛细旺刚走开，邱飞蛾的手机响了。她掏出手机看了一眼，对张开凤说，对不起，我去接个电话，是我父亲打来的。她边说边走进了里屋。

邱飞蛾正在里屋接电话时，毛细旺从门外进到了堂屋，身上仍然穿着易关三送给他的皮服。他愣愣地看了张开凤一会儿，然后径直走到墙边的茶桌旁，很快倒了一杯茶，汩汩地喝了起来。毛细旺刚放下茶杯，邱飞蛾从里屋出来了。张开凤发现她脸上闪着泪光，好像是刚哭过。邱飞蛾一扭头，看见了站在墙边的毛细旺。他身上的那件皮服，像电焊发出的火光，灼痛了邱飞蛾的双眼。邱飞蛾红着眼睛，快步朝毛细旺冲了过去，伸出双手，三下两下便把那皮服扒掉了，并随手扔出了堂屋。

看着皮服从堂屋门口飞出去的时候，毛细旺说，这是易关三送给我的，你怎么给我扔了？他今晚还要来跟我签协议呢！邱飞蛾说，我已经改变主意了，你们即使签了协议，我也不会离婚的！听到邱飞蛾这句话，张开凤欣慰地笑了。她想，她可以告辞回家了。

5

阴历六月上旬，阳历七月中旬，也就是气温骤然升高的那一天，老垭镇的党委书记带着组织委员一行三人，不声不响地来到了油菜坡。他们事先没有通知村支书王立社，临行之前才给村会计打了个电话，要会计赶紧找到每个村委，让大家在一个小时内赶到村委会集中。

张开凤是最后一个赶到的。因为她出门前还换了一条裙子，所以耽误了一点时间。王立社比张开凤早到两分钟，但他没立即进入会议室。他一路走来，气喘吁吁，想在门外休息一下再进去。张开凤走到王立社身边时，王立社不无伤感地说，我到点了，今后就看你的了。张开凤谦逊地说，我恐怕不行。王立社说，行的，我一直都推荐的是你。张开凤说，谢谢！进入会议室之前，王立社和张开凤都已猜到，上面是来宣布新任支部书记的。但是，他们万万没猜到的是，新任支部书记不是妇女主任张开凤，而是人人都没想到的村会计。

在村会计接任支部书记的第三天，张开凤辞去了妇女主任的职务。因为，她已经和孙喜九办了离婚手续，马上就要离开油菜坡了。

同 仁

1

同仁本来只是周管方的绰号，全称周同仁。到老垭镇住医院后，他的三个相好的丈夫，相继都来病房陪护他。他不晓得咋称呼他们，就把自己的绰号用在了他们头上，把他们统统称为同仁。后来，他们三个也相互以同仁相称了。

周管方的这个绰号，与他姑父有关。姑父在省城一家建筑公司当老总。那年，他去姑父的公司学习，其他没学会，就学会了姑父的一个口头禅：各位同仁。他觉得各位同仁听起来比各位同志好多了，显得有文化，有身份，有派头。一年之后，他回村成立了一个建筑队，说话时也学姑父，一口一个各位同仁。就这么，乡亲们就给他取了个绰号，叫他周同仁。自打有了绰号，他的本名就不怎么用了。再说，他也不喜欢自己的本名。在油菜坡，管方是说种猪的。这地方母猪多，种猪少，一头种猪往往要负责给一片的母猪配种，这种情况叫管方。

刚住进医院的时候，周同仁由他老婆陪护。做完手术的第二天，老婆阴阳怪气地说，你那些相好呢？咋不叫她们来服侍你？周同仁吹牛说，只要我愿意，叫她们上午来，她们不敢下午到。老婆说，你试试？周同仁说试就试，马上给三个相好分别打了手机。三个相好接到电话，个个受宠若惊，都说立刻出门。老婆这下慌了神，斜着眼睛说，给你开个玩笑，你还当真了！周同仁只好又拿出手机，准备退信。可是，他正要拨号，老婆又怪笑着说，你要是真有本事，就让她们的丈夫来。周同仁问，你这回不是开玩笑吧？老婆认真地说，你叫他们来吧，我正好要回去几天，家里那么大一摊子，我也不能撒手不管。周同仁便再次拨通了相好们的电话，逐个逐个地说，你就别来了，我大小是个老板，住医院也要注意影响，身边陪些女人不太好。要是你丈夫有空，让他来吧。相好们在那边稍微迟疑了一会儿，最后还是说，好吧，我来安排！

周同仁放下电话，志得意满地说，我倒想看看，他们几个谁敢不来？老婆呆了一下，然后把一个大拇指伸到周同仁的鼻孔下面说，有本事！真不愧叫周管方啊！周同仁佯装生气地说，我叫周同仁！

当天上午，三个相好的丈夫就陆陆续续来到了医院。幸亏周同仁入院时包了一间四张床的大病房，不然他们来了还没地方待。

最先来的是松的丈夫，戴着一顶旧草帽，帽檐拉得很低，连眼睛都看不见。他手上拎了一篮子鸡蛋。周同仁躺在病床上，探了一下身子说，来啦？松的丈夫说，来了。周同仁说，来就来呗，还拎些鸡蛋干啥？松的丈夫说，她说都是土鸡蛋，自己家鸡子下的，一颗饲料都没喂，让你每天吃两个。老婆一旁插话说，她的心肠真好啊！她边说边接过鸡蛋，随手丢在周同仁的床头柜上。

竹的丈夫是第二个来的，戴着一顶鸭舌帽，前面的舌头已经扯断了，像在眼前挂了块帘子。他手上拎了几个红薯，用一个胶丝袋装着。

你也来啦！周同仁又探探身子说。竹的丈夫说，你让我老婆通知我来，我不敢不来呀！他边说边把红薯放在床头柜上。周同仁说，空手来就行了，何必还带礼物？竹的丈夫说，几个苕，我说拿不出手，可我老婆非逼着我带来不可。周同仁忙说，苕好，还是红心苕呢，我最喜欢吃这种苕了！老婆酸溜溜地说，你要不喜欢吃，她会送吗？

最后来的是梅的丈夫。他戴了一顶俗称挎筒子的绒线帽，黑乎乎的，从头顶一直挎到下巴，只有两只眼睛露在外面，看上去像个抢银行的。他进了门，才把帽筒挎上额头。看见松的丈夫和竹的丈夫也在场，梅的丈夫不由得一愣说，你俩也来啦！他们两个同时回答说，你不是也来了吗？梅的丈夫是空手进门的，看到床头柜上的鸡蛋和红薯后，脸不禁一红。他先想了一下，然后麻利地从口袋里掏出一张钱，扭头对周同仁说，我差点忘了，临走时，她还让我带一百块钱给你，让你随便买点吃的喝的。周同仁却不收钱，一边挡一边说，心意领了，钱我不要。老婆这时上前说，人家的一片心呢，咋能不收？她说着便把那张钱接了。

三个相好的丈夫一到齐，也到了吃午饭的时间。老婆问周同仁，今天午饭咋吃？这几天，周同仁刚做过手术不能下床，一日三餐都是老婆从外面买到病房来吃的。病床上带有一个活动的小餐桌，用的时候拉上来，不用的时候就把它推下去。周同仁坐起身，靠在床头，先把三个相好的丈夫一个一个看了一遍，然后扭头对老婆说，各位同仁今天刚来，也算客人，你带他们去上一次餐馆吧。

周同仁一说各位同仁，被称为同仁的三个人一下子都呆住了。他们从来没被人这么称呼过，除了新鲜，更感到别扭，还有几分激动和不安，脸上红一块白一块，像唱古装戏的演员化了妆。老婆听了也不由得一怔，觉得有点儿滑稽，便冷笑了一声说，同仁？哈，这种叫法好！周同仁也愣了一会儿神，没想到自己会这么称呼他们几个。不过，周同仁并没有因此而后悔，相反还十分得意，认为自己脑子灵，水平高，仿佛只有他才能想到如此不同凡响的称呼。

老婆笑完招个手说，各位同仁，走吧，我请你们上餐馆去。医院门口有一个火锅店，天气也冷了，我带你们去吃个羊肉火锅，再喝上两杯，把身子暖和暖和！她话音未落，竹的丈夫和梅的丈夫就动了心，急忙戴好各自的帽子，准备出门。但是，他们刚要转身，松的丈夫却说，你们两个去上餐馆吧，我留在这里陪周老板。周同仁赶紧打断他说，叫我周同仁吧，周老板太难听了，听起来也生疏得很。松的丈夫马上改正说，好，就叫周同仁。我留在这儿陪周同仁，你们吃完后给我带点剩的就行了。松的丈夫这么一说，竹的丈夫顿时感到很难堪，连脖子都红了，连忙说，我也不去上餐馆了，也留下来陪周同仁。听竹的丈夫说不去，梅的丈夫也只好说，既然大家都不去餐馆，那我也不去了，也在这儿陪周同仁吧。

病房里的气氛一下子变得有些尴尬，大家面面相觑，一声不响。周同仁好像被感动了，也一时说不出话来。沉寂了好一会儿，老婆才调和说，既然各位同仁都要留下来陪周管方，哦，对不起，应该叫周同仁，那我就去买一些盒饭回来，让各位同仁在这病房里陪周同仁一起吃。周同仁想了想说，这样也好，先委屈一下各位同仁，等我能下床走动了，再请你们去上餐馆。

老婆虽说是个小个子，短胳膊短腿，但动作利索，出去不到十分钟就拎着五个盒饭回到了病房。盒饭不差，除了青椒肉丝，还有炒鸡蛋，还有小白菜。每个人都吃得很香，牙齿咬嚼饭菜的声音响成一片。

周同仁吃到一半时，突然停住筷子说，各位同仁，我刚才想到了一个问题。你们三人在一起时，如果我要喊其中一位，该咋叫呢？老婆抢话问，你想咋叫？周同仁说，为了区分明确，不出误会，我建议分别叫作松同仁，竹同仁，梅同仁，这样如何？松的丈夫说，只要你叫起来方便，我同意。竹的丈夫说，我没意见。梅的丈夫说，我随便。周同仁高兴地说，好，那我以后就这么叫了。

老婆这时已经吃完，丢下饭盒，扭头对周同仁翻个白眼说，你这么叫，明确倒是明确，只是听起来太肉麻了，我担心各位同仁身上起鸡皮疙瘩。周同仁横她一眼说，我又不是叫你，你担个啥心？老婆陡然来劲儿说，我还有更担心的呢。周同仁问，你担心啥？老婆说，我

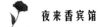

担心各位同仁的老婆在家里要打喷嚏。周同仁一下子语塞了，像是被老婆的话噎住了喉咙。过了一会儿，周同仁故意转移话题说，你不是说今天要回家吗？该动身了。

老婆看看手机上的时间，已经是午后一点半钟。真的，我该走了。老婆说。临出门的时候，她还双手抱拳，面对三个相好的丈夫说，各位同仁，周同仁就拜托给你们了。

2

周同仁下午打针时，三个相好的丈夫都一起在病房里陪着。周同仁说只留一个陪他就行了，建议另外两个去外面转一转，没必要都待在这里。但他们都不愿意离开，好像是一离开就对不起周同仁。竹的丈夫有点儿烟瘾，出门抽过两次烟，也是一抽完就立刻回到病房，一刻都不敢在外面耽搁。陪护的时候，他们都很尽职尽责，眼睛不时地仰望吊瓶，药水一完就赶紧去喊护士来换药。每隔一会儿，他们就要问周同仁喝不喝水？吃不吃水果？解不解手？周同仁感到很温暖，从心眼儿里感激他们，同时也生出一丝愧疚，觉得自己不该给他们戴绿帽子。

打完三袋药水后，三个相好的丈夫分别侍候周同仁解了一次手，喝了一杯水，吃了一个苹果。解手是松的丈夫负责的。周同仁虽然是在床上用痰盂解手，但必须先坐起身来。他是个大个子，五大三粗，体重少说也有两百斤。松的丈夫扶他坐起来时，差不多使出了吃奶的力气。喝水由竹的丈夫负责，他还亲自把水喂进了周同仁的嘴巴。苹果是梅的丈夫削好皮递到周同仁手上的。他开始只打算把苹果洗一下，后来一想还是决定用刀子削了皮。

周同仁屙也屙了，喝也喝了，吃也吃了，接下来便服下一片安眠药，踏踏实实地睡觉了。他很快睡着了，还发出了细微的鼾声。

病房里并排摆着四张床，周同仁睡在靠卫生间的那张床上，另外三张床空着。周同仁睡着后，松的丈夫便在离周同仁最近的一张空床上坐了下来。他一坐下，竹的丈夫和梅的丈夫也赶忙各找一张空床坐下来了。三人坐定之后，松的丈夫说，你们出去抽烟吧，我一个人在这儿看着。但是，他们两个却死活不出去，都坐在床上不动。竹的丈夫连烟也不抽了。

　　三个相好的丈夫在床上无所事事地坐了一会儿，开始感到有点儿无聊。竹的丈夫比较外向，又爱说爱动，坐下不久便坐不住了，屁股在床边一上一下溜个不停，好像屁股上长了刺。溜了一阵子，竹的丈夫终于忍不住先说话了。他问梅的丈夫，梅同仁，你今天回家吗？梅的丈夫没马上回答，眼珠一转，反过来问竹的丈夫，竹同仁，你回家吗？竹的丈夫心直口快地说，我肯定要回去，晚上还有人约我打麻将呢。梅的丈夫接着又问松的丈夫，松同仁，你回家吗？松的丈夫张开宽厚的嘴唇说，我不回，既然来了，就乖乖地在这里陪周同仁一夜。松的丈夫回答完，竹的丈夫指着梅的丈夫问，梅同仁，你还没说回不回家呢。梅的丈夫淡淡一笑说，我嘛，回也行，不回也行。

　　周同仁仍然睡得很踏实，匀称的鼾声像一只受伤的麻雀在病房里低飞轻舞。竹的丈夫话多，病房刚刚安静下来，他又找人说话了。不过，他这次没找梅的丈夫。他觉得梅的丈夫说话不直爽。他找的是松的丈夫。

　　竹的丈夫说，松同仁，我想问你一个问题，请你能如实回答。松的丈夫说，问吧，我从不说假话。竹的丈夫问，你今天来陪护周同仁，是你自愿来的，还是你老婆强迫你来的？松的丈夫说，是我自愿来的。竹的丈夫一愣问，为啥？松的丈夫说，那年，我得了一种说不出口的病，下身疼，疼得要死。我从村里看到镇上，又从镇上看到县城，家里所有的钱都用光了，还没有一点好转。后来县医院的医生对我老婆说，你男人得的是癌症，已经无治了，早点回家准备后事吧。我老婆一路哭着把我弄回家，一回家就找木匠给我打棺材。棺材打好那天，周同仁去了我家。他看了看躺在棺材一旁的我，从我的眼神中发现我不想死。他问我老婆，为啥不送到襄阳去看看？我老婆说，我们已身无分文，连路费都拿不出来了。周同仁说，不就是缺几个钱吗？为啥不早说？他说完，当场就掏出两万块现金递给了我老婆。第二天，我老婆把我送到襄阳，进医院一检查，医生说我得的不是癌症，只是下身那里长了一个良性肿瘤。他们很快给我做了手术，半个月之后病就好了……可以说，是周同仁救了我一条命。所以，一听我老婆说，他住院需要人陪护，我二话没说就来了。

竹的丈夫听后，沉默了片刻说，我与你不同。坦率地说，我自己压根儿不愿意来，是我老婆强迫我来的。松的丈夫问，你为啥不愿意？竹的丈夫压低嗓门说，他睡了我老婆，给老子戴了一顶绿帽子，我恨他还来不及呢，咋会愿意来医院陪护他？可是，我不来不行啊！如果不来，我老婆就逼着要我还那五千块钱。松的丈夫有些迷糊地问，五千块钱是咋回事？竹的丈夫说，那是前年的事了。有天晚上，我和村里的几个人在一个麻将馆打麻将，打到半夜被派出所抓住了，当场被警车拖到了镇上。警察把我们四个人关在一间没窗户的屋子里，先让我们读治安处罚条例，读了几遍又让我们背，变着花样折磨我们。到了下半夜，警察说每人罚款五千，交了钱就可以走人。其他三个人，家里的经济都比我强，打了几个电话，就有人送钱来了。我也给我老婆打了电话，可我老婆说，没钱，你就在派出所待到过年吧。天亮之前，那三个人都前后交了钱出去了，只有我一个人还被关着。在这个关口，我只好让我老婆去求周同仁。周同仁有的是钱，也舍得，一接到我老婆的电话，马上就带着五千块钱来到了派出所，当即交了钱领了人，还用他的轿车把我送回了家……那五千块钱，我至今没还给周同仁。每到关键时候，我老婆就拿这五千块钱逼我。这次，我老婆派我来陪周同仁。我说，我不去！我老婆说，你不去可以，赶快把五千块钱还给人家。我老婆这么一说，我就只好来了。唉，五千块钱难倒英雄汉啊！

在竹的丈夫和松的丈夫说话时，梅的丈夫一直都竖着耳朵在听，还不停地拿眼睛扫他们。

竹的丈夫说完以后，松的丈夫扭头问梅的丈夫，梅同仁，你呢？

你来陪周同仁，是自愿的还是老婆强迫的？梅的丈夫想了半天说，既不是自愿也不是强迫。当然，也可以说既是自愿也是强迫。竹的丈夫听他这么说有点儿恼火，伸手指责说，梅同仁，你能不能把舌头伸直了再说话，不要这样绕来绕去！梅的丈夫说，我说的是实话呀。松的丈夫问，那你为啥这么说？梅的丈夫说，周同仁不光给我戴了绿帽子，还要我来陪护他，我心里肯定是不情愿的，因此说不上自愿。我老婆呢，她只是通知我来医院陪护周同仁，并没说我非来不可，只是让我自己看着办，因此也说不上强迫。竹的丈夫说，你又不自愿，你老婆又没强迫你，那你咋还是来了呢？梅的丈夫说，有个情况比较特殊，我一说你就会清楚。我们家计划做一栋两层楼的房子，今年上半年已做了第一层，打算明年开春再做第二层。这做房子的钱，基本上都是周同仁赞助的。现在，我们已经搬到第一层住下了。说实话，能住进楼房，哪怕才一层，我都很感谢周同仁，要不是他赞助，我一辈子也做不了一层楼。人心都是肉长的，听说周同仁住院要人陪护，我还是愿意来的。但转念一想，他毕竟睡了我的老婆。这样一想，我陡然又不愿意来了。可我老婆这时说，房子才做了一层呢，要是做第二层时，人家不赞助了咋办？到底去不去陪护，你自己看着办！经我老婆这么一点拨，我只好无可奈何地来了。

周同仁一觉醒来，已是傍晚时分。三个相好的丈夫赶紧走拢去，分别侍候他解手、擦脸、喝水。然后，周同仁从床头柜里拿出一个钱包，交给松的丈夫说，松同仁，你下楼去买四个盒饭回来，都买回锅牛肉的。松的丈夫接钱包时愣了一下，想说句什么。但是，松的丈夫刚张开嘴，周同仁催促他说，快拿去买吧！他就没说出来，接过钱包便出门买盒饭去了。

吃过盒饭，周同仁指了指三个空床说，各位同仁，这房里刚好有三张空床，你们晚上就睡在这里。周同仁话没说完，竹的丈夫猛然朝他走拢去，打算跟他告辞，然后骑摩托车回油菜坡去打麻将。可是，他还没来得及开口，周同仁继续说，在医院陪夜是一件很辛苦的事情，为了感谢各位同仁，我决定给你们发陪夜奖金，陪一夜发两百。账先

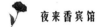

夜来香宾馆

记着，我出院时一次付清。听周同仁这么一说，竹的丈夫立刻退回来了，再没说晚上回家的话。

竹的丈夫退回来的时候，梅的丈夫故意问，竹同仁，你不是说今晚还要赶回油菜坡打麻将吗？竹的丈夫满脸通红地说，我不回家打麻将了，还是决定留下来陪周同仁。我虽说愚笨，但事情的轻重缓急，我还是拎得清的。

3

第二天上午，周同仁继续躺在床上打针，要连打三瓶。针打上后，周同仁用另一只手从床头柜里先后掏出了三盒夹心饼，欢快地说，各位同仁，以免干坐无聊，我请你们吃夹心饼吧。这是前天一个亲戚从城里送来的，里面还有山楂酱，吃起来又酸又甜，味道好极了。他说完给每个人扔了一包。

三个相好的丈夫接过夹心饼，很快打开包装吃了起来。各位同仁，这夹心饼味道如何？周同仁问。三个人满脸堆笑地说，味道不错，果然是酸酸的，甜甜的。他们说着，还依次走到周同仁身边，往他嘴里喂了一块夹心饼。这时，几个医生护士进来查房，看见四个男人有吃有喝，还有欢声笑语，不禁感叹不已。护士长笑眯眯地对周同仁说，你真会来事，硬是把病房搞成了俱乐部。

病房里的气氛越来越好了。他们刚聚到一起时，心里多少还有些慌乱，有些顾虑，有些不适。脸上也有点儿挂不住，总觉得有一种无法形容的难堪、羞愧，甚至是耻辱。但是，他们很快就适应了。尤其是使用同仁这个称呼之后，他们的心情马上得到了放松，脸上再也没有什么挂不住的了。他们突然感觉到他们是一伙的，是难兄难弟，是一个战壕的战友。

吃下几块夹心饼，竹的丈夫的话匣子又打开了。这一次，他把说话的对象转到了周同仁身上。

164

竹的丈夫说，周同仁，有个问题，我至今没搞清楚，一直想问你，却始终找不到机会。今天在场的也没有外人，说出来也不怕大家笑话我，有句俗话咋说来着？哦，乌鸦莫说猪儿黑。这个问题，我想问你一下，请你能实话告诉我，好让我心里的一块石头落地。周同仁诚恳地说，竹同仁，你有啥问题尽管问吧，我保证知无不言，言无不尽。竹的丈夫说，我要问的，是个时间问题，你和我老婆究竟是哪年好上的？我认为是前年，具体说就是我老婆找你借钱买化肥那次，你借钱的时候就把她睡了。可我老婆不承认，硬说你们去年才好上，说她去年到你的建筑队去煮饭，头个月发工资的时候，你多给了她五百块钱，这样就好上了。你跟我说句老实话，你们好上的时间到底是前年还是去年？

周同仁沉吟了一会儿说，这个问题嘛，我可以如实回答你，但你不许生我的气。竹的丈夫说，你说吧，生米早都做成熟饭了，我生气还有用吗？周同仁说，其实，我和你老婆上前年就好上了。你还记得你家死的那头肉猪吗？上前年，你老婆辛辛苦苦喂到两百斤的一头肉猪突然走瘟死了，我开车从你家门前经过时，看见你老婆正在猪栏边号啕大哭，把我的心都哭软了。我停车上前劝你老婆，让她想开点。你老婆说，这头猪要卖一千块钱呢，我哪里想得开？她说着哭得更加伤心。我眼看劝不住，就随手掏了一千块钱塞给了你老婆，这才止住她的哭。就在那天晚上，你老婆主动跑到我那儿，跟我好了。竹的丈夫听完，脸色一下子变得苍白，愤愤地说，这个骚货，居然上前年就和你好上了，看我回家怎么收拾她！周同仁忙说，竹同仁，你刚才可是答应我不生气的。竹的丈夫红着脸说，好，我马上把气消了。

第一瓶药水打完后，松的丈夫及时喊来护士，又换上了第二瓶。第二瓶打上之后，梅的丈夫也向周同仁提了一个问题。

梅的丈夫问，周同仁，有个问题让我到现在还感到纳闷儿，可以说是百思不解，你能给我解释一下吗？周同仁说，梅同仁，你有问题直接问吧。梅的丈夫说，我的老婆，要相貌没相貌，要身材没身材，充其量也就是两个奶子大，挂在胸脯上像两个水豆腐口袋。关键是，她性格不好，长一张臭嘴，成天说别人的坏话，特别喜欢扯一些野棉花。我感到纳闷儿的是，你咋会跟她好上呢？在油菜坡，你好歹也是个人物，我不知道你咋会看上我老婆？周同仁一边听一边抿着嘴偷笑，听完后止住笑说，梅同仁，你提的这个问题，我也觉得很奇怪。说实在的，我当初一点儿都看不上你老婆，压根儿没想过跟她成为相好。相貌和身材还是次要的，主要是她嘴巴讨嫌。和你老婆扯上之前的那段，我正和一个相好打得火热，具体是谁我就不说了。有一天，那个相好一路哭着跑到建筑队去找我，到我办公室的时候，眼睛都哭肿了。我心疼地问她为啥哭成这样？她一边呜咽，一边告诉我，说村里有个毒舌妇，到处说我跟她的坏话，还无中生有，添油加醋，编了好多好多的八卦。更可恶的是，毒舌妇还把我们的坏话讲到相好的娘家去了。

那个毒舌妇是我老婆吗？梅的丈夫这时打断问。周同仁说，正是。我那个相好找我告状的第二天，我就带信让你老婆去建筑队找我一下。我想劝她嘴上留情，舌上积德，不要再说我相好的坏话。你老婆当天中午就去了建筑队，当时我正在办公室的沙发上睡午觉。我开始对你老婆很客气，忙着把她让到沙发上坐下，还给她倒了一杯水。过了两三分钟，我才跟你老婆说到我的相好。我说，请你以后再不要说她的坏话，她跟我好，又没损害到你。没料到，我一说到我的相好，你老婆一下子就要起泼来，大声说，我偏要说，偏要说！我发现跟你老婆讲道理丝毫没用，于是就想收买她。我说，我给你买一条围巾，你别说她的坏话行不行？她说，不行！我说，我给你买一双鞋子，你别说她的坏话行不行？她说，不行！我说，我给你买一件毛衣，你别说她的坏话行不行？她说，不行！后来我问，你要我咋做才能不说她的坏话呢？你老婆突然用异样的眼神看着我说，除非你跟我也睡一觉！她说着就朝我扑过来，没等我拒绝就把我压在了沙发上，两个奶子正堵着我的嘴……

护士给周同仁打上第三瓶药水时，松的丈夫忽然显得有点儿紧张。他睁大眼睛看了周同仁一会儿，仿佛也要向他提问题。但是，他没有开口，很快把目光拖开了。过了片刻，竹的丈夫说，松同仁，你咋不找周同仁问一下你老婆的事？松的丈夫涨红了脸说，我问啥？梅的丈夫连忙说，就问你老婆和周同仁是咋好上的。松的丈夫喃喃地说，这我哪好意思问呀？周同仁主动说，松同仁，你要是想听，我就也说一下。松的丈夫说，说说也好，我其实也是想听的。

周同仁这时坐起身来，望着松的丈夫说，你老婆是我的第一个相好。松的丈夫说，是吗？周同仁说，千真万确。松的丈夫问，那是哪年的事？周同仁说，差不多有十年了。松的丈夫说，哎呀，好早啊！那会儿我和我老婆还没搬来油菜坡，还住在天堂寨。周同仁说，是的，当时我还不认得你们夫妇。那年夏天，我的建筑队在天堂寨包了一栋房子。平时，我都是在工地上过夜，因为回家很远，单程就得走一个多小时。有一天，我家中有点急事，就回家住了一晚。次日天不亮，我便起床披着月亮往天堂寨赶，想在天亮的时候到达工地。那几天气温很高，到了夜里也不回凉，热死个人。为了凉快，我出门不久便把衣服脱了，脱了个一丝不挂。当时路上只有我一个人，也不担心被别人看见，心想只要在天亮之前把衣服穿上就行了。脱下来的衣服，被我用一根竹竿挑在肩上。走了将近一个小时，我突然看见前面有几个人影朝我走来，这才发觉天已大亮。我慌忙放下竹竿，想赶紧把衣服穿到身上。可是，我放下竹竿一看，衣服早已不在竹竿上了。对面的人影离我越来越近，好像还有两个女的。我顿时急坏了，不知道如何遮羞。就在这个时候，我双眼陡然一亮，发现路边有一户人家，女主人正把刚刚洗好的衣服晾到门口的晒衣绳上，并且有男人的背心和裤衩。

松的丈夫性急地问，我家就在路边，那个晾衣服的女人莫非就是我老婆？周同仁说，没错，她就是你老婆。你老婆晾好衣服就进了旁边的厕所。我飞快地跑到晒衣绳下面，取下背心和裤衩，一边穿一边跑回到路上。你老婆从厕所出来，发现背心和裤衩不见了，顿时就傻了眼，便拧着脖子四处张望。她很快看到了我，刮风似的朝我追上来。我站在路上没有跑，迎面走来的几个人已来到我跟前。你老婆一来，就说我偷了她男人的背心和裤衩。我当时没敢承认，就质问你老婆，赃物呢？你老婆指着我说，穿在你身上。我狡辩问，那我的衣服呢？

我总不会赤条条地跑来偷你男人的背心和裤衩吧？我这么一问，你老婆便无言以对了。迎面走来的几个人也为我说话，觉得我不可能赤身裸体地跑出来偷东西。

后来呢？松的丈夫迫不及待地问。周同仁说，后来我就穿着你的背心和裤衩大摇大摆地走了，去了建筑工地。当天中午，我抽空上了一趟老垭镇，买了一件最好的男人背心和一条最好的男人裤衩。当天傍晚，我便把新买的背心和裤衩送到了你老婆手上。你老婆做梦也没想到我会来这一手，从我手中接过背心和裤衩时，两眼睁得又大又圆，目光亮堂堂的，像两只点燃的灯笼。松的丈夫又问，再后来呢？周同仁把眼睛扭向一边，梦魇般地说，再后来我们就好上了！

周同仁打完第三瓶药水，已到了中午十二点。松的丈夫问，中午还是吃盒饭吗？周同仁说，换个口味吧，再好的东西也不能每顿都吃，即使是甲鱼，连吃三天也会哭。松的丈夫问，那究竟吃啥？周同仁想了想说，你去找个餐馆，下一盆肉丝面来吧。周同仁话音没散，竹的丈夫和梅的丈夫马上说，好，好长时间没吃面条了。松的丈夫正要出门时，周同仁又说，松同仁，你把你拎来的土鸡蛋带上几个，下面条时打它几个荷包蛋。松的丈夫立刻答应说，好的！他说着就走到床头柜前，一把抓了五个鸡蛋。周同仁说，你拿了五个鸡蛋呢。松的丈夫说，到时候你吃两个，你是病人呢。

松的丈夫走出病房后，竹的丈夫忽然眨巴着眼睛问，周同仁，你想不想吃红心苕？要是想吃，我去找个地方给你蒸几个来？烤了吃也行。周同仁愣了一下，还没来得及回答，梅的丈夫赶忙说，刚做过手术的人不能吃红薯，吃了胀气！周同仁听了说，那我就暂时忍着，等伤口拆了线再吃。

4

病房的墙上挂着一台电视。这天下午，周同仁打完针又进入睡眠之后，竹的丈夫突然从窗台上找到了遥控器。他显得很兴奋，伸手一按就把电视打开了。电视的声音很大，松的丈夫赶紧挥手说，快点关掉，别把周同仁吵醒了。竹的丈夫愣了一下，正要关，梅的丈夫说，别关，只把声音关掉就行了。竹的丈夫觉得这个意见很好，就关了声音，保留了画面。

电视上正在放一部电视剧，反映的是农村生活，一下子就把三个相好的丈夫吸引住了。他们都是第一次看这种没有声音的电视剧，觉得别有一番味道。因为没有声音，每个人物都像哑巴，所以看起来似是而非，模棱两可，很多地方只能靠想象和猜测。他们感到，这比那些把啥都说得一清二楚的电视剧好看多了，也有意思多了。放了半集的样子，剧情中出现了相好的内容。一个农民从地里扛着锄头回家，正碰上村长和他老婆在卧室里偷情。他气疯了，马上高举锄头，想破门而入，然后将他们捉奸在床。但是，不知道为啥，他已经举过头顶的锄头却慢慢放下来了。后来，他就蹲在卧室门口，一边吸闷烟一边听里面的动静。里面的动静越大，他拔烟的速度越快……看到这里，竹的丈夫啪的一声把电视关了。梅的丈夫问，你咋关了？竹的丈夫说，看了难受！松的丈夫说，关了也好，我看了也不舒服。梅的丈夫说，关就关吧，的确没啥看头。

三个相好的丈夫虽然把电视关了，但他们的心却一直还在电视剧里。沉默了一阵子，竹的丈夫突然说，松同仁，梅同仁，我们三个家伙，其实跟电视里面的那个家伙是一样的，说穿了都是戴绿帽子的家伙。我想问一下你们，你们碰到过电视上的那种情况没有？梅的丈夫问，哪种情况？竹的丈夫说，回家时正碰到床上有人。梅的丈夫眼珠子转了一下说，竹同仁，你先说！松的丈夫也附和说，对，竹同仁先说。竹的丈夫想了一会儿说，我先说可以，但我说了，你们两个非说不可！梅的丈夫说，你说了，我保证说。竹的丈夫扭头看着松的丈夫问，松同仁，你呢？松的丈夫迟疑了片刻说，好吧，你们两个说了，我也说，以免白听你们的。

竹的丈夫说，坦率地告诉你们，这种情况我碰上过，并且不止碰上一次。他边说边朝周同仁那边看了一眼，发现他睡得很熟。梅的丈夫问，你碰上这种情况后是咋办的？竹的丈夫说，我跟电视上的那个家伙一样，开始火冒三丈，杀人的心都有，但仔细一想，就打了退堂鼓，后来简直成了一只放了气的皮球。我刚才为啥把电视关了？就因为那个家伙太像我了，好像是根据老子的故事改编的，所以我就不想看了。松的丈夫问，你碰上后也坐在门口吸烟？竹的丈夫说，是的，有一回周同仁在我卧室里待的时间太长，我坐在门口吸了整整一包烟，烟头把脚下的那块地都铺严了。梅的丈夫问，周同仁从你卧室出来时，你和他打不打照面？竹的丈夫说，当然打照面，我坐门口忍气吞声等那么长时间，为的就是要跟他打个照面。松的丈夫问，你为啥要和他打照面？竹的丈夫说，我要让他感到心虚，感到不安，感到对不起我。每次我跟他打了照面以后，他都会对我有所表示，马上把他身上的东西送一样给我，有时一包烟，有时一双手套，有时一件毛衣。有一次，就是我吸了整整一包烟的那次，他还给了我两百块钱。

梅的丈夫这回很主动。竹的丈夫刚说完，他就接着说了。梅的丈夫说，竹同仁碰到的这种情况，我肯定也碰到过。如果我说没碰到过，那你们两个也不会相信。不过，我碰到这种情况的次数肯定远远赶不上竹同仁。竹的丈夫连忙打断问，梅同仁，你凭啥说我碰上的比你多？梅的丈夫说，这是我的感觉。松的丈夫这时问，梅同仁，你碰到这种情况后也是守在卧室门口吗？梅的丈夫说，我一般都是躲在卧室后墙的窗户下面偷听。松的丈夫问，你偷听啥？梅的丈夫说，主要偷听他们在床上说的话。松的丈夫接着问，偷听了干啥？梅的丈夫说，等周同仁走了以后，我好模仿给我老婆听。竹的丈夫问，你不和周同仁打照面吗？梅的丈夫先扭头看了看沉睡在床上的周同仁，然后说，不打，打照面后，最难堪的还是我。竹的丈夫奇怪地问，那你为啥要把他们在床上说的话模仿给你老婆听？梅的丈夫说，我要让我老婆知道我抓住了她的把柄，这样她就会对我客气一点儿。每次我抓住我老婆的把柄后，她一连好几天都会对我百依百顺，我还可以趁机提出跟她睡一觉。平时，我提出跟她睡觉，她理都不理。

松的丈夫没有立即接着说。周同仁的一只手从被子里掉出来了，他急忙走上去，轻轻地将那只手捡进了被子。松同仁，轮到你了。竹的丈夫喊了一声。快点说吧，松同仁。梅的丈夫也催起来。松的丈夫清清嗓子，不慌不忙地说，你们两人碰上的那种情况，我碰到的很少，不超过两回。竹的丈夫说，你也太谦虚了吧？梅的丈夫问，你碰上的次数咋会这么少？松的丈夫说，如果我预感到自家卧室的床上有人，我压根儿都不会回家，宁可在田里多待一会儿，一定要等人家走了再回去。竹的丈夫问，你为啥要躲在田里？怕老婆吗？松的丈夫说，我不是怕老婆，躲在田里是为了给自己留点儿面子，也算是尊重自己。如果真是和周同仁碰上了，虽说大家都没面子，但最没面子的还是自己。竹的丈夫问，你要是万一不巧回家碰上了咋办？松的丈夫说，我会立即调头，人不知鬼不觉地走开，只当没回来过的。竹的丈夫问，你不想让周同仁知道你发现了他？松的丈夫说，不想。竹的丈夫问，为啥？松的丈夫说，我刚才已说了，为的是给双方留点儿面子，更是给自己留点儿面子。梅的丈夫问，你也不想让你老婆知道你回家过？松的丈夫说，不想。梅的丈夫问，为啥？松的丈夫说，她偷人已够不幸了，再被人发现，那就更加不幸。作为丈夫，我不能让自己的老婆雪上加霜，或者屋漏又遭连阴雨。

周同仁这天睡的时间很长，醒来已快到下午五点了。他刚解完手，喝过水，正准备吃葡萄，老婆突然从油菜坡来到了医院病房。

老婆进门时，手里拎了一保温桶排骨汤。她进门打开保温桶一看，排骨汤还冒着热气，便赶快倒了一碗给周同仁喝。周同仁喝了一口，说味道不错，便吩咐老婆再倒三碗出来。老婆问，倒出这么多干啥？周同仁说，给各位同仁都喝点儿。这两天，各位同仁在这儿陪护我，也够辛苦的。老婆很听话，很快从床头柜上找来三个塑料碗，倒了三碗排骨汤。一开始，三个相好的丈夫都不好意思喝，都不肯接碗。周同仁这时停下来说，各位同仁要是不喝，我也不喝了。周同仁这么一说，他们才勉强把排骨汤接了过去。

喝完排骨汤，老婆对周同仁说，你这几位同仁已在这里侍候你好几天了，既然我今天来了，就让他们回家吧。周同仁忙说，好，各位同仁也该回家洗个澡，换件衣服了。说到这里，周同仁猛地想起了陪夜奖金，便掏出钱包，给三个相好的丈夫每人抽出了两张。竹的丈夫啥话也没说，伸手就把钱接了。梅的丈夫推辞了一下，还是接了钱。松的丈夫却坚决不肯收，周同仁把钱塞进他手里，他又塞回了周同仁手中。

三个相好的丈夫临走时，都分别来到周同仁床边，跟他握手道别。老婆这时说，今天外面更冷了。他们听了，头皮不由得一紧，接着便把放在各自床头的帽子戴在了头上。周同仁仔细看了看他们的帽子，发现每一顶都破旧不堪。他赶紧对老婆说，你先带各位同仁到老垭商场，给他们每人买一顶崭新的帽子，然后再送他们去车站坐车。老婆说，好的，我这就带他们去买。

老婆说完，便和三个相好的丈夫一起走出了病房。刚出门，周同仁又把老婆叫回来了。老婆问，还有啥要交代的吗？周同仁压低声音严肃地说，你给各位同仁买帽子时，最好买红色的或者黑色的，千万不要买绿色的。老婆说，你想得真是周到啊！

打 飞 机

1

农历七月初七，我从广东回到了油菜坡。这天是我哥的生日，他满四十八岁。我是专程赶回来给我哥过生日的。

按我们这里的说法，四十八岁是人生的一道坎儿，一定要大过一下才过得去，不然就会多灾多难。我哥是个傻子，至今没娶到老婆，父母都过世了，只剩下我这个唯一的亲人。我想，如果我不回来给我哥过四十八岁，他自己肯定是不会过的，说不定连生日都记不起来。所以，我特地从我打工的地方请了假，不顾一切地赶回来了。我打工的地方离家很远，少说也有三千多里。它在广东南边的一个小镇上，紧靠着海，到处都能闻到海水的腥味。从广东回来的路上，我日夜兼程，一连坐了

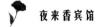

二十几个小时的车，把我的屁股都坐肿了。

午后一点钟的样子，我坐的那趟班车终于到了村口，停在了公路边上的一栋红房子前面。

这里相当于一个车站，村里人出去和回来，都在这里上车下车。早些年，车站设在村委会那排灰房子门口，来来往往的班车都在那里停。打从这栋红房子建起来以后，车站就移到这里来了。这栋红房子是黑耳的老公盖的，据说花了三十多万。它的色彩和形状都显得很特别，墙砖红彤彤的，仿佛抹了一层猪血；房顶又圆又尖，好像城里的厨师戴在头上的那种高帽子。在村里所有的房子中，这栋红房子是最抢眼的，因此就成了车站。当然，这栋红房子盖起来也不容易。为了盖这栋红房子，黑耳结婚后蜜月没度完就出门打工了。

黑耳打工的地方也在广东，碰巧还跟我在一个镇上。我在一个电器厂里搞搬运，她在一个按摩店里做按摩。那个按摩店窝在一条巷子里，离我们那个厂不太远，我经常在巷子口碰到黑耳。头一次碰到的时候，黑耳还有些怕羞，眼睛东躲西藏，不敢正面看我，脸一直红到耳垂。后来见到的次数多了，黑耳也就无所谓了，还邀请我去店里做按摩。但我从来没去做过，主要是舍不得花钱。其实，我心里是很想去做一下的。有一回，我还缩手缩脚地到了按摩店门口。我半开玩笑半认真地对黑耳说，你给我免费按一次吧。黑耳说，免费不行，看在老乡的面子上，倒是可以打八折。我问，打折后多少钱？她说，四百。四百对我来说也是个大数，我吓了一跳，转身就从那条巷子里跑出来了。

我从班车上下来时，红房子的门是关着的。我转身正要往家里走，那门却吱呀一声打开了。我回头看了一眼，发现开门的居然是黑耳。这让我不禁一愣。在我的印象中，黑耳不到过年是不会回来的。开始，我还怀疑自己看走了眼，把人认错了。我又仔细看了一遍，没错，的确是黑耳。我们村里的女人，只有黑耳才画那么黑的眼圈，涂那么红的嘴唇。

黑耳这时也看见了我。她也一下子愣住了，眼珠瞪得大大的，好像在眼眶里卡了两个核桃。愣了片刻，黑耳快步朝公路边走过来，停在了我面前。

你怎么现在回来了？黑耳胀大眼圈问。

我说，我哥明天满四十八，我回来给他过生日。

骗人！你哥一个傻子，你会这么远跑回来给他过生日？黑耳歪着头说。

我说，骗你不是人！就因为他是傻子，我才赶回来的。

黑耳目光直直地盯着我，嘴角露出一丝怪笑。看得出来，她还是不相信我的话。但我没再跟她解释，觉得没必要多费口舌。

停了一会儿，我反过来问黑耳，你为啥现在也回来了？黑耳脸色陡然暗下来，皱着眉头说，我最近身体不太好，想回来休息一阵子。我连忙问，你身体咋啦？黑耳把脸扭向一边说，也没什么大病，调养一段就会好。她似乎不愿意说她的病，显得有些不耐烦，说完就转身走了。

黑耳头也不回，直接进了红房子。我呆了一会儿，然后开始往家里走。我家住在坡上，还要步行两里多路。那里有一棵高大的花柳树，枝繁叶茂，树杈里还架了几个黑色鸟窝。

我哥也住在花柳树下，实际上跟我住的是一栋房子。不过，我们兄弟俩早就分家了，把父母留下来的房子分成了两半。我哥一直打着光棍儿，按说我是不能和他分家的，但我的老婆秋葵却坚决要分。咋说呢？秋葵有点儿嫌弃我哥，总觉得他傻里傻气的。分家之后，我哥就一个人过日子了，一个人种，一个人收，一个人煮，一个人吃，一个人笑，一个人哭。过细想想，我哥真是够可怜的。作为一母所生的兄弟，我常常感到对不住他。

要说起来，我哥并非一生下来就是傻子。九岁以前，他聪明得很。我哥比我大三岁，我从小就是他的跟屁虫，一天到晚跟着他在村里玩耍。在我的记忆里，村里跟我哥差不多大小的孩子，没有谁比他更聪明。他机灵，敏捷，点子多，简直就是个孩子王。有一次，我们逮一只老鼠，那只老鼠一下子钻进了地洞。在大伙儿都急得干瞪眼时，我哥突然找来了一把麦草。他先把麦草点燃，然后放到洞口去薰。麦草的浓烟一灌进洞里，那只老鼠在里面就待不住了，只好乖乖地跑了出来，被守在洞口的我哥逮了个正着。不幸的是，我哥九岁那年得了脑膜炎，医生给他打针把脑袋打坏了，从此就变成了一个傻子。

我哥如果不是傻子，绝对不会到现在还打光棍儿。他又勤快又能干，啥都肯做，啥都能做，是一把种田的好手。我哥特别会驾牛耕田，一天能耕好几亩，并且耕得很深，能把黄土下面的黑土都翻起来，看上去像铺了满地黑金。遗憾的是，我哥是个傻子，尽管他这么勤快这么能干，却没有一个女人愿意嫁给他。老实说，我哥的人样子也生得不差，浓眉毛，大眼睛，鼻梁挺得高高的，嘴唇也说不上厚。父母在世的时候，他们最大的愿望就是给我哥找个老婆，还多次请媒人牵线搭桥。但是，他们心也操了，路也跑了，钱也花了，最后都没弄成。女人们都很势利，谁愿意嫁给一个傻子呢？

话说回来，我哥也的确是个傻子。傻子是装不出来的，当然也藏不住捂不住。实话实说，我哥的傻相也确实难看，让人看了哭笑不得。

我哥的许多举动，旁人一看就晓得他是得过脑膜炎的。比如，我哥看啥看到出神时，总是把脑袋像锄头挖地那样朝下挖着，然后再吃力地将眼睛翻上去看，仿佛不这样看就看不清楚。又比如，我哥从来不剪指甲，有了指甲就用嘴啃，牙齿就是他的剪子，啃的时候整个指头都塞进嘴中，啃得津津有味，就像狗啃一截猪尾巴。还比如，我哥老爱当着众人的面抠鼻屎，歪着头，仰着脸，将一个小拇指插进鼻孔，使劲地抠，抠出来也不马上扔，还要放在眼前看上好半天。

我哥最喜欢干的一件傻事，是打飞机。这种事，也只有一个傻子才干得出来。每当有飞机从我哥的头顶上经过的时候，他都会兴奋得像发了疯，又喊又叫，又蹦又跳，同时还会火速找来一根竹竿，把竹竿当成枪，对着天上的飞机猛打。我哥还懂得瞄准，把竹竿贴到眼角，睁一只眼闭一只眼，瞄准后就开始朝飞机开枪。为了让子弹飞出去时发出响声，我哥还用上了口技。他嘴里不停地咚咚咚，听起来跟枪声一模一样。

油菜坡的人都晓得我哥喜欢打飞机，它成了一个傻子的标志性节目。有些人还经常故意捉弄我哥，本来没有飞机，却冷不丁地说飞机来了，害得我哥四处去找竹竿，找来竹竿却不见飞机的影子，空欢喜一场。有人还给我哥取了一个绰号，称他为打飞机的。这个绰号在村里老幼皆知，如果有人看见我哥远远地走来，他准会说，看，打飞机的来了。我知道这个绰号是谁取的，他是一个叫杨梆的家伙，就住在离我家不远的地方。

2

我回到家里时，秋葵正倒在竹床上睡午觉。虽说已立秋了，但秋老虎更加凶猛，气温丝毫没有降。

秋葵怕热，身上除了一条花裤衩，其他地方都脱光了，两只奶子白花花的，看上去像两个刮了皮的葫芦。我本来想放下行李就去我哥那里的，可一看到秋葵的两只奶子，我立刻改变主意了。我决定先跟秋葵亲热一下。不过，我没有马上拢身。连续坐了几天车，身上脏兮兮的，我得先去洗一洗。

扫兴的是，等我洗好回到竹床边，秋葵已经穿上了汗衫和长裤。她直直地坐在床沿上，正张大两眼瞪着我，像是瞪一个陌生人。我想，她一定是对我突然回家感到奇怪。这次回来，我没提前告诉秋葵。如果我说要请假回来给我哥过四十八岁，她肯定会反对。所以，我事先就没声张，想把生米做成熟饭再说。看着秋葵这副表情，我刚才还硬邦邦的身子顿时就松弛下来了。

秋葵瞪了我好半天，终于忍不住问，你咋一声不吭就回来了？她问得很认真，眼神和脸色都显得非常严肃。我犹豫了一下，然后故作神秘地说，你猜。秋葵却没猜，突然起身要去厨房。我赶紧问，你去做啥？秋葵说，我去给你弄点吃的。我说，别麻烦了，我在车上吃过面包。秋葵停了片刻，最后还是进了厨房。从厨房出来时，秋葵给我端了一杯茶。但我没喝，一接过来就随手放在了桌子上。为啥不喝？秋葵问。嘴里不干。我说。我一边说一边往门外走，打算去找我哥。

我刚走到门槛边，秋葵却猛然叫住了我。你等一下。秋葵说。她的声音很急促，好像有要紧的事。我马上停下来，回过头问，有事吗？秋葵朝我走拢一步，有些不安地说，你老实告诉我，为啥这个时候回来了？我说，我不是让你猜的吗？你应该能猜得到。秋葵低头沉思了一会儿，然后抬起头，略显紧张地问，你是不是听到了一些风言风语才回来的？我不由得一愣问，啥风言风语？秋葵顿了一下，红着脸说，我和杨梆的事。秋葵话刚出口，我就激动起来，仿佛有人给我吃了一把铳药。我陡然张大嗓门问，你和杨梆咋啦？我的声音太响了，把秋葵吓了一跳。秋葵顿时慌了，连忙解释说，其实也没啥事。我冷笑一声说，哼！没啥事会有风言风语？快给老子坦白交代，你们到底咋啦？秋葵说，真的没啥事，只是杨梆想勾引我，但他没勾到手。

秋葵说这句话时，两只眼睛都看着我，显得很诚恳，我的火气马上就消了一些。停了一会儿，我降低声音说，杨梆是咋勾引你的？你给我具体说一下。秋葵点点头说，好，我一五一十讲给你听。

开春以后，杨梆从老垭镇上买回了一台旋耕机，在村里开始了有偿耕田。旋耕机耕起田来比牛快多了，一头牛耕五天的田，一台旋耕机一天就能耕完。在抢种抢收的季节，杨梆的旋耕机特别走俏，差不多每天都有人请，生意好得不得了。杨梆按天收费，耕一天五百。当然，杨梆收费也有灵活的时候，主要是看人。要是碰到亲戚，他会打点折，收三百四百不等；如果给相好耕田，他有的象征性收一点，有的连一分钱也不要。

我家的那一洼旱田，一直都是驾牛耕的。原来我没出去打工的时候，每次耕田都由我亲自驾牛。打我外出以后，驾牛耕田的活都甩给我哥了。我哥任劳任怨，也不要任何报酬，顶多也就是让秋葵给他煮几顿饭吃。

今年春季，我家那洼田种的是早苞谷。早苞谷成熟得早，不到立秋就已经黄透。十天前，秋葵把早苞谷掰了。掰完早苞谷，秋葵就想趁早把那洼田耕出来，打算种一洼胡萝卜。这几年，胡萝卜的销路很好，拖到老垭镇立刻就能卖掉。

立秋那天，也就是掰完早苞谷的那个晚上，月亮刚从花柳树上升起来，杨梆突然神不知鬼不觉地来到了我家。当时，秋葵刚洗完澡，正穿着一件背心坐在堂屋的门槛上乘凉。那件背心开胸很低，大半个奶沟都露在外面。看到杨梆，秋葵不由得一惊问，你咋来了？杨梆站在花柳树下，一边吸烟一边说，你家早苞谷掰了，我想用旋耕机帮你抓紧把田耕出来。秋葵说，我可没钱请你的旋耕机。杨梆猛拔了一口烟，然后盯着秋葵的胸脯说，没钱不要紧，我可以分文不收。秋葵问，你真的分文不收？杨梆说，真的，不过我有条件。秋葵问，啥条件？杨梆扔下烟屁股，舔了一下嘴唇说，你陪我睡一觉！他一边说一边快步朝秋葵走过来，两手张着，像一只展开翅膀的骚公鸡。

杨梆走到门槛边，正想贴着秋葵坐下，我哥突然从他屋里出来了，出门后还放大喉咙咳了一声。看见我哥，杨梆顿时有些紧张，坐也不是，站也不是，撅着屁股在门槛上晃来晃去。

我哥很快走到了我家门口，指着杨梆的脸问，天都黑了，你跑到这里来搞啥名堂？杨梆嘟哝说，我来和秋葵商量耕田的事。我哥说，她的田有我呢，用不着你来吃辣萝卜操淡心！杨梆冷笑一声说，你一头牛，一张犁，要耕到猴年马月去？我用旋耕机，一天就能耕完。杨梆说完，马上扭头看着秋葵，等她表态。秋葵却不吱声，也不看他，两眼盯着树上的月亮。等了许久，杨梆忍不住问秋葵，你说句话，到底要不要我耕？秋葵想了一下说，你想耕就耕吧，反正我没钱给你。杨梆干笑一声说，哈，不给钱更好，我还怕你给钱呢！

杨梆话音未落，我哥赶忙转过身面对秋葵，认真地说，你的田，莫让他耕。秋葵问，为啥？我哥说，他是黄鼠狼给鸡拜年，没安好心！听我哥这么一说，杨梆一下子恼火了，扭头质问我哥，打飞机的，你凭啥这么说我？我哥冷笑一下说，你尾巴一翘，我就晓得你要拉啥屎！

接下来，杨梆和我哥就打起了嘴仗。杨梆骂我哥是傻瓜，我哥骂杨梆是流氓。秋葵听他们骂了一会儿，感到很无聊，便起身进了屋。

进屋后，秋葵随手把门也关上了。

次日天一亮，我哥就牵着牛，扛着犁，去了我家那洼田。日头刚出山，我哥已经耕出了一大片。开始，我哥一点儿也没想到杨梆也会去。快到吃早饭的时候，杨梆突然开着他的旋耕机来到了我家田头。我哥一见到杨梆，两眼马上红了，看上去就像他那头牯牛的眼睛。他当即喝住牛，停下犁来，撒欢似的跑到田头，伸手拦住了杨梆。不许你进我的田！我哥大声说。杨梆也一下子红了眼，鼓凸着眼珠说，这是秋葵的田，关你屁事？快给老子闪开！他边说边踩了一下旋耕机的油门，猛地从我哥身边冲进了田里。我哥顿时疯了，双手一伸就从田埂上抱起了一个石头，旋风般地追上旋耕机，狠狠地朝机头砸了过去……

秋葵讲到这里，陡然停了下来。她的嘴也讲干了，顺手端起身边的一个茶杯，仰起头猛喝了几口。

后来呢？我有点儿性急地问。秋葵擦了擦嘴边的茶水说，你哥抱的那个石头，有南瓜那么大，刚一砸下去，旋耕机就熄了火。我赶紧问，砸坏了吗？秋葵说，砸坏了，据说拖到镇上花了五百块钱才修好。我愣了一下问，杨梆没找我哥扯皮？秋葵苦笑一下说，你哥一个傻子，找他咋扯？我问，那杨梆就这么算了？秋葵说，哪有这便宜的事？他虽说没找你哥，却每天都来找我。我问，他找你干啥？秋葵说，他要我赔他五百块钱的修理费，要是不赔钱就陪他睡一觉。我忙问，你赔钱了？秋葵说，旋耕机又不是我砸的，我肯定不会赔他钱。我又问，那你陪他睡觉了？秋葵瞪我一眼说，我咋会呢？你把我看成啥人了？

停了一会儿，秋葵又说，不过杨梆并没死心，还是经常往我这儿跑。

难道他还想勾引你？我有些紧张地问。

秋葵迟疑了一下说，是的，但他一直没机会下手。每次杨梆一来，你哥就会跑出来盯着。杨梆不走，你哥就一直不走，好像是我的保镖。

我哥真好！我情不自禁地说。

这时，秋葵又问我，你这次回来，到底是为啥？我说，给我哥过四十八岁生日。秋葵想了想说，哦，今天是七月初七。

3

我很快从家里出来，匆匆忙忙朝我哥那边走去。我这么着急地去见我哥，是想跟他商量一下过生日的事。其实，这事我都想好了，只是跟我哥通个气。我打算晚上把几个亲戚都请到家里来，让他们陪我哥好好喝一顿酒。喝酒之前，我还计划炸两挂鞭，尽量弄出一点动静来，这样才能避邪。另外，我还特地准备了五百块钱，想陪我哥去买一套新衣裳。

可是，我兴冲冲地来到我哥门口时，他却不在家。他的大门半开半掩着，我以为他在屋里，但我连喊了几声都没有回音。我正在纳闷儿，忽然听到天上有响声，仰头一看，原来是一架飞机正从房子后面那片松树林的上空飞过。我想，我哥十有八九是去松树林打飞机了。

我赶紧绕过房子，马不停蹄地跑到了松树林边上。果不其然，我哥真的在松树林里打飞机。他双手端着一根竹竿，弓着腰，撅着屁股，把竹竿的一头贴在眼角，另一头正对着飞机射击，嘴里咚咚咚地响个不停。飞机越飞越远了，我哥却紧追不舍，一直跟着飞机狂跑，身后的衣裳都飘起来了。我站在林外的土路上，呆呆地看着我哥打飞机，一会儿想笑，一会儿又想哭。但我却笑不出来，也哭不出来，心里像打翻了五味瓶，说不出是啥滋味。

直到飞机飞得无影无踪，我哥才停下来。他靠在一棵松树上，先喘了几口粗气，然后解开裤子，掏出那东西开始屙尿。我哥那泡尿屙的时间太长，前后至少屙了五分钟。我哥屙完尿，还没收好那东西，我就想上去跟他打招呼。可是，我刚动步，有人却抢在我前头来到了我哥身边。

那个人是杨梆。他长一个酒糟鼻，像个紫薯，我一眼就认出了他。

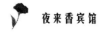

杨梆在松树林里采野菌，我看见他手上提了一个竹筐，已经采到了不少。

我哥看到杨梆，一下子愣住了，连那东西也忘了收。杨梆用手指着我哥的那东西，满脸怪笑地说，你这个鸡娃子，真是白长了！我哥眨巴着眼睛问，你啥意思？杨梆提高嗓音说，你快五十岁了，连个女人都没睡过，鸡娃子不是白长了吗？杨梆这么一说，我哥顿时搭不上话了，脸也花了，白一块，红一块，像是被人打了一巴掌。他慌忙勾下头，睁大眼窝盯着那东西，一动不动地看着，仿佛看一个怪物。

杨梆看见我哥这副窘样，禁不住开怀大笑起来。他笑得前仰后合，声音一浪高过一浪。我听着杨梆的笑声，感到有一群野蜂在刺我的心。听了一会儿，我实在忍不住了，便飞快地冲进了松树林，停在我哥和杨梆中间。

不许你侮辱我哥！我对杨梆吼道，边吼边推了他一掌。杨梆先是一怔，然后惊奇地问我，你咋回来了？我没回答杨梆，扭身对我哥说，快把你那东西收进去。我哥看到我，脸上陡然柔和了一些。他慢慢地把那东西往裤子里塞，一边塞一边对我嘟哝说，杨梆刚才骂我呢，说我的鸡娃子白长了！我哥说话的样子，就像一个受了气的孩子在向亲人告状。我赶紧安慰我哥说，别理他，我们回家过生日吧！说完，我就拉起我哥的一只手，大步往松树林外面走。

我和我哥刚走出松树林，杨梆突然喊了我一声。他让我停一下，说有话跟我说。我回头问，说啥？杨梆提着竹筐走到我跟前说，你哥砸坏了我的旋耕机，我花了五百块钱才修好。你说，这笔钱咋办？我考虑了一会儿问，你说咋办？杨梆说，这笔钱应该由你来出。我撇嘴一笑问，要是我不出呢？杨梆愣了片刻，然后两眼一横说，你要是不出，我就杀你哥的牛！

杨梆边说边做了一个捅刀的动作，还把牙齿狠狠地咬了一下。不过，我没在意杨梆的话。我对我哥说，走吧，别理他！我哥却显得有些慌张，小声对我说，他要杀我的牛呢！我说，他敢！我说着就使劲把我哥拉走了。

　　我把我哥直接带到了我家里。当着秋葵的面，我说了晚上请客喝酒的事，并让她多准备几个下酒的菜。秋葵这次还算给我面子，虽说心里不情愿，但嘴上还是答应了。我哥一听说要请客陪他喝酒，顿时高兴坏了，忍不住一个劲儿地傻笑。我趁机说，喝酒时还要炸鞭呢！我哥歪下脑壳问，真的？我说，当然是真的。我话刚出口，他就双脚跳了起来，还拍了两下巴掌，像个三岁的孩子。

　　村委会那里有一个小商店，不光卖烟酒，还卖鞭炮，偶尔也有服装卖。我给秋葵交代一番后，就带着我哥去了村委会。

　　商店老板是个热心快肠的人，为人也还厚道。他给我推荐了最好的酒和最响的鞭，收钱时还打了折。买过酒和鞭，我说还要给我哥买一套衣裳。老板这时认真地看了我哥两眼，然后扭头对我说，我这儿的衣裳，质量都很差，穿不了几天就会脱线。你哥难得过一回生日，衣裳嘛，我建议你们还是到老垭镇去买。我想了想说，也行，我也难得给我哥买一回衣裳。老板看了一下墙上的钟说，正好还有一趟去镇上的中巴车，你们快到红房子那里去等吧。

　　我和我哥麻利地来到了红房子门口。那趟过路的中巴车还没来，我们就站在公路边上等。等了两分钟的样子，我身后传来一串脚步声，回头一看，原来是黑耳。她穿着一条白短裤，已经走到了我们跟前。黑耳的那条白短裤很短，裤脚只到大腿根儿。我哥一看到她的白短裤，两个眼眶立刻就胀大了。

　　公路边有一块黄瓜地，架子上挂满了长长短短的黄瓜。黑耳停下来问我，去哪儿？我说，到老垭镇给我哥买身儿衣裳。她扫了我哥一眼说，看来你真是回来给他过生日的呀！黑耳是来摘黄瓜的，说完就去了黄瓜地，很快从黄瓜架上选了一条最嫩的。黑耳只摘了一条黄瓜，一摘下来就开始吃，边吃边往回走了。

　　黑耳往回走的时候，我哥的眼睛一直跟着她。她那条白短裤实在是短，连屁股巴子都遮不住。黑耳的屁股巴子白花花的，看上去像是涂了雪花膏。我发现我哥的眼眶越胀越大了，两颗眼珠子简直快要掉出来。他还不停地伸出舌头舔嘴唇，舔得口水直流。我哥的口水又细

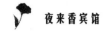

又长，有点像春蚕吐丝。

　　看着我哥这副丑态，我猛地想起了杨梆侮辱我哥的情景。杨梆说，我哥快五十岁了，却连个女人都没睡过，鸡娃子真是白长了！仔细想想，他这番话虽然说得很刻薄，但一点儿也没说错。想到这里，一个大胆的主意突然之间蹿上了我的心头。我决定不去老垭镇给我哥买衣裳了，打算把买衣裳的五百块钱送给黑耳，然后请她去跟我哥睡一觉。我觉得这个主意不错。一想到这个主意，我就激动得浑身打颤，心里像开了花。

　　黑耳早已进了红房子，但我哥的目光却一直没有收回来。他还在用舌头舔嘴，口水流得更欢了。我愣愣地看了我哥一会儿，伤心地摆了摆头，然后丢下他，一个人朝红房子走去。

　　我径直走进了红房子，一进门就闻到了一股中药的气味。黑耳已把那条黄瓜吃完了，正在用纸巾擦手。我没看见她老公，估计到附近麻将馆打麻将去了。黑耳见到我，疑惑地问，你来我这儿做啥？到镇上去的中巴马上就要来了，你不怕误了车？我说，我改变主意了。黑耳问，不给你哥买衣裳了？我说，不买了，衣裳不是我哥最想要的。黑耳一愣问，那他最想要的是什么？我迟疑了一下说，他都四十八岁了，还没碰过女人呢。他最想要的，是找个女人睡一觉。

　　黑耳很敏感。我话没说完，她就赤裸裸地问我，你不会是要我去陪你哥睡觉吧？我点点头说，你猜对了，我来找你就是为了这事。黑耳说，这不可能。我问，为啥？黑耳说，这里是油菜坡，不是广东。我说，我照样给你付钱。黑耳说，付钱也不行。我问，那又为啥？黑耳说，你哥是个傻子呢，我从来没陪傻子睡过。我连忙说，傻子也是人，他刚才看到你的白短裤，眼珠子都快掉地上了。请你发个善心，同情我哥一下吧。我付你五百块钱，不要你打折。说完，我赶紧掏出五百块钱，塞在了黑耳手里。

　　黑耳顺手把钱数了一下，好像是同意了。可是，她刚数完就递给了我，蹙着眉头说，你付五百，我也不做。我纳闷儿地问，嫌钱少了吗？黑耳说，不是钱的问题，是我身体不好，我正在喝中药呢。我没接钱，急忙换了一种声音说，请你坚持一下好吗？也就是几分钟的事。我说得很诚恳，像在求情。黑耳的心也是肉长的，犹豫了一会儿说，好吧，那我就将就着去陪他一下。

我回到公路边时，那趟中巴车已经开走了。我哥撇着嘴，脸拉得老长，显出一副垂头丧气的样子。然而，我一说到黑耳，我哥立刻就变了个人。我问，黑耳好看吗？我哥说，好看。我问，她哪里最好看？我哥说，屁股巴子！他说着就傻笑起来，嘴都笑歪了。我接着问，你想跟黑耳睡觉吗？我哥说，想！他边说边像鸡啄米似的点了点头。

停了一会儿，我又问，你是最想穿新衣裳，还是最想跟黑耳睡觉？

我哥脱口就说，跟黑耳睡觉。

那好，今天晚上天一黑，黑耳就会去跟你睡觉的。我说。

啊！太好了！太好了！我哥跳起来说。

然后，我们兄弟俩就折身往家里走。一路上，我哥兴奋极了，一会儿原地转圈，一会儿又打起蹶子疯跑，像一头快活的小牯牛。

4

日头刚下山，我们就开始炸鞭喝酒了。亲戚们还算赏光，该来的都来了，并且都给我哥敬了酒。想到晚上还有重要的事情，我没劝大家多喝，天一擦黑就散了席。我哥心里一直挂着黑耳，也没像以往那样贪杯。亲戚们一走，我就催他回了自己的房子。

黑耳说话算话，天黑不久便来到了花柳树下。当时，我正坐在我家门槛上吸烟。月亮那会儿还不太明亮，花柳树下影影绰绰的，但我还是一眼认出了黑耳。她仍然穿着那条白短裤。我没跟黑耳说话，只是轻轻地咳了一声。她也没跟我打招呼，眼睛望着我哥门口。

我哥的大门留着一条缝，只够一个人进出。房子里的灯亮着，露出一道昏黄的光。这些都是我告诉我哥这么做的。我还让他换了一条干净的床单，枕巾也换了新的。我本来还想教一下我哥如何跟黑耳睡

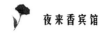

觉，但话到嘴边却说不出口，后来就只好算了。

黑耳在花柳树下停了几分钟，环顾四周，没发现啥特殊情况，便三步并作两步走到我哥门口，一溜烟地闪进了大门。进去后，她随手把门关上了。

我一直坐在门槛上吸烟，心里想着我哥，希望他生日快乐。我哥虽说是个傻子，但他从小到大都对我很亲。小时候，不管吃红薯还是吃桃子，他总是把大的给我，自己吃小的。遇到有人欺负我，他就捡起石块往那人身上打。这几年，他不光帮我耕田，还帮我看着老婆。我想，如果不是我哥看着秋葵，她说不定早就被杨梆勾上了手。

事情真巧，我正想到杨梆，杨梆突然就来了。我先是看到花柳树下晃动着一个黑影，定睛一看，居然是杨梆。

你来搞啥？我小声问。杨梆皮笑肉不笑地说，我来要那五百块钱，修旋耕机的。他的嗓门很高，像是要找我胡搅蛮缠。我心里顿时有些紧张，担心杨梆的声音吓到了我哥。为了赶快把杨梆支开，我没有跟他斗嘴。我说，你先回去吧，钱的事，我们明天再说。杨梆见我态度还好，站了一会儿就走了。走出两步，杨梆又回头对我说，如果你明天不给我钱，我就杀你哥的牛！

杨梆走了十分钟的样子，我哥的大门轻轻地开了。我先看见了一束灯光，接着就看见了黑耳。黑耳出门后没有逗留，从花柳树下一晃就过去了。

黑耳一走，我就赶紧去了我哥那里，直接进了他的卧室。我想马上知道他和黑耳睡觉的情况。卧室的地上，扔了几团卫生纸。我哥正在床边系裤子，脸上红扑扑的。我想他们肯定睡成了。可是，当我抬头看床时，心却陡然往下一沉。我发现床单还铺得好好的，枕头也像是没动过。

黑耳没跟你上床睡觉吗？我连忙问我哥。

我哥喜滋滋地说，她帮我打飞机了，打得好舒服！

打飞机？我不由得一愣。

我哥指着裤裆说，她拿着我这玩意儿打的，还打出了水呢！

　　我哥显得很高兴，还一边说一边对我笑。我一听，却气得要命，扭头就跑出了我哥的卧室。你要去哪儿？我哥问。去找黑耳算账！我说。算啥账？我哥又问。她耍了我们！我说。说完，我犹如一根离弦之箭，唰地冲出了我哥的大门。

　　月亮这时已经很亮了，把我门前的小路照得明晃晃的。我沿着小路飞跑，只跑了五分钟，便在我哥的牛栏门口追上了黑耳。你给我站住！我气冲冲地说。黑耳一惊问，咋啦？我先冷笑了一声，然后反问道，你说咋啦？我是要你陪我哥睡觉的，你咋改成打飞机了？黑耳支吾了一下说，我问你哥是愿意打飞机还是愿意睡觉，他说他愿意打飞机。再说，我身体有毛病，手头又没套子，睡觉对你哥也不好，所以我就给他打了飞机。

　　黑耳这么一说，我顿时不晓得再说啥好。低头沉默了许久，我才抬头说，我给了你五百块钱，你只打了个飞机，我们太划不来了。黑耳问，你想说啥？我顿了顿说，那你把钱退给我吧！黑耳听了一愣，想了一下说，我可以退钱，不过要缓几天。我问，为啥？黑耳说，我手上的一点活钱，都被我老公搜去打麻将了，全都输光了。我又问，我今天下午给你的五百块钱呢？黑耳说，我拿去又开了几服中药。

　　黑耳话没落地，牛栏旁边突然闪出来一个黑乎乎的影子。黑耳以为碰到鬼了，吓了一跳，还尖叫了一声。

　　我没被吓着。我一眼认出了那个影子是杨梆。你躲在这里搞啥？我吃惊地问。杨梆却没理睬我，猛然朝黑耳走拢一步说，那五百块钱，你不用退给他了。黑耳一怔问，你什么意思？杨梆伸手指着我说，他哥欠我五百块钱，一直拖着没还。黑耳又问，你的意思是让我把五百块钱退给你？杨梆淫笑着说，钱就别退了，你干脆陪我睡一觉算了。黑耳听了先是一惊，然后就低头不说话了。

　　黑耳沉默后，杨梆忽然转身对我说，刚才我还在想着杀你哥的牛，现在看来不用杀了。说完，杨梆没等我搭腔，又把身子转向黑耳，认真地问，你考虑好了吗？黑耳慢慢抬起头，苦笑着问我，你说呢？我皱着眉头想了想说，如果你愿意，我看这样也行，以免他天天找我扯皮拉筋，还张嘴闭嘴要杀我哥的牛。

听我这么一说，黑耳就对杨梆点了一个头，算是答应了。她点头的时候，还流了几滴泪。

杨梆看见黑耳点了头，一下子就喜疯了。他立刻要把黑耳往他家里带，说他老婆正好回了娘家。黑耳犹豫了片刻，便默默地跟他走了。刚走出几步，我听见杨梆说，我可不愿意打飞机，你必须跟我睡觉。黑耳说，睡觉需要套子，可我没有。杨梆说，没套子更好，我最不喜欢戴那玩意儿。黑耳说，假如我有病呢？杨梆说，有病我也不戴套子。杨梆说得很坚决，黑耳接下来就不做声了。

我站在我哥牛栏门口，一直看着杨梆和黑耳走得无影无踪了，才转身回家。从我哥门口经过时，我发现房子里还有灯光。我伸头一看，只见我哥正在修他耕田的那张犁。他一手扶着犁柄，一手举着斧头，正往一个榫里加楔。我哥满脸红光，印堂发亮，胳膊上的肌肉鼓凸着，看上去浑身都是使不完的劲。不过，我没在我哥门口久留。我想，秋葵肯定早已在床上等我了，我得赶紧回去陪她。

五天之后，我又要去广东。离开油菜坡的那天早晨，我天一亮就去红房子门口等车。我到的时候，红房子的门已经开了。但我没看见黑耳，只见她的老公站在门槛边上打哈欠。当时，一起等车的有四五个人。我听见他们小声议论说，黑耳的病突然加重了，已经到襄阳住院去了。我问，她得的是啥病？其中一个说，听说是艾滋病，好像还传染呢。我听了心里一颤，正要问个究竟，开往南方的那趟班车来了。

推杯换盏

1

下雪的那天早晨，我睡到八点多才从床上爬起来。打从毛英跟王羊跑了以后，我每天都叉着胯子睡懒觉，再也没起过早床。老婆都跟别人跑屎了，我还起那么早搞啥？再说，搞啥都没得意思。

那场雪，真他妈下得大。我起床后推窗一看，满眼都是白花花的。地上的雪已堆了尺把厚，像铺了一床棉絮。我心里想，肯定是哪个狗日的给老天爷戴了一顶绿帽子，把老天爷气疯了。老天爷一气之下就把他床上的棉絮给扔屎了，一家伙扔到了我们油菜坡。

气温降得厉害，少说也到了零下三度。我本来想出门屙泡尿的，可我刚把脑壳伸到门外，马上又缩进来了。外面冷得要命，还刮着风。风如饿狗一般吼着，好像要扑上来啃老子的脸。我赶紧关了门，然后把尿屙在了一个木盆里。这个木盆是用来洗脚的，但我好久都没用它了。回想起来，我差不多有半个月没洗过脚了。毛英在家时，我天天都洗脚。她跟王羊跑了以后，我就懒得每天洗了。我想，晚上睡觉时脚头连个女人都没有，脚还有个屎的洗头！

屋里也冷得要命，手脚都冻麻了。我赶忙从厨房抱来一些劈柴块子，把火房里的火炉烧燃了。火炉烧燃后，火房里的温度一下子就升了起来。我搬来一把椅子，紧挨着火炉坐下，将双手伸到火炉上烤，像烤两只茄子。烤了一会儿，我浑身上下都不冷了。我觉得火炉真是个好东西，比老婆要好屎得多。它不光让我感到暖和，还不用担心它跟别的男人跑了。

毛英是阴历八月十六那天跟王羊跑的。这个日子我记得特别清楚。因为头一天是中秋节，王羊的老屋正好在那天夜里失了火，连床和被窝都烧光屎了。失火的第二天，毛英就不见了影子。我想她肯定是跟王羊跑了。开始，我还以为他们去了宜昌的九女沟。九女沟有个磷矿，王羊过去长年带一班人在那里挖磷。我前两年也去九女沟挖过磷，毛英还在那里煮了一年饭。毛英跑了以后，我立即赶往九女沟去找她，但没找到。后来，我才听说她跟王羊去了河南的平顶山。平顶山有很多煤矿，王羊从前曾去那里挖过煤。我本来还想追到平顶山去找毛英的，但路途太远，加上手头缺钱，所以就没能成行。

那天，我一直都待在火房里偎着火炉烤火，连厨房都没去。火房的墙脚下堆着一些红薯，我的早饭和中饭都是烤红薯吃的。红薯放到火炉上一烤，香得不得了，我每一顿都吃屎好几个。不过，红薯烤了虽说好吃，但吃多了胃受不了。下午四点钟，我的胃就开始折腾起来。它先是胀气，接着就往上反酸水，害得我不住地打嗝，还吐了好几次。我的胃本来就不好，到了五点钟，它居然疼起来了。直到这个时候，我才不得已去了厨房。

进到厨房后，我打算用白菜煮一碗面条吃。我喜欢用白菜煮面条，又简便又清淡，吃了又养胃。扫兴的是，厨房里没有白菜，我翻箱倒柜找屎好半天，连一片白菜叶子也没找到。其实，我家的白菜多得很，只是都长在地里。按说我可以现到地里去砍一棵回来，但外面实在太冷了，我想去砍又不想去砍。正犹豫不决，我的胃又猛烈地疼了一下，像针戳的。它这么一疼，我就不再犹豫了。我想，即使冷死，我也要去地里砍一棵白菜回来煮面条吃。

开门出去，我的两眼一下子就傻屎了。到处都是雪，远处的山梁，近处的水沟，还有周围的田，都埋在了雪下面。门前的那条公路，也不见踪影了。

菜地在房子旁边，也被雪严严实实地盖住了，连菜的一点影子都看屎不见。我恍惚了一会儿，还是深一脚浅一脚地走了过去。我把镰刀咬在嘴上，双手扒了好半天，才从雪窝里扒出了一棵白菜。

我砍了白菜往回走，快到门口时，身后忽然传来一声喇叭响，吓屎我一跳。我连忙扭头去看，只见公路那边开过来一辆红壳子客车。它开得很慢，像一只蜗牛在雪地上爬。车轮在雪路上滚动时发出刺耳的摩擦声，我一听就知道是上了防滑链。这趟车我认得，是从襄阳开过来的，一直要开到老垭镇。在我的印象中，这趟车从我门口经过时一般都不停，总是他妈的一晃就过去了。奇怪的是，它这天却有点儿反常，竟然在我门口停下了。

车刚停稳，就下来屎一个人。那家伙是从车上滚下来的，像滚一个麻袋，一直滚到公路的边沟上才停住。停住以后，那家伙好久都没有动弹。我压根儿没想到那是个人，还以为是从车上掀下来的一袋垃圾。大约过了十分钟，那家伙才强撑着从地上坐起来。直到这时，我才发现他妈的是个人。

天色已有些昏暗了，我看不清那家伙的脸。不过，看块头和动作，我能断定那家伙是个男的。他一坐起来就开始吃雪，好像刚从饿牢里放出来的，抓起雪就往嘴里塞。他吃得咯嘣咯嘣响，听起来像是在吃糖。猛吃了一阵子，他陡然住了手，嘴也住了，仿佛喉咙管子被啥东西卡住了。过了好一会儿，他才缓过劲儿来。然后，他把双手撑在地上，弓着腰，耸着肩，想站起来。可是，他四肢无力，挣扎了好半天

也没站屎起来。

按理说，我应该去公路边拉他一把的，但我没去多管这个闲事。雪还在一个劲儿地下，寒风刮得呼呼作响，我的手和脚都冻僵了。再说我也饿屎了，肚子里的蛔虫叫个不停，胃也越疼越凶了。我急着赶快进屋，要进屋烤火，还要抓紧用白菜煮面条吃。可是，我刚一转身，那家伙却猛然喊了我一声。

陶贵！他是这么喊的。

谁在喊老子？我一边回头一边嘟哝。

那家伙说，我是王羊，快来拉我一把。

我先是大吃一惊，然后骂道，妈的，原来是你狗日的！

王羊伸出两只手，不停地向我招着，显然是指望我去把他拉起来。但老子没理屎他。我才不会去拉他呢。这个狗日的，不光给我戴了绿帽子，还把我老婆勾引去了河南的平顶山，害得我在家里打了两个月的光棍。这两个月来，我差不多每天都会想到王羊。一想到这狗日的，我就恨不得吃他的肉。

见我站着不动，王羊把手招得更快了，嘴里还一声接一声地喊我的名字，好像老子是他的一根救命稻草。但我还是没动，稳如泰山。他狗日的也不想一想，我咋可能去救他呢？即使他快要冻死在雪窝里，我也不会去救他的。说句不该说的话，我还巴屎不得他被冻死呢！

早在前年春天，毛英去九女沟磷矿煮饭的时候，王羊就把绿帽子给老子戴上了。那阵子，我正在筹钱盖楼房。如果不是想跟着王羊挣一笔钱，我当时就不会轻饶他。接下来的一年多，我忍气吞声，装聋作哑，差点儿把肠子都憋断屎了。直到去年秋天楼房盖好时，我才跟王羊撕破脸。我警告他说，你要是再跟我老婆打皮绊，小心老子要你的命！打那以后，王羊一直待在九女沟，大半年没跟毛英来往过。可是，狗永远改不了吃屎。今年中秋节，王羊突然回到了油菜坡，一回来就把毛英约到了他的老屋，两个人又打起了皮绊。我在床上捉住他俩时，肺都气炸屎了。当时我手上拿着刀，要不是怕杀人抵命，我当场就会一刀捅死他。谁想到，我放了他一马，他狗日的不但不领情，反而还把我老婆勾跑了。

王羊还在对我招手，一直招尿个不停。我仍然没理他，站在门口一动不动。不过，我没再急着进屋。说来有些奇怪，一见到王羊，我身上猛然就不觉得冷了，胃也疼得好受了一些。

认出王羊后，我心里还一下子生出了许多疑问。王羊把毛英勾跑之后，村里有人对我说，他打算去平顶山挖一个季度的煤，想挣笔钱回来把烧毁的老屋修补一下，最早要到过年才能回油菜坡。眼下刚刚进入冬月，离过年还远得很，我不晓得他为啥这么早就跑回来尿了。更让我想不通的是，毛英呢？她不是跟王羊一起跑的吗？为啥她没回来？本来，我想去问一下王羊的，他肯定能回答我的这些问题。但我想了想，还是没去。主要是，老子不想理睬这个狗日的。

这时，我的胃又疼了一下。我想，我必须赶快进屋煮面条吃，再也不能拖了。我也没工夫去管毛英。她既然跟王羊跑了，回不回来都不是我的事。假如她到时候万一回不来，我会找王羊要人。这么想着，我就推门进屋了。进屋以后，我又回头朝公路上看了一眼。我看见王羊还在向我招手。招个尿！我自言自语地说。说完，我就把门扑通一家伙关上了。

2

陶贵这王八蛋，心够狠的。我跟他招了半天手，手都快招断尿了，他也不来拉我一把，还一转身进了屋。看来，他是巴不得我被冻死。

我晓得陶贵恨我。前年春天，在九女沟磷矿上，我和毛英打上了皮绊。因为我给陶贵戴了一顶绿帽子，所以他就对我怀恨在心。但我没想到的是，他会把我恨尿到这个地步。我虽然睡了他老婆，可我并没有白睡。且不说我给毛英买了多少衣裳和首饰，也不说我送了多少烟和酒给陶贵，单说他现在住的这栋楼房，至少有我王羊一半的功劳。不看别的，只看在这栋楼房上，陶贵也不该这么对我，居然见死不救。

天眼看着就要黑尽了，雪还在筛糠似的下。我想，我必须尽快从雪窝里爬起来，不然真要冻死在这里了。我咬紧牙关，全身使劲，拼命地往上撑。可是，我的手和脚全是麻木的，像安上去的假肢，一点儿都不听我的使唤。折腾了好一阵子，我还是没爬起来。

我不光是冷，还饿得要死，前胸都贴到后背了。清早，我离开平顶山的时候，啥也没吃。那会儿天刚麻麻亮，车站附近的餐馆都还没开门。不过，即使餐馆的门开了，我也没钱吃。到平顶山挖了将近两个月的煤，我还一分钱的工资都没弄到手。身上剩下的几个钱，勉强只够我买车票。中午在襄阳转车时，我饿得两眼直冒金星。车站旁边有个巷子，小吃店一个挨一个，卖啥的都有，可我只能站在远处看，一边看一边吞口水。快上车时，有个人买了几根油条，不小心掉了一根在地上。他嫌脏没捡，我便赶紧跑上去捡了起来，连灰也没吹就塞进嘴里吃尿了。要不是那根油条，我说不定早就饿昏过去了。

陶贵真是绝情，看见我在地上抓雪吃，也不同情我一下。不说把我叫到屋里去吃顿热饭，他起码也该扔个冷红薯啥的给我填填肚子。不管咋说，我都是对尿得起他的。要不是我出钱帮他建这栋楼房，他至今都还住在从前的土屋里。

当然，错误首先出在我身上，我不该给陶贵戴绿帽子。不过话说回来，我和毛英打皮绊这件事，最先还是陶贵牵的线。前年春节过后，我从油菜坡带一班人去九女沟挖磷，陶贵也跟我去了。起初本来没有陶贵，临走时他却突然找到我，要我一定把他带上。他说，他家的土屋快塌了，想出门挣点钱回来盖栋楼房。我这人心软，听他说得可怜巴巴的，就带上了他。刚到九女沟那阵子，我们都在矿上的食堂吃饭。食堂的饭死难吃，还贵尿得要命。不久，我便决定找个煮饭的，打算我带的这班人自己开伙。我一说要找人煮饭，好几个人都推荐自己的老婆。陶贵最积极，猛夸毛英的手艺好，还说她能把素菜弄出荤菜的味道。他一边夸一边给我上烟，并且亲自给我点火。就这样，我同意了毛英去煮饭。

毛英的手艺的确不错，特别会烧茄子，吃起来像五花肉。她的相貌其实长得一般，只是屁股又大又圆，撅起来洗菜的时候，看上去就像一匹母马。她也很勤快，经常帮我洗衣裳。不过，毛英到九女沟的头两个月，我并没有打她的主意。两个月过后，陶贵请假回油菜坡掰苞谷。就在那个空里，我和毛英打上了。事情说起来很简单。有一天，我吃过晚饭后没马上离开厨房。当时别人都走了，毛英正撅着屁股在灶前洗碗。我从后面窜上去，试探着在她屁股上摸了一把。她没有躲闪，也没骂我。这样一来，我的胆子就大尿了。摸了一会儿屁股，我就得寸进尺脱她的裤子。长裤脱得很顺利，脱到短裤时，她突然丢下碗，用她的手把我的手挡住了。

别慌，我有个条件，你得先答应我。毛英说。

我问，啥条件？你说吧。

你每个月给我加三百块钱的工资。毛英回过头说。

我爽快地说，没问题，从这个月就给你加。

厨房里支着一张简易床，毛英每天晚上都住在那里。我答应她的条件后，她立刻把手松尿了。我一边喘气，一边脱了她的短裤，然后就把她抱到了床上。

我又在地上抓雪吃了，一连吃了四五把。雪其实不是个好东西，越吃越冷，我感觉我的肠子上都结了冰。说实话，我真想忍着不吃，可我忍尿不住。肚子饿得实在太难受了，好像不吃马上就要饿死。

本来，我可以不在陶贵门口下车的。班车再往前开一段，就是一栋半新的楼房，也是我从前的家。我和老婆离婚后，新楼虽然归了她，但我要是去了，她也不会坚决把我拦在门外。如果我死皮赖脸地求她，她最终还是会让我进屋，并给我弄点吃的。俗话说一日夫妻百日恩，我们毕竟一起生活了十几年。在没发现我和毛英打皮绊之前，老婆对我一直很好。事情暴露后，她虽说一怒之下跟我离了婚，但我们的感情并没有完全破裂。再说，那新楼也是我一手盖起来的。离婚的时候，我本想留一两间给自己住，但又想婚都离了，还住在一栋楼里多别扭。这么一想，我就把新楼全都给了老婆，自己住进了以前的老屋。不过，老屋暂时是回不去了。它在两个月前被火烧尿了。要不是老屋遭了火

灾，我也不会去平顶山挖煤。

我之所以在陶贵门口下车，是我有重要的事情跟这个王八蛋说。当初，毛英跟我一道去平顶山，陶贵肯定以为是我把她勾跑尿了。现在我一个人回来，毛英却留在了那里。这中间的情况，我必须跟陶贵说清楚。不然的话，他到时候绝对会找我要人，弄得不好还会让我吃不了兜着走。

陶贵长两片厚嘴唇，还长着一口宽牙。他看上去一副憨样，实际上精尿得很，比他娘的王八还精。我和毛英打皮绊的事，他其实很早就晓得了。但他一直都忍着不做声，总是睁一只眼闭一只眼，故意装傻。

在九女沟时，我带的那班人都住在一个木板屋里，只有陶贵和毛英住在隔壁的厨房。每隔几晚，陶贵都要到木板屋斗一次地主。他一来，我就趁机溜到厨房去找毛英。头几回我还有些紧张，老是担心被陶贵捉住。后来毛英说，你别慌手慌脚，他中途不会回来的。听她这么说，我才放了心。去年秋后，陶贵和毛英离开九女沟，回到油菜坡盖楼房。在他们盖房期间，我回来过七八次，每次回来都要瞅空跟毛英睡上一觉。有一天晚上，我和毛英躲在盖房工地上的窝棚里睡，正睡到兴头上，我老婆突然来尿了。当时，陶贵正在窝棚前吸烟，我老婆一来就问，你看见王羊没有？陶贵想也没想就说，没看见。事实上，我进窝棚时，陶贵分明看见了。

那晚要不是陶贵出面挡驾，我肯定被老婆抓个现行。从窝棚里出来后，我连忙跑到附近杂货铺，给陶贵买了一条烟和一瓶酒。陶贵从我手上接过烟酒时，一点儿客气也没讲，好像我是应该给他买的。烟酒到手后，陶贵忽然跟毛英说，水泥用完尿了，明天再不买，后天就要停工。他一边说一边拿眼睛扫我，仿佛我欠他的水泥。第二天，我只好买了一车水泥，乖乖地送给了他们。其实在那之前，我已经给了毛英五万块钱，还送了他们一车钢筋。

我没料到，陶贵这王八蛋后来会突然跟我翻脸，说翻就翻尿了。事情发生在去年冬天，说具体一点，就是在陶贵楼房完工的那天晚上。

楼房盖好了，村里人都去祝贺，送礼的送礼，放鞭的放鞭。陶贵和毛英高兴得嘴都合不拢，还请了喇叭班子，酒席从清早一直摆到天黑。我那天也到了场，还跑前跑后地帮他们招待客人，又是上烟又是倒茶，腿都差点跑断了。

那天吃过晚饭，客人们都陆陆续续走了，只有我没马上离开。我喝醉了，想等酒醒一醒再走。陶贵也喝醉了，醉得比我还厉害。我醒过来的时候，他还歪在桌子边，像一堆烂泥。毛英当时已收拾好碗筷，刚解下腰里的围裙，露出了她那个又大又圆的屁股。一看到她的屁股，我的身子一下子就硬了起来。我饿狼般地扑上去，像扛麦捆一样将毛英扛到肩上，直接扛进了二楼的客房。那晚我和毛英都有点儿性急，一进门就上了床，连门都没顾上反锁。谁也没想到，陶贵那么快就醒尿了，更没想到我老婆那会儿会来。进到客房不到半个钟头，外面突然响起了脚步声。当时我和毛英刚完事，衣裳都没来得及穿。我急忙抓过裤子，刚穿上一半，客房的门就被陶贵一脚踹开了。接着，我老婆就冲了进来。

陶贵这个王八蛋，真是翻脸不认人。他那晚一进门就甩了我一耳光，还朝我裆里踢了一脚，好险把我的卵子都踢破尿了。我从来没发现陶贵这么凶，当即吓得屁滚尿流，提着裤子就跑。我跑的时候，陶贵还在后面追，一边追一边骂我。他一直追到门口才停下来，然后恶狠狠地对我说，你今后不许再来我家，要是再来，老子打断你的腿！

打那以后，我就接二连三地倒起霉来，先是老婆跟我离了婚，后来老屋又失了火。那场火烧得特别凶猛，不仅烧了我的衣裳，烧了我的粮食，烧了我的铺盖，还差点连人也烧死尿了。

天已经完全黑下来。如果没有雪光，我肯定伸手不见五指了。雪还在下，风还在刮。我越来越冷，也越来越饿。后来，我决定四肢着地，爬尿到陶贵的门口去，不然就真要死在雪窝里了。

3

我吃完白菜煮面条，刚放下碗，忽然听见有人敲我火房的门。敲门声很急促，吓尿我一大跳。我没有马上去开门，疑惑地问道，谁呀？门外回答说，是我。他的声音细若藕丝，听起来像一个快要断气的人。

我急忙从火炉边走到门后，抬起手正要开门，心里猛然想到了王羊。我想，该不会是王羊这狗日的在敲门吧？这么一想，我抬起来的手很快又放下了。愣尿了一会儿，我绕到窗户边上，借着屋里的灯光朝窗外看了一眼，果然看见了王羊。他趴在我家门口的台阶上，看上去像一只癞蛤蟆。

王羊的手上和脚上都是雪，两个膝盖上也是，显然是从公路上爬到我家门口来的。我觉得王羊真是不要脸，明知我不爱见他，居然还好意思往我家门口爬。不过，我也有些好奇，不晓得他爬尿到我家门口来搞啥。但我没开门，不想让他进我的屋。我扭头回到了火炉旁，顺手往炉子里加了一块劈柴。

可是，王羊脸厚，一点儿也不知趣，还在一个劲儿地敲我的门。我在心里暗暗地说，敲吧，你就是把手敲出血，老子也不会给你开门的！但他仍然不停地敲着，还一边敲一边哀求说，陶贵，让我进屋吧，我又冷又饿，好像快要死了。我干笑了一声，然后幸灾乐祸地说，死了算尿！像你这种打皮绊的家伙，早就该死了，死了世上少一个祸害！我这么一说，敲门声陡然停了下来。我想，王羊这一下总该死了心。然而我想错了，没停多久，他又开始敲起门来。

我有些心烦地说，别再敲了，你快点给老子滚开，要死滚到别处去死！

王羊上气不接下气地说，我知道你希望我死，但我想在死之前跟你说几句话。

你要说啥？我问。

毛英出事了！王羊说。

王羊话音未落，我的心不由得猛地往下一沉，仿佛一只鸟被枪打中，眨眼间从悬崖上跌进了万丈深渊，摔了个稀巴烂。我感到我的脑壳也摔破了，像西瓜一样裂开了花。我一下子晕尿了，两眼发黑，浑身瘫软，有一种天塌地陷的感觉。

　　我对毛英的感情，说起来有些复杂。她勤劳，灵活，顾家，人也长得富态，能找到她做老婆，算是我陶贵的福气。那年去九女沟煮饭时，她和王羊打上了皮绊。我发现后虽说心里很难受，但一想她是为了盖楼房筹钱，就原谅了她。我当时只骂了她几句，连巴掌也没打她一下。那会儿，我以为她只是和王羊逢场做戏，压根儿没料到她会动情。楼房盖好以后，我让毛英立刻与王羊断绝关系，她满口答应了，还给我点了头。可是，只断了半年，她又跟王羊死灰复燃了，并且还主动把自己送到了王羊的老屋。那天晚上，我实在忍无可忍，就打了毛英一顿。谁知，打她的第二天，她居然不声不响地跟王羊跑尿了。毛英一跑，我就开始恨她了，还盼着她出点儿啥事才好。没想到的是，一听说她真的出了事，我却一下子紧张得要命。

　　约摸过了十分钟，我才镇定下来。我再一次走到门后，颤着嗓子问，我老婆咋啦？王羊却说，你先让我进屋，我再告诉你。这个狗日的，还跟我讲条件呢！在这个节骨眼儿上，我也顾尿不上那么多了，只好答应王羊，开门让他进来。

　　王羊是爬着进屋的。他一进门，我就迫不及待地问，毛英出了啥事？王羊没回答我，直接爬到了火炉跟前。他脸色苍白，嘴唇乌黑，眼皮子垮着，似乎只剩下了最后一口气。他在火炉边停下来，好半天没动，只是嘴巴张开了一条小口，默默地吸着从火炉里冒出来的热气。烤了许久，王羊的眼睛才睁开了两道细缝。但他没看我，目光一下子落在了我刚才吃面条的那个碗里。碗放在火炉边的茶几上，一根面条也没有了，只剩下半碗汤。我这时又问，毛英到底出了啥事？王羊仍然没回答，好像没听见我的话。他猛然伸出一只手，端起了那个碗。他小心地把碗移到嘴前，一口气将那半碗汤喝光尿了。

　　喝下半碗汤，王羊身上陡然来了一股劲。他双手扶着茶几，腿脚使劲撑了几下，竟然站起来了。但他体力不支，有点儿站屎不稳，不停地晃来晃去，像一株风中的芦苇。幸亏我及时搬来一把椅子，不然他又会一屁股瘫在地上。

王羊在椅子上坐稳后，带着一丝感动对我说，难为你了！他说得很诚恳，还用柔软的目光看了我一眼。但我没领他的情，突然感到有点儿后悔。我冷冷地对他说，其实我不该给你搬这把椅子的。王羊一愣问，为啥？我直截了当地说，像你这种人，就应该一直趴屎在地上！他问，凭啥？我说，因为你睡了我老婆！听我这样一说，他就不吱声了，像是被我的话噎住了嗓子眼。

沉默了一阵儿，我又想起了毛英。你快告诉我，我老婆究竟出了啥事？我盯着王羊的脸问。王羊忽然吐了一口清水，然后用商量的口气跟我说，陶贵，你能给我弄点吃的吗？等我不吐清水了，再细细地跟你说毛英的事。我冷笑了一声说，嗬，你屁事还不少呢，刚才不是喝过面汤吗？王羊露出一脸苦笑说，我一整天没吃东西，半碗面汤不顶事呀，刚一喝下去就被蛔虫抢跑了。他说着，又吐屎了一口清水。

看着王羊饥饿难耐的样子，我有点哭笑不得，还有些左右为难。我低头想了想，然后抬起头说，这样吧，你先跟我说毛英的事，说完我烤个红薯给你吃。我一说到红薯，王羊的两只眼睛顿时胀大了一圈，还闪出了两道绿光。他一边吞涎水一边问我，红薯呢？你先给我吃红薯，我一吃完就跟你说毛英。这狗日的，还在跟我讲条件。我一听火就来屎了，马上板着脸说，你想得倒美，不说毛英的事，就别想吃老子的红薯！王羊的脸一下子红了，有气无力地说，我实在是饿了，连说话的劲都没有了。再说，毛英的事也不是一两句话能说清楚的。王羊这么一说，我的态度又软了下来。犹豫了一会儿，我便走到墙脚下，拿来了一个不大不小的红薯。

我本想把红薯烤熟了再给王羊吃的，但我刚把它放到火炉上，王羊就一把抢过去了。接着，他就狼吞虎咽地吃了起来，连皮都吃屎了。

吃了红薯，王羊立刻就有了劲，说话的声音也大屎了。他还算爽快，没等我催就主动说起了毛英。不过，他是从他们离开油菜坡的时候开始说起的，听起来有些啰嗦。我说，你直接说毛英现在的情况吧，扯那么远做啥？王羊说，你别慌嘛，事情必须从头说起，不然说不明白。没办法，我只好捺着性子听他说。

王羊说，在中秋节之前，他并没想过要去平顶山，打算过完节还回九女沟。平顶山煤矿上虽说工资结算快一些，但离家太远，而且下井特别危险，不是透水就是瓦斯爆炸，随时都会送命。相比之下，他还是更愿意在九女沟挖磷。我问，那你为啥没回九女沟？王羊迟疑了一下说，毛英让我去平顶山。我一愣问，她为啥给你出这个主意？王羊说，毛英嫌九女沟磷矿结账太慢，希望我尽快去平顶山挣笔钱回来，好早点儿把失火的老屋修一下。更主要的是，毛英想跟我一道出去，但九女沟太近了，担心你跑去找她扯皮拉筋。她说平顶山远在河南，你绝对不会找到那里去。听了王羊这番话，我好像突然掉进了一个醋缸里，身上的每一块肉都酸尿了。

我好半天说不出话来，有点儿恼羞成怒。过了许久，我才平静下来。我质问王羊，毛英为啥突然要跟你跑？王羊想了一下说，这你应该比我清楚。我厉声说，她是跟你跑的，我清楚个屁！你从九女沟回来之前，她跟我过得好好的，一点儿跑的兆头也没有。你一回来，她就跟你跑尿了，肯定是你勾引她！王羊否认说，我没勾引，是她主动的。我打个哈哈说，笑话，你不勾引，她会跟你跑？王羊说，我真没有勾引她。她提出跟我去平顶山，是有原因的。我连忙问，啥原因？王羊说，你晓得！我先怔了一下，然后说，我不晓得。王羊直直地盯着我问，你是真不晓得还是假不晓得？我嘴一硬说，真不晓得。王羊说，既然你真不晓得，那我就直说了。

王羊开口就问，你还记得我老屋的那场火吗？我说，咋会不记得？它把天都烧红尿了。王羊说，那场火烧得很蹊跷，它早不烧晚不烧，偏偏在你抓住我和毛英的那天晚上烧了起来。我扩大嗓门问，你狗日的啥意思？王羊古怪地笑了一下说，我怀疑是有人故意放火。我赶紧问，谁放的？王羊瞪着我说，这我不能乱说，但只要派出所去查，一查就能查出来。我问，那你为啥不去报警？王羊说，我本来要去报警

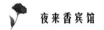

的，但毛英不让我报。开始我没听她的，坚持要去派出所。后来她居然给我下跪了，求我千万别去报警，还说她已决定陪我去平顶山挖煤，帮我挣钱回来修老屋。她一直跪在地上求我，我不答应她就不起来。没办法，我只好不报警了。

我压根儿没想到毛英曾给王羊下过跪。要是王羊不说，我还真不晓得有这么一回事。听王羊说了以后，我不禁恍惚了一阵儿，像喝酒喝醉尿了，感到头重脚轻，眼前黑黢黢的。

过了好久，我才回过神来。我有些不耐烦地对王羊说，别再跟我扯尿那些陈谷子烂芝麻了！你直接告诉我，毛英到底出了啥事？王羊说，你不要慌嘛，我会把一切都告诉你的。

4

我一说到老屋失火的事，陶贵这王八蛋就显得很紧张，两眼像老鼠似的东张西望，额头上的汗都冒出来尿了。

陶贵急于知道毛英现在的情况，但我没办法马上告诉他。我刚才一口气说了老半天，肚子里的那个红薯早已消耗完尿了。我问陶贵，你还有红薯吗？再给我吃一个，我又饿得没劲说话了。这一回，陶贵还算不错，二话没说就起身给我拿来了一个红薯，比上一个还大。他把红薯递给我之后，又给我倒了一杯开水，还客气地对我说，一边喝水一边吃吧，别把喉咙卡住了。

进屋之前，我浑身冻得僵硬，连鼻孔也堵尿了。喝了一杯开水，鼻孔猛地通了。这时，我闻到了一股尿味，臭得呛鼻。我用手扇着鼻孔问，啥味这么臭？陶贵红着腮帮子说，尿。我一怔问，屋里咋会有尿？陶贵指着一个墙角说，外面太冷，我把尿屙在脚盆里了。我顺着他的手看过去，果然看见了半盆尿。我冷笑了一声，觉得这王八蛋太不像话了。我本想把他臭骂几句，但想了想，还是忍着没骂。吃了两个红薯，我身上又有了一些力气。我很快站起身来，将那盆尿端到门外倒了。

陶贵没想到我会给他倒尿，一下子愣住尿了。我倒完尿进来，他马上给我上了一根烟，看我时的眼神也变得柔和了。接着，他又给我倒了一杯开水。

我重新坐到火炉边，先喝了一大口开水，然后一边吸烟一边讲毛英去平顶山之后的事情。陶贵听得很认真，两个耳朵都竖起来尿了，像一只野兔。

五年前，我去平顶山挖过一年煤，还在那里结识了一个姓储的洞长。储洞长是河南人，每顿都吃面食，每顿都要喝酒。要是哪顿没有面食和酒，他连桌子都懒尿得上。为了讨好他，我经常买点面条和酒给他送去，还口口声声叫他大哥。他很讲义气，把我当他的小兄弟看，每月都要多发我几百块钱的工资。后来离开了平顶山，我和他一直都有电话联系。

陶贵问我，你们这次去平顶山，碰到储洞长没有？我说，肯定碰到尿了，我们这次就是冲着他才去的。从油菜坡出发之前，我就给储洞长打过手机。他说，你来吧，我的洞子里正缺人呢。打手机的时候，我没告诉他我带了毛英。到了平顶山，他看见我身后跟一个女的，不由得一愣问，她是你什么人？我灵机一动说，她是我老婆，也想来你这儿打工。

说到这里，我特意停下来，悄悄地看了陶贵一眼。这个王八蛋，他的脸居然一下子黑尿了，黑得就像电视里的包公。我连忙解释说，如果不说毛英是我老婆，我怕储洞长不安排她做事。过了好一会儿，陶贵的脸才恢复正常。

储洞长听说毛英是我老婆，马上皱起眉头说，女人是不能下井的。我连忙说，大哥，你能不能让她去食堂煮饭？她的面食做得特别好吃。说完，我快步走到他跟前，赶紧把事先准备好的一瓶白酒给了他。储洞长接过酒，看着毛英说，食堂本来不差人手的，既然你这么远来了，就先到食堂帮忙吧。我和毛英都非常感激，觉得这个大哥够意思。到平顶山的当天晚上，储洞长还把我和毛英请到他住的地方坐了一下，又是上烟又是泡茶，还给毛英吃了两个橘子。

陶贵这时插嘴问，储洞长不和矿工们住一起吗？我说，他五年前是和矿工们一起住的，都住大工棚。从去年起，他在洞子附近租了一间民房，搬出去一个人住了。陶贵又问，你和毛英晚上住哪里？我先支吾了一下，然后如实回答说，头一个月，我在大工棚里住，毛英和另外两个煮饭的女工住在食堂里。从第二个月起，我们也在外面租了一间民房。我的话刚说出口，陶贵这王八蛋就生了气，指着我的鼻子骂道，你这个狗日的，真是不要脸！我没有还嘴，只顾默默地吸烟。

到平顶山的第二天，我和毛英就上班了。我下井挖煤，她到食堂帮厨。储洞长很大方，答应每个月给我五千块钱的工资，给毛英三千。他还承诺说，每个季度结一次账，决不拖欠。我当时喜得要死，心想，等干到过年回家，修老屋的钱就差不多够了。

陶贵性急地问，那你为啥没到过年就回来了？我压低嗓门说，因为毛英出了事！陶贵陡然提高声音说，她到底出了啥事？你快点儿说出来，别老是让我的心悬在半空里。他显得很不安，仿佛一只热锅上的蚂蚁。我看得出来，陶贵对毛英的感情其实还是很深的。我能理解陶贵。将心比心，连我这个打皮绊的都对毛英有感情，何况他和毛英还是多年的夫妻呢。

老实说，我对毛英的感情也是很深的。当初在九女沟，我还没太感觉到。到了平顶山，我就有了明显的感觉。尤其是租了民房住到一起后，我对毛英的感情一下子就上来了，简直可以说是爱上了她。然而，谁也没想到，我们在一起还没住到一个月，毛英就出事了。

她到底咋啦？陶贵冲我吼了起来。

我勾下头说，她跟储洞长打上皮绊了。

你说啥？陶贵突然从椅子上弹起来，眼珠鼓得圆圆的，像两颗黑药丸。

我伤心地说，储洞长也给我戴了绿帽子。

毛英到了平顶山，先在食堂打了几天下手，一周之后便负责做面食了。她蒸包子，做馒头，擀面条，样样都会，不久又学会了做河南烩面。储洞长租住的地方有厨房，大部分时间自己开伙，偶尔也会到食堂来吃一顿。自从吃了毛英做的烩面，储洞长就不自己开伙了，每天都跑尿食堂来吃。他夸毛英的烩面做得比河南人还地道，简直把她夸到天上去了。到平顶山的第二个月，储洞长突然跟毛英提出了一个要求。他让毛英去给他开小灶，也就是当他的专职厨师。

陶贵问，毛英去了没有？我点点头说，去了。陶贵又问，她为啥要去？我说，储洞长许诺每个月给她加五百块钱。其实，我是反对毛英去的，一开始我就觉得事情不妙。但毛英主意已定，我怎么劝都劝尿不住。头半个月，我还没发现啥异常。每天晚上七点左右，毛英都会按时回到我们租住的地方。可是，半个月以后，她就不再按时回来了，有时是八点，有时是九点，有时还拖到十点以后。从那个时候起，我就起了疑心。

难道你就没审问过毛英？陶贵问我。我说，审问过，但她不承认，不是说在帮储洞长洗衣裳，就是说在陪他斗地主。陶贵又问，你就没去查过吗？我说，我想过去查，但顾虑太多，一直没好意思去。不过，我最后还是去查尿了，没想到，一查就查出了问题。

我是在离开平顶山的头天晚上去查的。那天晚上，毛英直到半夜还没回来。我想，洗衣裳也不会洗到这么晚，斗地主也该散场了。我越想越觉得不对头，便不顾一切地去了储洞长住的地方。我到那里时，储洞长的门也关了，灯也熄了，连毛英的影子都没看尿到。后来，我轻手轻脚地走到了储洞长寝室的窗外，侧耳一听，居然听到了一串熟悉而又陌生的叫声。

陶贵胀大眼圈问，谁在叫？我沉默了一会儿说，除了毛英，还能有谁？陶贵问，难道毛英还叫床了不成？我说，她咋没叫？叫尿得吓死人的。陶贵破口大骂道，这个骚货，真是不要脸！

我没有再接陶贵的话，陡然感到寒气袭人，每个毛孔都凉飕飕的，浑身上下颤个不停，连牙齿也打起架来，仿佛打摆子了。陶贵一惊问，你咋发抖？我说，我好冷。陶贵立刻又往火炉里加了一块劈柴，火房里的温度更高了。可我还是感到很冷。陶贵问，房里这么暖和，你为啥还在发抖？我说，心里冷。陶贵想了一下说，你八成儿是受寒尿了，我去给你找壶酒来，让你喝酒祛寒。

陶贵很快提来了一壶苞谷酒，还拿来了两个杯子。他说他已有好长时间没喝酒了，也想趁机喝尿一杯。我们马上喝了起来。酒还真能祛寒，两杯下肚，我身上就不觉得冷了，也不发抖了。开始，我和陶贵各喝各的，连杯子都不碰一下。喝了五杯的样子，我感觉有点儿醉了。人一醉，心里就会生出一些跟平时不一样的想法。猛然之间，我觉得自己很对不起陶贵，于是就想敬他一杯酒。

我又斟了一杯，端起来说，陶贵，我敬你一杯酒！陶贵惊奇地问，你为啥敬我？我打个酒嗝说，我对不起你，不该跟毛英打皮绊，让你戴了绿帽子！陶贵听了很感动，欣喜地说，狗日的，难得听你给我道个歉！这杯酒，老子喝了。喝下我敬的酒，陶贵也醉尿了。他这时也满斟了一杯，反过来要敬我。我眨巴着眼睛问，你敬我搞啥？他喷着酒气说，我也对不起你，也想给你道个歉。我问，你有啥对不起我的？他说，我不该放火烧你的老屋！话音未落，他就一口干了。我顿时也非常感动，连忙端起杯子说，王八蛋，你终于自己承认了！这杯酒，我干！说完，我便一饮而尽。

后来，我和陶贵又连续喝了好多杯。我们相互认错，相互安慰，你来我往，推杯换盏，号啕大哭，泪流满面，直到把那壶酒喝得一干二净才停尿下来。末了，我们醉成了两堆烂泥，一同倒在了火炉边。倒下后，我们开始说酒话了。陶贵说，我要赶在过年之前去平顶山把毛英找回来。我说，我陪你去。

吃苦桃子的人

1

一辆运苹果的卡车，开到油菜坡脚下突然坏了。车上除了司机，还有一个搭伴儿的女人。这年头，跑长途运输的司机，都喜欢找个女人搭伴儿。搭伴儿的女人被叫作车花，一般都比较年轻，有几分姿色，多少还有些风流。

司机从车上跳下来，很快打开了引擎盖，开始埋头检查。车花也跟着下了车，一下来就伸了个懒腰。她说不上太漂亮，脸上有几颗碎斑，像几粒黑芝麻。不过，她的身材挺好，属于胸大腰细那种。司机四十多岁的样子，看上去很老练，没用多久便找到了毛病。

糟糕，发动机坏了！司机说。

车花赶紧走拢去，焦急地问，能修好吗？

必须去宜昌买配件。司机说。他关了引擎盖，一边脱手套一边叹了口长气，显得很无奈。

车花顿时紧张起来，蹙着眉头问，又要我一个人在这儿守车吗？

司机没回答车花，只用不屑的目光瞅了她一眼，好像觉得她这个问题问得太幼稚，根本不值得他来回答。车花有些不高兴，翘着嘴巴嘟哝说，宜昌离这里几百公里，你一去一来少说也得两三天，让我一个女人在这荒山野岭里守车，又人生地不熟的，你不担心我害怕吗？司机听车花这么说，态度马上发生了变化。他扭过头来，先在车花肩上拍了一下，然后诚恳地说，你要是实在害怕，就在这附近找个老实点儿的人陪你。

这是一个深秋的下午，虽然才四点多钟，但太阳已开始西斜了。司机看看手表说，还有一趟到老垭镇的班车，我今晚赶到那里去住，明天一早就去宜昌，顺利的话，后天上午就可以把配件买来。车花说，好，你早去早回。

过了五分钟，司机说的那趟班车就来了。车上人不多，一招手就停了下来。司机麻利地上了车，上车后还回头给车花挥了挥手。车花也给司机挥了手，仿佛依依不舍。

司机走后，车花登上路边的一个石头，把四周环视了一遍。她希望看到一户人家，但没看到，只看到了几片树林和几块庄稼地，还有几个坟包。正感到失望，一个长着厚嘴唇的男人忽然出现在车花眼前。

厚嘴唇男人是从车后面走过来的，背着一个用竹篾编成的背篓。他身上的穿着很过时，蓝褂子，黑裤子，黄球鞋，都是上个世纪七十年代的打扮。他手上捏着几个桃子，正一边走一边吃着。桃子很小，只有李子那么大，上面还有一层茸毛。但他吃得很来劲，咯嘣咯嘣的，像吃人参一样津津有味。

从车花面前经过时，厚嘴唇男人没有停，也没有减速，只淡淡地瞟了她一眼就过去了。车花感到这个人有些迟钝。在车花的记忆中，男人们从她身边经过时，一般都会停下来看她几眼，目光色眯眯的。

厚嘴唇男人走过去不到十步，车花猛然叫了他一声。哎，请你等一下。车花说。他立刻停住脚，回过头问，有事吗？车花问，这附近有没有人家？厚嘴唇男人想了一下，伸手朝他正要去的方向指了指说，前头不远有个弯，一拐弯就是个杂货铺。车花说，谢谢你！厚嘴唇男人没再搭腔，转身就走了。

太阳快要下山的时候，车花决定去一趟前面的杂货铺。她打算去买几桶泡面。车上有一瓶开水，这两天只能用开水泡面吃了。另外，她还希望能碰到一个可靠的人，请来帮她守车。

车花是个细心的女人，走之前还绕车转了一圈。车上的油布都盖得严严实实，四面的绳子也看不出松动的迹象。然后，她又去检查车门，使劲拉了拉。确信车门锁好后，她才往杂货铺那边走。

杂货铺正在公路转弯的地方。老板挺着个啤酒肚，看上去像一个孕妇。铺面不大，但顾客却不少。他们挤在铺子门口，有的坐着，有的站着，有的蹲在地上，正在兴致勃勃地聊天。车花没急着走拢去，离杂货铺还有老远就停住了。她发现，那个厚嘴唇男人也在铺子门口。不过，他身上的背篓已放到了地上，背篓里装着一包化肥。厚嘴唇男人没坐，也没说话，直直地站在背篓边上，正支着耳朵听着别人聊。他仍然在吃桃子，咯嘣咯嘣的。老板对那群人很热情，给每个人发烟。但厚嘴唇男人没接，好像只喜欢吃桃子。

那群人聊得如痴如醉，没一个人发现车花。车花认真听了一下，听出他们都是从外地打工回来的。聊着聊着，他们把话题转到了妓女身上。我在东莞，五百块钱搞一盘。一个穿皮夹克的说。五百太贵了，我在郑州，搞一盘只要三百。一个穿西服的说。三百也贵，在宜昌火车站旁边那条巷子里，我花五十块钱就搞了一盘，还不用戴套子。一个穿猎装的说。

这时，那个厚嘴唇男人突然停止了吃桃子。他先把他的厚嘴唇抹了一下，然后张开说，你们都别吹了，辛辛苦苦出外打工，搞个女人还要掏钱，有啥好吹的？我待在家里种田，三条野鳝鱼就能搞一盘！

厚嘴唇男人此话一出，刚才那三个全傻了眼，都不吭声了。车花也傻了眼，马上睁大眼睛，把厚嘴唇男人重新打量了一番。那三个从外面打工回来的人，都觉得输给了厚嘴唇男人，显得有些不服气。沉默了一会儿，他们同时把目光移到了杂货铺老板身上。

憨宝肯定是日白，三条野鳝鱼搞一盘，哪有这好的事？三个人齐声说。

老板摸着啤酒肚，笑了笑说，没日白，他搞的是老白菜。

老板话音没落，那三个人就哈哈大笑起来，还使劲地拍腿，跳脚，眼泪都笑出来了。他们边笑边说，难怪呢，原来是搞老白菜！

一直到杂货铺平静下来，车花才走过去。有泡面卖吗？她问老板。老板说，有。车花直接跟着老板进了铺子，买了四桶酸菜牛肉泡面。

从杂货铺出来，车花一边走一边问老板，我们的车坏了，你能帮我找个可靠的人守车吗？司机买配件去了，公路边有好多坟，我一个人夜里害怕。老板听了，随手朝门口一指说，他们都可靠。一听说守车，这群人都显得很兴奋。守一夜多少钱？他们马上问。车花想了想说，一百，最多一百五。穿皮夹克的说，一百五太少了，三百怎么样？车花说，三百，我宁可被鬼吓死。穿西服的说，你出两百五，我去帮你守。车花说，给你两百五，我就成二百五了。穿猎装的说，那就两百吧，只当是帮了忙的。车花说，谢谢，我最多只能出一百五。

价钱没谈拢，车花打算走。她刚要转身，那个叫憨宝的厚嘴唇男人说，我去帮你守吧。你要多少钱？车花问。憨宝说，一百就够了。车花说，我给你一百五。憨宝说，我只要一百。

车花胀大眼圈看了看憨宝，觉得他不像是开玩笑，就说，好，事情就这么定了。憨宝说，我先把化肥送回家，吃了晚饭就去你车那里。车花说，你也可以不回家，我请你吃泡面。憨宝说，我要回去，还得给我妈和我侄儿煮晚饭呢。说完，他背起背篓就一个人先走了。

车花随后也离开了杂货铺。临走时，她听见那群人都在嘲笑憨宝。有人说，他好像跟钱有仇。有人说，他可能怕钱多了咬手。有人说，憨宝真他妈是个傻屄，难怪四十几了还打光棍呢！

2

天擦黑，憨宝来到了坏车的地方。他双臂不空，一边抱一个草席卷，一边夹一床旧棉絮。车花已吃过泡面，这会儿正坐在驾驶室里听歌。看见憨宝后，她马上从车上下来了。

你带草席和棉絮做什么？车花问。憨宝说，睡觉时做垫盖。憨宝告诉车花，他以前在这公路上守过车，都是自己带垫的和盖的。要是车厢里能睡，就只需要棉絮；车厢要是睡不了，就只好用草席垫在车底下睡了。车花说，其实我们车上备有被褥。憨宝说，你们是出了钱的，我怎么好意思用你们的？憨宝说完，先仰起头看了看车厢，又低头往车底下看了看。他在找睡觉的地方。你就睡车厢里吧，苹果压一下问题不大。车花说。憨宝说，若是压了不好，我睡车底下也行，反正我带了草席。车花想了想说，你还是睡车厢吧，车底下潮气太大，容易伤身体。憨宝有些感动，一边往车厢扔棉絮，一边回头对车花说，你这个人，心还挺善的。

憨宝很快爬上了车厢，在一个稍微平点的地方铺了棉絮。天已黑透，一丝冷风从远处吹了过来。憨宝勾着头，对站在公路上的车花说，你快进驾驶室休息吧，外面起风了。车花跳上了驾驶室的踏板，但没进去。这时才七点多钟，休息还早，车花想跟憨宝说一会儿话。

车花问，你真的没老婆？憨宝说，真没有，我是光棍。车花问，你怎么不找一个？憨宝说，我长得丑，没人看得上。车花没想到憨宝说话这么实在，不禁偷偷地笑了一下。笑过之后，车花说，你其实不丑，就是嘴唇厚一点儿。憨宝说，我负担也重，不光要养活一个七八十岁的老妈，还要供一个侄儿读书。车花一愣问，你侄儿为什么也要你管？憨宝说，他爹妈都跑了，我不管谁管？

憨宝告诉车花，他还有个比他小两岁的弟弟。弟弟比憨宝长得好看些，脑袋也比他聪明。当时家里很穷，供不起两个人读书。憨宝读完小学就主动回家放牛了，让弟弟一个人往上读，一直读到高中。弟弟高中毕业后，回村当了代课老师，还找到了一个弟媳。弟媳也是山里人，没见过世面，对生活要求不高，有吃有穿就知足了。结婚头一年，小两口过得很幸福，第二年就生了个侄儿。侄儿满月后，弟媳突然要丢下侄儿去南方打工。她听别人说，南方钱多，像树叶一样满地都是，一弯腰就能捡一大把。弟媳出门前，想法也是挺好的。她想去挣一大笔钱，回来盖一栋房子，然后好好孝敬老人，抚养孩子。谁想到，弟媳出去后，一见到外面的花花世界，她的心也一下子花了。她出去后就没再回来，连自己的亲骨肉也不要了。弟弟给她打电话，求她回家。她说，我不会回去的，老家那种猪狗不如的日子，我再也不想过了。她说完就挂了电话，不久便换了手机。据说，弟媳一到南方就认识了一个富商，很快就当了人家的二奶。弟弟听到这个消息后，气得差点吐血。后来，弟弟就亲自去南方找弟媳，说死活也要把她弄回来。结果，弟弟也一去不返了。

憨宝讲完，车花好半天没说话。她一动不动地靠在车门上，像一棵死树。车花也是农村人，家里也有丈夫和孩子，只不过是个女儿。她也是出门打工的，只是没遇到富商。她原来在一个厂里上班，一个月才挣两千多块钱，还累死累活的。半年前，她开始给这个开卡车的司机搭伴儿。司机包吃包住，每月再给她五千。她一直觉得自己挺划算的。

你怎么不说话了？憨宝问。

车花有些恍惚地说，你的弟媳，让我猛然想到了一个熟人。

她也丢下孩子跑了吗？憨宝问。

车花苦笑了一下说，跑倒是没跑，但她每年到了春节才回一趟家。

夜色越来越浓了，风也大了起来。车花打开车门，想进去加一件毛衣。驾驶室里很宽敞，座位后面还有一个睡觉的地方，垫的盖的都有，还有枕头，仿佛长途客车上的卧铺。车花给司机搭伴儿，实际上没多少具体的事做，大部分时间都躺在这个卧铺上睡觉。很多时候，都是车花一个人睡，司机在前面开车。偶尔，司机实在困了，或是心血来潮，也会把车停在路边，像翻墙一样爬过来，跟她在这卧铺上睡一会儿。算起来，车花已在这卧铺上睡大半年了，差不多把这里当成了自己的家。

加好毛衣，车花又从驾驶室里出来了。她今晚有些兴奋，到现在还一点儿睡意都没有。车花想和憨宝多说几句话。不知为什么，她觉得跟憨宝说话挺有意思的。从车上下来时，车花顺手拿了一条毛毯。夜里气温很低，她担心憨宝那床棉絮有点儿薄。

在踏板上站稳后，车花正要把毛毯递给憨宝，她听见了咯嘣咯嘣的声音。声音是在车厢里响的，她想憨宝又在吃桃子了。你没吃晚饭吗？车花问。吃了。憨宝说。那是没吃饱？车花问。吃饱了。憨宝说。吃饱了怎么还吃桃子？车花问。

我当零食吃，免得无聊。憨宝说。车花听了，忍不住扑哧一笑。憨宝问，你笑啥？车花说，我从没听说过无聊时吃桃子的。憨宝不说话了，吃桃子的声音也停了下来。过了一会儿，车花问，你怎么不吃了？憨宝说，我怕你笑。车花说，吃吧，我不笑了。说完，车花把毛毯扔到了憨宝怀里。憨宝问，你扔的是啥？摸着毛乎乎的？车花说，是一床毛毯。天冷，你多盖点。

这时，一辆拖矿石的卡车从此经过，车灯开得很大，把运苹果的车也照亮了。车花看见憨宝弯着腰坐在车厢的油布上，身上披着那床棉絮，看着像一只熊。

矿车开过去后，车花陡然想到了老白菜。在杂货铺里，老板说出老白菜的时候，那三个人都笑得一塌糊涂。车花很好奇，不明白他们为什么会那样狂笑。她早就想问一问憨宝，但一直没好意思开口。

老白菜是谁？车花终于忍不住问。

憨宝说，一个寡妇，丈夫死后，一直没找到男人。

为什么叫老白菜？车花接着问。

憨宝说，她有六十多岁了，脸又枯又黄，像老白菜叶子。

你真的和她睡过？车花又问。

憨宝说，睡过，三条野鳝鱼睡一盘。

车花没想到憨宝这么直爽，又偷偷地笑了一下。这时，憨宝又开始吃桃子了，咯嘣咯嘣的。车花问，你又感到无聊了？憨宝一边吃一边说，有点儿。车花问，为什么会感到无聊？憨宝说，谁要你刚才说到老白菜的？车花没听懂憨宝的话，疑惑地问，一说到老白菜，你就会感到无聊吗？憨宝说，有时想到她，我也会感到无聊。

憨宝一口气吃了好几个桃子。车花想，难怪他要穿那种老式褂子呢，原来上面有两个大口袋，可以装很多桃子。咯嘣咯嘣的声音停止后，车花问，你吃的桃子怎么那么小？

我吃的是苦桃子。憨宝说。

苦桃子？车花一愣问，味道是苦的吗？

憨宝说，别人吃是苦的，我吃是甜的。

为什么？车花惊奇地问，难道你的舌头与别人不一样？

憨宝不吱声了，像是被车花的问题难住了。过了一会儿，车花说，把你的苦桃子给我尝一个吧，我看看是苦是甜。憨宝马上从口袋里掏出一个，探着身子，递给了车花。车花接过苦桃子，直接丢进了嘴里。刚嚼了两下，车花就叫了起来。哎呀，苦死我了！车花是这么叫的。

憨宝哧哧地笑了起来，边笑边说，咋样，我说别人吃是苦的吧？车花吸了吸舌头说，看来，你的舌头真是与别人不一样啊！

3

第二天早晨，车花醒来时感觉嗓子眼儿又干又痒，好像谁在那里插了一根鸡毛。她想，肯定是头天晚上在露天里站的时间长了，感冒了。

车花从驾驶室推门出来，看见憨宝已站在了公路上，双手捧着那床毛毯。毛毯还是整整齐齐的，显然没有打开过。憨宝把毛毯递到车花手边说，还是放到车里吧，以免弄脏了。

车花接过毛毯问，你怎么没盖？

这么好的东西，我不敢盖。憨宝说。

车花忙问，为什么？

盖了你的毛毯，我今后就不愿意盖我的旧棉絮了。憨宝说。

车花听了大吃一惊，呆呆地看着憨宝，两个眼圈都快胀破了。她压根儿也没想到，憨宝能说出这么高深的话。

憨宝从车厢下来时，把他的旧棉絮和草席卷也带下来了，将它们堆在公路边上。车花瞅了瞅旧棉絮和草席卷，然后望着憨宝说，今晚我还想请你帮我守车。憨宝说，好的，反正我晚上没事。车花接着说，你的铺盖，可以就放到车上，以免你抱来抱去的。憨宝说，也行。说完，他便匆匆忙忙朝旧棉絮和草席卷跑过去，又匆匆忙忙将它们抛上了车厢。看样子，憨宝要急着离开这里。

车花问，你有急事吗？憨宝说，今天是星期日，我侄儿下午要返校。他在老垭镇中学寄读，每周才回来一次。在他返校前，我必须把一周的米给他准备足。车花说，你这个伯伯当得真好！憨宝说，没办法，谁叫他是我侄儿呢？不过，他学习很好，在班上总是头几名。他跟我也特别亲，差不多把我当爹了。车花说，你把他从满月养到这么大，本来就是爹。憨宝说，我没时间跟你多说了，得赶紧回家推谷打米。

憨宝说完，转身就走了。刚走出两三步，车花又把他叫住了。车花说，你等一会儿，我把昨晚守车的钱给你。憨宝说，今晚不是还要守吗？等守完一起给吧。车花说，还是及时给了好。憨宝说，给我也好，我妈蜂糖喝完了，打完米我正好去买几斤蜂糖。我妈快八十了，别的都不爱，就爱喝点蜂糖。车花说，你好孝顺啊！她这时已拿出钱包，正在往外掏钱。她先掏出了一张一百的，想了想，又掏出了一张五十的，然后一起递给憨宝。憨宝却只收了那张一百的。车花诚恳地说，把一百五都收下。憨宝说，我只要一百。车花问，为什么？憨宝说，今天我收你一百五，若是明天别人只给一百，我就不想干了。

车花还想再劝劝憨宝，但憨宝已走出好远了。看着憨宝的背影，车花默默地说，这个人真是怪得很。

憨宝走后，车花开始泡面吃。可是，开水早已变成了温水，她泡了好半天也没把面泡开。加上嗓子难受，她吃了几口就不想吃了。丢下泡面桶，车花决定再去一趟杂货铺。她想看那里有没有感冒药卖，还想顺便弄一瓶开水。

车花提着水瓶来到杂货铺，老板正在门口煤炉上烧开水。壶上热气腾腾的，水马上就要开了。老板一眼认出了车花，连忙打着笑脸说，你早啊！车花咳了一声说，来得早不如来得巧，我正要买瓶开水。老板说，不要钱，你昨天还照顾了我的生意呢，我送你一瓶。他说着就把水瓶接过去，很快灌了一瓶。

老板把水瓶还给车花时，歪起头问，听你的声音，好像感冒了？车花说，是的，你这儿有感冒药卖吗？老板幽默地说，我开的是商店，又不是药铺，怎么会有药卖？车花问，这附近有没有卖药的？老板想了想说，没有，要买药还得上老垭镇。车花又咳了一下说，老垭镇我可去不了，还要守车呢。

车花一提到守车，老板立刻有些亢奋。憨宝呢？你不是请他帮你守车的吗？老板问。车花说，回家了，他只是夜里帮我守。老板说，你请憨宝守车，算是请对了人。车花问，此话怎讲？老板犹豫片刻说，他夜里不会打你的主意。车花问，此话又怎讲？老板怪笑了一下说，他心里只有老白菜。

正在这时，一个面黄肌瘦的女人从公路转弯处走过来了。她头发乱蓬蓬的，像是半个月没梳过。衣服也皱皱巴巴，还长一片短一片。老板给车花挤个眼神说，说曹操，曹操到。车花一惊问，她就是老白菜？老板说，像吗？车花说，我真替憨宝伤心。

老白菜是来杂货铺买盐的。她进铺子时，车花干咳了一声。她买了盐从铺子里出来，车花又干咳了一声。你感冒得不轻。老百菜停在车花身边说。她说话时面无表情，像个巫婆。车花清了清嗓子说，可能是受寒了。

有个土方子，比感冒药还见效。老白菜说。

车花忙问，什么方子？

用泡胡椒熬野鳝鱼汤，一喝就好。老白菜说。

老白菜说完就走了，没跟任何人打招呼。走到公路那边后，她突然回过头来，大着嗓门儿说，一定要是野鳝鱼。

　　车花没在杂货铺久待，很快提着水瓶回到了坏车的地方。这一带虽说民风淳朴，但小偷到处都有，她担心有人趁她离开时偷苹果。

　　临近中午时，车花发现鼻子也堵了，感冒好像越来越严重。她没有泡面吃，嘴里干巴巴的，一点胃口也没有，只猛喝了几杯开水。然后，她躺到驾驶室后面那个卧铺上，打算好好地睡一觉。

　　大约睡了一个钟头，车花在迷迷糊糊中听见有人敲车门。她抬头一看，是憨宝站在驾驶室外面的踏板上。他又在吃苦桃子，咯嘣咯嘣的。车花坐起身来，打开车窗问，你怎么中午来了？憨宝说，我去杂货铺给我妈买了一罐蜂糖，回家路过这里，顺便看看你感冒好些没有。车花边咳边说，没好，似乎还加重了。憨宝顿时没心思吃苦桃子了。他把没吃完的半个放进口袋，皱着眉头问，那可怎么办？车花说，不要紧，挨几天就会好的。

　　车花这时猛然想到了老白菜，双眉一挑问，你知道我今天碰到谁了？憨宝说，我哪晓得。车花说，我碰到了老白菜！憨宝问，你咋认得她？车花说，杂货铺老板告诉我的，她到那里买盐。憨宝没再接话，一只手不知不觉伸进了口袋，很快掏出了刚才剩下的半个苦桃子。他顺手塞进嘴里，又咯嘣咯嘣地吃了起来。车花想，他又开始无聊了。

　　过了一会儿，车花好奇地问，你近来跟老白菜睡过没有？

　　憨宝伸出舌头舔了舔厚嘴唇说，没有，我快一个月没跟她睡过了。

　　为什么？车花咳了一下问。

　　天气冷了，捉不到野鳝鱼了。憨宝说。

　　车花老家那地方没有野鳝鱼，对鳝鱼的习性不熟。她疑惑地问，野鳝鱼呢？憨宝说，天气一冷，野鳝鱼都钻到泥巴下头躲起来了。它们躲得很深，想挖一条野鳝鱼比挖金子还难。停了一会儿，车花又问，你捉不到野鳝鱼，老白菜就不跟你睡吗？憨宝说，这我倒没试过。捉不到野鳝鱼了，我就没去找她了。车花问，为什么不去？憨宝说，我不想白睡，欠人家的不好。车花听了，忍不住想笑，但还没笑就咳了

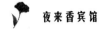

起来，咳得满脸通红，眼泪都咳出来了。

憨宝有点儿紧张地说，你感冒得太厉害了！他说着就跳下了踏板，好像马上要走。车花急忙问，你要走吗？憨宝说，是的，时间不早了。车花有些不舍地说，你待会儿再走吧。憨宝说，不能待了，我还有事呢。车花问，什么事这么急？憨宝没告诉车花，只说晚上早点儿来，说完就往他住的地方走了。

4

这天下午，车花一直在车里躺着，咳个不停，头昏脑涨，四肢又酸又软。她艰难地抬起头，朝车窗外看了一眼，发现天也阴了，像要下雨的样子。车花突然感到有点儿孤单。

车花给司机打了一个手机。司机说配件已买到了，但明天中午才能回来。放下手机时，车花的眼泪一下子出来了，像冰凉的蚯蚓在鼻沟里爬着。

扯纸擦泪时，车花陡然想起了老家的丈夫和女儿。丈夫是一个少言寡语的男人，除了埋头干活，平时连一句多余的话都不会说。她出门打工时，丈夫是不情愿她离开的。但她执意要走，丈夫也只好依了她。女儿倒是话多，听说她要出远门，头天晚上硬是缠着她，小嘴不停地说了半夜，求她别走。但她没被女儿留住，次日天不亮就离开了家。一想到丈夫和女儿，车花的泪水便越擦越多，鼻沟差点儿流成了河。

吃晚饭的光景，车花勉强从车上下来，去公路外边解了个手。回到车上时，她感到胃里空空荡荡的，但还是不想吃泡面。驾驶室里有一袋洗好的苹果，她随手拿出一个，坐在前排一个座位上啃了起来。刚啃了几口，车花听见外面有脚步声，扭头一看，是憨宝来了。

憨宝双手捧着一个黑瓦罐，直接走到了驾驶室下边。车花急忙伸出头问，罐子里是什么？憨宝有点儿神秘地说，我给你熬了一罐治感冒的特效药。车花眨着眼皮问，药，什么药？憨宝卖个关子说，你先别问，赶快趁热喝了吧，喝了包你感冒好。他一边说，一边把黑瓦罐从车窗递了进来。车花犹豫了一会儿，还是接了黑瓦罐。黑瓦罐还是热的，从盖子缝里冒出一股香气。车花却没有马上喝，目光直直地看着黑瓦罐。

你赶快喝吧，趁热喝最有效。憨宝说。

车花说，你告诉我，罐子里装的是什么？

你喝了，我再告诉你。憨宝说。

车花说，不，你先告诉我了，我再喝。

憨宝拗不过车花，只好老实说，我用泡胡椒熬的野鳝鱼汤。

车花听了浑身一颤，很快想起了老白菜早晨说过的话。她顿时激动不已，半天说不出话来。憨宝这时催促说，你快喝吧，不然就冷了。车花给憨宝点点头，揭开盖子，双手把黑瓦罐捧到嘴边，仰头就喝了起来。车花真能喝，像久旱的人遇到甘泉，咕咕噜噜一口气喝了半罐子。

车花把黑瓦罐从嘴上放下来时，憨宝用舌头舔着厚嘴唇问，好喝吗？车花满脸堆笑说，好喝，真是好喝！憨宝说，既然好喝，那你就都喝了吧。车花说，你也喝点儿吧，这么好喝的汤，不能都让我一个人喝了。说完，她把黑瓦罐给憨宝递了出去。憨宝却说，我不喝。车花问，为什么？憨宝认真地说，我喝了反胃。车花说，你骗我。憨宝发誓说，骗你是狗！小时候家里太穷，我几乎没沾过荤腥，一天三顿都吃素。后来家里好了些，隔三差五也吃得起荤腥了，可胃却受不了，连吃个鸡蛋都反胃，更别说吃鳝鱼了。听憨宝这么说，车花就收回黑瓦罐，把剩下的半罐子也喝了。

喝下一罐子野鳝鱼汤，车花顿时有了点儿精神，嗓子眼儿也好受了一些。她问憨宝，野鳝鱼是从哪里弄的？憨宝说，我在我家后头一个烂泥湖里挖的。车花问，你不是说天冷了野鳝鱼都躲起来了吗？憨宝说，是啊，它们真会躲，我把那个烂泥湖挖了三尺多深，差不多挖了个底朝天，才好不容易挖到了三条。

车花是个敏感的女人。憨宝一说三条野鳝鱼，车花心里陡然咯噔一响，一下子想到了老白菜。

你为什么不拎着三条野鳝鱼去找老白菜？车花怪笑一下问。

憨宝红了脸说，治病要紧呢！再说，我也是专门为你挖的。

车花听了很感动，一只手情不自禁地伸出窗外，在憨宝肩上拍了一下。直到这时，车花才发现憨宝的褂子上沾了不少污泥。你褂子上的泥巴是挖野鳝鱼时沾的吧？车花问。憨宝说，那个烂泥湖里全是臊泥巴，稍不留神就会沾到身上。驾驶座的靠背上，搭着一件半新不旧的夹克衫，司机嫌短了点儿，几个月都没穿了。车花伸手将它取下来，转身递给憨宝。

这件夹克衫送给你了，快把你的泥巴褂子换下来吧。车花说。

憨宝却不接，连忙摆头说，我不要。

怎么，嫌它旧吗？车花问。

憨宝说，不是的，这么好的衣裳我不敢穿。

为什么不敢？车花问。

憨宝说，我一穿你的夹克衫，今后我就不愿意再穿我的褂子了。

车花听憨宝这么说，就没再多说什么。她摇头苦笑了一下，只好把夹克衫放回了原处。

阴天黑得早，刚到六点钟，四周的庄稼和树木都模糊不清了。天边黑沉沉的，好像真要下雨。憨宝对车花说，你刚喝了野鳝鱼汤，好好捂住被子睡一觉吧。车花问，你呢？憨宝想想说，我去杂货铺那里转一转。

憨宝一走，车花就躺在驾驶室后头的卧铺上睡了。她听了憨宝的话，睡下后扯开被子，把自己捂了个严严实实。她很快睡着了，还发出了细微的鼾声。

车花一觉睡了将近两个钟头，醒来时，感觉浑身上下轻松了几十斤，嗓子眼儿的那根鸡毛也没有了。野鳝鱼汤真是有效啊！车花自言自语地说。她揉了揉眼睛，从卧铺上坐起来，然后套上毛衣开始下车。

下到踏板上，车花听见车厢里有咯嘣咯嘣的声音，就知道憨宝已从杂货铺回来了。你什么时候回来的？车花问。憨宝说，回来一个多小时了。停了一下，车花又问，你又感到无聊了吧？憨宝问，你咋晓得？车花说，因为你又在吃苦桃子了。憨宝嘿嘿笑了两声说，我吃苦桃子，也不单是无聊，其实也是一种习惯，经常一个人待着，嘴里总要吃点儿啥。憨宝说到这里，车花猛然想到了驾驶室里的那袋苹果。她麻利地爬进车里，很快抓了两个苹果出来。

给你两个苹果，换个口味吧。车花一边说，一边把苹果往车厢递。

憨宝说，谢谢你，我不吃苹果。

为什么？车花问。

憨宝说，这么好的水果，我不敢吃。

是不是怕吃了我的苹果，以后就不愿意吃你的苦桃子了？车花问。

憨宝说，是的。

车花把苹果收回来，从车窗放了进去。之后，车花又去公路外边解了个手。解手转来，憨宝还在吃苦桃子，咯嘣咯嘣的声音清脆悦耳。

车花仰起头问，你为什么这样喜欢吃苦桃子？

憨宝说，苦桃子不要钱，我们油菜坡满山都是，想吃多少吃多少。

车花又问，要是过了季节呢？

憨宝说，我每年都要晒几百斤苦桃子干，一年四季都有吃的。

憨宝一说到苦桃子，话就多了起来。他说，他从五岁那年就开始吃苦桃子了。那年这一带大旱，粮食颗粒无收，瓜果蔬菜都干死了，只有苦桃子不怕天旱，每棵树都结得压弯了枝。可苦桃子太苦，没几个人敢吃，好多人都饿病了，还饿死了不少人。但是，憨宝不怕苦，一饿就去山上摘苦桃子吃。他靠苦桃子活了命，还活得好好的。开始吃的时候，他也觉得苦桃子苦，但吃多了就尝到了甜味，后来越吃越甜，竟然还吃上了瘾。

憨宝还想往下讲，一阵冷风刮了过来。车花说，我要进车里了，怕又被冻感冒。憨宝说，快进去吧，时间也不早了。

5

半夜一点钟的样子，天上下起了小雨。车花是被憨宝的动静弄醒的。她打着电筒从驾驶室出来的时候，憨宝已从车厢里下来了。

憨宝正在往车底下铺草席。车花惊奇地问，你把草席铺车底下做什么？憨宝说，车厢里睡不成了，我到车底下去睡。车花责怪说，车底下哪能睡人？亏你想得出来！憨宝停下来，回过头问，那我睡哪儿？车花想了一下说，进驾驶室吧，前面可以坐着睡，后面可以躺着睡，你自己选。憨宝先是一惊，然后说，我不进去。车花说，为什么？怕我吃了你不成？憨宝说，那倒不是，我褂子和裤子上都是泥巴，怕把车里弄脏了。车花朝他身上瞟了一眼说，你可以把外面的衣裳脱了再进去嘛，难道里面没穿秋衣秋裤？车花说完先进了车。

车花进到车里不一会儿，憨宝终于也进来了。他穿着一套灰颜色的秋衣秋裤，看起来干净多了，人也精干了一些。憨宝把他脱下来的外衣也带进来了，顺手放在座位下面。

憨宝进车后显得十分拘束，勾着头，一动不动地站在车门那里，像一根被大雪压弯的竹子。车花抿着嘴笑了笑问，你是睡前排，还是睡后排？憨宝慢慢地打开厚嘴唇说，我就在前排坐。车花说，坐也行，睡也行，随你的便。她边说边把自己移到后排，直接躺在了卧铺上。随后，憨宝也在副驾位子上坐了下来。等憨宝坐定以后，车花熄灭了电筒说，已是下半夜了，抓紧休息吧。

然而，车花却久久没有入睡，躺下一个钟头了，眼皮一下也没合拢过。憨宝在烂泥湖挖野鳝鱼的情景，像放电影似的，一直在她眼前晃来晃去。她越来越兴奋，睡意跑得无影无踪。憨宝也没睡着。车花听见他又在吃苦桃子，咯嘣咯嘣的。车花问憨宝怎么还不睡？他说他睡不着。

车花说，你肯定又想老白菜了。

憨宝说，看你说的！

车花说，你好不容易挖了三条野鳝鱼，不该给我熬汤的，应该拎去找老白菜。

憨宝说，看你说的！

车花说，你要是去找了老白菜，就不会半夜三更睡不着觉了。

憨宝说，看你说的！

沉默了一阵儿，憨宝问车花，你为啥也睡不着？车花想了一下说，我不知道如何感谢你。憨宝问，我有啥好感谢的？车花说，你吃那么大的苦挖野鳝鱼，给我治好了感冒，所以我要感谢你！憨宝说，没必要。车花说，肯定有必要，只是我一时想不出感谢你的办法来。

车窗外头，雨越下越大了。密密麻麻的雨点打在车厢的油布上，听上去好像谁在那里打鼓。车花听了一会儿，心里猛然一动问，喂，你看这样行不行？憨宝问，咋样？车花半真半假地说，我陪你睡一觉，就当是我感谢你的！憨宝一下子呆住了，一声不吱，咯嘣咯嘣的声音也没有了。车花问，怎么样？你就把我当成老白菜吧！憨宝还是不吱声，只吞了一口涎水。车花这时动情地说，到后排来吧，后排宽敞一些！她说着，还伸手拉了一下憨宝的胳膊。憨宝仍然不说话，又吞了一口涎水，声音像喝米汤。来吧！车花又催了一遍。但是，憨宝却坐在前面一动不动，稳如泰山。

怎么，你看不上我？车花疑惑地问。

不是。憨宝口齿不灵地说，你长得像仙女，我咋会看不上！

那你为什么不过来？车花问。

你，你这么漂亮的女人，我，我不敢睡。憨宝结结巴巴地说，我怕跟你睡一回，今后就不想再跟老白菜睡了。

车花听了很失望，刚才绷得紧紧的身体一下子松软下来。她的心也凉了，还有点儿酸，感到非常难过，想哭。但车花忍着没哭，害怕被憨宝听见了。过了一会儿，憨宝回过头来，有些不安地说，对不起，我狗子坐轿，不识抬举！车花没搭腔，泪水终于漫出了眼眶。

那晚后半夜，车花又羞又愧，毫无睡意，一个人躺在黑暗中默默流泪。直到天快亮了，她才迷迷蒙蒙地睡去。醒来的时候，憨宝已经

走了。

上午十一点多钟，司机回到了坏车的地方。趁司机给发动机换配件，车花决定去一趟憨宝家，去给他送守车的钱。

憨宝住在半坡上，离公路有三里多，车花问了好几个人才找到。憨宝住的还是过去的土墙屋，门口有一块土场，满地都是鸡和鸭，一个白发苍苍的老人正在给它们喂食。憨宝一个人坐在堂屋里撕苞谷棒子，嘴里吃着苦桃子。车花刚到门口，就听到了咯嘣咯嘣的声音。憨宝看见车花，马上起身问，你咋来了？车花说，我来给你送昨晚守车的钱。车花打开钱包，本来想多给一些的，但怕憨宝不收，犹豫了半天，最后还是只掏了一百出来。

从堂屋往外走时，车花说，如果你愿意进城打工，我可以介绍你去一个货场做搬运，月薪三千。憨宝说，谢谢你，我不想进城。车花问，为什么？憨宝说，我们农村人，一进城，心就会花，心一花，就完蛋了。车花听了，心陡然一颤，好像被虫子咬了一下。

分别的时候，车花找憨宝要了一个苦桃子。

道德模范刘春水

1

　　那天吃过早饭，我陪着镇上的宣传委员胡车，兴冲冲地去采访道德模范刘春水，结果却扑了一个空。

　　胡车感到很扫兴。他从镇上走的时候特意带了录音笔，还在脖子上挂了一个照相机，可这些都没派上用场。我比胡车还要扫兴，简直是扫兴透顶。老垭镇连续评了十届道德模范，每届评十个。全镇大小共有十五个村，在前九届的评选中，十四个村都先后有人当选，只有我们油菜坡刮了光头，被说成是唯一没有道德模范的村。作为村长，我一直觉得脸上无光。在镇领导面前，我的脸没地方搁。见到别村的村长，我恨不得把头藏到裤裆里去。这一届评上了刘春水，我们村终于有了一个道德

模范，我也算是松了一口气。为了改变人们对我们村的印象，我到镇上请了胡车，希望他把刘春水好好地宣传一下。可是，胡车专门来采访刘春水，他却躲得不见人影儿了。

我当了将近十年的村长，做任何事都喜欢钉子回脚。为了慎重起见，我头天傍晚还专程往刘春水那里跑过一趟。当时刘春水不在家，他的丈母习久芬正在煮晚饭。习久芬说，刘春水到后山苞谷地给苞谷打叶子去了。我等了半个钟头，刘春水还没回来，我就叮嘱习久芬说，明天上午镇上的宣传委员要来采访刘春水，你让他在家等着，千万不要下地了。习久芬听了很高兴，满口答应我说，村长放心，我保证刘春水明天哪儿都不去。没想到，我提前把工作做得这么细，到头来还是出了纰漏。

回想起来，我们村能评上一个道德模范，实在是太不容易了。前头那九届，我每届都推荐了人选，可一个也没评上。镇上的领导说，我以前推荐的那些人，在道德表现上都不是很突出，事迹也不怎么感人。所以，好多人选在头一轮就被刷掉了。扳着指头数，我前前后后推荐上去的人，少说也不下于五十个，但只有三个人进入了第二轮和第三轮的评选。一个是背瘸腿女孩过河的光三，一个是为孤寡老人送终的金锣，还有一个是给村里捐款修路的周琼瑶。然而，这三个人后来都没通过，最终还是泡了汤。

光三是我第一届推荐上去的。他住在一条小河边，河上没有桥，人们都是踩着河里的石头过河。那个瘸腿女孩在河那边读初中，每次上学和放学都是光三背过去背过来。他一背就是三年，无论刮风还是下雨，从来没有间断过，一直背到女孩初中毕业。第一轮初评时，评委们都觉得光三精神可嘉，就让他顺利地进入了第二轮。可是，第二轮即将投票的时候，镇上得到了一个情况，说那个瘸腿女孩的姐姐后来嫁给了光三，光三实际上背的是他的姨妹。由于这个情况，光三在第二轮就被淘汰了。

我第四届推荐了金锣。金锣家隔壁住着一个老头，膝下无儿无女，是我们村的五保户。金锣平时对老头就很关照，到了老头临死之前的那半个月，金锣更是没日没夜地陪伴着他，给他弄吃弄喝，端屎端尿，一直侍候到老头最后断气。评委们看了金锣的材料，都说他为人善良，第二轮表决时差不多是全票通过。谁也没料到，在第三轮投票的前一天，镇上收到了一封群众来信。信中说，那个孤寡老人死后，金锣霸占了他的全部家产。因为这封信，金锣第三轮投票就没通过。其实，金锣冤得很。我清楚那个孤寡老人的家境，除了一口生锈的铁锅和一把歪嘴铜壶，他家再没有其他任何值钱的东西。

评选第八届道德模范的时候，我推荐了周琼瑶。周琼瑶长得好看，初中一毕业就去南方打工了。她很会挣钱，经常从邮局给她爹妈汇款。那年村里修水泥路，上面的拨款不足，路只修了一半就没钱了。周琼瑶当时正好回家看望父母，一听说村里修路差钱，马上就捐了十五万。有了这十五万，那条水泥路才勉强修通。评委们看了我写的推荐材料之后，一个个都对周琼瑶赞不绝口。从第一轮到第三轮，周琼瑶的票都遥遥领先。可是，在张榜公示期间，有人给镇上打了一个匿名电话，说周琼瑶捐的那笔钱不干净，还说她长期在南方一家按摩院当按摩女。这个电话一打，周琼瑶的名字马上从榜上消失了。

接二连三的失败，让我深受打击。对评道德模范这件事，我已经心灰意冷了。第九届评选时，我干脆一个人也没推荐。胡车碰到后问我，罗村长，你这次怎么没推荐人？我苦笑一下说，推荐了也评不上，何必再凑热闹！到了第十届，胡车老早就提醒我，让我好好物色一个人选，争取这一届评上一个。胡车说得很诚恳，我的心又被他说动了。再说，还有半年我就要从村长位子上下来了。我想，在我任职期间，如果连一个道德模范也评不上，那我后半辈子哪还有脸在村里混呢？就这样，我推荐了刘春水。

谢天谢地，刘春水这次总算是评上了。可以说，他为我们村争了光，也为我这个当村长的长了脸。当然，刘春水这个人也的确不错。在我看来，他是一个名副其实的道德模范。

刘春水不是油菜坡的人，他老家在公鸡沟，去年春上才来到我们村。他是习久芬的上门女婿，土话称为倒插门。习久芬没有儿子，只有一个独姑娘，叫孙开蕊。习久芬本来还想生个儿子的，但她男人孙德满身体不好，一直没怀上。孙德满有心脏病，还有高血压，四十岁不到就中风偏瘫了，吃和拉都在床上。按本地的风俗，孙开蕊长大后没出嫁，在娘家招了一个倒插门。不过，刘春水并不是第一个来倒插门的，在他之前还有一个，名字叫作王天亮。王天亮来自一个很远的地方，长着两条细长的腿，走路像踩高跷的。

王天亮和孙开蕊还生了一个儿子。儿子随孙开蕊姓，取名叫孙福多。让人伤心的是，孙福多天生软骨病，长到五六岁还站不起来，一天到晚趴在地上，人又傻，鼻涕流到嘴边都不晓得擦一下。王天亮一上门就开始服侍孙德满，早已不耐烦了，后来又要服侍孙福多，更是叫苦不迭。按说，孙开蕊可以帮王天亮一把，但她的身体虚弱，总是病病歪歪的，一年四季离不开药罐子。前年春夏之交，王天亮突然不声不响地跑了，从此再没有回来。王天亮一跑，家里全都乱了套，好像天塌了。习久芬一下子慌了神，马上四处托媒，想赶快再给孙开蕊招一个。前来相亲的倒是不少，但一看见一家两个瘫子，都被吓回去了。

去年，油菜花开的时候，媒人又领来一个相亲的，宽牙齿，厚嘴唇，他就是刘春水。刘春水也看见了两个瘫子，但他没像别人那样扭头就走。他先用他的宽牙齿咬了咬自己的厚嘴唇，然后望着孙开蕊说，我愿意和你一起照顾他们。孙开蕊当场哭了，热泪流了一脸。

不幸的是，刘春水上门还不到半年，孙开蕊又陡然病倒了。刘春水把她送到医院检查，一查竟然是癌症，并且到了晚期。医生说，她最多还能活两个月。刘春水一听，两眼都黑了。结果，孙开蕊两个月都没坚持下来，只勉强活了一个月零五天。孙开蕊一死，村里人就开始担心起来，担心刘春水会拍屁股走人。最担心的，自然是习久芬。习久芬想，要是刘春水走了，她那两个瘫子怎么办啊？出人意料的是，刘春水并没有走。他仍然跟孙开蕊活着的时候一样，任劳任怨地照顾着孙德满和孙福多。到今年八月，孙开蕊已经去世一年了，刘春水从来都没说过要走的话。

第十届道德模范评选一开始，我赶紧就把刘春水推荐上去了。他的事迹感动了每一个评委。听胡车说，在三轮投票中，刘春水几乎都是全票。后来，在镇政府门前那个橱窗公示的时候，刘春水的名字排在第一个。

我们去采访刘春水那天，宣传委员胡车大清早就从镇上来到了我家。他是在我家里吃的早饭。为了抓紧时间，我们吃完早饭后连茶也没顾上喝，丢下碗筷就往刘春水那里去了。在路上，胡车还问我，刘春水不会出门吧？我说，绝对不会，这我可以打包票。胡车说，那就好，以免我们白跑一趟。哪想到，我们赶到的时候，刘春水已经不在家了。胡车瞪大眼睛问我，你不是给我打了包票吗？我顿时蒙了，什么话也说不出来，像一个哑巴，只觉得脸红脖子粗。

刘春水明显是在故意躲避我们。据习久芬说，在我们到达之前的一分钟，刘春水还在家里。很显然，他是看到我和胡车后才离开的。我们到的时候，习久芬正坐在厨房门口吃早饭。她晓得有人要来，特地换了一身儿鲜亮的衣裳，显得比平时年轻了好几岁，看上去只有六十出头。我老远就问习久芬，你女婿在家吗？习久芬说，在家呢。她一边说一边站起身，扭头对着堂屋里边大声喊，春水，春水，罗村长和胡委员来了！然而，我们没听见刘春水的回应，也没看见他的人影。接下来，习久芬就进堂屋里去找。可是，她找了好半天也没找到刘春水。从堂屋里出来时，习久芬的脸都急白了。她蹙着眉头说，真是怪了，刚才他还在厢房里给孙德满喂饭的，怎么眨个眼就无影无踪了？

后来，习久芬就带着我和胡车四处去找刘春水。我们从房内找到房外，从屋前找到屋后，连猪圈和牛栏也没放过，还去后山那片苞谷地找了一趟，可最后连刘春水的一个脚印也没找到。

2

那天早上，日头刚爬到一竹竿高，村长罗日欢就带着镇上的宣传委员胡车来到了我们家。他们走上门口土场时，我的女婿刘春水刚给孙福多喂完早饭。一看见罗日欢和胡车，刘春水马上就端着一碗饭进了堂屋。我想，他肯定是从堂屋绕进厢房，给孙德满喂早饭去了。

孙福多是我的孙子，孙德满是我的丈夫，两个都是瘫痪的人。我不晓得上辈子造了什么孽，这辈子居然这么倒霉。丈夫三十九岁那年就中了风，从此卧床不起，已经在床上躺了二十多年。孙子生成一身软骨头，如今已满八岁了，还天天像青蛙一样在地上趴着。这一老一少，不光只是瘫痪，还痴痴呆呆的，手脚都不灵活，连吃饭都要别人往嘴里喂。幸亏有刘春水，要不是他，孙德满和孙福多可能早就饿死了。刘春水这个人，怎么说呢？他心肠好。以前到了吃饭时，都是我和他分头喂孙德满和孙福多。后来，刘春水看我年龄大了，有点儿心疼我，就把喂饭的事一个人包了。

罗日欢带着胡车来，是要见刘春水。刘春水这一次评上了老垭镇的道德模范，给油菜坡填补了一个空白。罗日欢作为一村之长，一下子高兴坏了。当然，我也从心眼儿里感到高兴。不管咋说，刘春水是我的女婿。他评上了道德模范，我这个当丈母的，自然也脸上有光。罗日欢把胡车从镇上请来，是想好好地把刘春水宣传一下。

说句不谦虚的话，我也觉得刘春水值得宣传。现在的人，大部分都自私得要命，一切为自己着想，从来不替别人考虑，心肠坏透了。刘春水这个人，却和大部分人不一样。镇上把他评为道德模范，我不敢说他完全合格，但有一点可以肯定，他心肠好。眼下，像刘春水这样心肠好的人，打起灯笼也难找到了。

我说刘春水心肠好，并不是他是我女婿，我就说他的好话。要说女婿，我其实还有一个，就是我姑娘孙开蕊的第一个男人王天亮。王天亮的心肠就不好。他的心肠坏得很，可以说又硬又黑，简直比石头还硬，比锅底还黑。

当年，王天亮从五十多里以外的毛湖跑到我们家来上门，完全是看上了孙开蕊，眼里根本没有孙德满，也没有我。孙开蕊那时候又年轻又漂亮，身体也还好，好多小伙子都想来倒插门。孙开蕊选中王天亮，主要是因为他的腿长，看上去牛高马大。说实话，我从一开始就觉得王天亮不行。王天亮第一次到我们家来时，我正在厢房里给孙德满擦澡。他站在厢房门口，冷冷地看了一眼瘫痪在床的孙德满，眉头马上就打皱了。擦过孙德满的前胸后，我要给他翻身擦后背。看着我给孙德满翻身那么吃力，王天亮也不走拢来搭个手，还转身就离开了。跟孙开蕊结婚以后，王天亮从没主动照管过孙德满。孙开蕊偶尔点了名，王天亮才会勉强去应付一下，嘴里还不停地发牢骚。

孙福多两岁之前，王天亮还是喜欢他的。他一有空就抱孙福多，还亲他的脸。可是，孙福多满了两岁还不会走路，话也说不清楚。从这时起，王天亮对孙福多就显得有些冷淡了。当医院确诊孙福多患了软骨病之后，王天亮便开始嫌弃他了。他总是用厌恶的眼神看孙福多，像看一只癞蛤蟆。有时候，碰到孙福多趴在地上玩自己屙的尿，王天亮也不上前管一下。为孙福多的事，王天亮动不动就跟孙开蕊吵架，有一次还提出了离婚。孙开蕊生气地说，离婚可以，你把儿子带走！王天亮冷笑着说，稀奇，他姓孙，又不姓王，我凭啥把他带走？孙开蕊说，既然这样，那你就别想离婚！从那以后，王天亮虽说没再提离婚的事，但我看得出来，他的心早已不在我们家了。我想，王天亮迟早是要跑的。果不其然，在孙福多满六岁那年，王天亮真的跑了。

王天亮跑的时候，带走了他所有的衣裳，还有他的一些用品。孙开蕊还想过去找王天亮，我泼冷水说，算了，即使找到了，他也不会回来。

当时，孙开蕊的身体已经很差了。王天亮跑后，孙德满和孙福多的吃喝拉撒差不多都落到了我一个人身上。孙开蕊最担心的就是我，怕我被两个瘫痪的人累垮了。那段时间，我也的确累得不行，一天忙下来，浑身的骨头就像散了架，仿佛随时都会倒下来。孙开蕊也想帮我一把，可她的病情越来越重，不是头昏就是脑涨，几乎做不了啥事。看见我一个人累死累活，孙开蕊经常偷偷地流泪。后来，我决定找个帮手，打算再招一个上门女婿。

在刘春水上门之前，到我们家来相亲的不下于十人。他们中间大多是光棍儿，也有离婚和丧偶的，都急着找个女人做老婆。孙开蕊模样清秀，来相亲的都感到满意。可是，他们一看到孙德满和孙福多，态度马上就变了。在那些前来相亲的男人当中，只有一个人坐下来谈过，其他的人都是看看就走了，连坐都没坐。那个人姓都，叫都平凡，四十几了还没结过婚。都平凡看着床上的孙德满，用商量的口气问孙开蕊，上门后，我们能不能和两个老人分开过？孙开蕊说，那可不行。都平凡扭过头，看着地上的孙福多，又问，那能不能把他送到福利院去？孙开蕊说，这也不行。孙开蕊话音没落，都平凡突然起身说，那也不行，这也不行，那我就只好告辞了。都平凡走后，我大半天没说话。我想，恐怕再也不会有人来我们家做上门女婿了。这样想着，我猛然很伤心，眼泪不知不觉就顺着鼻沟流下来了。当时，我一点儿也没想到，世上还会有刘春水这样心肠好的人。

刘春水是在一个中午被媒人领到我们家来的，当时我正在厨房门口给孙福多喂饭。孙福多趴在门槛外面的土场上，浑身上下都是土灰。他是个大嘴巴，有点关不严，喂进去的饭总是往外漏，掉得满地都是。孙福多又不晓得讲干净，我稍不留神，他就会把地上的饭粒连土带灰抓了往嘴里喂。刘春水来后，我赶紧进屋去泡茶。在我刚一转身时，孙福多就从地上抓起了一把饭粒。不过，他这回没喂到嘴里去。孙福多正要喂，刘春水突然喊了一声。地上的饭脏，不能吃！刘春水一边喊一边跑上去，急忙夺下了孙福多手上的那把饭粒。听到喊声，我回头看到了这一幕，心里有一种说不出的感觉。

我从厨房泡了两杯茶，端出来刚递到刘春水和媒人手上，厢房里便传出了孙德满的叫声。哇呜！孙德满是这么叫的，有点儿像乌鸦。他的叫声很刺耳，把刘春水吓了一跳。这是啥声音？刘春水扭头问媒人。媒人还没回答，孙开蕊从堂屋里走了出来。她先看了一眼刘春水，然后小声对我说，爹要解手了。我麻利地进了堂屋，又到了厢房。孙德满虽说长年卧床，但人并不瘦，我使出浑身的力气也抱不动他。每到解手的时候，我只好把他往床边拖，拖到粪桶跟前再把他扶起来。这天，我伸出手正要拖孙德满，刘春水不声不响地来到了床边。我来抱他吧。刘春水说。他说着就弯下身来，很快用双手抱住了孙德满。在刘春水把孙德满抱起来的那一刻，我的心陡然颤了一下，鼻孔也跟着一酸。

来我们家相亲那天，刘春水没急着走，直到下午日头偏西时才和媒人一起离开。临走的时候，媒人对刘春水说，这里的情况你都看到了，愿意还是不愿意，你表个态。刘春水抬起眼睛，先看了看我，然后看着孙开蕊。孙开蕊有气无力地说，我们一家两个瘫痪的人，负担确实重，你要是不愿意，我一点儿也不怪你。刘春水回答说，不，如果你同意的话，我愿意来和你一起照顾他们。听刘春水这么说，我感到很惊喜，差点儿喜疯了。没等孙开蕊回话，我就抢先对刘春水说，我们同意，正求之不得呢！

三天之后，刘春水就来我们家上门了。他家住公鸡沟，离油菜坡只有十几里路。他是自己一个人走来的，那边没派人送，这边也没去人接，任何仪式都没有。好在，刘春水是个老实人，不在乎这些礼节。他一来就开始干活了，一刻也没休息。刘春水干起活来真是一把好手，无论是屋里的活，还是地里的活，他都会干。刘春水还特别会心疼人。发现孙开蕊体质弱，他就不让她到庄稼地里去，只要她在家里看个门。看见我在孙德满和孙福多中间忙得喘不过气，他就连忙跑过来替我，让我坐下来歇一会儿。

打从刘春水上门后，我们家的日子便开始好起来。孙开蕊的身体也有了明显好转，脸上有了红晕，人也胖了一点，差不多有一个月没有吃药。然而，好景不长，刘春水来到我们家的第四个月，孙开蕊突然起了急病。她的病起得又陡又重，送到医院一查，竟是绝症，没过两个月就去世了。

孙开蕊去世后，我还没从伤心中缓过来，一个担心就像一块沉重的石头压在了我的心上。我担心刘春水会离开我们家，一走了之。要是刘春水走了，我一个人怎么对付孙德满和孙福多啊？一想到这，我就头皮发紧，两眼发黑。那段时间，村里也议论纷纷，都说刘春水要走人。还有，公鸡沟那边也来人了，劝刘春水趁早回去。

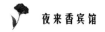

说实话，我当时真是担心死了。让我庆幸的是，刘春水的心肠好。他没有走。他留在了我们家。他还评上了道德模范！

镇上的宣传委员胡车来采访刘春水的头一天，罗日欢就来跟我打过招呼。我和刘春水都晓得他们要来。只是，我没想到他们一吃过早饭就会来，来得太早了。刘春水也没想到他们会来得这么早。不然的话，他看见罗日欢和胡车后不会那么慌张。不过，罗日欢和胡车也确实来早了一点，给孙福多喂完饭，刘春水还要去喂孙德满，他自己还一口饭都没吃呢。

刘春水端着一碗饭进入堂屋的时候，我真以为他是要去给孙德满喂饭，丝毫没想到他会躲开。我进屋去找刘春水，看见那碗饭放在堂屋中间的桌子上，才感觉情况有些不对。但这时已经晚了，刘春水早已躲得找不到了。

我带着罗日欢和胡车，找了每一个该找的地方，都没有找到刘春水。罗日欢很恼火，吼着问我，刘春水到底躲哪儿去了？我勾着头说，这我就不晓得了。我说的是实话，的确不晓得刘春水躲到了哪里。

3

那天，我刚给孙福多喂完早饭，村长罗日欢就走上了门口的土场。罗日欢身后跟着一个戴眼镜的年轻人，我想他肯定就是镇上的宣传委员胡车。头天晚上，我的丈母习久芬就跟我说过，说罗日欢要带胡车来采访我。但是，我没想到他们会来得这么早。要是晓得他们动作这么快，我一大早就会躲起来。

看见罗日欢和胡车，我一下子慌了神，匆忙端起一碗饭就跑进了堂屋。当时，习久芬以为我要去厢房给孙德满喂早饭，就没有在意。其实，我没有去厢房。那个时候，我哪里还顾得上孙德满？进到堂屋后，我把那碗饭往桌子上一放，扭身就从后门溜出去了。在后门上，我停了一会儿，一时想不出躲到哪里才好。我想到过牛栏，想到过猪圈，还想到过后山的苞谷地。但我觉得这几处都不隐蔽，他们迟早能找到我。后来，我一转头看见了房子后面的那条阴沟，心想这个地方不错，躲进去谁也找不到。打定这个主意后，我飞快地跑到阴沟边，掀开一块盖石，眨眼就躲进去了。

头天傍晚，罗日欢来找我时，我正在苞谷地里打苞谷叶子。苞谷已到了长棒子的季节，为了让养分都集中到苞谷棒子上，苞谷叶子必须打掉，这样苞谷棒子才能长得又粗又长。我打完苞谷叶子回家，罗日欢已经走了。习久芬兴奋地对我说，罗村长今天来过。我问，他来做啥？习久芬说，他说镇上的宣传委员胡车明天要来采访你。我听了有些迷糊，愣愣地问，我有啥好采访的？习久芬对我笑了一下说，你是道德模范呢，他们想宣传你。一听说道德模范，我的头猛然就大了，还有一种反胃的感觉。当时，我就决定不接受采访，并做好了躲避的打算。但是，我没把这个想法告诉习久芬。在道德模范这件事情上，习久芬和我的态度完全不同。如果我说到时候我要躲起来，习久芬绝对要千方百计地劝阻我。与其这样，我还不如干脆跟她保密。

说一句心里话，我压根儿就不想当啥道德模范，也不配。当初，罗日欢往镇上推荐我时，我一点儿都不晓得，完全被蒙在鼓里。听说评上道德模范后，我当即就要去找罗日欢，让他把我拿下来。可是，习久芬把我拦住了，死活都不让我去。习久芬生气地说，当个道德模范把你咋了？一不关你，二不杀你，还给你发一笔奖金呢！听习久芬这么说，我才没去找罗日欢。

谁曾想到，这事居然没完没了，他们还要来采访宣传我。我一个普普通通的农民，有啥好采访的？有啥好宣传的？再说，我也不愿意说假话。要说真话吧，当着外人的面我又说不出口。所以，我只好躲了起来。

我是一条老光棍，四十八岁前连女人的手都没摸过。在我老家公鸡沟，像我这样的光棍，少说也有二十几条。我们家兄弟四个，只有老二娶了老婆，老三和老四至今都还没着落。老二的那个老婆，还是我妈用我妹妹换的。妹妹先嫁给了老二的大舅子，然后老二的老婆才嫁过来。看着四个儿子三个打光棍，我妈的头发全都急白了。去年春末，媒人到我们家，说油菜坡有户人家要招上门女婿。一听到这个消息，老三和老四都激动得不得了，差点跳起来。我当然也心里痒痒的，只是没表现出来。我妈也兴奋得很，眼睛在我们三条光棍之间不停地晃来晃去，最后停在了我身上。我妈对媒人说，你带我老大去相亲吧，他已经四十八了。我妈话刚出口，老三和老四一下子都蔫了，像两个霜打的茄子。

老实说，我来给习久芬当上门女婿，根本不是想来帮忙照顾孙德满和孙福多。我的心肠，还没有这么好。我完全是冲着孙开蕊来的。

去年来相亲时，媒人在路上就跟我说到了两个瘫痪的人，让我事先有个思想准备。我当时想，只要能找到一个女人做老婆，即使一家有三个瘫痪的人，我也不怕。虽说下了这样的决心，可当我亲眼看到孙德满和孙福多的时候，我心里还是感到发虚，两条腿忍不住打颤，差点打了退堂鼓。但是，一想到孙开蕊，我最终还是把决心稳住了。那天相完亲回到公鸡沟，我把我见到的情况如实地告诉了家里人。老三和老四听后，两个人齐声说，一上门就要服侍两个瘫子，你这不是往火坑里跳吗？我妈没吱声，皱紧眉头望着我，好像是要我自己拿主意。我咬了咬牙齿说，为了不再打光棍，是火坑我也跳了！听我口气这么坚决，我妈只好点了点头。

来油菜坡倒插门以后，我的确又苦又累。地里活要干，家务事要做，孙德满和孙福多主要靠我来管。我一天到晚都在忙，脚不停，手不住，晕头转向，腰酸背痛。不过，我也没感到太后悔。不管怎么说，夜里总有个女人陪我睡觉。每当我把孙开蕊搂到怀里的时候，所有的苦和累很快都没有了，像春天化雪似的，一下子化得一干二净。

然而，我没想到我的命会这么苦。人人都说黄连苦，我比黄连苦三分。我快五十岁了才找到一个老婆，可我和孙开蕊在一起还没过到半年，她就得癌症死了，简直就像做了一场梦。

孙开蕊一死，我的心就不在油菜坡了。那天埋了孙开蕊回来，我一个人在门口土场上站了好半天，迟迟没有进屋。说实话，我当时就

想走人，打算直接回公鸡沟，回到我原来的家。孙开蕊死了，我又变成一条光棍了。我想，我也没必要在这个地方待了。既然在哪里都是打光棍，我与其在这里服侍孙德满和孙福多，还不如回去照顾我妈。但是，后来我没有走。我这个人，虽然说不上道德高尚，但起码的良心还是有的。我和孙开蕊毕竟同床睡了好几个月，多少有些感情，她一死我就走，怎么也说不过去。再说，习久芬对我也不错，平时有了好吃好喝的，从来都没忘记我。我要是这么快就走，肯定对不起她。想到这些，我便打消了马上走人的念头。不过，我也没准备在这里长期留下来。我的想法是，等孙开蕊满了五七再走。

打从孙开蕊死后，习久芬对我更好了。每天吃晚饭时，她都要在我碗底埋一个荷包蛋。我喜欢吸烟，她隔三差五就去村里的杂货铺买一包烟给我。有时候看见我太累，她还会主动陪我喝一杯酒。习久芬这样待我，是想把我永远留住。事实上，早在孙开蕊去世之前，习久芬就开始担心了，担心我在孙开蕊死后会走。办完孙开蕊的丧事，我虽然暂时没说要走的话，但习久芬的担心一直都在。那段日子，村里人也在不断地猜测，说我迟早要走的。

孙开蕊满头七的第二天，我家老二突然从公鸡沟来了。他是专门来劝我回去的，还说是我妈的意思。老二说，人家女儿都死了，你这个上门女婿还待在这里干啥？我说，回去是要回去的，可我不能说走就走，至少也要等到孙开蕊满了五七。那天，我和老二是在堂屋后头正屋里说的这番话。那是我和孙开蕊的寝室。当时门没关，我和老二的话可能被习久芬听见了。从正屋出来时，我看见习久芬正在堂屋里发愣，脸色苍白，两眼阴沉沉的。

后来一连好几天，习久芬都闷闷不乐，话也少得可怜，看上去心事重重。我想，她肯定是晓得我要走了。不过，我觉得习久芬晓得了也好，还能提前有个准备，以免到时候措手不及。

孙开蕊去世的第三十五天，也就是她满五七那天，我特地去她坟前烧了纸，还放了一挂鞭。离开坟地时，我对孙开蕊说，对不起，我明天就要走了，以后每年的清明节，我都会来看你的！坟后有一棵柏树，树杈上落着一只花尾巴鸟。我话音没落，那只鸟突然扇着翅膀从树上飞了下来。它没有往远处飞，而是绕着我飞来飞去，嘴里轻轻地叫个不停。我有点儿信迷信，觉得那只花尾巴鸟是孙开蕊变成的。我盯着它出神地看了半天，心里有一种说不出的味道。

那天我从坟地回来，天色已经黄昏了。当时，习久芬正在煮晚饭。我从厨房门口走过时，她扭头看了我一下，但没说话。我发现习久芬做了好多菜，还煮了薰肉。我也没跟习久芬打招呼，不晓得说啥好。

我麻利地走到土场西头，把趴在地上的孙福多抱进了堂屋，给他洗了一个淋水澡。这次我洗得特别过细，心想这是给孙福多洗最后一个澡了，应该尽量洗干净才行。给孙福多洗完澡，我又拎着一桶热水进厢房给孙德满擦澡。以往给孙德满擦澡时，我都觉得他身上有一股刺鼻的气味，还忍不住皱鼻头。这一回，我却啥气味也没闻到，好像鼻子失灵了。我把孙德满浑身上下擦了个遍，擦完后还给他抹了一层爽身粉。

天将黑时，习久芬把晚饭煮好了。我走进厨房，一进门就找碗盛饭，打算和往常一样，先去喂孙福多，然后再去喂孙德满。可是，我刚把碗拿到手里，习久芬突然对我说，你歇着吧，今晚的饭我来给他们喂。我一愣问，为啥？习久芬露出半脸苦笑说，你明天就要走了，咋好意思还麻烦你？我没搭习久芬的话，赶紧盛了饭去了堂屋。这一顿饭，我喂得非常耐心，前后喂了一个钟头。

我喂完饭回到厨房时，习久芬还没开始吃。平时，她总是先吃的。习久芬默默地坐在桌子边上，好像在等我。我说，你咋还不吃？习久芬说，我想等你一起吃。这时，我发现桌子上放着一瓶酒，还有两个酒杯。我有些奇怪地问，还喝酒吗？习久芬说，你帮我侍候两个瘫子，拼死拼活地累了大半年，明天就要走了，我说啥也得敬你一杯！她说着就倒了两杯酒，还亲自端了一杯放在我面前。我心里顿时热乎乎的，还有几分不安。习久芬这天与往常大不一样，一上来就满满地敬了我一杯，像招待贵客。她还不停地往我碗里夹薰肉，要我多吃点儿。习久芬的酒量不大，以前最多只喝过一杯。这次，她却主动喝了三杯，我拦都拦不住。习久芬明显喝多了，脸上红扑扑的，仿佛着了火，说话也不利索了。

那晚我也喝过了量。去寝室睡觉时，我连路都走不稳了，是习久芬把我扶到床边的。到了床边，习久芬没马上走。她见我四肢无力，就帮我脱了鞋子和衣裳。我在床上躺下以后，习久芬仍然没走。我迷迷糊糊地问，你咋还不去休息？习久芬忽然喘着粗气说，你明天就要走了，我陪你睡一晚上吧！她一边说一边关了灯，然后就躺在了我身旁……

习久芬虽然六十多岁了，但她的身体显得比孙开蕊还好。那天晚上，她一直睡在我的寝室里，直到天快亮了才走。第二天，我没有离开油菜坡，从此也没再提起过要走的事。

罗日欢带着胡车来采访我的那一天，我在屋后阴沟里躲了三个多钟头。阴沟里隐蔽倒是隐蔽，但光线太暗，气味也不好闻。一直躲到中午，在我确信罗日欢和胡车已经离开之后，我才从阴沟里拱出来。习久芬看见我，满脸疑惑地问，你刚才躲哪儿去了？我指了指屋后说，阴沟。习久芬古怪地笑了一下说，哈，你真会找地方啊！

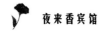

寻找小说的可读性

晓　苏

一

　　我写小说，最看重的是可读性。小说写出来是让人读的，如果没有可读性，就没有人愿意读，没人读，那小说就没必要写，写了也是白写。因此，我一直把可读性视为小说的生命，同时也把它当成小说写作的最高追求。

　　小说的可读性，看似简单，实则复杂，看似浅显，实则深奥，完全可以当作一门学问来研究。在我看来，小说的可读性至少由三个层面构成。一是给读者初次阅读带来的吸引力和兴奋感；二是潜藏于文本深处的那种对读者持久的诱惑力，即那些能够激发读者再次阅读兴趣和反复阅读欲望的因素；三是文本暗含的可供读者进行多种解读的空间。

　　需要说明的是，我们不能把可读性狭隘地等同于通俗性、故事性和传奇性。这些只意味着好读，即浅近、易懂、有趣、好看。但是，好读并不完全等于可读，它只是可读性的一个方面。可读性的另一个方面还要求耐读，即耐人寻味、发人深省、常读常新、百读不厌。它要求文本必须具有较大的开放性和未完成性，为读者提供更多的参与意义建构的可能。

因此，可读性实际上包含了两层意思，一是好读，二是耐读。只有既好读又耐读，小说才具有真正的可读性。

二

小说的可读性从哪里来？无论从写作的角度来说，还是从欣赏的角度来讲，我发现，具有可读性的小说，首先必须有意思。

有意思是相对有意义而言的。有意义指的是有思想价值，有意思指的是有情调，有趣味。最好的小说，当然是既有意义又有意思的。但是，这种小说却少而又少，十分罕见。我们经常读到的小说，有以下三种。一种是有意义没意思的，一种是有意思没意义的，还有一种是既没意义也没意思的。第三种显然是最差的小说了，这里不值一提。至于另外两种小说，我们见到最多的，无疑是有意义没意思的这种。可以说，这种小说几乎占据了小说的大半个江山。

坦率地讲，我不喜欢这种小说。原因是，它没有可读性。这种小说一味追求所谓的思想价值，要么卖萌，要么做秀，要么贴标签，要么喊口号，要么故作高深，要么假装正经，要么贩卖心灵鸡汤，要么兜售道德膏药。这种小说，读起来脸红、肉麻、恶心、头皮发痒，甚至浑身起鸡皮疙瘩，因此难以卒读。

有意思的小说则不同。因为它是从情调和趣味出发的，所以有着很强的可读性。它不求宏大，也不求深刻，只为渲染一种情调，传达一种趣味，显得很低调，很平实，有时候还有点世俗，因此读起来亲切，轻松，愉快，好玩，换句话说就是有意思。毫无疑问，我喜欢这种小说。

跟有意义的小说相比，为什么有意思的小说更具可读性？因为它不仅好读，而且耐读。首先，意义是理性的，意思是感性的，感性的东西肯定比理性的东西显得更直观，更形象，更具体，因此对读者更有吸引力；其次，意义是大同小异的，意思则是千差万别的，千差万

别带来的美感显然比大同小异更加丰富和多样，因此对读者更有诱惑力；第三，意义一般是从内容中生发出来的，而意思却来自内容和形式两个方面，所以给读者提供了更多的解读空间。

三

既然有意思的小说更有可读性，那么接下来的问题是，小说怎样写才能有意思？通过比较，我发现有意义的小说和有意思的小说分别属于两种截然不同的叙事形态。有意义的小说更倾向于官方意志，属于官方叙事；有意思的小说则更倾向于民间意趣，属于民间叙事。

官方主要指的是权力阶层，居于庙堂之高，属于主流意识形态。民间主要指百姓阶层，处于江湖之远，属于边缘文化形态。官方叙事的目的在于宣传官方意志，它当然更看重小说的意义，即思想价值。民间叙事的目的重在彰显民间意趣，所以它更看重小说的意思，即情调和趣味。这两种叙事形态的差异很大，突出体现在主题的表达上。

官方叙事形态的小说，在主题的表达上有三个显著特点。第一，它强调主题的教育性，要求对读者有教化作用，包括政治教育、道德教育、伦理教育，属于说教化叙事；第二，它强调主题的明朗性，要求作家旗帜鲜明，提倡什么，反对什么，歌颂什么，批判什么，热爱什么，憎恨什么，都必须明朗化，不能含糊其词，不能模棱两可；第三，它强调主题的集中性，要求一个作品只表达一个主题，不能有旁枝，不能有杂叶，也不能插科打诨。

民间叙事形态的小说，其主题表达与官方叙事形态的小说恰好相反。第一，它强调主题的审美性，要求小说必须渗透作家的审美意识，将感性与理性水乳交融，把情思和哲思融为一体，从而让读者得到美的体验与享受；第二，它强调主题的模糊性，追求含蓄，追求委婉，追求朦胧，叙事经常运用隐喻和象征，言此意彼，声东击西，闪烁其词，模棱两可，似是而非，雾里看花，半明半昧，犹抱琵琶半遮面，给读者以极大的阅读诱惑；第三，它强调主题的多义性，叙述上打破封闭的格局，追求开放的状态，观念开放，故事开放，结构开放，语言开放，从而实现主题的开放，为读者提供多种解读的可能性。

综上所述，官方叙事追求的是有意义，而民间叙事追求的是有意思。显而易见，民间叙事无疑是小说可读性的重要来路。

四

弄清小说的可读性与民间叙事的关系之后，我想顺藤摸瓜，再来考察一下民间叙事形态的形成。任何一种叙事形态，都与作家的叙事立场有关。叙事立场是叙事形态得以形成的决定性因素之一，并且是先决性因素。

所谓立场，指的是人们在认识问题和处理问题时所处的地位与所持的态度，它与世界观、价值观和审美观有着密不可分的关系。对小说而言，作家理应从纯正的文学立场出发去进行创作。遗憾的是，很多作家秉持的却是一种非文学的立场，要么是政治立场，要么是道德立场。在我看来，这些都不是纯正的文学立场，纯正的文学立场应该是人性立场。

再回到民间叙事形态的小说上来。与官方叙事形态的小说相比，民间叙事形态的小说显然选择的是人性立场。

人性立场，就是要求作家把文学当成人学，尽力摆脱阶级学、政治学、社会学以及道德伦理学的局限与干扰，以人为本，把人性当作叙事的立足点、出发点和落脚点，从人性的角度，用人性的目光，去观察、发现、捕捉那些潜藏在人性深处的、不易察觉的、带有普遍性的东西。这些往往是人性中最温柔、最脆弱、最潮湿、最疼痛、最神秘、最美妙，也是最有可读性的部分。一个小说家，只有从纯正的人性立场出发，才有可能创作出真正具有可读性的小说来。

那么，作家如何坚持人性立场呢？莫言曾以《文学照进人生》为题发表过一次演讲。他在演讲中说："中国文学要想获得世界读者的青睐，就必须打破过去局限的立场，站在人类共同的立场上，去表现普遍人性。"莫言所说的这种立场就是纯粹的人性立场，他要表现的是人类共同和普遍的人性。

人类共同而普遍的人性，有着共同而普遍的心理结构。从心理学角度讲，人有两个本能，生的本能与死的本能。本能决定本性，它是支配人类行为的最根本和最强大的原动力。生的本能表现为善良、慈爱、宽容、奉献、创造等积极正面的行为，死的本能则表现为恶毒、仇恨、狭隘、贪婪、毁灭等消极负面的行为。坚持人性立场的叙事，无疑应该对人的两个本能一视同仁，既要从正面去发现它的积极性，又要从负面去正视它的消极性。只有这样，作家才能写出真实的、复杂的、深刻的人性。

小说只有写出了真实、复杂而深刻的人性，才会对读者形成初次阅读的吸引力、持久阅读的诱惑力和多种解读的意蕴空间。换句话说，就是使小说获得了真正的可读性。

五

既然小说的可读性与人性有着如此紧密的关联，那我接下来就想谈一下小说如何看待和处理两性关系这个问题，也就是人们常说的性描写。因为，两性关系是人性中最核心的内容，同时也是最有情调和趣味的一种客观存在。寻找小说的可读性，两性关系是一个绕不过去的话题。

两性关系指的是男女、公母、雌雄、阴阳等相互对立又相互依存的两种性别之间的微妙关系，其内容涉及到性器官、性征候、性需要以及性行为等与性有关的方方面面。两性关系是人类生活和自然生态中的一个最基本、最普遍、最持久、最神秘、最复杂的关系，既有心理性特征，又有生理性特征，并且与道德规范、伦理秩序和社会禁忌有着千丝万缕的联系，所以对人们有着巨大而持久的吸引力，能激发人们无与伦比的兴奋与快感。因此，两性关系便成为小说创作中的一个永恒母题，同时也是小说可读性的一个重要来源，源远流长，取之不尽，用之不竭。

从理论上讲，两性关系直接关乎到生命本身，不仅涉及到个体生命的存在，而且还涉及到族类生命的延续。但是，由于两性关系与性本能密不可分，所以官方叙事由于意识形态或道德伦理的原因，一般都不敢正视，在对待两性关系时总是忸怩作态、遮遮掩掩、欲说还休。只有坚持人性立场的民间叙事，才敢于正确看待和处理两性关系，进而去正面地、坦荡地、具体地进行两性书写。

性是社会人生的重要内容，作为反映社会人生的小说，不可能不涉及到性。夸张一点说，如果完全撇开性，小说就没法写，写出来也不真实，也不能全面展示出社会人生的本相与原貌。还有，我觉得性是人性中最幽深、最诡谲、最迷人的部分，如果要让小说具有人性的深度，闪烁人性的光芒，作家就必须去正面地写性，大胆地写性，严肃地写性，艺术地写性。

关键是要艺术地写性。我认为，艺术地写性有两层意思，一是用艺术的眼光去写性，二是写性中有艺术的部分。所谓用艺术的眼光去写性，指的是不能为了写性而写性，这性必须有它的艺术功能，要么是刻画人物性格的需要，要么是推动情节发展的需要，凡是脱离人物和情节的性描写，都不是艺术的；写性中艺术的部分，意思是不能用性来刺激读者的感官。也就是说，不要过多地去展示性的细节、性的场面和性的过程，而是应该抓住性心理中那些有美感的部分，用文学的手法进行展示，努力给读者提供一种性爱之美的艺术享受。

需要特别强调的是，对于小说而言，两性关系是一把双刃剑，只有艺术地写性，它才能转化为小说的可读性。否则，它将使小说的可读性大打折扣，甚至消失殆尽。

六

前面说到，小说的可读性，不仅要求好读，而且要求耐读。好读的问题，比较容易解决，耐读的问题，解决起来却十分困难。然而，这个问题再难也必须解决。否则的话，我们对小说可读性的寻找将会半途而废，乃至前功尽弃。

耐读的小说是不会过时的。它不是快餐面，不是一次性打火机，也不需要注明保质期。它不会人走茶凉，也不会时过境迁，更不会三十年河东三十年河西。从一个读者的角度来说，他今天愿意读，明天还愿意读。从不同读者的角度来说，今天的读者愿意读，明天的读者也愿意读。这么说来，耐读已经具有了经典的意味。是的，我们寻找小说的可读性，实际上是在呼唤小说经典。

那么，如何才能使小说耐读呢？我觉得至关重要的一点，是要给小说注入现代性因素。

现代性是与传统性相对的一个概念，它既是一种价值观，也是一种方法论。现代性是现代主义和后现代主义的产物，前者萌芽于上个世纪二十年代，后者从上个世纪八十年代开始盛行。现代主义和后现代主义虽然有阶段性的不同，前者侧重启蒙，后者侧重解构，但它们的实质是一样的，即现代性。从哲学上来讲，现代性反对实用主义，反对本质主义，反对保守主义，强调自由，追求平等，主张开放，其价值观倾向于虚无主义、相对主义和怀疑主义，认为价值具有相对性和多元性。

现代性也有阶段性的不同，可分为前现代性和后现代性。如果说，前现代性的核心是建立一种现代文明新秩序的话，那么，后现代性就是要怀疑、推翻和打破已有的秩序。

当代学者周宪把前现代性称为启蒙的现代性，把后现代性称为审美的现代性。他说："如果我们把启蒙的现代性视为以数学或几何学为原型的社会规划，那么，现代主义所代表的审美现代性则是对这种逻辑和规则的反抗；如果我们把启蒙的现代性视为秩序的追求的话，那么，审美的现代性就是对混乱的渴求与冲动；如果我们把启蒙的现代性视为对理性主义、合理化和官僚化等工具理性的片面强调的话，那么，审美的现代性正是对此倾向的反动，它更加关注感性和欲望，主张一种审美——表现理性；如果我们把启蒙的现代性当作一种对绝对完美的追索的话，那么，审美的现代性则是一种在创新和变化中对相对性和暂时性的赞美。"我觉得，这番论述对小说创作极有指导意义，它从理论上回答了如何让小说耐读的问题。

一说到现代性，很多人都会以为它是一个极其高深、玄奥而晦涩的东西，将它划入意义的范畴，认为它枯燥、僵硬、干瘪、乏味，令人头疼。其实这是一种错觉和误会。事实上，现代性也是很具体、很实在、很形象的。它有情调，有趣味，严格说来应该属于意思的范畴。

　　更有意思的是，我发现凡是具有现代性的小说，大都属于民间叙事形态，并且都是从人性立场出发的。它们常常运用象征、隐喻、反讽、夸张、变形、荒诞、错位和黑色幽默等现代技巧，同时还惯用德里达的解构思维和巴赫金的狂欢精神，从而变得异常生动，异常新奇，异常别致，读起来轻松、愉快、惬意，既好读又耐读，充满了真正的可读性。

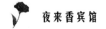

晓苏新世纪短篇小说创作目录索引

1. 《金米》，发《长江文艺》2002.04，《文艺报》和《长江文艺》分别发表评论。

2. 《爱猪的女人》，发《长江文艺》2002.04，《太原日报·佳作精编》版 2006.11.27 全文转载。

3. 《黑木耳》，发《长江文艺》2002.04。

4. 《老板还乡》，发《山花》2002.05。

5. 《一朵黄菊花》，发《春风》2002.08。

6. 《你们的大哥》，发《青年文学》2002.06，《文艺报》发表评论。

7. 《花梅》，发《芳草》2002.06。

8. 《婚外飘流记》，发《江南》2002.06。

9. 《看望前妻》，发《花城》2002.06，《文艺报》发表评论。

10. 《金银花》，发《福建文学》2002.08。

11. 《雨季奇案》，发《广西文学》2002.12。

12. 《跪地求饶》，发《广州文艺》2002.12，《小说精选》2003.01 转载。

13. 《母猪桥》，发《作品》2003.03。

14. 《娘家风俗》，发《山花》2003.04，收入《2003 年中国短篇小说经典》(吴义勤主编，山东文艺出版社出版)，《中国新世纪短篇小说欣赏》（金立群编著，长江文艺出版社出版）。

15. 《春天的车祸》，发《芳草》2003.04，收入《中国2003年优秀校园小说选》（葛红兵主编，上海文艺出版社出版）。

16. 《草屋》，发《长江文艺》2003.04。

17. 《村里出了个打字员》，发《春风》2003.04。

18. 《被炒了鱿鱼的人》，发《春风》2003.04。

19. 《哭笑不得》，发《山东文学》2003.06。

20. 《米共的苦乐年华》，发《广西文学》2003.06。

21. 《姑妈》，发《岁月》2003.08。

22. 《爱情地理》，发《安徽文学》2003.08。

23. 《误诊》，发《长城》2003.02。

24. 《表姐呀表姐》，发《长江文艺》2003.11。

25. 《书虹医生》，发《山花》2003.12。

26. 《给父亲过生日》，发《芳草》2004.01。

27. 《三座坟》，发《芳草》2004.02，《短篇小说选刊》2004.04转载。

28. 《侯己的汇款单》，发《芳草》2004.03，《小说月报》2004.05转载，《作品与争鸣》2004.08转载并配发两篇评论，《文艺报》发表评论，2005年获"蒲松龄短篇小说奖"，收入《中国2005年获奖小说选》（王干主编，燕山文艺出版社出版）。

29. 《人情账本》，发《芳草》2004.04。

30. 《乡村母亲》，发《芳草》2004.05。

31. 《光棍村》，发《芳草》2004.06。

32. 《替姐姐告状》，发《芳草》2004.07。

33. 《嫂子改嫁》，发《芳草》2004.08，收入《2004年中国短篇小说经典》（吴义勤主编，山东文艺出版社出版）。

34. 《没有孩子的母亲》，发《芳草》2004.09。

35. 《九味酒》，发《芳草》2004.10。

36. 《粪王传奇》，发《芳草》2004.11。

37.《糖水》，发《芳草》2004.12。

38.《穿吊带衫的情人》，发《春风》2004.01，《短篇小说选刊》2004.02 转载。

39.《三年前的一个吻》，发《春风》2004.02，《短篇小说选刊》2004.03 转载。

40.《过去的爱情》，发《春风》2004.03。

41.《教授与乞丐》，发《春风》2004.04。

42.《摇头苦笑》，发《春风》2004.05。

43.《冯椿的情况》，发《春风》2004.06，《短篇小说选刊》2004.08 转载，收入《中国 2004 年好看小说选》（谢冕主编，华艺出版社出版）。

44.《与床共舞》，发《春风》2004.07。

45.《交杯酒》，发《春风》2004.10。

46.《黄雀》，发《春风》2004.11。

47.《我的导师路明之》，发《春风》2004.12。

48.《生日歌》，发《山花》2005.01。

49.《龙洞记》，发《长城》2005.02，《小说月报》2005.06 转载。

50.《怀念几件衣服》，发《朔方》2005.02。

51.《到什么山上唱什么歌》，发《花城》2005.02，《中华文学选刊》2005.11 转载，收入《2005 年中国短篇小说经典》（吴义勤主编，山东文艺出版社出版）。

52.《往事重提》，发《长江文艺》2005.03。

53.《老讲师》，发《四川文学》2005.04。

54.《丑事》，发《安徽文学》2005.05。

55.《从前的单相思》，发《百花洲》2005.06，《小说月报》2006.02 转载。

56.《做复印生意的人》，发《长江文艺》2005.12。

57.《吊带衫》，发《延河》2005.12。

58.《夫妻之歌》，发《作品》2005.12。

59.《背黑锅的人》，发《收获》2005.05，《作家文摘报》以连载的形式转载，收入《2005中国短篇小说年选》（洪治纲选编，花城出版社出版），收入《中国2005年最佳短篇小说》（王蒙主编，辽宁人民出版社出版）。

60.《绕床起舞》，发《福建文学》2006.01。

61.《走回老家去》，发《朔方》2006.01，《新华文摘》2006.06全文转载。

62.《秋天的老虎》，发《红豆》2006.03。

63.《两个窥视者》，发《长城》2006.03，收入《2006年中国短篇小说经典》（吴义勤主编，山东文艺出版社出版）。

64.《土妈的土黄瓜》，发《长江文艺》2006.04。

65.《侄儿请客》，发《作家》2006.04，《中华文学选刊》2006.06转载，配发王先霈推荐语。

66.《谢客老师》，发《滇池》2006.05。

67.《农家饭》，发《钟山》2006.04，《文艺报》发表评论。

68.《抓阄的前前后后》，发《飞天》2006.05。

69.《为光棍说话》，发《山花》2006.05。

70.《城里来的前夫》，发《百花洲》2006.04。

71.《击鼓传花》，发《延河》2006.08。

72.《碰头会》，发《作品》2006.09。

73.《坦白书》，发《大家》2006.05，《文艺报》发表王先霈的评论文章。

74.《疙瘩和疙瘩》，发《芒种》2006.12。

75.《堵嘴记》，发《长江文艺》2007.03，获《长江文艺》首届完美文学奖。

76.《我们应该感谢谁》，发《收获》2007.02。

77.《主席台》，发《星火》2007.03。

78.《我的丈夫陈克己》，发《百花洲》2007.03。

79.《帽儿为什么这样绿》，发《福建文学》2007.06。

80. 《送一个光棍上天堂》，发《花城》2007.05。

81. 《怀旧之旅》，发《江南》2007.05。

82. 《住在坡上的表哥》，发《长城》2007.05，收入《2007 年中国短篇小说经典》（吴义勤主编，山东文艺出版社出版）。

83. 《天边的情人》，发《钟山》2007.06。

84. 《松油灯》，发《作家》2007.11。

85. 《四季歌》，发《上海文学》2007.12。

86. 《油渣飘香》，发《福建文学》2008.01。

87. 《麦芽糖》，发《青年文学》2008.02，《小说月报》2008.03 转载，收入《2008 中国短篇小说年选》（洪治纲主编，花城出版社出版），收入《2008 年中国短篇小说经典》（吴义勤主编，山东文艺出版社出版），获第四届湖北文学奖。

88. 《嫂子调》，发《长江文艺》2008.03。

89. 《寡妇年》，发《山花》2008.04。

90. 《挽救豌豆》，发《广州文艺》2008.04。

91. 《劝姨妹复婚》，发《文学界》2008.05.

92. 《麦子黄了》，发《江南》2008.03。

93. 《去南方》，发《延河》2008.06。

94. 《陪周立根寻妻》，发《钟山》2008.04。

95. 《甘草》，发《花城》2008.04。

96. 《金碗》，发《滇池》2008.09，《小说选刊》2008.10 转载，收入《2008 年中国短篇小说精选》（胡平主编，长江文艺出版社出版），收入《2008 中国年度最佳短篇小说》（《小说选刊》选编，漓江出版社出版）。

97. 《穿牛仔裤的表嫂》，发《山东文学》2008.11。

98. 《桃花桥》，发《作家》2008.11。

99. 《两个研究生》，发《百花洲》2009.01，《中华文学选刊》2009.04 转载。

100. 《光棍们的太阳》，发《长江文艺》2009.03。

101.《钟点房》，发《文学界》2009.03。

102.《粉丝》，发《花城》2009.03，《小说选刊》2009.07转载，《小说月报》2009.08转载，收入《2009年中国短篇小说精选》（胡平主编，长江文艺出版社出版），收入《2009年名家中短篇小说精品》（章德宁主编，湖南文艺出版社出版），收入《2009最适合中学生阅读短篇小说》（宗仁发主编，北方妇女儿童出版社出版）。

103.《人住牛栏》，发《岁月》2009.04，配发樊星的评论文章。

104.《姑嫂树》，发《长城》2009.03。

105.《红杏是怎样出墙的》，发《芳草》2009.07。

106.《我们的隐私》，发《收获》2009.04，《小说月报》2009.09转载，收入《2009中国短篇小说年选》（洪治纲主编，花城出版社出版），收入美国夏威夷大学出版社英文小说集《礼帽》。

107.《风流老婆》，发《福建文学》2009.07。

108.《等冯欠欠离婚》，发《作家》2009.08，《中华文学选刊》2009.11转载。

109.《红丝巾》，发《广州文艺》2009.11，《小说选刊》2009.12"佳作搜索"推荐。

110.《乡村车祸》，发《滇池》2009.12，获第七届滇池文学奖。

111.《村口商店》，发《长江文艺》2010.01，获第四届完美文学奖。

112.《坐了一回主席台》，发《满族文学》2010.01。

113.《姓孔的老头》，发《山花》2010.03。

114.《柳幺》，发《福建文学》2010.03。

115.《陪读》，发《花城》2010.03，《当代小说》2010.09发表评论。

116.《吃回头草的老马》，发《作家》2010.08，《小说月报》2010.09转载，《中华文学选刊》2010.10转载。

117.《老师的生日庆典》，发《红岩》2010.05。

118.《给李风叔叔帮忙》，发《小说界》2010.05，《小说月报》2010.12转载，收入《2010年中国短篇小说精选》（胡平主编，长江文艺出版社出版）。

119.《暗恋者》，发《天涯》2010.05，《小说选刊》2010.10 转载，收入《2010 中国短篇小说年选》（洪治纲主编，花城出版社出版），收入中国社会科学院《中国文学年鉴》2011 年卷。

120.《水边的相好》，发《辽河》2010.11。

121.《留在家里的男人》，发《钟山》2010.06，《小说月报》2011.01 转载。

122.《拜寿》，发《广西文学》2010.12。

123.《花被窝》，发《收获》2011.01，《文学教育》2011.03 发表李遇春评论，《小说选刊》2011.04 转载，《小说月报》2011.06 转载，荣登中国小说学会 2011 年度中国小说排行榜，位于短篇第四名，收入《2011 中国短篇小说年选》（洪治纲主编，花城出版社出版），收入《〈小说月报〉2011 年精品集》（百花文艺出版社出版），收入《2011 年度中国短篇小说》（漓江出版社出版），收入中国社科院《中国文学年鉴》2012 年卷，获第五届湖北文学奖。

124.《村里哪口井最深》，发《福建文学》2011.01。

125.《幸福的曲跛子》，发《北京文学》2011.02，《当代小说》发表评论。

126.《我的三个堂兄》，发《长江文艺》2011.02。

127.《死鬼黄九升》，发《广州文艺》2011.02。

128.《看稀奇》，发《作家》2011.04，《中华文学选刊》2011.05 转载，《光明日报》《文学报》发表评论。

129.《卖豆腐的女人》，发《作家》2011.04，《光明日报》《文学报》发表评论。

130.《师娘》，发《芒种》2011.05。

131.《电话亭》，发《红岩》2011.03。

132.《唱歌比赛》，发《小说界》2011.03。

133.《卖卤菜的李学乖》，发《清明》2011.04。

134.《提前退席的人》，发《长城》2011.05。

135.《保卫老师》，发《花城》2011.05，《中华文学选刊》2011.12转载，《文艺报》发表李勇评论。

136.《剪彩》，发《福建文学》2012.01，《小说月报》2012.04转载，收入《〈小说月报〉2012年精品集》。

137.《三层楼》，发《作家》2012.01。

138.《镇长的弟弟》，发《山花》2012.01，收入《2012中国短篇小说年选》（洪治纲主编，花城出版社出版）。

139.《打捞记》，发《红岩》2012.01。

140.《矿难者》，发《广西文学》2012.03，《中华文学选刊》2012.05转载，获第十届金嗓子文学奖。

141.《海碗》，发《中国作家》2012.06。

142.《有个女人叫钱眼儿》，发《长城》2012.06。

143.《回忆一双绣花鞋》，发《钟山》2012.06，《小说月报》2013.02转载，《小说评论》发表评论，收入《中国当代文学经典必读2013年卷》（吴义勤主编，文化艺术出版社出版），获《小说月报》第十六届百花奖。

144.《让死者瞑目》，发《福建文学》2013.01，《小说月报》2013.03转载。

145.《花嫂抗旱》，发《作家》2013.02，《小说月报》2013.04转载。

146.《酒疯子》，发《收获》2013.02，《湖北日报》发表评论，进入中国小说学会2013年中国小说排行榜，收入《2013中国短篇小说年选》（洪治纲主编，花城出版社出版）。

147.《桠杈打兔》，发《花城》2013.05，《光明日报》2013.10.24发表评论。

148.《养驴的女人》，发《作家》2014.01，《小说月报》2014.03转载。

149.《日白佬》，发《福建文学》2014.01。

150.《皮影戏》，发《广西文学》2014.01，《小说月报》2014.04转载，收入《2014年中国短篇小说精选》（胡平主编，长江文艺出版社出版）。

151.《传染记》，发《天涯》2014.02，《小说选刊》2014.04 转载，收入《2014 中国短篇小说年选》（洪治纲主编，花城出版社出版），收入《中国当代文学经典必读2014年卷》（吴义勤主编，百花洲文艺出版社出版），收入《2014 年度中国短篇小说》（漓江出版社出版）。

152.《我的小郎儿》，发《钟山》2014.04。

153.《挖坑》，发《文学界》2014.08，《光明日报》发表评论。

154.《双胞胎》，发《长城》2014.06。

155.《野猪》，发《作家》2015.01。

156.《三个乞丐》，发《天涯》2015.02，进入中国小说学会2015年中国小说排行榜，收入《2015 中国短篇小说年选》（洪治纲主编，花城出版社出版），获第五届汪曾祺文学奖。

157.《天坑》，发《福建文学》2015.06。

158.《自首》，发《红岩》2015.03。

159.《松毛床》，发《作家》2016.01。

160.《道德模范刘春水》，发《钟山》2016.03，收入《中国当代文学经典必读2016年卷》（吴义勤主编，百花洲文艺出版社出版）。

161.《除癣记》，发《人民文学》2016.06，收入《2016 中国短篇小说年选》（洪治纲主编，花城出版社出版）。

162.《推牛》，发《天涯》2017.01，《中华文学选刊》佳作搜巡发评介。

163.《两次来客》，发《福建文学》2017.01。

164.《推杯换盏》，发《作家》2017.01，《长江文艺好小说》2017.04 转载。

165.《看病》，发《花城》2017.02，收入《中国当代文学经典必读2017年卷》（吴义勤主编，百花洲文艺出版社出版）。

166.《傻哥哥》，发《湖南文学》2017.05。

167.《妇女主任张开凤》，发《鸭绿江》2017.05。

168.《父亲的相好》，发《钟山》2017.03，《小说月报》2017.08

转载，《中华文学选刊》2017.08 转载，《作品与争鸣》2017.08 转载，收入《2017 中国短篇小说年选》（洪治纲主编，花城出版社出版），收入《2017 年中国短篇小说精选》（胡平主编，长江文艺出版社出版），《长江文艺·好小说》2017.08 转载，《文艺报》发表评论。

169.《撒谎记》，发《长江文艺》2017.08，被《新华文摘》微信公众号转发。

170.《说的都是一个人》，发《作家》2018.01。《新文学评论》2018.01 发表评论。

171.《吃苦桃子的人》，发《人民文学》2018.03。《长江文艺好小说》2018.05 转载。收入《2018 中国短篇小说年选》（洪治纲主编，花城出版社出版），收入中国社会科学院《中国文学年鉴》2018 年卷，收入《中国当代文学经典必读 2018 年卷》（吴义勤主编，百花洲文艺出版社出版）。

172.《夜来香宾馆》，发《北京文学》2018.04。

173.《黄麻抓阄》，发《雨花》2018.10。《小说月报》（大字版）2018.12 转载。

174.《同仁》，发《钟山》2018.06。

175.《城乡之间的那个午觉》，发《作家》2018.12。